Miss deer

[鹿小姐书系]

小娇妻 6

洛心辰 著

江苏凤凰文艺出版社
JIANGSU PHOENIX LITERATURE AND ART PUBLISHING, LTD

XIAO
小
JIAO
娇
QI
妻

MU
目
LU
录

001 // 第一章 你不可以碰我

025 // 第二章 让我多抱一会儿

053 // 第三章 婚纱照还没拍呢

076 // 第四章 我承诺毫无保留地爱你

101 // 第五章 我们私奔吧

125 // 第六章 我跟大叔的奇遇

149 // 第七章 我养你好啦

XIAO JIAO QI
小娇妻

MU LU
目录

174 // 第八章 我永远不会放下你

200 // 第九章 是一位小公主

224 // 第十章 她求我救她

248 // 第十一章 慕天星，我爱你

275 // 第十二章 你心里没我了

304 // 独家纪念番外

你不可以碰我

第一章 Little wife

突然闯入的一道高大身影令慕天星整个人如遭雷击，此刻她最不愿意看见的一张脸赫然出现在眼前。

她清楚地看见凌冽半张着嘴，惊愕地立在原地，那张令她魂牵梦萦的俊脸被她腹部的伤疤吓得惨白，连瞳孔也猛缩了一下，他就像见了鬼一样。

慕天星的眼泪已经控制不住地簌簌落下来，她就知道，他看见她这样破败的身体会是这样的反应，她就知道！

凌冽此刻的表情刚好说明了她的担忧统统变成了事实。她无法承受这个现实，仓皇失措地转身冲入了洗手间，“啪”的一声将门关上。

这一道关门声将凌冽的思绪彻底从震惊中拉回来，他真的吓到了，但绝对不是嫌弃，而是心痛。

“小乖……”他温柔地呢喃。

“小乖……”他心痛地低吼。

他扑向洗手间，伸手去拧门把手，却怎么都打不开门。她把自己反锁在门内了。

她号啕大哭，声音渐渐小了。他甚至可以想象她柔弱的身子贴着门板，无助地捂脸痛哭，然后身体缓缓下坠的样子。

他没有办法一脚把门踢开，因为她肯定紧紧贴在门后。

“小乖，小乖……你开开门，你开开门啊！小乖！”

凌冽快急疯了，无数的疑问盘旋在脑海里，谁能帮他解答？为什么那么完美无缺的身子上会出现那样丑陋的伤痕？是生产的时候造成的吗？

天哪，从小乖回来之后到现在，他到底干了些什么？他根本不够关心她！

“对不起。”凌冽心痛不已，哽咽了起来，他捏紧了拳头轻轻砸着门，一遍遍哀求，“小乖，小乖，你开开门，我求你开开门。”

“呜呜……呜呜……你走吧。”慕天星哽咽得太厉害了，好像多说一个字都能背过气去。

凌冽难受地跪在门外，坚持不懈地哄着她：“小乖，你听话，你把门打开，我是你的丈夫啊！我是你的丈夫啊！你要相信我，请相信我好吗？小乖，这四年的分离我们都熬过来了，还有什么熬不过去呢？”

“呜呜……呜呜……我不要听。”

“小乖，一切会好起来的，会好的！我们会越来越好的，你要相信我！你开开门好不好？”凌冽担心得很。现在是秋天，洗手间里都是地砖，凉气很重，而且里面肯定没有她的衣服，她刚刚是光着身子冲进去的。

“小乖，你开开门，你这样会生病的。宝贝，我求你了，你把门打开。我在这里，我会陪着你，不管什么样的困难，我们两个一起面对好吗？”

凌冽说得情真意切，可是慕天星无论如何都忘不掉他刚才那副仿佛见了鬼的样子。

她抱着头，号啕大哭时忍不住低声喊了起来：“你不要再骗我了，我都看见了，呜呜……我看见你刚才的表情了，你不要再骗我了，我知道你不想伤害我，可是你的表情已经出卖你了，我不要再跟你说话了！呜呜……我也求求你，我求求你走开，我快受不了了，我求求你走开。”

她不想活了。与他分离四年，孩子是她活下去的动力，她逼着自己强大起来，甚至打落牙齿和血吞。现在，那么多艰难的路她走过来了，却败给了心爱的男人那副被她吓到的样子。她的心好像被人用力箍紧了、砸碎了，再碾成了碎末。

“小乖，对不起，我刚才不是嫌弃你，我真的不是。我是吓到了，却不是嫌弃，而是心痛，我……小乖，你开开门好吗？”

“不要，你走吧，呜呜……我可以历经九九八十一难，却没有办法承受你厌恶的表情，我没办法承受！真的不行，你走吧，呜呜……我不想活了。”

凌冽闻言一惊，他被慕天星的话吓得手脚冰凉。

“倾蓝、倾慕都喜欢吃鸡翅和鱼肉，呜呜……倾蓝数学学得很棒，倾慕英文、华文学得很棒；母后说宫医给我爸爸开了治死精症的草药，也许他跟妈妈很快会有属于他们的宝宝。呜呜……我……我没什么可担心的了，没有了……再没有了……”

“小乖，天星，慕天星！”凌冽手脚并用地从地板上爬了起来。他意识到自己刚才的表情真的深深伤害了她，而且非常严重，他悔不当初，用力转动门把手。

洗手间里面的哽咽声越来越小，也不知道小乖现在是什么情况。他不敢耽搁，就怕她在里面做出什么傻事。

他来不及下楼跟人要钥匙，也不愿意惊动别人，小乖现在这样肯定不希望别人知道的。

他冲到书桌前，抓起椅子，又冲回洗手间门口，将椅子用力砸下去，一下、两下、三下……他终于将门把手砸掉了。

椅子靠背处的木板裂开了，可想而知他的力气有多大。

当凌冽小心翼翼地推开门的时候，他看见脸上满是惊恐的慕天星蹲在角落里，她双手紧紧抓着长长的头发，像一个得了抑郁症的小傻瓜。

凌冽脱掉身上的西装外套，然后披在慕天星身上。她吓得浑身发抖，放缓的哽咽声更重了。

凌冽不管这些，他不能眼睁睁看着她光着身子坐在地砖上。他二话不说，将她抱起来，她却拼命拉着他的外套裹住自己的身体，生怕腹部丑陋的疤痕再次暴露在他眼前。

他每走一步都像走在刀尖上，他保护不了自己的妻子、孩子，任由他们遭受那样的伤害，身体的痛、心灵的伤就这样落在他们身上了。而他像没事人一样，怒发冲冠打了四年仗，然后他该吃吃、该睡睡，过得好得很，没有缺胳膊断腿，可他的妻子、孩子受了那样的罪。

凌冽将慕天星带着沐浴露香气跟药香的身子放在被窝里，他无法放开她瑟瑟发抖的身子，一如他白日里无法放开宝宝一样。

他要怎样才能将他们身上的伤痕换到自己身上，要怎样才能换他们完好如初？如果可以，他愿意跪在妻子面前一万年，半步不敢离开她。

在凌冽眼中，不管她是否生儿育女，不管她是否长大了四岁，不管她身上有疤没疤，她都是那个会在阳光下微笑，调皮地踢着秋千架的十八岁女孩。

她是他的小乖，他是她的大叔。

凌冽不知如何赎罪，也不知如何安慰慕天星。

他蓦然想起上次她站在这间房的窗户前，他向她求婚的画面，点滴浪漫、感动还存在心尖上，他将她拥得更紧。然后他用沙哑却舒缓的声音在她耳边唱：“宝贝对不起，不是不疼你，真的不愿意，又让你哭泣。宝贝对不起，不是不爱你，我也不愿意，又让你伤心……一千颗真心给你……一万万句我爱你……”

他的声音不如四年前清亮、悠扬了，他这次轻颤着声音，浓烈的悔意与自责镌刻在灵魂深处成了枷锁，此生此世再难磨灭。

慕天星一直很警惕，可是哭得累了，她整个人渐渐在他的歌声里放松了。

凌冽感受到怀里的人身子微软，他不敢停，继续唱歌。

过了好一会儿，房里响起均匀的呼吸声，他才小心翼翼地拨开她凌乱的发丝，凝视着她布满泪痕的小脸，然后轻轻嗅着她身上的药香，他不清楚她的伤口有没有处理完。

他缓缓放开她，转身下床，从衣柜的镜子前取了药膏，刚转身回来，他看见小人儿已经警惕地睁大了眼睛，拥紧了被子，将整个身体裹得像一个蚕蛹。

凌冽不想给她压力，微微一笑："你怎么了？当自己是小婴儿吗，还把自己包成这样。"

慕天星面无表情地看着他，一言不发，一双小手却在被窝里小心翼翼地将他裹在自己身上的西装外套穿好，手臂套进去，然后把扣子扣好。

这样的话，她就算一会儿挣扎起来，有衣服挡着身体，他也看不清她肚子上的疤痕了。

慕天星红着眼，许是哭太久了，她的声音有些沙哑："你今晚去别的房间睡，我今天想跟孩子们一起睡或者我一个人睡。"反正她不要他。

凌冽勾唇一笑，抓着药膏站在原地道："那可不行，你把我赶出去的话，长辈们会担心的。只有我们腻在房间里，而且时间越久他们越会放心啊。"

慕天星耳根一红，心中却苦涩无比，她都这样了，是绝对不会让他碰自己的。

"小乖，你知道你现在多像我吗？"他说完，她愣了一下。

他缓缓走到床边坐下，她紧张地往后缩了缩。发现他没有再贴近的想法，她才暂且安下心来。

此时，凌冽对外人狠戾的眼神早已经化成了一池春水，他冲慕天星笑了笑。

"记得当初我的腿还没好的时候，我接受不了自己一瘸一拐、不伦不类的走路姿态，所以我一直瞒着你，宁可一直坐在轮椅上，也不愿意让你看见我不完美的样子。但是小乖，后来我还是鼓起勇气在你面前站了起来，当着你的面一瘸一拐地走路。”

慕天星垂下睫毛，想起跟凌冽经历的那一段，至今感慨良多。

凌冽又道：“我知道当时自己鼓起多大勇气才把残缺的身体展示在你面前，所以如今我能够理解你花了多少心思想要藏住你现在的伤疤。”

慕天星的唇瓣微颤，眼泪已然掉落，只是始终不语，他却没有放弃。

“对不起，将心比心，如果当初我那样走路的时候看见你震惊地盯着我，还面色惨白，我的自尊心一定会受伤的。幸好你没有那样，反而心疼我、包容我。”他亲了亲慕天星的额头，又道，“但是我做得不好，看见你身上的伤疤却没有第一时间反应过来，我迟疑了一下，让你受伤了，对不起！”

凌冽袒露心声，深深自责，一遍一遍地向她道歉。

好像遇到她之后，他总是在道歉，他要如何做才能弥补犯下的罪过呢？

在慕天星失踪之后，他很恼火，甚至有一瞬间有了要一枪崩了卓然的想法，可卓然是从小跟他一起长大、出生入死过的兄弟啊。

所以，他将卓然逐出自己的世界，眼不见为净，却无法忽略这件事情背后他也有错的事实。

多少个漫漫长夜，她的脸在他的脑海中挥散不去。他不知道她的生死，不知道孩子们的生死，就在那样看不见未来的日子里等待着两人一次次可能的相遇。

“但是小乖，将心比心，你见到那样的我时满腹心疼，我看见这样的你时又怎会嫌弃你？我真的不是嫌弃你，是心痛！我好难过，恨自己没有保护好你，我真的好愧疚，对不起。”

他不厌其烦地开解，对她絮絮叨叨地说话，说到晚上十一点，他一连打了好几个哈欠。

慕天星的清瞳一扫他眉宇间的疲惫，有些心疼，她不想再跟他僵持下去，但是她真的无法做到与他坦诚相见了。

“你先睡吧。”她终于出声了，又道，“不过，你不可以碰我。”

凌冽手里还捏着药膏，他无奈地看着她。

她的眼神闪躲：“我求你……”

凌冽转身倒了一杯水喝，然后冲了一杯热牛奶递给她，她接过牛奶，有些疏离和礼貌地道：“谢谢。”

凌冽：……

他真想打她的屁股，更想把自己大卸八块。

当凌冽拉开被子准备躺下的时候，慕天星惊讶地发现他的脖子上好像少了点什么。每天戴在脖子上的东西会不见吗？

“你……项链掉了？”她的声音带着轻颤。

他们分开四年，男人都是用下半身思考的动物，他又这么优秀……各种臆测盘旋在她的脑海中，她的小脸瞬间失去了血色。

凌冽看着慕天星的脸变成了透明色，好像下一秒她就会灰飞烟灭，他吓得不顾一切地扑上前将她拥在怀里。

他闭上眼，他认输了。

“小乖，你不是想见宝宝吗？我带你去见他。但是你要答应我，从今以后我们之间不可以再有任何秘密，不可以再有任何隔阂，你永远是我的小乖，我永远是你一个人的大叔。”

凌冽话音刚落，慕天星整个人激动了起来，一万个不好的预感袭上心头。

她想缩在龟壳里，可是为了孩子她不得不坚强起来，这就是母亲的力量。

凌冽将慕天星的衣服拿到床边，小声道：“你换衣服吧，我不看。”他转过身，高大的身影屹立在华灯之下，一言既出，掷地有声。

慕天星心急如焚，一把抓过床边的衣服，一件件往身上套，她甚至来不及去洗手间照一下镜子。穿好鞋后，她对着凌冽的背影道：“我好了，我们可以出发了。”

她的口吻带着迫不及待的情绪，凌冽听得出来，也有些忐忑她的接受能力。

他转过身对她微笑，眸光里带着柔和、宠爱，非常鲜明。他希望她明白，无论如何他都会待她好，没有一样好，也不是最好，而是更好。

不管她心里怎么想，他大步上前拉起她的一只手，就这样牵着她走出了房间。

寂静的长廊上，两个孩子早已分别跟着爷爷奶奶、外公外婆睡下了。

她就这样跟着他的脚步亦步亦趋前行，一颗心怦怦跳着，她日思夜盼的男子就在眼前，一切恍然如梦。

凌冽始终没有放开慕天星的手。他们下楼后，月牙湾值班的司机将车开了过来，两辆小车里迅速上了随行的战士，伴着凌冽夫妇前往安全局。

夜色正浓，一路上凌冽夫妇没有说话，凌冽只是将慕天星的小手放在自己的大腿上，亲昵得不像话。

到了目的地，司机下车开门，凌冽牵着慕天星下去，然后沿着安全局的后门进了院子，抵达宝宝所在的房间。

凌冽轻轻地敲了敲门，很快，房内有人过来开门。当卓希看见凌冽身后的慕天星时，整个人惊住了。卓希赶紧让开，又怕慕天星会承受不住，心里庆幸着孩子已经睡下了。

“太子、太子妃，小殿下睡得很香。”卓希将凌冽夫妇迎了进去，然后关上门，道，“莫莫跟倪少在隔壁房里休息，我跟青柠今晚在沙发守着，天亮了再换他们守着。”

慕天星已经听不见卓希说什么了，她的一双眼睛直直盯着床上的小孩，激动不已地大步走了过去。

这里一看就是病房，但慕天星一路走过来，看见更多的是守夜的军人，显得又不像医院。

瞧着孩子手背上因为输液留下的小孔，还有孩子额头上戴着的浅蓝色纯棉小帽子，她有些忐忑不安，看着凌冽问：“这……这是怎么回事？”

凌冽看了慕天星一眼，道：“本来我怕你担心孩子不敢说，但是现在不得不说了。我不能让你误会我有了外遇，那是绝对不可能的事情。”他的口吻带着一丝丝委屈。

凌冽走过去之后，白皙的手指在宝宝的脖子上轻轻一挑，一抹耀眼的银色出现了，紧接着蓝色的宝石也出现了。

慕天星含着眼泪，轻轻抚着项链上的蓝宝石，一个吻落在宝宝的额头上。

卓希道：“幸亏太子将这条项链留下了，小殿下睡觉的时候一直抓着项链呢。昨晚我们哄他入睡真的很不容易，今天却很容易。他抓着项链说，有项链在，就像爸爸妈妈陪着他，一睁眼就可以看见爸爸，所以他要快点睡。”

凌冽轻抚着孩子额前的头发，眸光中满是心疼。

孩子似乎感觉到父母的存在，稚气的小脸忽而浅浅笑了起来。

“为什么他睡觉戴着帽子，这到底是怎么回事？”慕天星抬头看着凌冽。

不用问，她见到这个孩子的第一眼就知道他是自己的骨肉。她将他养到一岁，虽然从一岁到三岁是会有变化的，但孩子眉眼间相似的地方她是可以认出来的。

卓希不敢说话，他给凌冽夫妇倒了两杯温热的茶水放在茶几上，然后安静地守在一边。青柠从沙发上起来，收拾了一下放在沙发上的被子，也安静地站在一边。

凌冽走到慕天星身旁，用力摁住她的双肩，小心道：“他们在大宝的头皮里植入了电子芯片，当大宝头疼欲裂受不了的时候，他们就用吗啡给大宝止痛。我们发现这件事之后，给大宝做了手术，现在把芯片取出来了，但是大宝还要戒毒。因为大宝戒毒的过程太可怜了，所以我们不忍心让你知道这件事。”

他说完后，慕天星整个人不好了。

青柠已经不能忍了：“我一直想知道莫善关在哪里，我真想撕了她。可是军医不说，表哥也不说，我实在受不了那么狠毒的女人。”

卓希蹙了一下眉，上前拍了拍青柠的肩，极小声地道：“你干吗呢……你这样说，太子妃心里不是更难受吗？”

青柠眼眶一红，她目睹了中午宝宝毒瘾发作时的样子，所以很心疼。她转过身，伏在卓希的胸口上不再说话。

凌冽的双手一直紧紧握着慕天星的肩，看着她的眼泪连绵不绝地落下来，他将她拥得更紧了。

“所以小乖，你不可以抗拒我。我们的宝宝需要一个完整的家，需要爸爸妈妈在，需要爸爸妈妈相爱。我们一定要相亲相爱，把这份温暖传递给我们的孩子，让他们感觉到温暖，让他们有力量熬过每一个艰难的时刻。”

“呜呜……呜呜呜……”慕天星完全崩溃了，为什么会这样子？宝宝还是一个孩子啊！她扑进凌冽的怀里哭，比之前让凌冽看到自己腹部的疤痕哭得还要严重。

没有一个母亲见到自己的孩子遭罪是无动于衷的，尤其是那样残忍的伤害。她都不敢去想当时儿子的身体会有多疼。

“是我的错，呜呜……我没有能力保护他，让莫善把他从我身边抢走了。是我的错，呜呜……我应该拼了这条命也要把孩子留下来的。”

慕天星虽然这样说，但是凌冽不用想也知道，她一个人照顾三个孩子是多么困难的事情。百里沫有心做那样的事情，随时可以下手，她一个弱女子拿什么来抗争？

许久之后，慕天星用水汪汪的眸子望着凌冽：“我……我要见莫善，她在哪里？”

一间阴冷潮湿的房间，里面没有床，空气中有血腥味，也有淡淡的消毒水的味道。

等士兵将眼前的门打开后，慕天星嗅了一下，然后皱了一下眉，凌洌始终站在她的身后。

天花板上吊着一盏圆圆的大灯，灯一亮，一下子把地板上人不人鬼不鬼的女人惊醒了。

莫善睁开眼睛，她仿佛做了一场噩梦，惊恐地朝四周看去。

士兵在一边汇报："太子、太子妃，按照吩咐，我们每日给她消毒、清理伤口，也有人给她送饭和输液。她的左眼珠已经被鹰啄食了，无法医治，她身上多处被鹰啄食过的伤口都做了止血跟消炎处理，但是缺掉的皮肉无法修复，只能是一个一个的窟窿。"

凌洌一挥手，士兵退了出去。

慕天星看见这间房里有单独的洗手间，想来莫善每天是自己洗澡的。莫善身上穿着囚衣，看起来还算干净，但是浑身都是纱布，半只眼被纱布蒙上了，应该是医生帮她治疗过伤口。

凌洌怕慕天星不高兴，解释道："我是怕她死，不想让她死才会吩咐人救她的。"

慕天星一步一步走向莫善。

地板很干净，可以清晰地映出慕天星的影子，她面无表情地盯着莫善已经看不出模样的脸。她走近后，俯首道："你为什么要那么残忍地对待我的孩子？"

莫善的视力似乎下降得很厉害，等慕天星俯下身来的时候，她才看清来人是她的姐姐。

她当即像看见救星一般，抱着慕天星的腿哭求起来："姐姐，呜呜呜……我是你的妹妹啊，是你的亲妹妹啊！姐姐，我求求你救救我啊，姐姐！"

慕天星看着莫善无动于衷，她忽而捏紧了拳头，对凌洌道："你有匕首吗？"

凌洌诧异地看着慕天星："怎么了？"

慕天星道："我要切开她的头皮，让她尝尝头顶开刀的滋味。"

在她儿子的头顶动刀，还给她儿子喂吗啡止痛……他们怎么可以对一个孩子下这么重的手？她根本不能原谅。

闻言，莫善颤抖得更厉害了，她难以置信地看着慕天星：“姐姐，我是你的亲妹妹啊。”

慕天星面无表情：“抱歉，我真的不认识你。”

凌冽沉默了几秒后，走到门口对士兵说了两句话，士兵很快拿来一把小军刀。凌冽犹豫着将军刀递给了慕天星：“小乖，我怕脏了你的手，你若是愿意，这种事情我可以找人帮你做。”

慕天星接过军刀并利索地打开，道：“亲生骨肉的仇，我怎能假手于人？”更何况，莫善伤害的不仅仅是她的孩子，还伤害过她，也伤害过蓝寄风。

凌冽有些担心地看着慕天星，却还是尊重她的选择。

她盯着莫善道：“我在学校学的法医，虽然只有一年，但是关于人体解剖的书我看了不少。在回宁国之前，我杀过人，虽然是形势所逼、别无选择，但现在我不杀你，也不解剖你，我只是想‘以其人之道，还治其人之身’，如此而已。你该庆幸我竟然这么善良。”

慕天星神情冷漠，她对莫善说话时口吻很平静，平静中带着淡淡的温润和柔和，可是字字句句犀利如刀。

小军刀还未刺入莫善的头皮，已经让她恐惧不已。她放开了慕天星的腿，一下子缩到了墙角，在瑟瑟发抖的同时对凌冽大喊：“她不是慕天星，她真的不是慕天星！慕天星不会杀人，也不会拿刀的……”

凌冽平静地看着莫善：“我一眼就认出她是我的妻子，就好像我一眼认出你不是一样。”自己的爱人，从眼神就可以确认，哪里还需要外人来教他如何辨认？

莫善拼命地摇头，对着凌冽大吼：“你这个笨蛋！她真的不是慕天星！我都可以整容，为什么别人不能？我把姐姐的下落告诉你，你饶我一命吧？我的姐姐还在那里，在你遇到我的地方附近有处小院子，我的姐姐就在那里，真的！”

莫善跪了下来，对着凌冽不断地磕头。

“咚、咚、咚……”她磕得很响。

“我的姐姐在等着你救她！她的另外两个儿子长得一模一样，我没有骗你，你去那里看看。你把她救回来就知道这个人是假的了，这个人真的是假的！姐姐不可能拿刀，也不可能杀人的。”莫善哭着，一边磕头一边说。

房间里的场景非常凄惨，可凌冽夫妇无动于衷。

莫善见凌冽不说话，快急疯了，又道：“姐姐生孩子的时候疼得快死了，百里沫还犹豫要不要送她去医院，我不同意。因为送她去医院她有可能联络你，那样的话我们全完蛋了。那一床床单全是血，全是血！她生了一天一夜，喊了一天一夜，后来彻底昏死过去了。她差一点一尸四命。当时，我就在她身边看着，她的身边有剪刀，是当地妇女用来剪孩子脐带的。可是她难产了，她不但难产还早产，她晕倒之前可以抓起剪刀杀了我的，但是她没有伤害过我。我不让她去医院，她跟她的孩子快死了她都没有伤害过我。现在，我不过是在她孩子的头部放了东西，喂孩子吃吗啡止痛，她怎么可能伤害我？她是假的！假的！假的！”

莫善的精神好像出现了严重的问题，她一会儿哭，一会儿笑，一会儿又瑟瑟发抖地扯着自己的头发，一副疯疯癫癫的模样，不知她是真疯还是假疯。

无论如何，凌冽都不会放过莫善，她的字字句句让他震惊不已，怒从心头起。

他接过慕天星手里的军刀，对她道：“我们出去。”

慕天星不肯，他强行将她拖了出去。

如果今天他真的让她动手了，那么她的心理阴影会更大。因为她跟莫善不同，莫善杀了人只当没杀过，但她本性善良，会记得自己杀了人。

凌冽对门口的士兵道：“你把莫善的头皮剥下来喂狗，再把她的手指、脚趾全部剁了，不许给她打麻药！不许她死！不许她自杀！我要她这样一直活下去！”

凌冽将慕天星揽在怀里，但是她的身体明显在颤抖、发冷，脚步虚浮，有些跟不上他的步子。他直接将她打横抱起来，口吻温柔，语气坚定："我们回家。"

她惊醒过来，看着他，道："不要！我要留下来陪宝宝！我要陪着宝宝啊！"她这副激动的样子，好像他带她回家会要她的命一样。

凌冽鼻子一酸，点头："好。"

因为没有必要留下太多人，病房只是两室一厅，不够他们住，所以凌冽当晚把倪雅钧夫妇叫起来，让他们坐车回月牙湾了。

慕天星生病了，是一种望眼欲穿的病。她一直守在床边眼巴巴地看着孩子，不知道喝水、吃东西、睡觉。凌冽在她身边说话，她不理；凌冽走开，远远地守护她，她也无动于衷。

凌冽脑海中回荡着莫善说慕天星生孩子时的那些话，他没有给女人接生过，但他光想一想一床的血都觉得好心疼。

就这么让百里沫死了，真是太便宜他了！

青柠走到凌冽身边小声道："表哥，我觉得是不是应该请一个心理医生来看看天星？她以前多阳光啊，现在判若两人了。如果可以，你最好找一个高级催眠师给她催眠，让她忘记过去四年里的所有伤痛。"

卓希小心翼翼道："我也觉得太子妃跟以前不一样了，她经历得太多，受的伤太深了。催眠之类的我不懂，找一个心理医生开导一下太子妃总是没错的。"

凌冽点点头："我会考虑的。"

早上七点刚过，床上的小家伙翻了个身，小手第一时间摸到了胸前的项链，然后紧紧地抓在手心里，他小声道："姑姑，我爸爸来了吗？"

小家伙不敢睁开眼睛，他害怕失望，心想：如果爸爸还没来，我就多睡一会儿。

青柠赶紧上前，笑道："他来了。"

闻言，宝宝立即睁眼，然后他看见凌冽跟慕天星都在眼前。他愣住了，然后揉了揉眼睛，又看了眼凌冽跟慕天星。他看到慕天星脖子上的项链时，惊喜得一下子从被窝里爬出来，迫不及待地往慕天星的怀里钻去：“妈妈！我的妈妈！是我的妈妈！”

宝宝一头扎进慕天星的怀里，慕天星泪如雨下：“宝宝，对不起，妈妈不该这么没用，让你被坏人抓走，妈妈对不起你。”

宝宝不管这些，他只知道妈妈回来了，这个是真的妈妈。

昨天下午，宝宝有多依赖凌冽，现在他就有多依赖慕天星。他的小脸贴在妈妈的肩上，整个人像被点了穴道，一动不动地缩在她的怀中，安静得不像话。

凌冽微微一笑，心头有些落寞，却还是开心道：“宝宝有了妈妈就不要爸爸了，唉……还是母爱的力量强大。”

宝宝抬起头来看着凌冽，帅气的小脸充满笑容：“爸爸好笨哦，宝宝在前面抱着妈妈，爸爸可以在后面抱着妈妈啊，这样我们一家三口可以抱在一起了。”

凌冽“扑哧”一笑，对于孩子的要求他自然不会拒绝，尤其这个要求正是他梦寐以求的。

他上前温柔地将慕天星跟孩子抱在怀中，静静地感受这一刻，他忽然道：“等你康复了，回去见了两个弟弟，我们一家五口拍一张全家福然后挂起来。”他想这样的画面一定很幸福。

过去，他的身边没有亲人陪伴着，就这样孤零零地长大。现在因为遇见了慕天星，他的生命里一下子多了三个生命，这样的感动浮在心头，令他对怀中的女人更加珍惜。

宝宝闻言愣了一下，他眨巴着一双极黑的眼睛看着凌冽：“两个弟弟是什么意思？”

慕天星有些紧张，解释道：“就是跟你一起出生的两个弟弟。妈妈本来带着你跟两个弟弟，但是后来你被坏人带走了，妈妈只能先照顾两个弟弟，妈妈一直很想你。”

宝宝的眉头一下子皱了起来：“为什么被坏人带走的不是他们？偏偏是我？！”

面对孩子天真的问题，慕天星心如刀割。

凌冽接过青柠递过来的衣服，帮宝宝穿好，然后从慕天星怀中将宝宝抱走。凌冽温柔地看着宝宝："这不是妈妈当时可以决定的事情，妈妈也是被坏人伤害的人啊！你要知道的是，自从你被坏人带走了，妈妈每日每夜都在想你。"

"可是她每天都陪着两个弟弟。"宝宝嘟着嘴，有些愤愤不平，他双手圈住凌冽的脖子，"那爸爸呢？爸爸是喜欢我多一点，还是喜欢两个弟弟多一点？"

凌冽被孩子问得哭笑不得，抱着他去洗手间洗漱。

在洗手间的门关上之前，慕天星听见凌冽说："三个宝宝在爸爸的心里是一样重要的，就好像在妈妈心里，你们也是一样重要。"

慕天星焦急地坐着，看了一眼青柠："他是不是生我的气？刚才还要我抱，现在他不理我了。"

"小孩子而已，思想很单纯。等他以后见了两个弟弟，几个人每天在一起打打闹闹，多相处相处就会产生感情的，宝宝会很快融入大家庭里的。"

"对啊，我觉得宝宝很乖、很懂事，不会有问题的。"

卓希夫妇安慰着慕天星，见慕天星还是很担心，也不好多说什么了。

等凌冽带着孩子从洗手间出来，他看了慕天星一眼，道："你快去洗漱，里面有一次性牙刷跟毛巾，我们陪着宝宝一起用早餐。"

慕天星连连点头："好。"

她很快出来了，看见卓希已经在床上架起了床桌，丰盛的点心全部摆在上面。凌冽抱着孩子，一口一口地喂孩子喝鸡丝粥。因为孩子喜欢吃鸡丝粥，所以卓希每天都买。

看见慕天星过来，宝宝伸出手抓住了她的手，笑道："妈妈，你陪了弟弟们那么久，等我回了家里，你可不可以多陪陪我？"

"当然可以！"孩子跟自己说话了，慕天星激动不已，这会儿孩子说什么她都会答应。

宝宝笑了："那如果弟弟们欺负我，妈妈不可以偏心。"

孩子的话令慕天星忍俊不禁，她抬手摸了摸孩子的小脸，温柔道："不会的，两个弟弟很懂事，绝对不会欺负你的。如果真的有这样的情况，妈妈一定不会偏心的，宝宝放心。"

宝宝笑了笑，从凌冽怀中爬到了慕天星的怀里，撒娇道："我要妈妈喂。"

凌冽故意讨慕天星欢心，佯装挫败，叹息道："宝宝有了妈妈就不要爸爸了，妈妈比爸爸值钱啊。"

凌冽的话音刚落，宝宝伸手拉了一下他的衣领，在他的脸颊上亲了一下。

卓希夫妇在一边看着，都替他们开心。这一家三口围坐在一起用早餐的画面，怎么看都觉得很温暖，每个人脸上都带着淡淡的笑容，仿佛所有的苦难已经远去了。卓希夫妇安静地退到外面的小客厅去用早餐。

很快，护士过来给宝宝测量体温，道："宝宝小殿下要乖乖的哦，阿姨要给你扎一下手指。"

慕天星原本有些担心，因为孩子都是怕疼的。她以前被慕亦泽他们捧在手心里长大，不知人间疾苦，也是很怕疼的。她刚要对孩子说些鼓励的话，却见孩子主动地将小手伸了过去，道："阿姨，你扎针吧，我不怕。"

慕天星看着孩子这样懂事，心里既欣慰又心疼。

护士给宝宝采了血，看了眼没有吃完的早餐，小声道："太子、太子妃，时间差不多了，你们快点让孩子吃完早餐吧。"

护士离开后，慕天星凝眉，不解道："什么时间差不多了？"

凌冽的眉宇间凝结着一抹痛色。

上次医生说过，根据宝宝的血液数据分析，二十四小时之内，宝宝的毒瘾还会发作一次。每次熬过去之后，毒瘾发作的频率会加快，宝宝要熬差不多六次才算戒毒成功了。

凌冽看着慕天星，妃色的唇瓣紧抿了一会儿才道："你要不要先回去一趟？昨晚我们出来得太突然了，也没有跟孩子和长辈们说一声。这里没有信号，打电话只能去医生办公室。我先让人送你回去好不好？"

慕天星愣了一下，一种不好的预感袭来。宝宝已经搂紧了慕天星的脖子，道："不要不要，我不要离开妈妈！不要！我要妈妈陪着我！"

如此一来，慕天星怎么可能走得开呢？她对凌冽道："我不走，你去医生那里打个电话回去，就说我暂时留下来，最好给我带点衣服过来，我在这里住一段时间。"她又看着孩子，"等宝宝出院了，我跟宝宝一起回去好不好？"

"嗯嗯。"宝宝开心地在慕天星脸上亲了一下，说什么都不撒手。

凌冽不再多言，只是心里隐隐有些担心，

他端过一杯果汁递给孩子："你喝点果汁补充维生素。"

孩子"咕噜咕噜"喝了，放下杯子后又吃了一点东西。

慕天星给宝宝擦了擦小嘴，搂着宝宝一起看动画片。她忽然想起了倾蓝跟倾慕，他们从出生到现在都没有看电视的机会。

不过，她对那两个儿子很放心，相信倪雅钧回去后会向他们解释，长辈们也会向他们解释。

看着凌冽，她忽然道："你有事就先去忙吧，我在这里。"储君应该都很忙吧？

凌冽摇头道："仗打完了，你回来了，孩子们都回来了，我现在最重要的工作是陪伴家人。"

他深情地看着她，炙热的目光专注得令她心惊，她有些承受不住，干脆错开了眼。

凌冽轻叹一声，上前揽住慕天星的肩膀，也将宝宝半拥在怀里："我们是一家人，我们会越来越好的。你相信这一点好吗？"

她懂他的言外之意，微微点了点头。

尽管是一个很细微的动作，却已经让凌冽欣喜若狂。然而，他还来不及亲吻她的侧脸，孩子已经变得面色苍白，瑟瑟发抖起来。宝宝咬着牙轻颤，眯了眯眼睛，露出一副萎靡不振的样子。

以前听人说过，人一旦沾上毒品，就不是人而是鬼了。

过去慕天星不能理解，还以为是在品质上形容一个人不好了，但是现在她看见宝宝这副样子，发现真的跟鬼没什么差别。

慕天星心疼地拥紧了宝宝，眼泪坠落，然后她看着凌冽：“是不是……是不是宝宝的毒瘾发作了？”

卓希已经冲出去叫医生了，凌冽知道慕天星没有经验，他直接将孩子从她怀中抱走，拥在自己怀中。

“宝宝不怕，爸爸妈妈都在这里，只要你挨过去，挨过去就好了，你一定可以的。宝宝要坚强。”凌冽一遍遍鼓励着孩子，慕天星吓得面色比孩子的还要白。

宝宝已经开始神志不清了。昨天慕天星不在这里，他嚷嚷着要假妈妈给他药，现在慕天星在这儿，他直接把慕天星当成了莫善。他趴在凌冽的肩上，伸出手对着慕天星哀求：“我求你，求……求求你给我药！一粒，一粒就好了，我求你……救救我，我会死的，求你了！”

宝宝的声音颤抖得越来越厉害，一如他颤抖的身体。

慕天星忍着心痛上前，跟凌冽一起安慰孩子：“宝宝不怕的，我们一定可以熬过去的，宝宝坚持一下。”

孩子的眼泪哗哗地掉下来，整个人一边抖，一边扑向了慕天星：“呜呜……我要妈妈，药，求你给我药，妈妈不会这样对我的，呜呜……妈妈不会这么对我的，呜呜……一粒药都不给我，我要怎么办，求……求求你！”

慕天星给宝宝擦眼泪，宝宝急得去舔她的手掌，他以为可以舔到药。

一看慕天星的手心空空如也，宝宝气极了，牙齿狠狠咬在她的手上。宝宝开始翻白眼，浑身像癫痫发作一样剧烈抖动起来，眼角像倒三角形一样往上跳。

慕天星心如刀绞：“我要怎么样才能替他痛？呜呜……我的孩子，

呜呜，我要怎么样才能代替他痛啊？”她的手背上开始渗血，可是她完全感觉不到疼痛，情绪崩溃，然后大哭道，“路过的神仙帮帮我啊，让我代替他痛吧，呜呜……都是我没有看好他，呜呜……”

凌洌去拉慕天星的手，他不忍心孩子这么咬下去。他昨天经历过，知道孩子是真咬，他怕妻子的手会废掉。

他转过头，发现医生在他们身后站着，便怒喝：“你们怎么还不过来打针？”

医生无奈道：“太子，时间还没到，要在孩子发作得最厉害的时候打缓释针。再等几分钟吧，效果会好点，如果现在打了缓释针，药效过去了但毒瘾还没过去，孩子只会更痛苦。”

慕天星听完后，心碎成渣。现在情况已经这么严重了，竟然还不到孩子毒瘾发作最厉害的时候吗？

凌洌咬牙切齿却无可奈何，他将孩子跟妻子紧紧拥在怀中，一遍遍坚定地说着：“没事的，没事的，爸爸妈妈都陪着宝宝，爸爸妈妈都陪着宝宝，我们一家人在一起，始终在一起。”

两小时后，慕天星手背上的伤口已经擦过药，包扎好了。孩子躺在被窝里，浑身是汗，手背上还挂着输液的针头，两眼闭着，他累得睡着了。

凌洌端着脸盆过来，很认真地给孩子擦脸、擦手。青柠取了一套孩子的衣服过来，凌洌立马接过衣服。几个人一起帮忙，轻柔地给孩子脱下衣服，擦干身子，又换上新的衣服。

如果说昨晚慕天星得了一种望眼欲穿的病，那么今日慕天星已经得了精神恍惚的病。她就这样呆坐着，眼神迷离。

凌洌忙完后，上前摸了摸她的小脸，关心道：“宝宝要睡一两个小时。趁着这段时间，你去隔壁房间睡一会儿吧。”

慕天星不动，也不说话。

凌洌甚至怀疑她没有听见，他拉过她的手看了看伤口，眉头轻皱了一下，想起她肚子上的疤痕，觉得母亲的话真的很实用。

“小乖，我带你去体检吧。”

宁国安全局的医疗中心也有妇科、皮肤科、整形科。

有时候军方抓到的间谍是孕妇，有时候警方要派遣出去的卧底需要整容。现在他们刚好在医疗中心的住院部，宝宝又在睡觉，凌冽觉得此刻带慕天星去做检查是最好的。

她抬头看着他，眼中有淡淡的抗拒之意。凌冽这才明白，原来她不是没有听见，而是还在排斥。

对她来说，鼓励、赞美、支持无比重要。他露出清新的笑容：“你怎么跟孩子一样？小乖，你还是这么可爱。”

慕天星张了张嘴，又闭上了，然后她整个人被凌冽拉了起来。他把她拉到了外面的长廊上时她才缓过神来，她是真的跟着他在往前走呢。

她的心怦怦跳着，她决定面对又害怕面对，却回不了头了，因为她已经在去体检的路上了。

这种感觉要怎么形容呢？就好像她生产时想生孩子又害怕生孩子，可回不了头了，因为她已经在生孩子的路上了。

她做了白带检查、B超检查，都没有什么问题。

凌冽一直在外面等着。

可是，慕天星拿着报告去见妇科医生的时候，她并不知道凌冽趁自己做B超的时候，把整形科的医生叫了过去。

所以，她一进医生办公室就发现里面多了一个人，愣了一下。她扭头看着凌冽，凌冽给了她一个鼓励的眼神：“你别怕。”

内室有一张小床，有一张帘子可以让她和凌冽的目光隔绝开来。

医生看了报告单，让慕天星在小床上躺下，然后问了一些生产时的情况。

慕天星有些担心，凌冽却微微笑着：“你别怕，实话实说。这是国家安全局，没有什么秘密是可以从这个地方泄露出去的。”

他的言外之意是即使是皇家秘史，医生也不敢在外面多说半个字。

慕天星纠结地看着凌冽，这次他没有退开的意思。他知道，如果这次自己不帮她勇敢面对，那么她要如何跨过心里那道坎？

她感觉被逼上梁山了，硬着头皮往小床上一躺。

两名女医生走向慕天星，一个要掀起她腹部的衣服，一个要解开她牛仔裤的拉链。她闭着眼睛，浑身轻颤，内心无比恐惧。她抬起双手捂着脸，努力接受自己必须面对又害怕面对的一切。

凌冽一直盯着医生的动作，盯着慕天星快要露出来的疤痕。他的手轻轻握住她盖在脸上的小手，不停地温柔地鼓励她：“你不要怕，就这样躺着让医生检查一下，这样就很好了。小乖，你做得很棒。”

当那道狰狞的疤痕露出来的时候，两个医生面色一变。凌冽虽然之前看过疤痕，但是没有这么近距离地看过，尤其眼下医生还将小床上的强光灯打开了。

两个医生在慕天星的肚子上摁了摁，一边小声商量着什么，一边拿着纸笔记下疤痕的面积、长宽等信息，再帮慕天星把衣服合上。

医生说：“好了，太子妃可以下来了。”

慕天星觉得她好像等了漫长的一个世纪。

凌冽缓缓拿开自己的手，也拿开慕天星的手。

她睁开眼睛就看见凌冽眼中的一滴泪刚好坠落下来，然后滴在她的脸颊上……烫！

明明眼泪落在她的脸上，她却仿佛尝到了这滴泪是苦涩的。

凌冽将慕天星扶起来坐在床边，不等她站起身，他已经将她拥在怀里，声音沙哑至极：“小乖，我爱你，我真的好爱好爱你！这一生一世，我只爱你！”

慕天星眼眶一热，知道他刚才已经看到她肚子上的疤痕了。

她来不及胡思乱想，外面的医生已经叫唤起来：“太子殿下。”

凌冽赶紧放开她，牵着她出去了。

办公桌前，大家静坐着。

妇科医生道：“虽然太子妃做竖切手术恢复得比较快，但横切手术的难度是竖切的一倍，所以现在为了美观，医学界的人已经不做竖切手术了。太子妃怀的是三胞胎，又是难产晕厥后才送往诊所的，可能会因为胎位、争取时间等因素不得不竖切。但是，第一，做手术的医生很不专业，刀口应该是一条整齐的线，他切得不够整齐；第二，缝合伤口的针头用的也不是小针头，而是粗针；第三，缝合伤口的手法也很不专业。所以，太子妃在手术上吃了不少苦头，这是毋庸置疑的。”

医生们心下揣测，太子妃究竟在什么鸟不拉屎的地方做了这样的手术？但是她们不敢问，也不敢说。

另一名医生道：“我们可以安排今天下午三点给太子妃做除疤手术，除疤手术在我们整形科很常见，还请太子、太子妃放心。”

慕天星很紧张，她听见医生说可以做除疤手术，更是紧张。凌冽始终握着她的手，他的手心在冒汗，他显然比她还要紧张。

他的黑瞳望向医生，道：“好，下午三点做手术没问题。术前术后的注意事项、手术时间的长短、手术原理和术后的恢复效果等等，还请您一一告知。”

医生微笑着解释：“手术前没有什么禁忌，就是饮食上不要吃辛辣刺激的食物，色素较浓的食物也应尽量避免，比如酱油。手术时间不会很长，手术原理就是切除疤痕增生，运用激光热损伤表皮，刺激胶原增生，使凹陷的地方变浅。手术完成之后，那块皮肤不会像新生的皮肤那样毫无瑕疵，但是只要不细看，是看不出什么的。”

另一名医生接着道：“或者可以在疤痕处文一个图案，现在很多人做了疤痕手术之后会文身的。”

凌冽拍了拍慕天星的肩安抚她，然后他对医生道：“好，手术就这么安排吧。至于文身，我跟太子妃再商量一下。”

如果小乖手术后的效果真的可以达到不细看看不出痕迹的话，他相信她的心里会好受很多。文不文身，他自然要征询她的意见。

医生点头道：“好的，手术跟文身肯定是分开做的。因为手术后皮肤还需要恢复，配合使用药物，等皮肤恢复之后才可以文身。”

凌冽牵着慕天星来到住院部的后楼门口，明媚的阳光从头顶洒了下来。

凌冽忽然停下了脚步，他们面前有棵茂密、高大的桂花树，枝杈之间开着金灿灿的小花，热闹得很。嗅着醉人的香气，沐浴着金色的阳光，凌冽道："老婆大人，我们在这里晒一会儿太阳，赏赏花吧！"

慕天星打了个哈欠："好。"

凌冽笑了："不赏花了，我还是陪着老婆大人回去睡一觉。下午你做除疤手术，我在外面等你。"

凌冽牵着慕天星往楼里走，她却停下了脚步，他回过头，却迎上了她水汪汪的眼睛。他有些不解，清隽的容颜透出一丝紧张："你怎么了？"

慕天星就这样看着凌冽，他们的世界满是阳光与花香，她握紧他的大手，忍不住对他道："大叔，谢谢你。"

道不尽的酸涩涌上心头，这个傻丫头！凌冽深吸一口气，强忍着狠狠吻她的冲动："走，我们回去休息。"

夫妻俩携手而行，脚下的每一步都带着坚定的信念跟美好的憧憬：他们会越来越好，一家人在一起，会越来越好的。

让我多抱一会儿

第二章 Little wife

午餐的时候，乔歆羡带着给宝宝买的新玩具过来看他。

慕天星有些不好意思："他其实很乖，小叔叔不必破费的。他醒了的话，让他看看电视就可以了。"

乔歆羡微微一笑："我觉得孩子不主动提出要看电视，大人尽量不要开电视，那样对孩子的眼睛不好。早教片、动画片或许可以帮助孩子开发智力，但眼睛只有一双，不可再生。玩小游戏、做小手工、玩玩具等，也可以开发孩子智力，也能打发时间。"

"好的，我们会注意的。"慕天星谦逊地点点头。

乔歆羡发现慕天星明显开朗了一些，至少会时不时笑了，好像有点四年前的味道了。他别有深意地看了一眼凌冽，眸光里满是祝福的笑意。

那时候宝宝还在睡觉，他陪着凌冽夫妇用了餐，然后离开了。

宝宝下午醒来后，慕天星亲手给他喂了饭，陪着他玩了一会儿新玩具。玩具有不少，但都是变形金刚。

慕天星忍不住笑了："小叔叔小时候是不是特别喜欢变形金刚？他给三岁宝宝买的全是变形金刚。"

凌冽耸耸肩："谁知道呢。"

两点的时候，整形科的护士过来通知他们了。

凌冽跟宝宝说妈妈生病了，他带妈妈去隔壁房间打针，很快就会回来。宝宝很懂事，答应了，还说希望妈妈不要怕疼。

慕天星看着孩子经历了两次毒瘾发作，折磨得越来越瘦了，却还是乐观的心态，她忍不住抱着宝宝亲了又亲，然后才让卓希夫妇好好照顾宝宝，她跟凌冽一起离开了。

做除疤手术的时间的确不长，慕天星进手术室不到一个小时就被推出来了。

她的手背上打着点滴，凌冽上前摸摸她的头发："你疼不疼？"

她看着他微笑："我不疼。医生说如果想文身的话就选好图案，等皮肤恢复了就可以过来文身了。"

"你想文身？"

"这是宝宝们出生的地方，我想把宝宝们的名字文在这里，就怕只有名字不好看。"

"那就文紫薇花的图腾，把宝宝们的名字加在紫薇花的藤蔓上，我找人专门给你设计一下，多设计几套给你挑好不好？"

"好。"

"嗯……文身也加上我的名字好不好？"

"为什么？"

"我是你老公啊！没有我，你哪里来的三个宝宝？"

"哈哈，也对哦。"

从手术室小心翼翼地推着她回到病房，凌冽一直这样温柔地说话。

这一幕落入一旁的护士眼中，就成了两人恩爱缠绵、打情骂俏的画面。

看着慕天星的小脸上始终挂着微笑，凌冽的瞳孔越发晶莹透亮起来。灭了整个莫邪，都没有她这一笑让他有成就感。

相爱容易，相守太难，谁也不知道命运的齿轮下一次会如何转动。但是不论风雨飘摇，不论流年变幻，守得住寂寞，经得起变迁，等得起煎熬，珍惜坚守，换来的一定会是艳阳天。

慕天星在安全局住了整整一个礼拜。她跟凌冽夫妻同心，一起陪伴着宝宝彻底戒掉毒瘾。

宝宝第六次毒瘾发作后，医生说："孩子超过二十四小时没有发作毒瘾就是戒毒成功了。"

一家三口盯着时间，一分一秒熬过去。眼看着二十四小时过去了，他们心里忐忑，又等了六个小时。

医生拿着最后给宝宝验血的数据过来，微笑着道："恭喜你们，你们可以回家了。"

那一刻，卓希夫妇兴奋地在原地起跳，欢呼不已。慕天星哭倒在凌冽的怀中，宝宝兴奋地大叫："我要回家！我要回家！宝宝要回家啦！"

一个礼拜没有回家了，这是慕天星第一次跟倾蓝、倾慕分开这么长的时间，她怎么会不想念他们呢？

从安全局回到月牙湾的路上，宝宝始终坐在爸爸妈妈的中间，他满心欢喜地看着窗外的景色，一会儿压在爸爸的腿上，一会儿又爬到妈妈的身上。他整个人很消瘦，但精神非常好。

当车子停在月牙湖边的时候，宝宝看见外面有好多熟悉的人。

凌冽打开车门，宝宝已经从他身上先爬下了车。宝宝张开双臂，朝着洛杰布他们扑了过去："皇爷爷，皇爷爷！"

孩子虽然个头不高，但是脸上的笑意很明显，比起之前心事重重的样子要开朗多了。

思及此，凌冽心头一阵疼惜。想来孩子是敏感的，因为头上的疼痛加上吸食毒品，孩子对周围的一切产生了戒备心理，所以才会造成他不爱笑、不爱说话吧。

洛杰布他们一直在湖边等着，看着宝宝朝着这边奔过来，都开心得不得了。

洛杰布甚至弯下腰来，朝着宝宝伸出手臂，哈哈大笑："哈哈哈，我的大孙子回来了，我的大孙子宝宝回来了！"

宝宝往洛杰布身上一扑，洛杰布稳稳地接住孩子，余下的人纷纷靠近他们，齐齐凑上前来关心孩子的情况。

倪夕玥上前看了又看，难过地摸摸宝宝瘦削的下巴。孩子明显是笑着的，可他苍白的脸上没有一丝血色，虚弱得很。她当即从洛杰布怀中接过孩子抱在怀里。

这两天一直跟倾蓝、倾慕他们在一起，倪夕玥自然是抱惯了孩子的。倾蓝、倾慕养得白白胖胖的，就像小猪一样，可宝宝瘦瘦弱弱的，抱起来没什么重量，就像小猴子一样。

满满的心疼充斥在眉宇间，倪夕玥的眼眶越来越红："走，皇奶奶带你回家，我们去吃好吃的。"

宝宝抱着倪夕玥的脸亲了一下，又对着慕亦泽夫妇礼貌道："外公、外婆。"

这是慕天星在车上的时候教他的，说一会儿回了家，他首先要跟长辈们打招呼，因为长辈们一定非常想念和担心他。

慕天星还鼓励宝宝要多微笑，说开心的孩子比较容易讨大人的喜欢，还说宝宝笑起来的时候特别好看、特别帅气。

宝宝最听妈妈的话了。

"妈妈！"

"妈妈！"

"爸爸，妈妈！"

两道身影争先恐后地跑过来。众人放眼一看，就见金色的阳光下，帅气的倾蓝跟倾慕穿着一样的小皮衣，朝着凌冽夫妇冲了过去。

凌冽夫妇笑意盈盈地蹲下身子，将扑上来的孩子纷纷抱在怀里。

宝宝看着这一幕，笑容渐渐收敛了，也不说话了。

凌洌笑呵呵地抱着倾蓝，摸摸他的小脸，故意逗他："让爸爸猜猜，你一定是倾慕对不对？"

倾蓝哈哈大笑，搂着凌洌的脖子看着倾慕。

倾慕窝在慕天星的怀里一动不动，安稳得很，却白了凌洌一眼，一脸嫌弃地说："我就知道爸爸猜不到！我才是倾慕啦！哥哥是倾蓝！"

"哈哈哈……原来爸爸猜错了，对不起。"凌洌非常谦虚地道歉。

其实这两天在医院里，慕天星跟凌洌说了很多辨别倾蓝、倾慕的小方法。比如，倾蓝说话的时候喜欢扬着下巴，一脸骄傲；倾慕说话的时候喜欢用眼神来表达，喜怒哀乐都呈现在一双眼睛里。再比如，做数学题的时候，倾蓝很厉害；倾慕一遇见数字，就一个头两个大了。

兄弟俩的很多小特点，还有一些小故事，慕天星都跟凌洌说了。

凌洌听着，全部用心记了下来，所以刚才孩子扑进他怀里叫爸爸，扬起下巴骄傲地笑的时候，他就知道这个孩子是倾蓝了。

"爸爸，妈妈。"一道声音打破了现场的宁静。

放眼望去，众人看见宝宝手脚并用地从倪夕玥身上挣扎了下来，他迈开腿朝着凌洌夫妇的方向跑过去。

慕天星微笑着看着宝宝，然后介绍两个弟弟给他认识："宝宝，这个是你二弟倾蓝，这个是你三弟倾慕，他们虽然长得一样，但都是你的弟弟，你是哥哥，是老大。"

宝宝站在原地，看了看慕天星，又看了看凌洌，眼神始终没有落在弟弟们身上："我也想爸爸妈妈抱我。"

闻言，倾慕赶紧从慕天星怀中出来，道："那让妈妈抱你吧。大哥，我是最小的，我叫倾慕，你叫我小宝就好了。"

倾蓝看着弟弟让出了怀抱，他也赶紧让出怀抱，道："大哥，我是倾蓝，你叫我二宝就好了。"说完，倾蓝拉起倾慕，道，"以后你别跟我抢，我是你哥哥，我才是要让的那个人。"

倾慕不以为然，道："妈妈讲过孔融让梨的故事，我知道大的要先挑大的。大哥跟妈妈分开很久了，妈妈一直在想他，我刚好在妈妈怀里，当然该我让出来啦。”

倾蓝、倾慕两兄弟的话落入长辈们耳中，他们倍感欣慰。

而宝宝原本没有看他们一眼，却在两个弟弟纷纷让出父母的怀抱后，开始认真地打量起他们来。宝宝犹豫着，好像在做一个非常重要的决定，然后他开口小声道：“我没有名字。”

众人：……

宝宝又道：“我一直都叫宝宝，你们……我是你们的大哥，你们就叫我……叫我大哥吧。”他想了很久，弟弟们叫自己大宝不合适，叫宝宝也不合适，干脆他认了他们吧。

倾蓝、倾慕笑了，两人走上前，一人拉过宝宝的一只手，就带着宝宝跑开了。

阳光下，孩子们天真无邪的声音飘荡在空气里，宛若天籁。

“大哥，我这几天一直在跟苏苏玩呢，苏苏要下蛋了！”

“苏苏是谁？”

“苏苏就是鳄鱼啊！不过它从小放在皇爷爷家里养，在人类的手心里养大，所以它不吃人，对人类很友好。”

“人类是什么？”

“人类就是人啊。”

“你懂得好多哦。”

“妈妈教的，以后妈妈也会教你的。”

大人们渐渐围拢在一起，看着孩子们在月牙湖边上和苏苏一起玩，脸上绽放出久违的、满足的笑容。

洛杰布轻叹了一声：“宝宝的大名，你们夫妻俩可想好了？”

慕天星愣了一下，这些天他们全部的精力投放在如何帮宝宝戒毒上，还真没有想过宝宝大名的问题。

凌冽揽过慕天星的肩，道：“我们是该好好想想了，总不能一直这样叫‘宝宝’。”

“对了，倾蓝跟倾慕的DNA对比报告出来了，他们没有问题。”

倪夕玥温柔地说：“虽然我知道他们不会有问题，但是有了这个东西，内阁大臣们那里才会好交代。而且，我们要赶紧把宝宝的名字定下来，记入洛氏宗谱。”

凌冽看了一眼慕天星，慕天星“扑哧”一声笑了：“你别麻烦我，我很累了，根本想不出名字。当初我生下他们，没想过起大名的，也是在孩子们两岁的时候，我才给他们起大名的。而且你说过，孩子叫倾慕，我才取了倾蓝，我不是两个姓吗？”

言外之意，她起的“倾蓝”还是窃取了凌冽的创意。

凌冽摇头苦笑，又看着洛杰布夫妇跟慕亦泽夫妇：“父皇母后、岳父岳母，你们有什么好的建议？”

这个孩子吃了太多苦，不能随随便便地定一个名字。

慕亦泽连连摆手，蒋欣也道：“我们哪儿会有意见啊，我要是会起名字，也不会盗用了长公主的名字用在天星身上了。”

洛杰布呵呵一笑，道：“我跟你母后想得不好，这个头疼的问题你们还是别找我们了。”

凌冽轻叹了一声，瞧着不远处的孩子们。

现在看起来他们都是小孩子，也是小男孩，更是小皇子。皇室里，最忌讳的一些事情难免会让大人们担忧不已。

凌冽挑了下眉，轻语着：“倾容怎么样？包容的容，有容乃大的容，容貌的容，容光焕发的容。”

“洛倾容？”慕天星轻声念了一遍，心里挺喜欢的，“这个名字好听。倾世的容貌，倾世的容量，做绝色与有胸怀的男子。”

洛杰布夫妇与慕亦泽夫妇纷纷点头赞同。于是，宝宝的大名正式定下了：洛倾容。

接下来，月牙湾的人真的很忙碌，就连洛杰布都不怎么去御书房了。大家都围着三个孩子转个不停，好像三个孩子是他们的全世界。

这种心情，还没做爷爷奶奶、外公外婆的人是无法体会的。

而洛杰布似乎做小金牌做上瘾了，竟然一连拿了三块小金牌出来，金牌上还印上了孩子们的名字，他再把金牌做成类似倪雅钧的项链，还亲手戴在他们的脖子上。

三个男孩穿着一样的小皮衣，只有倾容的容貌最好分辨。

洛杰布微笑地看着他们，道：“这块小金牌里有皇爷爷御笔题写的密旨，是可以让你们世代传下去的，但只能传给一个男丁后代。将来，不论你们做储君还是做亲王，皇爷爷都希望你们兄弟三人团结一心。就好像皇爷爷父母那辈一样，一家人相亲相爱，永远不会怀疑彼此，不会误会彼此，生死与共、肝胆相照。”

凌冽无奈地笑了笑：“他们还小，你不要给他们太多的特权了。而且他们才三岁，你就要他们将这个传给他们的男丁后代？”

倪夕玥憋着笑，慕亦泽夫妇也笑出了声。

孩子才三岁，洛杰布就想着曾孙的事情，他确实太心急了。

谁知洛杰布非常霸道地说了一句：“我的小孙子们没有特权，那么天下的孩子谁能拥有特权？”

慕天星拦住了凌冽，让他闭嘴，然后她笑眯眯地上前，讨好地问道：“父皇啊，你给宝宝们的小金牌有什么作用啊？”

洛杰布相当骄傲地说：“自然是有的！那就是不论将来他们谁做储君，谁做亲王，一旦有人做了亲王，其后世子嗣世袭，储君永远不许将其撤藩。”藩，就是藩王的意思；不撤藩，就是为君的人永远不可以动兄弟的亲王封号，不可以把他们降为普通百姓。

此言一出，孩子们似懂非懂，但是凌冽已经不高兴了。他走过去，将孩子们脖子上的小金牌一一摘了下来，然后转身把小金牌交给了慕天星，又对洛杰布道：“孩子们太小，你不要将那些君臣尊卑的观念灌输在他们的脑子里。我不希望他们现在就有天子跟臣子的概念，这样不好。”

他想要的是孩子们只知道彼此是兄弟，而不是现在时时刻刻拿一块小金牌提醒他们：将来你们有人是君，有人是臣。

这不是他想看到的，因为他见不得以后孩子们争权夺利，一旦有一个人开始，那么余下的即使再善良，也会为了自保，不得不防范斗争起来。

倪夕玥赞同道：“小金牌暂时让天星收着吧，现在给孩子们还太早，等他们满十八岁了，再让天星当生日礼物送给他们好了。”

洛杰布原本没有考虑那么多，现在听着儿子的话，虽然儿子没有说得很透彻，但是他已经听懂了。他点点头，有些抱歉地看着凌冽夫妇：“父皇一时间兴奋过头了，想要多给孩子们一些东西，没想这么多。金牌就暂时交给天星保管好了。”

孩子们被叫过来齐齐站在这里了，现在金牌被皇爷爷戴上了又被爸爸摘下了，他们眼睛里有诧异，也有无所谓。

比如，倾慕没心没肺的，转头就跑开玩去了。

比如，倾蓝似乎想了想，然后朝慕天星手里的东西看了看，跟着弟弟跑开了。

再比如，倾容怔怔地看着母亲手里的链子，反复思忖着那几个字：君臣之分？然后他转过身追着弟弟们去玩了。

只是他晚上洗完澡后，卓希他们过来看他时，他忍不住问卓希：“君臣之分是什么意思？”

卓希笑了笑，坦白告诉倾容：“君就是天子，是一个国家的统治者，整个国家都是他一个人的，他最大。臣，就是要给天子做事的，天子说什么，臣就要做什么。”

四年的分别，凌冽实在想慕天星想得好苦。他知道她因为疤痕的事情有心结，又一起为了孩子戒毒的事情心力交瘁，在房事上，便一直不忍心逼她。

而现在，一家人回到月牙湾有两三天了，孩子们的感情看起来越来越好，大家也相处得越来越融洽了，一切按部就班，美好的生活悄然开始。

凌冽洗完了澡，这方面的心思便活络起来。

事实上，他每天晚上抱着慕天星的时候，这方面的心思都是活的。

看着她拿着衣服进了洗手间，他微微一笑，佯装道：“你去洗，我去看看孩子们是不是睡了。”

待慕天星进了洗手间之后，凌冽赶紧将房门打开，在房间外面守候的青柠和莫林都跑了进来。她们在卧室里摆上漂亮的香薰蜡烛，把蜡烛点上，还挑了一首舒缓的钢琴曲，又将双人床上无数殷红的玫瑰花瓣拼成双心的图案。大灯一关，房间里情趣盎然，浪漫至极。

青柠和莫林离开房间后，凌冽才缓步从长廊上走了进去。他一看房间被两个女孩子装点成了这副模样，忍不住轻笑了一声。

听着洗手间里的水花声渐渐变小，他寻了一个方位，静静站在洗手间的墙边等待着。

慕天星在洗手间吹干了头发，穿着睡衣走出来。门一开，她就看见外面十分浪漫动人的画面，她的嘴角噙着错愕过后的微笑，往前走了几步。房间里到处看不见凌冽，她刚想轻唤出声，耳边掠起了一阵风，淡淡的紫薇花香萦绕，一双有力的臂膀从身后将她整个人拥入怀中。

慕天星做完疤痕手术后，恢复了十天左右。一如医生预料的那样，慕天星每天擦药，如今在这样浪漫的烛光下，根本看不出什么痕迹了。

她心里是有期待的，谁不想过正常人的生活呢？男人憋太久，他又这么优秀，她心里是有担忧的。

她的耳垂已然被他含在口中，来不及多说一句话，那双炙热的大手已然开始作乱。那活色生香的画面倒映在两人对面的衣柜镜上，她不经意间瞧了一眼，然后热血沸腾了。

他这么用心了，一切似乎顺理成章。

她的身子被他迅速转了过去，在转身的一瞬间，她的衣衫已然落地。旖旎缠绵的气息迅速在房间里扩散开来，那铺了一床的玫瑰花瓣终究凌乱了、飞扬了、飘落了。

那连绵不绝的细碎声音像爱神口中悦耳动听的歌谣，一直盘旋在卧室的上空。直到天亮时她才精疲力竭地睡去，他却意犹未尽地采摘着。

下午两点，房间里的慕天星醒过来了，还是饿醒的。

她爬起来后发现身边没有人，这让她非常不习惯。她闻到自己身上有沐浴露的香气，感觉皮肤也滑滑的，一看就被人擦洗过，心想：是大叔吗？

她的脸颊上闪过一丝慌乱，却很快镇定下来。之前做除疤手术的时候需要检查她的身体，那样狰狞的疤痕他都看见了，何况是现在除疤之后的皮肤，他看了就看了吧。她这般安慰自己。

她刚想起身找衣服换上，就发现凌冽已经放了一套她的衣服在空着的半边床上。

这是一套崭新的小套装，无袖的小碎花连衣裙，外面加了一件鹅黄色的长袖小西装外套，地板上还放着一双白色的高跟鞋。这套衣物充满春天的感觉。

她的嘴角噙着笑意，醒来时独自一人的失落感消弭殆尽。

她很快将衣服穿好，站在镜子前看了看，房门忽然从外面被人打开。

凌冽的项链已经回到了他的脖子上，慕天星第一眼就看见了，然后她朝着他微笑："你从宝宝那儿把项链要回来了？"

凌冽笑意盈盈地望着慕天星，自下而上地打量了她一遍，不吝赞美道："这是谁家的小姑娘，居然把'春天'穿在了身上，这么明艳动人。"

"讨厌。"慕天星小脸一红，有些羞赧，明明是他给她准备的。

他走上前将她轻轻环在怀中，与她一起照着镜子，如跳舞一样，身子摇啊摇："小乖，我们就这样生活下去，一直一直这样生活下去！"

"嗯！"慕天星用力点头。因为有凌冽的怀抱跟疼惜，她恍然惊觉过去如噩梦般纠缠的四年，如今已然离得太远太远。

凌冽牵着慕天星的手，道："你饿不饿？下去吃饭。"

"好啊。"她点头，"我去洗漱。"

"没关系，你不化妆一样漂亮。"

“你讨厌，我总要洗脸刷牙的。”

“啊？你还没洗漱？啧啧啧，你刚起床还没梳妆都这么美，难怪我这么迷恋你。”

“大叔。”

“去吧，我在这里等你。”

慕天星一溜烟冲进了洗手间，刷牙的时候她对着镜子看了又看，只觉得一颗心快要跳出来了，幸福来得太快了，好不真实。

漱完口，她拍了拍胸口，一头漂亮、乌黑的长发随意地披散着，脸上擦了常规的护肤品，没有化妆，她就这样从洗手间出来了。

她站在门口，发现凌冽颀长、清瘦的身躯半倚在书桌边上，帅气的脑袋垂着，盯着他手里的蓝宝石项链，一直一直看着。

她微微一笑：“我好了。”

他愣了一下，抬头望向她，然后微微一笑，走过去牵住她。他拿起一绺她长长的头发，感叹时光匆匆，长发及腰：“你想不想剪头发？如果你想的话，一会儿陪你用过餐后，我可以陪你上街，或者把人请回家里给你剪头发。”

慕天星依偎在凌冽怀中，双手挂在他的脖子上，也不说话，一脸安逸地将小脸贴在他的胸口上。

凌冽笑：“你怎么跟孩子们一样？”

“你别说话，让我多抱一会儿。”慕天星闭上眼睛，感受着从他胸口传来的强有力的心跳。她弯起嘴角，对他道：“大叔，你轻轻捏我一下。”

他听话得很，轻轻捏了一下她的小屁屁。

“我又不是孩子，你干吗打我屁股？”她抬头抗议，小脸都皱了起来。

他哈哈大笑道：“这样我才能让你更加确定这一刻是真实的，不是梦啊。小乖，你要相信，这样的生活一定会一直一直延续下去！”

当凌冽牵着慕天星下楼的时候，她清亮的眼睛扫过墙壁上的挂钟，才惊觉时间已经是下午了。

她小脸酡红，忍不住转身在凌冽的胸口轻轻捶了一下：“你怎么不提醒我？”

白天睡到这么晚才起来，这下家里上上下下的人都知道她怎么回事了。

无奈的声音幽幽地在她耳边响起：“如果我告诉了你，难道你一辈子不出房门了？大家都是过来人，这种事情可以理解的。”

慕天星：……

她被他牵着下楼，看见大厅里没什么人便稍稍安心了。他让宫人取来简单的药膳粥，还有几样小菜。

“你饿太久了，不适合吃油腻的东西，先吃这个吧。”凌冽捏着勺子，轻轻搅动着碗里的粥，吹散了热气，然后舀起一勺粥，又吹了吹，直接递到了她的嘴边。

慕天星愣住了，伸手道：“我自己来。”

“别动。”凌冽拒绝了她，然后霸道地说，“我都四年没伺候你了，这么一点福利你都不给我吗？”

两人四目相对，透过各自的眼神传递出了太多浓情蜜意。

他幽深的黑瞳，便是她此生沉溺的港湾。

凌冽温柔轻语：“我喂你吃东西，饭后帮你擦小嘴，牵着你的小手和你漫步在有萤火虫的月牙湖边，为你唱歌，陪你弹琴，给你冲牛奶，帮你把露在被子外面的小手小脚放回去，这是过去一千多个日日夜夜里，我每分每秒都在奢望的事情。”

慕天星红着眼，也不矫情了。她张开嘴巴，含住了他递过来的勺子。她吃了一半的时候，孩子们汗流浃背地回来了，一个个头发都是湿漉漉的。

倪夕玥的手里拿着三个孩子的小皮衣外套，慕亦泽手里提着三个风筝，他在进屋的一刻将风筝交给了身侧的宫人。蒋欣则快步追到了沙发前，她拿着茶几上的果汁，打开后给了孩子们。

凌冽夫妇笑了笑，孩子们玩得这么累，一看就很疯狂、很开心。

蒋欣见孩子们接过果汁，又拿起纸巾给他们擦擦小脸上的汗珠，然后说道："你们慢点喝，多喝一点，然后外婆带你们去洗澡。"

"知道啦。"倾慕捧着果汁，安静地坐着。

"你们累坏了吧？倾蓝今天跑得太快了！"倪夕玥走过来，将三个孩子的小皮衣往沙发上一放。她摸了摸倾蓝红扑扑的小脸："可是你跑的方向不对，要分辨你是逆风还是顺风跑，那样才可以跑得更快。"

倾容一下子从沙发上站了起来："我的风筝飞得最高，谁也没有超过我！"

倾蓝把嘴里的吸管一丢，摇头道："才不是，倾慕根本没有跑起来，他故意输的。"

倾慕依旧坐在那里一动不动，他晃着两条小萝卜腿，一副优哉游哉的样子："才没有，大哥最棒，大哥放的风筝最高了！"

倾蓝闻言，侧过身瞪着倾慕："哼！"

倾慕吐了吐舌头，最先喝完果汁，然后安静地坐着不说话了。

很快，凌冽把慕天星喂饱了，宫人立马上前把餐具收下去了。慕天星站起身，微笑着跟长辈们道："大家辛苦了，一会儿我来给孩子们洗澡吧，你们都休息一下。"

倾容一下子扑过来："妈妈，妈妈先给我洗澡。"

慕天星把倾容抱起来，捏了捏他的小鼻子："好啊，妈妈先给你洗澡。"

"妈咪，我也想要先洗。"倾蓝站起来，拉着慕天星的衣摆摇啊摇，"我今天出的汗最多，身上都湿透了，我好难受啊。"

凌冽伸手将倾蓝抱了过去："妈咪先给你大哥洗澡，爸爸给你跟弟弟洗澡，怎么样？"

倾蓝咬着唇想了想，点点头："好吧。"

慕天星看着沙发上的倾慕，道："你的意思呢？"

倾慕咧嘴一笑："我最小啊，所以我要听话啊。"

“可是我想要爸爸妈妈一起给我洗澡。”忽然，倾容开口道，“爸爸妈妈还没有陪我一起洗过澡。”

倪夕玥“扑哧”一笑：“瞧吧，我们三个老的带了孩子们一下午，累得腰酸背痛的，结果呢，他们还是觉得爸爸妈妈最亲了，一个个争着要他们。”

蒋欣道：“三楼是不是有个浴池？上次我来的时候参观过，应该是有一个浴池的，像小游泳池一样大。”

“对啊！”倪夕玥一拍额头，当即道，“这样三个孩子一起洗，让爸爸妈妈带着一起洗。皇奶奶让人把上面的小游泳池清理一下，你们在里面玩水好不好？”

倾容：……

倾蓝：……

倾慕一下子跳了起来：“好耶。”

倪夕玥笑了笑，当即领着宫人去处理了。

慕亦泽揽着蒋欣的肩，道：“那我们也回房洗澡了，孩子们暂且交给你们了。”

之前他还很兴奋，一下子多了两个外孙，带孩子的时候也觉得很幸福，天伦之乐不是谁都能享受的。但半个月过去，倾容回来了，三个外孙撞在一起，又跑又跳的，毕竟他过了中年，有些吃不消了。

凌洌赶紧道：“辛苦爸妈了，你们赶紧回去休息吧。”

很快，大厅里只剩下凌洌一家五口。

倾容一直被慕天星抱在怀里，他凑到慕天星耳边，用极低的声音道：“妈咪，倾蓝不喜欢我，他老是跟我对着干，还不服从我的领导。”

慕天星“扑哧”一笑，在倾容的脸上亲了一下，同样很小声地在他耳边道：“每个人的喜好都不一样，你不能把你的想法强加在弟弟们身上啊。”

倾容不说话了，只是安静地趴在妈妈怀里，道：“今晚我要跟妈妈睡。”

倾蓝眸子一亮："我也想和妈妈睡，我已经好多天没有跟妈妈睡过了。"

凌冽当即将慕天星搂在怀中，对着孩子们道："先生们，抱歉了！这个女人是我的，我已经等她四年了。"

孩子们纷纷"扑哧"一笑，不再跟凌冽争了。

很快，宫人下来汇报道："太子、太子妃，泳池里已经放好热水了。"

凌冽一只手抱一个人，他把倾蓝、倾慕抱在怀里。慕天星抱着倾容，一家五口就这么愉快地上楼玩水去了。

孩子们在泳池里玩水的时候，气氛还算愉快，一个个玩得不亦乐乎，白色的泡泡飘得到处都是，整个空间飘荡着欢声笑语。

倾蓝第一个说泡得有些头晕，想上岸了，慕天星带着他去外面的小房间里擦干身子，穿上衣服。

想起之前倾容说的话，她别有深意地说："大哥在外面一直是跟着坏人长大的，还吃了很多苦，你跟弟弟若能让让他，就尽量让让他，知道吗？"

倾蓝嘟着小嘴，有些委屈："我是想跟大哥好好相处，他刚刚回来的时候也是不错的。可是不知道为什么，这两天他老是喜欢用命令的口气跟我说话，我不喜欢这样的哥哥。"

"倾慕没有你这么多情绪！"慕天星小声训斥道，"你觉得哥哥有什么不够好的地方，你可以私下找哥哥沟通啊，不能表现得太明显，你这样哥哥会伤心的。"

"妈咪，你都不知道倾慕的风筝还是太爷爷送的呢，倾慕可喜欢了，连我都不给碰一下。昨天说好了，今天我们一起去放风筝，皇奶奶给我们拿了两个风筝过来，但是大哥非要倾慕的，倾慕舍不得，大哥还打了倾慕呢。"倾蓝生气地皱起小脸，道，"我自己的弟弟我都没舍得动一个手指头，他一上来就把倾慕推到地上，我气不过，上去跟他打起来了。后来，倾慕不让我们打了，还说风筝送给大哥了。"

慕天星震惊了，有这样的事情？她自然相信倾蓝不会撒谎，她教育了三年的孩子秉性如何，她非常清楚。但是如果倾蓝说的是真的，那倾慕岂不是受了委屈？倾容也不像这么不讲道理的人啊，更不会随随便便推人的。

她最怕三个孩子在一起有隔阂了，所以她决定一会儿找凌冽商量一下。

慕天星给倾蓝吹头发的时候，又问："太爷爷什么时候送风筝给倾慕的？"

"就是那天皇爷爷带着我跟倾慕一起去幻天阁。太爷爷那里好像有一个大牧场，里面的风景特别好，空气也特别好。太爷爷说第一次见我们，不知道送我们什么好，就让我们自己在幻天阁里挑礼物。"

"然后呢？"

"然后我挑了太爷爷书桌上的一个笔筒，那个笔筒好漂亮，雪白的玉做的，上面还有很多宝石跟金银！可是倾慕挑了那个风筝……"

"哦。"

"我让他换一个，还跟他说太爷爷书房里有很多宝贝，但是他不听。"

"妈咪知道了。"

给倾蓝穿好衣服后，慕天星放他出去玩，她回到泳池边跟凌冽一人抱一个孩子。对于孩子们打架的事情，慕天星只字不提。

等到快傍晚的时候，洛杰布回来了，三个孩子便跟着洛杰布去月牙湖边看苏苏了。慕天星这才拉着凌冽回了房间，将倾蓝的话说给凌冽听。

闻言，凌冽只是微微一笑："我知道。"

"你知道？"慕天星凝眉，"你知道怎么不告诉我？"

"别说咱们家的孩子了，外面的普通百姓家庭一样，逢年过节聚会的时候，孩子们凑在一起，为了抢玩具打架，这简直太平常了。每天幼儿园里也有孩子为了争抢玩具打架的。这是符合他们年纪的事情，孩子的天性，你别大惊小怪的。"

“我不是大惊小怪，我是怕他们兄弟有矛盾。”慕天星知道凌冽说得有道理，但是她心里有些忐忑，手心是肉，手背也是肉。她轻叹了一声，无奈道：“要是一个儿子，两个女儿就好了，肯定没有这么多烦恼。”

凌冽轻轻拥住了她。

夫妇俩站在窗边，看着楼下湖边的三个孩子依偎在洛杰布夫妇身边。苏苏在湖边露出一个脑袋来，它安静地待着，任由洛杰布轻轻抚摸它。

这条鳄鱼真是一点都不凶残，没有半点兽性了。

“还有一件事情你可能不知道……”凌冽忽然在慕天星耳边道，“上次两个孩子从幻天阁离开的时候，皇爷爷说了一句话。”

“什么？”慕天星一紧张，就怕孩子们在太上皇面前闯祸了。

凌冽意味深长道：“皇爷爷说只有从小用心感受过母爱的孩子，才能懂得用心去感受别人的疾苦，包括天下子民的疾苦。因为得到过，所以懂得给予；因为没有得到过，所以只顾索取。”

那天吃完早餐后，洛杰布跟凌冽说这些事情的时候，凌冽心中就惶惶不安。他趁着慕天星睡觉的时候，亲自去幻天阁拜访了皇爷爷。他想知道皇爷爷是否在暗示他如何决定皇位继承人。

凌冽其实想将皇位传给倾容，他觉得倾容吃了太多苦，所以他不希望长辈对倾容有误解。

他对皇爷爷道：“小时候我是孤苦伶仃的一个人，也没有父母在身边……”

“但是你从来不缺母爱。”洛天凌直接打断凌冽的话，语重心长道，“你的养母是一个善良无私的女人，她用整个生命来爱你，一直到你六岁。后来，即使你是淡漠的，但是你依旧懂得给予，依旧在心中留有一扇窗，让阳光彻底照进来。但一个始终在失去、从来没有得到过母爱的人，他的内心是无底洞，他没有得到的印象，也没有得到的觉悟，即使你把江山交给他，他也不会觉得是他得到了，他只会觉得自己一直在失去，心中一直填不满。”

凌冽觉得皇爷爷应该对倾容有偏见，所以他不争辩了。

从幻天阁出来后，他默默做了一个决定，等他宣布皇储的时候，想来洛天凌已经仙逝了，那时候他认定了倾容，谁还能奈何他？

慕天星微微敛眉：“皇爷爷的意思是不要倾容做储君？”

“人年纪大了会乱想。”凌冽轻拍着慕天星的背，在安慰她的同时将他的决定告诉了她，“三个孩子我一样疼爱，但是皇储我选择倾容。”

当凌冽把这个决定告诉慕天星的时候，表示他此生不会再改变主意了。而慕天星本就对倾容愧疚，觉得是她没有保护好他，才会造成他后来的伤痛。所以对于丈夫的决定，她没有异议，甚至支持：“好！那以后对这个问题我们不用再商议了。”

“嗯。”

洛杰布专门找人算过了，这一天是适宜祭祖的好日子，所以他提前一天通知大家戒斋沐浴，吃了素食的早餐后，大家便乘车前往幻天阁。

慕亦泽夫妇心知自己不是皇室中人，哪怕洛杰布已经说了可以去幻天阁里面参观一下，他们还是非常识时务，微笑着摇头拒绝了。洛杰布也没有勉强他们，让倪雅钧夫妇好好陪他们。

一辆辆车子在幻天阁门口停下的时候，艳阳下的洛杰布牵着倾慕，凝视着眼前古典中透着几分返璞归真的招牌，他轻笑了一声：“洛家的老祖宗全住在这里了。”

蓝天下，结伴而行的翻云覆雨盘旋在众人头顶，沙哑的嘶鸣声像是为什么哀悼。

秋风淡淡吹过，空气中弥漫着好闻的桂花香气，令人心旷神怡。

凌冽牵着慕天星，慕天星牵着倾容，倪夕玥牵着倾蓝。

一家人在晏北的指引下缓缓踏入了幻天阁的大门。

祭祖要准备的东西全部由诺一跟卓希夫妇拿在手里，他们不远不近地跟着。

进了幻天阁大门，众人身后的大门紧紧关闭。

眼前是苏州园林风格的诗意之境，雕梁画栋、亭台楼阁，每一处都与山水、花草联系在一起。看过去，随随便便一个不起眼的小角落也精致得很。

倾蓝跟倾慕来过这里，所以很开心地撒开腿跑了起来。

“我知道太爷爷住在哪里！他住在后面的花园小楼里！太奶奶种了好多花，太爷爷也种了好多菜。”

“上次我们来的时候，太爷爷还请我们吃了他们自己种的蔬菜……”

“对啊！太爷爷种了好多蔬菜，还养了好多小鸡！”

慕天星一边走，一边观赏，忍不住道：“有山有水，偷得浮生半日闲，这样的日子真像世外桃源一样美好。”

凌冽闻言，当即道：“你若是喜欢，将来我早点退位，陪你过这样朝朝暮暮、携手而行的日子。”

慕天星看了他一眼，悄悄点了点头：“到时候再看吧，希望可以。”

这样好的男人，让他摒弃一切陪在自己身边，完完全全地隔绝在一隅之地，只为她一个人。她是想啊，却又怕太浪费了，毕竟他这么好，这么有才华。

洛杰布盯着凌冽，冷哼了一声：“你现在知道我的心情啦？我跟你母后好不容易在一起，不也是想过这样的日子吗？和你母后大婚那天我就想退位了，结果你倒好，偏偏不肯。”

倪夕玥看着凌冽撒娇道：“好儿子，现在天星回来了，孩子们也回来了，你再考虑考虑继位的事吧，可怜可怜母后吧。母后累了大半辈子了，也想好好休息一下，和你父皇环游世界，跟你父皇寻一处山明水秀的地方居住呢。”

凌冽最孝顺，也最听倪夕玥的话了，但是这次他微微犹豫了，道：“眼下，我跟小乖刚刚团聚，跟孩子们也刚刚团聚，正是需要与他们好好培养感情的时候。如果现在我接手政务的话，势必忙得不可开交，就会忽略了孩子们，也冷落了小乖。”

所以，宠妻如命的他的言外之意是：你们再等等吧。

洛杰布夫妇：……

可看着眼前三个天真可爱的孩子，还有此刻在凌冽身边笑靥如花的慕天星，洛杰布夫妇无奈地一笑。

罢了罢了，为了自己孩子们的幸福，他们暂且再辛苦辛苦吧！

一行人走过了气派的皇家园林，来到了后院，就好像从古代皇宫忽然来到了普通的农家。

小小的篱笆院子里有小鸡的叫唤声，他们可以清楚地看见洛天凌种在院子里的菜。待他们靠近了院子，就看到好多黄瓜、白萝卜、青豆、茄子，全部长得很好、很漂亮。

慕天星凑近植物一瞧，发现一些菜叶子上有一个个的虫洞，虽然菜叶子破败了，但看了一眼，她觉得心里有所皈依。

空气里满是泥土的气息，不远处还有野蔷薇，它的藤蔓爬满了小楼的一整面墙壁。

院子里还有一只小狗，不是名贵的宠物犬，而是在农村里最常见到的那种田园犬。小狗的毛是黄色的，个头不大，看样子它才出生两三个月。

孩子们跑得欢，看见小鸡全部被围在用红色的砖块砌起来的小窝里，他们好奇地睁大眼睛往里面看。

宅门忽然打开了，洛天凌牵着珠珠的手，两人微笑着走了出来。

倾蓝跟倾慕看到他们两人，一下子扑上去了。

“太爷爷！”

“太爷爷！太奶奶！”

倾容站在原地，看了一眼洛天凌，然后走上前学着弟弟们叫他：“太爷爷好，太奶奶好。”

洛天凌摸了摸两个孩子的脑袋，又笑呵呵地走向倾容，牵起他的小手道：“乖，上次你的两个弟弟来太爷爷这里玩，你不在。这次你来了也跟他们一样，在幻天阁里随便选一样东西，就当作太爷爷送给你的见面礼吧。”

洛杰布夫妇都在笑，小声揣测着孩子会拿什么。凌冽夫妇也用鼓励的眼神看着倾容，凌冽柔声道：“你别怕，不管你看上什么，太爷爷都会给你的。”倾容点点头，看了眼面前破败的小院子，又扭头看着大家刚刚走过的亭台楼阁，道：“我可以去那里找吗？”

大家哈哈笑了起来，洛杰布对着卓希招招手：“你陪着倾容去找。”

卓希点头：“好。”

于是，倾容一撒腿就跑了，卓希在后面追着。

洛家先祖的墓全部在这个小院的后面，洛天凌看着孩子跑远了，勾唇笑了笑，然后对着大家招招手：“都过来吧。你们先给祖宗们上香，然后给祖宗们的坟头除除草。”

闻言，洛杰布急了：“坟头是什么意思？现在哪里还有人用坟头的？你不是说退位之后专职守灵吗？居然连一块像样的、漂亮的墓地都没造吗？”

洛杰布一阵火大！他可是爷爷奶奶心里的宝贝，是凌予夫妇的心尖肉。他一直想来幻天阁里看看爷爷奶奶，可是洛天凌这个老顽固死活不让他进来瞧上一眼，还说这是祖辈留下的话，他们不希望后世子孙浪费时间跟精力给他们扫墓。

这个消息传出来的时候，洛氏宗亲全部受不了了。但是，洛天凌拿出凌予亲笔写的最后一封信，上面确实是这样说的。

洛天凌白了洛杰布一眼，道：“将来我跟你母后走了，你们也不用给我们扫墓，就把我们的骨灰撒在名山大川之间或者撒在树下当肥料。我现在跟父母的想法是一样的。树葬还是比较文明的，反正是给后人的一个纪念。再说了，人死如灯灭，哪还要拖累子孙年年岁岁来扫墓？”

“你？洛天凌你个浑蛋！你把我的爷爷奶奶怎么样了？”

洛杰布眼中盈满泪水，一口气冲到了屋子里。他看着里面一块块用百年紫檀木做的精致牌位，捏紧拳头冲到了后门……他想来这里想得快发疯了。

四年前，他跟倪夕玥结婚的时候就想着以成家立业为借口来这里看看，也算了却多年来的一桩心事，偏偏洛天凌不依他。

现在慕天星生了三个小孙子，他专门领着小孙子们过来就是为了拜祭一下先祖。结果好不容易可以看见了，却是破败的、任由风吹雨打的黄土丘吗？

洛杰布冲到后院一看……凌儿、靳沫卿、洛美薇、胥尔升、慕烟、凌煦、洛天蕊、凌云。

只有这些先祖的墓在这里！没有凌予夫妇的？！

洛杰布扭过头，不解地看着洛天凌："为什么凌云都有墓了，我爷爷奶奶没有？"

洛天凌手里执着三炷香，是晏北帮他点上的，他不紧不慢地对着牌位一一鞠躬，然后将手中的香插在香炉里。

珠珠照做了，倪夕玥也照做了。洛杰布不得不退回去，拿着香先拜祭这些先祖，凌冽夫妇也照做了。

这时，洛天凌看着牌位，不紧不慢地道："我不是说过了，他们愿意树葬。所以你们刚才看见的坟丘边上，那一株特别高大的连理相思树下睡着的就是他们。"

洛杰布的眼泪簌簌落下，他对着洛天凌挥舞着拳头，像一只焦躁的猩猩，却又不能揍他的父亲，急得不得了。

珠珠看着洛杰布掉眼泪，心知儿子伤透了心，她也心疼。于是，她不得不讲出实话来。

"树下是你爷爷奶奶的衣冠冢。其实，他们最后去了哪里我们也不知道；他们什么时候离开人世的，或者有没有离开人世以及最后经历了什么，葬在了哪里，我们全不知道。这么多年了，你的父皇不知道派出去多少人，他们全没查到。你爷爷是故意留下那封信的，让你父皇安慰那些宗亲，是当初你爷爷把皇位给了你父皇之后，与你奶奶决定结伴出去环游世界那天写好的。”

听完这些话，洛杰布心里很难受。

洛天凌想起父母，眼眶也红了：“大家去祭祖吧。”

没有洛杰布最想见到的墓，所以扫墓的过程很简单，就像寻常人家一样，拔拔草，给墓碑上掉色的字加上颜色，然后摆上瓜果等祭品，烧点纸钱什么的，最后大家一一磕头。

当众人磕头的时候，倾容怀里抱着一个东西回来了。

凌冽远远地看见倾容，笑着朝他招手：“过来，弟弟们准备磕头了，你也过来。”慕天星好奇地看着倾容手里的东西，心想：这小子真是孩子气，拿个东西居然还用一块紫色的花布包裹着。

“过来，让妈妈看看你拿了什么东西？”慕天星说。

大家纷纷停下来，将目光投到倾容的小脸上，见他脸颊一片通红，显然跑累了，一只小手小心翼翼地将花布打开。看见花布下面的东西，洛天凌夫妇、洛杰布夫妇的面色都变了。这是一道洛天凌退位前留下来的、内容空白但盖了宁国国君私章的圣旨。

洛天凌看了一眼晏北，晏北的面色不是很好，颤抖着说：“我……我当初亲手放在库房里了，锁得好好的。”

这种东西，他肯定锁得好好的。

一道稚气的声音响起：“我把锁砸掉了。”

众人面色又是一变。

倾容道：“我找了一圈也没有找到我喜欢的东西，然后我看到一个上了锁的大匣子，我让卓希叔叔帮我砸，他不肯。我不会开锁，又怕你们等急了，就用烟灰缸把锁砸掉了。我砸了很久的！”

晏北跟诺一齐齐看了眼卓希。

卓希只觉得无数道目光直直刺向了他，他垂着脑袋，如实道：“小殿下将锁砸开之后，在里面翻找了一番，然后拿着这个问我是什么。我告诉他这个是圣旨，就是把所有愿望写上去就能实现了。然后……他拿了这个。”

“嗯。”洛天凌看了一眼倾容，“你既然拿到了，太爷爷自然说话算数，这个就送给你做见面礼了。”

倾蓝凑上前看了眼圣旨，有些羡慕：“大哥，你居然得了这么个宝贝！你许愿的时候，别忘了叫上我，把我的愿望一并写上去。”

倾慕也笑着上前，好奇地看了一眼：“大哥，你运气真好，居然还能找到可以许愿的本子。”

倾容将圣旨往怀里一塞，道：“这是我很辛苦才得来的，是我本来应得的！”

慕天星笑着拍了拍倾容的肩，道：“不管怎样，这是太爷爷送你的礼物，你要谢谢太爷爷。”

倾容很听话，看着洛天凌道：“谢谢太爷爷。”

“嗯。”洛天凌目光一扫身后的土丘，道，“我乏了，你们也扫过墓了，各自散去吧。”

“父皇，小冽跟天星的婚礼我找人查了日子，二十八天后是一个好日子，您看……”

听了洛杰布的话，洛天凌的嘴角噙着意味不明的笑意：“呵呵呵，挺好，你们自己看吧。现在是你们的时代，我的时代已经结束了，儿孙自有儿孙福，我哪里还能管得了你们。”

发现洛天凌的情绪不对劲儿，洛杰布微微愣了一下。这时，洛天凌背对着他们挥了挥手：“你们回去吧。”

众人纷纷对着洛天凌夫妇行礼，转身离去的时候，他们听见洛天凌站在那棵高大的相思树下轻轻咳嗽了起来。

洛杰布顿住脚步，然后走上前，他脱下了外套，往父亲身上一披：“父皇，我们难得来了，您也不请我们吃一顿家常便饭？”

珠珠看着洛杰布，她跟洛天凌到了中年才有这么一个儿子，私下里自然非常挂念他。她道：“幻天阁里吃得比较清淡，我跟你父皇都是吃我们自己种的蔬菜，还有自己在池子里养的鱼。”

晏北微微一笑，上前道："还有鸡和鸭，都是自己养的，幻天阁里的人已经多年不吃猪肉了。"

"那我们也吃这个。"洛杰布脱口而出，他也是心软的。从小到大，母亲对洛杰布特别严厉，每次都是父亲包容他、照顾他。现在，他看着日光下洛天凌两鬓斑白的模样，望着眼前一座座的小土丘，他好害怕哪一日父亲睡在了那里。他恍然惊觉，这么多年自己跟父亲错过的时间太多了。

洛天凌扭头看了洛杰布一眼。

凌冽站在院子的门口，温声道："您还记得我在花旗给您做的鱼吗？我这就下河给您捞去。我还没捞过鱼呢，今天就当是我们带着孩子们来您这里过农家乐的生活。"

听见乖孙主动说要留下用餐，洛天凌终于笑了："好啊，今天中午我尝尝乖孙的手艺。"

倾蓝笑着道："我要跟爸爸一起抓鱼！"

倾慕笑："我也去！"

慕天星拍了拍倾容的肩膀，道："你也去啊！爸爸跟弟弟们都去抓鱼了，你不去玩吗？以后你自己抓鱼的机会很少的。"

倾容看着妈妈，他很想去啊，可是他怀里还抱着可以许愿的圣旨，他要怎么去？他想了想，对慕天星道："妈咪，我可以把这个放在你的包里吗？"

慕天星点点头："当然可以啊。"

她打开随身带的女士背包，倾容将圣旨放进去，然后帮着妈妈把拉链拉好。他看着妈妈，神情专注又认真："妈妈，你要答应我，不可以把它弄丢了。"

"放心。"慕天星轻轻一笑，"你快去！妈妈跟奶奶一起给你们摘点蔬菜。"

倪夕玥看着孩子们去抓鱼了，心情特别好，便看着洛杰布，道："我忽然想起小时候，还是在上小学呢，老师带着我们去水库边上搞野炊煮饺子，那时候好有意思的。”

阳光倾洒在她的脸上，将一向温婉优雅的她照出了几分俏皮和可爱。

洛杰布见了这样的她，心里欢喜，真希望她可以一直这么开心下去。他说：“这有什么难的，我们今天中午也野炊！诺一！”

诺一当即上前一步：“是。”

“你找砖块砌灶台，然后捡树枝，我们在院子里搭火做饭。”

“是。”

倪夕玥兴奋地踮起脚，在洛杰布的脸上亲了一下：“谢谢老公。”

这下洛杰布可自豪了，心里美得冒泡。

看着倪夕玥跟慕天星离开了，洛杰布也扶着洛天凌缓缓走出去了。

晏北打电话让人送了好几张摇椅过来，还有凳子、桌子什么的，全是原生态实木做的，都没有上过清漆。

洛杰布扶着洛天凌夫妇，让他们在摇椅上坐着晒太阳，陪着他俩说话。

这下整个幻天阁的护国军都躁动起来了，他们不光在小河边上严防死守，就连院子前的空草地上也严防死守，就怕小殿下们掉到河里去了，他们还不敢靠得太近，怕陛下不高兴。

卓希夫妇抱着一堆堆干柴过来，几个护国军的战士搬了红砖过来，迅速搭好了灶台。

慕天星跟倪夕玥开心地在菜园子里摘菜。她们摘完了要吃的青菜，一一放在菜篓子里，然后提着菜篓子去河边清洗青菜。

幻天阁里的小河，水清澈得很，河水也不深。孩子们脱了袜子，光着脚丫踩在河里，水面差一点没过他们的膝盖。

凌冽本来自信满满，可是下了水才发现，这里的鱼不是一般的狡猾，跟平日里放在水盆里待死的鱼完全不同。

“如鱼得水”这四个字他今天有了更深层的领悟。

眼看妻子跟母亲都快乐地跑过来洗菜了，他却一条小鱼都没抓到，他心急了，站起身对着岸边喊：“大家帮忙捉鱼。”

一瞬间，十几名暗处的战士冒了出来，他们脱掉鞋袜，卷起了裤脚，下河帮着太子殿下捉鱼。

洛天凌坐在摇椅上，眯起眼看着下面河道上的乖孙，忽然对洛杰布道：“我们家里的人都挺长寿的，你怎么也能活到八十岁。”

洛杰布惊了一下，不可思议地盯着父亲：“你说我？”

洛天凌笑了：“你不用那么辛苦，孩子们二十岁的时候你刚好六十六岁？”

“呃……”洛杰布愣了一下，他觉得阳光下父亲的双瞳别样幽深，“你到底想说什么？”

洛天凌端过晏北递上来的锡兰红茶尝了一口，道：“小冽是一个为君的好人选，但是他太纠结自己的过去了。他觉得倾容很像他，但是他跟倾容完全是两种人。孩子要好好教导，以后倾容的教育你要多多费心。”

“小冽他们很会教孩子的。”

“是慕天星很会教孩子。”洛天凌轻叹了一声，道，“至少慕天星教出来的孩子不会砸我的锁。”

“你真小气，还为这种事情生气！”

“呵呵呵，人老了就越来越小气了，不然怎么说老小孩儿呢？”

“哈哈哈……”

正午时分，在这座充满农家乐情怀的院子里，两张木桌拼凑在一起，摆了一大桌的菜。一大家子的人，以洛天凌夫妇为中心齐齐坐下，在欢声笑语中大家开始用餐。

他们隔壁的小方桌上，晏北、诺一，还有卓希夫妇也开开心心地吃着太子煎的鱼以及皇后炒的菜。

时光如此美好，这一刻心灵上返璞归真，有一种纯粹又朴素的感觉，那些点点滴滴荡漾在每个人的心头。大家想着这一生也许只能吃一次，顿时觉得这顿午餐弥足珍贵。

婚纱照还没拍呢

第三章 Little wife

一半春来，娉婷万里。

凌洌夫妇的婚期已定，慕亦泽夫妇、倪雅钧夫妇便提前道别，毕竟在M市他们各自还有生意要做。

临走前，慕亦泽别有深意地对慕天星说：“倾蓝的算术能力很强，我带着他一连睡了半个月，每天晚上我都跟他说一些计算方面的东西，他也都能很快地解答出来，他的脑筋转得比同龄孩子快。我觉得将来等我跟你妈妈老了，凌云国际跟星灿纺织，还有紫薇宫的产业都可以交给他，让他自立门户。”

慕天星微微一笑，道：“孩子们还太小，我跟大叔没打算这么早给他们定性。”

闻言，慕亦泽似乎思索了一下：“如果你们将来决定让倾蓝做皇储的话，他倒是没有时间管理商业帝国了。”

刚才卓希将凌洌手下所有的产业都委托给慕亦泽夫妇处理了，这是凌冽吩咐的。

凌冽说，那些就当作他给慕天星的彩礼了，尤其慕亦泽正值中年，在M市也混了好几年，各方面的人脉都有了。

慕亦泽夫妇的养女是未来的国母，谁敢给他们使绊子？谁敢不给他们面子？还别说，自从慕亦泽将凌云国际接手后，凌云国际的股价“噌噌噌”地往上涨。星灿纺织还没有机会成为上市公司呢，但是慕亦泽在凌云国际那里过了一把董事长的瘾。

凌冽夫妇站在月牙湖边，亲自将慕亦泽夫妇、倪雅钧夫妇送上了车，再目送他们离开。

送完他们，凌冽夫妇一转身，就看见卓希站在大太阳下傻笑着，那憨厚老实的模样一如他跟凌冽小时候。

慕天星瞧着，“扑哧”一笑：“你傻了？”

卓希摇摇头，眼中似有太多感动，只道：“我只是太开心了！能让我继续跟着太子，就是我这辈子最想做的事情。我觉得御侍是太阳底下最光辉的职业！”

慕天星跟青柠笑呵呵的，而凌冽抬头看了一眼湛蓝的天空，扭头对慕天星道：“你先跟青柠去房间，我跟希说说话。”

“好。”慕天星上前，牵着青柠的手进了别墅。

凌冽颀长、清瘦的身影披着灿烂的日光，他仿佛是天地间最为尊贵的人，卓希觉得自己能够陪伴在他身侧，心中无比骄傲和自豪。

他看着凌冽沉吟的模样，主动开口道：“太子有什么吩咐？”

打小一起长大的兄弟，虽然身份向来不同，但是情意跟默契是不变的。

凌冽走向湖边，看着还在孵蛋的苏苏，脑海中闪过当初把鳄鱼蛋送给洛杰布的一幕幕，嘴角牵起一抹怀念的笑。然而他再看卓希的时候，这抹笑容自然地隐去，幽深的黑瞳中布满了认真，一如他此刻郑重的口吻：“你把之前倾容在幻天阁里找东西的过程跟所有细节和我说一遍。”

卓希愣了一下，点头：“好。”

从跟着倾容离开小院后开始，卓希将其中的所有细节都说了。大致就是倾容在前院跑了一遍，却只看房间的门，只喜欢往富丽堂皇的地方去。他去过太上皇夫妇的卧室，在房间里转了一圈，看到有几个保险柜上了密码锁，他打不开，就问了卓希，但卓希也不知道怎么开。

他一路搜刮，挑中了很多名贵的东西，大多是镶着金银、珠宝的工艺品，抱不动了就全塞在卓希怀里，让卓希抱着。等到了洛天凌的书房，他一抬头就看到柜子上一个上了锁的小匣子。

他让卓希把匣子拿下来，然后就要卓希砸，卓希不敢，他就找了一个水晶做的又大又坚硬的烟灰缸，然后蹲在地上死命地砸匣子。

有一点倾容没说错，他真的砸得很辛苦才打开匣子。

他砸开匣子之后，发现了里面盖了章的空白圣旨，就让卓希把之前的宝贝全部扔在地上，然后他找了一块干净的布，包好了圣旨，再一路朝着后院去了。

凌冽站在湖边静静地听着，温暖的阳光晒在人身上很舒服，他原本该犯困的，但是他困不起来。他的脑海中不断回荡着皇爷爷对他的忠告：从来没有得到过的人，不知道得到的滋味，也永远不会满足，只会索取。

他轻叹了一声，耳边有几缕清风吹过。

“以后，你对倾容要多注意一些。不要因为他是小殿下就一味地纵容他，一切要按照规矩来，像砸锁这样的事情今后不许再发生。如果他拿小殿下的身份压你，你就拿长辈的身份去压他。”凌冽说完后，卓希整个人愣在原地缓不过神来。

“我……我长辈身份……这个……”卓希吓得话都说不全了。

凌冽摇头苦笑：“青柠是我的表妹，你是我的表妹夫，那么你自然是倾容的表姑父！”说完，他眉头一挑，又道，“一会儿我要让三个孩子都过来叫叫你，省得他们心中没有这个概念。今后你要重点帮我注意、约束一下倾容。”

卓希的脊背一下子挺直了，点头道：“是，太子殿下。”

别墅门口，三个孩子拿着各种颜色的风筝出来了，慕天星跟青柠追在后面。

凌冽嘴角含着一丝笑意，对着三个孩子招招手：“你们过来，爸爸有事情跟你们说。”

闻言，倾容第一个跑过去，倾蓝、倾慕紧随其后。三个孩子排排站，全部穿着漂亮的贵族风的条纹小衬衣，一个个的头发修剪得帅气，显得十分精神。

凌冽瞧着三个宝贝，心里非常柔软，他挨个摸了摸他们的脑袋，道：“之前我一直没有给你们介绍，这是青柠姑姑，是爸爸的表妹。这是青柠姑姑的丈夫，是你们的姑父，是爸爸的助手，也是你们的长辈，今后你们进进出出，看见他们要记得叫姑父、姑姑。”

三个孩子齐齐点头，对着卓希道：“姑父。”

卓希耳根一红，心里却有了几分小骄傲，他决定帮着太子多多注意倾容。

“走吧。”凌冽接过倾容手里的风筝，对着孩子们道，“今天我陪着你们放风筝，明天开始你们就要上课了。每天早上和晚上，小乔爷爷会来接送你们的。”

“爸爸，小乔爷爷好年轻，为什么要叫他爷爷？”

“他辈分大嘛。”

“哦哦。”

凌冽从来没有注意过孩子们的风筝，今天他把风筝拿在手里才发现倾容的风筝是一只很漂亮的红色燕子，倾蓝跟倾慕的是一样的，都是长长的黄色的蜈蚣。

他忍不住笑了，问倾容：“你为什么想要跟弟弟换这个风筝？”

倾容坦言：“我不喜欢跟别人一样的礼物。”

凌冽没把这件事放在心上，陪着孩子们疯了一个下午。大人和孩子都精疲力竭了，纷纷往草地上一坐，小憩起来。

卓希分水给大家喝，凌冽不经意间问了问倾慕：“太爷爷的幻天阁里全是宝贝，你怎么就拿这个了？”

“我拿的就是宝贝啊。”这时，倾慕的小脸上全是汗了，他从裤子口袋里掏出一块帕子，刚想擦自己脸上的汗，却看见凌冽的额头上也有汗。他上前两步，小小的手抱住了凌冽的脖子，把凌冽头上的汗全擦完了，这才坐在草地上，拿着给凌冽擦过汗的手帕擦着自己的脸。

这一瞬间，凌冽的心小小地震撼了一下。

倾慕“咕噜咕噜”喝着水，然后凌冽小声问：“大哥拿了圣旨，二哥拿了镶满金银宝石的笔筒，你却拿了风筝，不觉得吃亏吗？”

“不会啊！妈咪说过，燕子是报春的使者，燕子爱筑巢，那是世上最温暖的家。我看见风筝的时候，还没有见过燕子，太爷爷告诉我那是燕子，我就拿了这个风筝。我希望我的家跟燕子的家一样，是住在春天里的。”

倾慕一边说，一边盯着倾容身旁的风筝，凌冽看得出来，倾慕很喜欢那个风筝。

凌冽轻叹：“你喜欢那个风筝，为什么还把它让给哥哥？”

“因为我们是一家人啊！我的家在春天里，大哥的家也会在春天里。妈咪说过，如果看见我跟哥哥打架，她会伤心的，所以，我不想让妈咪伤心。”倾慕说着，抬头看着凌冽，表情认真，“所有让妈咪伤心的人都是我的敌人；所有让妈咪伤心的事情，都是我不喜欢的事情！我最大的心愿就是让妈咪幸福，只要妈咪幸福，我什么都可以不计较。”

凌冽吸了一口气，心里有什么东西微微被小家伙的话语牵动着，鼻子有些发酸。他忽然想起当初知道自己的生母是倪夕玥，而倪夕玥人到中年孑然一身时他的心情了。他心疼母亲，所以他连带着对洛杰布都有抱怨的心情。

仔细想一想，他的确亏欠倾容，心疼倾容，但对于倾蓝跟倾慕，他也缺席了三年的时光。

当天晚餐后，凌冽专门抱着倾容回了房间，然后他拿出慕天星锁在保险柜里的圣旨，对倾容道：“如果爸爸今天把这个小东西送给倾慕，你答不答应？”

倾容一下子跳了起来，要从凌冽手中抢走圣旨：“不行！”他凶巴巴的样子像护食的小老虎。

凌冽将手臂一举，原本他的个子就高，现在把手举起来，倾容更不可能够到。他看着倾容急得抓狂的样子温柔地笑了：“为什么不行？”

“这是我自己砸来的！是太爷爷给我的见面礼！”倾容想也不想脱口而出，他捏着小拳头，嘟着嘴，一脸委屈，“爸爸不讲道理！这是我的东西，怎么可以随随便便拿去给倾慕呢？爸爸一点都不讲道理！”

凌冽点点头，将圣旨还给倾容。

倾容把圣旨接过去，像拿着宝贝一样拿在手里，他看了又看，确认圣旨没有破损，这才将圣旨抱在怀里，有些不信任地看着凌冽：“以后爸爸不要这样了，你再这样我就不喜欢你了！”

稚气的声音飘荡在屋子里，听得凌冽忍俊不禁，他将倾容小小的身子抱过去搂在怀里，捏了捏他的小鼻子：“你的意思是，这是太爷爷送给你的礼物，所以不可以送给别人对不对？”

“嗯。”倾容点头，“尤其是可以许愿的！”

凌冽认真看着孩子，又道：“如果有弟弟要跟你抢呢？”

“那是他们不讲道理！我不会给他们的，大不了打一架！我未必会输给他们！”

“呵呵呵……”凌冽看着他的孩子，哭笑不得，“宝宝，你的燕子风筝是从倾慕手里抢来的对不对？”

“不是，我跟他要，他不给我，倾蓝就过来帮他教训我，我连着倾蓝一起揍了！倾慕就主动把风筝送给我了！”说完，倾容扬起下巴，还道，“我要是不揍他们，他们不会给我风筝的！”

这下凌冽笑不出来了，他抓起了倾容瘦瘦的小手。回来这两天，孩子是长了些肉，但比起两个弟弟还是瘦了点，看起来让人心疼，但是作为父母，凌冽不能懈怠对孩子的教育。

“风筝是太爷爷送给倾慕的，所以你跟倾慕要风筝，他不舍得给你。这就好像太爷爷送了你圣旨，爸爸刚才让你把圣旨送给倾慕，你却不舍得，这是一样的道理。”

倾容嘟着嘴，把头埋在爸爸怀里，不说话了。

凌冽又道：“你刚才也说了，倾慕如果抢你的圣旨就是不讲道理。那么你去跟倾慕要风筝，难道你讲道理了？你回来以后，弟弟们跟你玩，跑前跑后照顾你，爸爸妈妈都看见了。你有没有想过弟弟们为什么要对你好？”

倾容摇摇头：“可能是我比他们大，他们怕我揍他们。”他抬头看着凌冽，幽深的黑瞳同样认真地盯着凌冽，“就好像以前假妈妈会揍我，所以我对假妈妈好一样。”

凌冽抬手轻轻摸了摸倾容微微长出来的头发，沉吟了好一会儿才说：“他们是跟着妈咪长大的，在他们心里，妈咪开心才是最重要的。因为他们害怕妈咪知道你们兄弟打架不开心，所以倾慕才会把风筝送给你。”

倾容面无表情地盯着凌冽，有些不懂。

凌冽却用鼓励的眼神看着倾容，道：“如果倾容以后再揍弟弟们，爸爸会伤心难过，妈妈也会的。那么倾容以后能不能为了不让爸爸妈妈伤心，不再对弟弟们动手了呢？”

倾容想了好一会儿，似乎在挣扎：“那好吧。”

凌冽笑了笑：“那你能不能把风筝还给倾慕呢？因为这是太爷爷送给倾慕的，你拿走本身就是不对的。你觉得呢？”

倾容嘟了嘟嘴，看了眼凌冽，有些不情愿地垂下眸子。

凌冽又晃了晃倾容的小身子：“嗯？”

凌冽半哄半施压，倾容终于默默地点了点头：“但是我不喜欢跟别人有一样的东西，我不要那个蜈蚣的风筝。”

“你不喜欢的或者你想要的东西，都可以跟妈妈和爸爸说，但是你不可以用破坏兄弟感情的方式来解决或者得到，更不可以伤害弟弟们。你先动手推了倾慕，倾慕没有还手，倾蓝过来帮倾慕是害怕倾慕会吃亏。你要知道，倾蓝是一个哥哥，是倾慕的哥哥。他可以为了自己的弟弟挺身而出，你呢，你是大哥，只会欺负两个弟弟，你会不会觉得很惭愧？”

凌冽的声音宛若午夜的大提琴，悠扬婉转，分外好听。他很有耐心，一点点引导孩子，因为明天乔歆羡会带着孩子们去幼儿园。

考虑到孩子们的特殊身份，洛杰布想过让他们在家里上幼儿园，让早教的教师每天来月牙湾报到。但这样的话，孩子们会失去很多童年里该享受到的乐趣，比如如何跟其他的小朋友相处，如何处理人际关系，如何学习本领等。

但是让孩子们上幼儿园的话，选择幼儿园就成了大难题。

老师们一定会因为孩子们的特殊身份给他们很多特权，他们会成为班里的孩子王。看起来是好事情，但是对他们的身心健康来说是百害而无一利的。

所以乔歆羡提出建议，送孩子们去部队的幼儿园。而且，目前三个孩子的身份还没有曝光，就说他们是乔歆羡远房亲戚家的孩子。

凌冽跟慕天星商量之后，定下了这件事情。

眼下在家里，倾容跟两个弟弟都相处不好，去了幼儿园又如何跟其他的小朋友好好相处呢？

临睡前，倾蓝和倾慕的房间门口站着一大一小两道身影。

凌冽牵着倾容的手，倾容的手里拿着风筝。父子俩相互看了一眼，凌冽给了倾容一个鼓励的眼神，倾容叹了一口气，松开爸爸的手去敲门。

房间里面传来慕天星的声音：“进来。”

凌冽一打开房门，就看见大床上慕天星睡在两个孩子中间，她穿着一件雪白的蕾丝边睡衣，手里捧着一本精致的童话故事。孩子们眨巴着眼睛，安静地躺在她身边，见爸爸跟大哥来了，他们从被窝里坐起来。

慕天星合上书，微微一笑：“怎么了？”

晚餐后，凌冽说让她先带着倾蓝、倾慕。

凌冽微微一笑，不说话，他像钢琴家一样的大手轻轻扶在倾容的背后上，将倾容瘦弱的小身子往前推了推。

倾容硬着头皮小声道：“上次我抢了倾慕的风筝，是我不对，我是来还风筝的，希望倾慕不要生我的气。”

慕天星愣了一下，看向了凌冽。凌冽笑了笑，对着倾慕道：“哥哥跟你道歉了，他来还风筝给你。”

倾蓝躺下去，盖好被子睡觉，不理他。

倾慕从被窝里爬出去，看着倾容道：“我已经把它送给你了，就不是你抢的，大哥不用跟我道歉。”

倾容抬头看着爸爸，幽深的黑瞳一片茫然，他晃了晃手里的风筝：“怎么办？”

凌冽笑道：“当然是把风筝留下来了。”

凌冽看得出来，倾慕很喜欢这个风筝，不然白天的时候他不会一直盯着风筝看了。

倾容点点头，小心翼翼地将风筝放在桌子上然后退回来，他对倾慕道：“以后我不会再打你了，对不起。”

倾慕还没说话，倾蓝就在被窝里喊了起来：“我根本不相信你说的话！”

慕天星抬手在倾蓝的小屁股上揍了一下，倾蓝闭嘴了。

“好了，今天大家都早点睡，明天还要上幼儿园。在幼儿园里，大家都是好朋友、好兄弟，要互相帮助，知道吗？”

“知道了。”

“知道了。”

当凌冽跟孩子们说话的时候，倾蓝忽然从被窝里钻出来了，他看着凌冽说：“我不想跟倾慕分开。”妈妈说了，三个孩子会分在不同的班里，他不愿离开弟弟，“倾慕太老实了，我不在的话倾慕会被人欺负的！”

“才不会！”倾慕凝眉道，“我只让家里的人欺负我，不会对外人客气的。不信，明天试试！”

倾蓝看着倾慕有些无奈：“反正我不放心你。你下课的时候记得来找我，如果有人欺负你你告诉我，我帮你出头！”

“我知道啦，你放心吧！”倾慕咧嘴一笑，又对倾容道，“大哥晚安！爸爸晚安！”

翌日一早，孩子们没有懒觉可睡了。在慕天星跟凌冽的强硬态度下，他们只好从被窝里爬出来洗脸刷牙，下楼吃早餐。

往日，三个人穿着一样的衣服，只是颜色不同，但是今天三兄弟连衣服的款式都不同了。

乔歆羡过来的时间刚刚好，他接了三个孩子就往外走。

凌冽不放心地上前跟着，乔歆羡扭头看他：“别跟了，你要是不放心就跟我一起去幼儿园，让老师们都看看你？”

原本曝光过的帅气的脸，再加上这四年打仗的轰动新闻，凌冽如今是整个宁国风靡万千少女的偶像。只是他要大婚了，新娘是花旗国公主，这也是最近各大媒体的爆炸性新闻。

看着乔歆羡的车子离去，凌冽站在阳光下勾了勾嘴角，心想：希望一切会越来越好。

卓希很快把车开过来了，凌冽牵着慕天星的手靠近了，慕天星非常诧异：“怎么了？我们要去哪里吗？”

凌冽“扑哧”一笑：“我们去拍婚纱照啊！马上就要大婚了，我们的婚纱照还没拍呢！家里有三个小鬼头，我们不放心他们单独玩，天天陪着他们。现在好不容易把他们送去幼儿园了，我们总该腾点时间出去拍照了。”

慕天星小脸一红，原来是这样啊！她跟着凌冽上了车，青柠上车坐在了副驾驶座上。

慕天星一路上没问去哪儿，但见车子一直往高速公路的方向开，三四辆护国军的车同行，密切保护着凌冽一行人。

慕天星忽然想到了什么，道：“对了，我们的伴郎、伴娘是谁啊？”

凌冽拉过慕天星的手放在他的腿上，侧过头看着窗外的风景。这一路原本青山绿水，因为入了秋，倒是铺满了金黄的落叶，别有一番韵味。

“四年前你失踪后，雅钧跟希那两对一直没有结婚，他们说找不到你就不办婚礼了。”

凌洌的声音悠扬婉转，他看了慕天星一眼，又道：“所以这次我跟父皇说了，我们的伴郎、伴娘就是他们四人，父皇也答应了。”

慕天星凝视凌洌，她能够想到卓然夫妇一定很自责和内疚。莫林是他们的妹妹，卓希是他们的弟弟，所以他们跟着自责起来，不敢举行婚礼了吧？

听了凌洌的话，坐在前面的卓希跟青柠吓了一跳。

凌洌毕竟是储君，储君大婚，他们做伴郎伴娘的资格不够吧？而倪雅钧怎么说也是倪夕玥的侄子，是倪氏的继承人。

卓希有些不安地说：“太子……”

“父皇答应的事情就是圣旨，你不必再说了。”凌洌不会去在意什么身份、地位，他甚至很清楚，最近因为卓希从M市回来跟着他的消息，乔湛东很不高兴呢。

凌洌追加了一句：“等我和小乖大婚之后就给你跟青柠办婚礼！雅钧的婚礼我跟他沟通过了，他们会在H市办。今年年底之前，我们把终身大事全部定下来吧？”

已经是秋天了，年底之前把各自的终身大事定下来，即使根据宁国的农历新年来算，还有四个月才过新年。等于下个月从凌洌夫妇开始，要一个月一对新人举办婚礼。

慕天星笑了：“这样也好，你们办了婚礼的话，就可以各自带着媳妇回家陪爸妈过新年了。”

卓希看了眼青柠，青柠微微笑着：“我去年说去你家过年，你还不让呢！”

“我是怕你爷爷不高兴，我大年初二去你家拜年，你不也没同意吗？”卓希轻笑了一声。

青柠道：“我是怕爷爷不高兴，哈哈……”

一路上充满欢声笑语，车子七点出发，终于在上午十点下了高速，抵达了邻省的一片海域。

瞧着眼前金色的沙滩，还有一望无际的海洋，大家的心情格外好，脑海中有四个字浮现：海阔天空。

两辆硕大的房车停在不远处，七八名军人面无表情地上前，先将参与拍摄的工作人员连同他们的所有设备全部检查了一遍，又将车子上上下下全部检查了一遍，确认没有问题了才回来，对着凌冽夫妇道："太子、太子妃，你们可以上车换衣服了。"

半小时后。

当凌冽跟慕天星分别从两辆房车里出来的时候，海边所有的人都沉醉了。

男人帅得不要不要的，女人美得不要不要的。

长长的天蓝色婚纱与大海的颜色浑然一体，女人浓密乌黑的长发、如雪的肌肤、精致的妆容，全部配合着这件婚纱。在阳光下，慕天星整个人仿佛是湛蓝海面上激起的浪花，迷人娇媚。

慕天星往前走着，青柠跟摄影助理急忙帮着她提起长长的、美丽的拖尾裙摆。

凌冽穿着一袭浅蓝色的修身礼服，他从来不化妆的。但今天他被摄影师逼着加了几笔眉毛跟暗影，为了突出脸部的轮廓。他即使站在那里很随意地等待着，都是分分钟可以入画的。

两人的拍摄过程非常顺利。

沙滩、礁石、青草地、花园、峡谷，大自然的景致他们都拍了，两人一连换了六套衣服。

中午，因为摄影师赶时间拍摄，战士们直接买了一车的盒饭回来。他们原本想着专门给凌冽夫妇买点别的，但是凌冽说："没关系，你们吃什么，我跟太子妃就吃什么。最好能找到卖盒饭的，一人一盒，迅速吃完。"

当凌冽跟慕天星肩并肩坐在沙滩上，一边吃盒饭，一边打情骂俏的时候，其他人都瞪大了眼睛，没想到皇室的人还有这么接地气的。

下午，凌冽带着慕天星去了玫瑰园，最后一站是在宫中拍摄内景。

一直拍到傍晚七点，两人才结束整个拍摄。

凌冽直接吩咐御膳房做了两桌美食，用来犒劳今天外出的战士跟摄影师们，他跟慕天星坐着卓希开的车回了月牙湾，真是忙碌又劳累的一天。

夫妻俩手牵着手刚进月牙湾的大厅，就看见孩子们站在沙发前，三个人一字排开。洛杰布拧着眉正在生气，一张脸阴沉着，乔歆羡也像犯了错的孩子般站在一边，等着训话。

头一次见到小叔叔这般狼狈，凌冽嘴角噙着一丝笑意，走上前去："怎么了？"

可是，当他跟慕天星刚靠近孩子们的时候，却再也笑不出来了。

倾容的脸肿了，嘴角是青的，倾蓝跟倾慕看起来没什么事情，但是也都站着。

凌冽大步上前将倾容搂在怀里："宝宝，怎么回事？发生什么事情了？"

"我很抱歉！"乔歆羡坦然承认自己的错误，道，"今天下午老师给我打电话，说倾容在班里跟其他小朋友打架了。倾容一个人对两个男孩子。我赶到学校的时候倾容已经变成这样了。"

慕天星走上前，俯首嗅到一阵药香，看来孩子脸上上过药了。

凌冽眉宇间掠过心疼，他想起小时候自己被凌家的孩子暗地里揍过的事情。

洛杰布冷哼了一声："连我的大孙子都打，他们简直太放肆了！你去给我把那个幼儿园的校长叫过来！把当时看管孩子的老师开除！把那两个孩子送去少管所关起来！这是残害皇嗣！是死罪！"

乔歆羡一动不动。

洛杰布火了："歆羡，我平日里是不是太宠着你了？你找的什么破学校？你怎么把我的孙子们送去那样乌烟瘴气、乱七八糟的地方？"

乔歆羡抬起头，露出一副荣辱不惊的模样，他澄澈的眼睛直直望进洛杰布那深不可测的黑瞳里，平静道："我看过当时的录像，是倾容先动手的。那两个孩子虽然合伙打倾容一个人，但是现在一个孩子的头破了，还在医院观察治疗，另一个孩子的小腿骨折了。他们的家长都是军部的战友，知道倾容是我送去的，全部咬牙忍着没发脾气。"

慕天星闻言一惊："事情怎么会这么严重？"

洛杰布也愣了一下："我家倾容怎么可能先动手？"

乔歆羡也不辩解，掏出手机翻出视频，然后将手机递给洛杰布他们看。

大家纷纷凑上去，就看见手机视频里孩子们刚刚午睡起来，老师给孩子们一个个穿衣服，穿好衣服的人先去外面的教室里玩玩具。

倾容跟两个孩子坐在一张小桌子旁，他看中了一样玩具，两个孩子平日里认识，不肯把玩具给他，他抬手就是一巴掌，打在人家孩子脸上，他打完对方接着抢玩具。

两个孩子都是军部首长家的孩子，平日里都是被家人捧上天的，哪里受过这样的委屈，于是他们一拥而上，把倾容抱着撂倒在地上。

倾容发了狠，张口就咬，被他咬的孩子疼得受不了，扬起小拳头对着他的脸砸了两下。他把那个孩子抱倒，然后站起来捞起自己的木质小椅子，高高地举起来，对其中一个孩子的脑袋砸了下去……

另一个孩子转身就叫老师，他刚叫了两声，就被倾容拿椅子砸到了腿。

一个老师跑过来抱着孩子们，另一个老师从倾容手里拿下椅子，然后赶紧打电话。

洛杰布夫妇看得目瞪口呆，凌冽夫妇也看得目瞪口呆。

慕天星拉着倾容，焦急地道："你为什么先动手打人？"

倾容不说话。

慕天星又道："即使后来他们把你打倒了，你也可以大声叫老师，为什么要咬他们？为什么在站起来之后，还要拿椅子砸在人家头上？你知不知道会出人命？”

慕天星现在真是难受死了，谁家的孩子不是孩子啊，她一连好几句质问，但倾容一句话也不说。

慕天星当即看着乔歆羡，道：“孩子们住在哪家医院？我一定要去看看，我要跟人家父母道歉。”这是她作为倾容的母亲必须要做的！

乔歆羡的表情终于缓和了下来，他轻叹了一声，道：“孩子们都在军区医院里。一个孩子的头部缝了三针，轻微脑震荡，还在住院观察。一个孩子的小腿打了石膏，也在住院。我已经亲自上门去道歉了，也买了礼品，承担了两个孩子的所有医药费，人家知道孩子是我送去的，全部忍着没发作。可是我看见人家孩子哭着喊疼的样子，心里也难受，分别给孩子们包了红包当作赔偿，可是人家不敢收我的红包。”

倾蓝当即抬头道：“今天下课后，我跟倾慕一起去尿尿，看见大哥在他们班里欺负女同学，我们过去拦着大哥，大哥还生气了。后来老师过来了，我们就走了。”

倾慕拉着倾蓝的袖子，很小声地道：“你别说了。”

慕天星有些心痛，看着倾容道：“宝宝，你为什么要欺负女同学啊？”

倾容抬头看着慕天星：“老师前一天说让我们每人带一盆花去教室，我是第一天上学，我不知道要带花。但是大家都有花盆，我没有，那个女同学带了两盆花，老师已经说了我们要分享，她还不肯，我就拿走了她的一盆花，然后她追在我后面哭。我最烦女生哭鼻子了！”

慕天星：……

乔歆羡轻叹了一声，道：“今天学校老师向我表扬了倾蓝，他没有带花去学校，就在教室放花盆的后墙黑板上，用彩色铅笔画了很多漂亮的花，画得很好看。倾慕是跟老师借了纸，折了很多小花，再用孩子们上午喝过的酸奶吸管做花枝，然后用胶带把纸花跟吸管粘在一起。其他人午睡的时候，倾慕做了一整束花放在了小朋友们带去的花盆中间，也做得很漂亮。”

乔歆羡点了点手机，把之前拍的倾蓝画的花跟倾慕折的花的照片给他们看。大家看了照片，心里得到了一些安慰，还是有孩子懂事的。但倾容打了人家的孩子啊，这要怎么办呢？

“你们跟倾蓝、倾慕先去吃饭，我跟倾容谈一谈。”凌冽面无表情地说完，然后长臂一伸，从地上抄起倾容往肩上一扛。他大步冲到了楼梯口，那股气势一看就是生气了。

慕天星吓得大喊：“你别打孩子！大叔，要好好讲道理！”

洛杰布也追上去，面色一变：“你给我站住，我们洛家不许体罚孩子！”他大步往前追，凌冽不理，走得更快。空气里很快传来一道关门声，还有洛杰布用力拍门的声音。

慕天星跟余下的人赶过去的时候，就看着洛杰布站在房门口，而凌冽和倾容已经不见了。

众人焦急地唤着他们的名字，房里面就是没有声音。

倾容似乎很有种，就这样被扛上来，换成别的孩子都吓死了，他却一点也不害怕，连哭声都没有。

当大家因为房里面没有传出哭声稍稍安心的时候……

“呜哇，啊……救命啊……妈妈！皇爷爷！皇爷爷救命啊……”

“呜哇……”

倾容在里面号啕大哭了起来。

“大叔，你下手轻一点！大叔，别打了……”慕天星急得拍门。

倪夕玥也急道：“你别打了……倾容还是孩子，要好好教导……”

洛杰布更是心疼得不得了，听见倾容一遍遍唤着自己，等着自己去救他，洛杰布一把将倪夕玥跟慕天星拉开：“我来。”

洛杰布对着门，什么也不管就要一脚踢上去，乔歆羡赶紧扶住了洛杰布，意味深长地道：“倾容吃点苦头也是好事情。他没有像正常家庭的孩子一样受过教育，身世可怜不能成为他被大家纵容的理由。皇兄，小男孩现在不管束，等他翅膀变硬了将来打爹骂娘吗？”

“他还是一个三岁的孩子……”

“呜哇……呜哇……皇爷爷，我要死啦，呜呜呜！”

“倾容，倾容啊，不怕，皇爷爷来了。”

“呜哇，啊……”

洛杰布拼了命地踹门，房门终于打开了。他看见倾容的裤子被凌冽扒下来了，小身子可怜兮兮地趴在床上，小屁股红扑扑的，全是伤痕。而凌冽手里拿着拖鞋，那一下刚好砸在了倾容的屁股上，声音很大。

洛杰布立即冲过去推开凌冽，又将眼泪泛滥的大孙子护在怀里，他扭头对凌冽道：“你简直一点素质都没有！自己不会管教，就知道动手打孩子！什么叫正确地引导？什么叫作正确地教育？你什么都不懂！”

洛杰布将大孙子护在怀中，看着凌冽时目光有些凶狠。说完后，他回头看着大孙子屁股上的伤痕，气得牙痒痒。

“呜哇……皇爷爷，我的屁股疼死了，疼死了！”

倾容在洛杰布怀中哇哇大哭，洛杰布哄着他，又不好抱他，赶紧对着倪夕玥道：“你给宫医打电话，快点！”

倪夕玥看着倾容也心疼，转身就去拿手机打电话。

下一秒，洛杰布看了看倾容的伤处，他寻了一个看似好下手的位置将孩子打横抱了起来，拥在怀中。可是倾容没穿裤子，小孩子光着屁股有些害羞，直往他怀中钻：“呜呜……”

洛杰布道：“乖，倾容乖，倾容不哭！皇爷爷在呢，谁也不能把你怎么样！”说着，洛杰布就要将倾容从凌冽的房中抱走。眼看着洛杰布要走出去了，凌冽忽然将身子横过来，对着洛杰布道：“你把孩子给我！”

同样乌黑又炯炯有神的眼睛相对，两人看不出情绪。

洛杰布生气地瞪着凌冽：“我不会再让你揍我的孙子。”

“倾容是我的孩子，我要自己教育！如果你想要过一过教育孩子的瘾，你可以自己生，但是请先把我的孩子还给我。我明明现在有能力可以将他教育好，为什么要让他毁在你们这些长辈盲目的宠爱里？”

凌冽一字一句，掷地有声。

洛杰布快气死了，让他生，他现在生什么啊？他不就生了凌冽一个孩子吗？现在凌冽长这么大了，难不成他去打凌冽？

倾容把洛杰布的脖子拉下来，他极其小声地道：“皇爷爷，我已经知道错了，以后不会犯了。别把我给爸爸，我怕爸爸打我。”

“放心，有皇爷爷在，谁也不敢动你！”

然而洛杰布的话刚说完，凌冽便伸手去接孩子，洛杰布赶紧避开，他甚至要发火了。

儿媳妇在这里，三个小孙子都在这里，就连乔歆羡今天也在这里！要是他就这样把孩子给了凌冽，他连大孙子都护不了，还做什么皇爷爷？他有些愤怒，道：“在宁国，虐待儿童是要判死刑的！”

“这跟虐待是两码事。”凌冽认真道，“你有没有想过，我现在打了他的屁股，你都心疼成这样了，那么现在医院里躺着的两个孩子的父母、爷爷奶奶就不心疼了吗？你连这么简单的道理都不懂，还怎么为君？还怎么体恤百姓疾苦？”

“你……”

“也对，当初你为了认我，我说什么就是什么了，现在你跟我母后也结婚了，我的身份也昭告天下了，自然是我说什么你都不听了。这就是得到了自己想要的就不珍惜了吧。”

洛杰布被凌冽堵得一句话也说不出来。

慕天星的眼泪哗哗地落着，她走上前摸了摸倾容的头，看着他红得冒血丝的小屁股，更是疼在心里。

洛杰布一看慕天星来了，当即有找到同盟的感觉。洛杰布对慕天星道：“好儿媳，你告诉他，体罚孩子是不对的！我们现在要好好教育孩子，而不是动手打孩子。”

慕天星闻言，看着倾容眼巴巴望着她的样子，她擦干了眼泪，咬牙道：“大叔打得对。”

洛杰布面色一变。

慕天星将轻抚在倾容脸上的手拿下来，对倾容道：“你爸爸不是不讲道理的人。在你们三个兄弟里，爸爸对你的期望最大，但是你的行为真的太恶劣了！幼儿园里的玩具本来是大家共享的，人家到了那里先拿来玩了，你想要，人家给你是人家懂礼貌，人家不给你也有人家的道理，你凭什么上去就扇人家一巴掌？你先动手打人了，难道人家要让你继续打吗？爸爸打你屁股你知道疼，但是你拿那么硬的木头椅子去砸人家，人家不会疼吗？你的疼跟人家脑袋破了缝针的疼和小腿骨折的疼比起来，差得太远了。”

慕天星说完后忽然来了脾气，她不管洛杰布表情如何，冷声道：“我的孩子我自己教育，你们谁都不许插手！”然后她从洛杰布怀中将倾容一抱，转身大步走到其他房间去了。

凌冽看了洛杰布一眼，道：“你如果一意孤行这么宠爱孩子的话，那么我跟小乖只能带着孩子回花旗或者回M市，再或者搬去太子宫了。”

这宫里除了月牙湾，凌冽是可以住在其他地方的。他作为太子，也是有正殿的，只是没有搬过去而已。

洛杰布冷着脸，气得咬牙，却又无可奈何。他也想儿子，想孙子，要是孩子们全部拍拍屁股走了，以后他跟小月牙两个人住在这里还有什么意思？他摆了摆手，负气道：“以后你们的事情我不管了，不管了。”说完，他从房里走出去了，也没跟乔歆羡说话，直接进了书房不出来了。

很快，宫医过来了。他们给倾容开了药，慕天星给他洗了个澡，然后拿着药膏帮他擦药，擦完了药给他穿好衣服，然后抱着他往门外走。

乔歆羡这会儿还在走廊上跟凌冽说话，一看慕天星抱着倾容出来了，两人齐齐愣住了。

慕天星有些抱歉地看着乔歆羡：“倾容上学的事情麻烦小叔叔太多了，倾容是我跟大叔的孩子，不应该让小叔叔背着骂名。不管倾容是不是小殿下，只要倾容打了人，他都必须亲自去认错，所以还请小叔叔带我们去看看那两个孩子。”

乔歆羡看着慕天星，眼睛里掠过一丝欣赏，莞尔一笑：“好。”

当晚，凌冽夫妇去看望了医院里的两个孩子，心知人家不敢要钱，就提前准备了一些营养品带过去。

凌冽夫妇一再道歉，非常亲切。倾容也全程自己走，他疼得眼泪直流，一边道歉一边哭，终于获得了家长们的谅解。他们一家三口回到月牙湾时，已经是晚上十点了。

倾容起初不要凌冽抱，但是后来他太困了支撑不住，小脑袋往凌冽的肩上一靠，眼睛眯着，屁股火辣辣的。他哽咽道：“爸爸，我错了，以后再也不打小朋友了。”

清晨，倾容在爸爸的怀中醒来。他睁开眼睛，发现爸爸别有深意地看着他，他有些害怕地眨眨眼：“爸爸，我不会再打小朋友了。”

凌冽俯首在倾容的脸颊上亲了亲，抱起他洗漱穿衣。

两人从洗手间出来，凌冽拿着药膏给倾容的屁股上药。他看着孩子屁股上面的伤痕，紧抿唇瓣，始终不置一词，直到洛杰布过来。

洛杰布看着倾容屁股上的伤痕，小声开口：“今天孩子不去幼儿园了吧，反正也是幼儿园，没什么关系。而且今天歆羡不会过来送他们去幼儿园。”

乔欧要过大寿，莫邪已经收复了，所以原莫邪国皇后乔佑琪终于可以带着儿子回来省亲了。天还没亮，乔歆羡就高高兴兴地开着车去接他的亲姐姐跟亲外甥了。

“我跟小乖一起送孩子们去上学。”凌冽头都没抬，给倾容穿好裤子，看着倾容道，“你能不能坚持上学？”

倾容小声问：“我可以不去吗？”

凌冽：“不可以。”

倾容低下头，抬起略长了些肉的小手擦擦眼泪：“好吧。”

从这一天起，倾容再也不跟小朋友动手了。而且很快幼儿园老师告诉了凌冽一个令人惊喜的事：倾容在面对自己解决不了的问题时，会寻找替代品或者用变通的方法来完成老师布置的任务。

凌冽开心不已，问倾容是怎么想到的，孩子只说：“我只是想到老师布置大家要带花到学校的任务，而我们三兄弟来学校的时候都没带花，但倾蓝在黑板上画了花，倾慕动手折了花，我却只有抢别人的，我就觉得自己好没用。”

虽然凌冽打了倾容的屁股，倾容疼，家人也心疼，但是看着他的转变，凌冽却觉得很值得。

月牙湾的生活就这样温馨如水地流淌着，所有人相亲相爱、按部就班，只为等待凌冽夫妇的婚礼。

紫薇宫。

高大的紫薇树如御林军般守卫着这里。

慕亦泽夫妇和倪雅钧从楼上下来的时候，闻到了阵阵食物的香气。

他们一起在紫薇宫里住了这么多年，宛若一家人，不分彼此。慕亦泽夫妇觉得这都是福气。

早餐是莫林做的。曲诗文离开后，莫林就把厨房的事包揽下来了。因为她从嫂子身上学到了为家人亲手做食物并不是一项工作，而是一件非常快乐的事情。

倪雅钧自然舍不得她这般辛苦。于是，在莫林的哀求下，他们之间达成了一个协议：在离开紫薇宫之前，她做厨房的事；离开紫薇宫后，她就不做了。

早餐摆上桌，四人纷纷迫不及待地动筷。

几人寻常般闲聊着，倪雅钧忽然望向慕亦泽夫妇，道：“叔叔阿姨，新任的店长已经过来了，珠宝店后续的工作我已经交接好了。明天，我要带着莫莫回H市了。”

爷爷奶奶年纪大了，他要赶紧举办婚礼。如果可以，在爷爷奶奶去世前，他要和莫林生一个小宝宝，男的女的都好，至少让老人家多见一代人。

想想是很酸楚，但是每一代人经历的风雨都会转化成一种独特的精神，融入血液、基因里，一代代将这种精神传递下去。

慕亦泽夫妇自然是明白的，倪雅钧不可能在这里待一辈子。

蒋欣叹了一口气，道：“我还真是有些不舍得，就好像我们当初把小别墅卖了定居在这里一样。人啊，相处久了感情就出来了。你们这一走，这座紫薇宫就剩下我们了。”

莫林微微一笑：“没关系的，我们也很怀念这里，会回来看看的。而且我相信太子跟太子妃会经常带着孩子们回来小住的。”

人们谈起离别总是很伤感。

慕亦泽笑了笑，提起三个孩子，他还真是特别想念他们。他尤其喜欢倾蓝，他觉得倾蓝天生就是做生意的料。小家伙聪明，对数字很敏感，逻辑能力非常强。只是孩子年纪太小，有什么说什么，还不懂得如何收敛锋芒。

思绪一转，他又想起了倾慕。倾慕这孩子也聪明机灵，最难能可贵的是倾慕已经懂得收敛锋芒了。而且倾慕看待问题的时候总是比两个哥哥多了一丝怜悯，有些像凌冽当初懂得伪装实力，也有些像慕天星很善良。至于倾容……

慕亦泽想起那个孩子，叹息了一声。

翌日，倪雅钧夫妇收拾好行装，提着行李准备去机场了，慕亦泽夫妇非要去送他们。

一路上，他们宛如家人般谈笑。

可是莫林的表情明显不对劲儿，脸色有些苍白，一直未开口说话。

蒋欣看了一眼后视镜，问：“莫莫啊，你是不是晕车了？你把窗户打开点吧，一会儿还要坐四个小时的飞机呢。”

倪雅钧帮莫林开了窗，因为现在是在高速公路上，所以风灌进来之后她只觉得耳边呼呼作响。莫林有些难受，倪雅钧又关掉窗户，做了一个靠边停车的手势。

蒋欣拍了慕亦泽一下：“靠边。”

慕亦泽打了双闪灯后，将车停在路边上，莫林一开车门弯腰就吐了。

“哇……”

蒋欣将矿泉水跟纸巾递过来，倪雅钧疼惜地轻轻拍着莫林的背。

蒋欣道："你这样……能坐飞机吗？要不要改签？肠胃不舒服时坐飞机，只怕你会更难受了。"

飞机起飞跟降落的时候，滑行跟遇到气流在空中颠簸的时候，都会刺激肠胃。

莫林漱了口，靠着车边坐了一会儿，摆摆手："没关系的，我这不是晕车。"蒋欣秒懂了，兴奋地问："真的？"

倪雅钧还有些诧异，可是莫林却道："嗯，真的，我那个已经快十五天没来了。以前不是很准，嫂子给我用药调理了几年，我的身子已经好多了。"

这下倪雅钧完全懂了！他既惊又喜，自责不已，怪自己粗心大意。他紧张地握着莫林的手："你怎么不说呢？你要是说了我就不买飞机票了。这头三个月很关键的！"

"我……我是听老人家说，是要过了头三个月以后再宣布，那样对孩子好。"

"你那是什么封建迷信，听什么人说的啊？我是孩子的爸爸，你不能连我也不说啊！"

倪雅钧当即对慕亦泽道："叔叔，我们回去吧。我们再等几天，等我哥大婚，我带莫莫去首都参加完我哥的婚礼，我和她再回H市，省得跑来跑去的。"

莫林怀孕的消息一下子传遍了整个家族。

倪子洋夫妇开心不已，还专门查了皇历安排婚礼的日子，他们甚至跟H市最灵验的一家寺庙订了下月初的第一支香，夫妇俩要去诚心礼佛，为家人祈愿。

洛杰布夫妇也高兴得很，专门让诺一去找宫医，针对莫林的身体情况开了些安胎药，然后给莫林寄了过去。

我承诺毫无保留地爱你

第四章 Little wife

这天，凌冽夫妇送孩子去上幼儿园，两人回来的时候直接去了首都闹市区。

然后两人手牵着手，戴着帽子跟墨镜逛街。他们这般模样走在大街上，最多让人觉得这是一对高颜值的情侣，却很难让人想到是太子跟太子妃。

两人像普通情侣一般吃饭、看电影，逛够了就去商场里休息，还买了好多新生儿的衣服，最后才开车去幼儿园接孩子们回家。

所有人都在期待莫林肚子里的小生命降临，也都在偷偷地准备送给小生命的礼物。

眨眼间，凌冽跟慕天星举办婚礼的日子要到了。

宗亲们再次陆陆续续回归，原本该给凌冽大婚添置礼物的，结果，大获丰收的却是三个孩子。

在月牙湾共进了欢乐的晚餐后，宗亲们把准备的礼物产权证拿了出来，然后在大大的茶几上挨个铺好。怕孩子们不能理解这些文件上具体写的是什么，洛杰布专门让人把产权证上对应的实物拍了照片。

他笑着让家里的三个宝宝并排站好，然后道："一会儿皇爷爷说开始，你们就过去挑礼物，抢到什么是什么，知道了吗？"

倾容目光灼灼地盯着茶几上的东西："嗯！"

倾蓝也用力点点头："知道了，皇爷爷。"

倾慕微微一笑："好啊。"

宗亲们呵呵笑着，纷纷好奇孩子们挑选的是什么。

慕天星依偎在凌冽的胸口，有些不好意思让大家送这么贵重的东西。但是凌冽一点不好意思的样子都没有，他还有些懊恼，小声道："从小我就没在家族里长大，满月、百日、周岁、成人都错过了。现在我们大婚了，大家送的礼物还是给孩子们的，真是太便宜他们了！"

慕天星"扑哧"一笑，这男人，霸道总裁的天性又暴露了。

洛杰布忽然收敛了笑容，认真地看着孩子们，道："三、二……"

就见倾容跟倾蓝已经跃跃欲试，并且要冲过去了。

洛杰布："一！"

一瞬间，倾容跟倾蓝如箭一样飞奔到茶几前。他们睁着一样明亮的黑瞳，扒在茶几上看着上面的照片。他们看准了就拿起照片抱在怀里，谁也不肯让谁。

倾慕也过去了，不过他是走过去的。他站在一边，目光扫了眼茶几上的东西，然后看着哥哥们在挑。

"倾慕，快拿！不然好的都被哥哥们抢光了！"洛杰布笑呵呵地拍了拍小孙子的背。

倾慕抬起脑袋，对洛杰布笑道："没关系，哥哥们拿了也是肥水不流外人田！"

"哈哈哈……"大家都笑了起来。

最后，倾容得了六套别墅、一大片薰衣草庄园，还有十二家首都闹市区的商铺。

倾蓝得了四套别墅、三幢高档小区的单元楼、两家正在盈利且规模很大的酒吧、五家全球连锁的大型超市。

倾慕让哥哥们先挑。哥哥们搜刮了一遍茶几上的礼物之后，怀里抱不下了，他才上前将剩下的一份份文件拾起来，做着扫尾工作。

所以，倾慕得了洛氏百分之五的股份、倪氏百分之五的股份、纪氏百分之五的股份、凌云国际百分之五的股份、夜氏百分之五的股份。

哥哥们手里拿的都是照片，有很漂亮的大房子、大超市、大花园。可是股份是没有照片的，放在那里是光秃秃的A4纸打印资料，哥哥们对朴素的东西不感兴趣。

看起来两个哥哥分别抢走了十几二十份礼物，而倾慕只拿了少得可怜的五份，但是在场的长辈面色变了一下。

改朝换代或许时有发生，但是百年老店可以代代相传。就在那没有照片的、不起眼的五份白纸里，所有宗亲赖以生存的根本，倾慕一个人通吃了！

从今往后，整个家族的人拼死拼活辛勤劳作，而倾慕只要躺在床上睡大觉，也能坐享其成。

说这孩子是有心的，但是他让哥哥们先挑的；说这孩子是无心的，但是他偏偏拿走了整个家族的命脉。这是一件很恐怖的事情！

终于，宗亲里有人坐不住了，是祈亲王的小儿子。他看着倾慕微微一笑，道："你的哥哥们手里有那么漂亮的房子，你要不要拿一两张白纸和他们换一下？"

股份分散开，宗亲们会安心很多。

洛杰布夫妇、凌冽夫妇都心中有数，只是这种事情他们选择沉默。

慕亦泽夫妇也是第一次参加皇室宗亲的聚餐，全明白其中的深意，却不好表态。

倾容抬起头，看着眼前的小表叔，道："我才不要跟倾慕换！我的是大房子，他是一张白纸，才不要换呢！我好不容易才抢到的！"

倾蓝想了想，看着手里的东西，拿出一张海边的大别墅的照片给了倾慕，道："这个给你住吧。"

倾慕笑了笑，接过了照片："谢谢哥哥。"

倾容不想给任何东西，他抱着一堆东西跑去凌洌怀里，再爬上去坐好，像寻求爸爸的庇佑一般，小脸还埋在爸爸的胸口，不去看两个弟弟。

倾蓝想了想，拿了一张大超市的照片递给倾慕："你不能光有地方住，还要吃饭的，我给你一个超市吧。"

"我用白纸跟你换。"倾慕笑了，他就知道哥哥疼自己，他将手里的白纸递出去，"你挑吧！"

倾蓝有些嫌弃地摇了摇头："我不想要白纸，你拿着吧！你已经够可怜的了！"

宗亲们的内心是崩溃的。

分完礼物，木已成舟。很快，两个哥哥拿着照片跑开玩去了。那些礼物的产权要登记他们的名字，只要慕天星提供孩子们的身份证复印件就可以了。

唯独倾慕手里抓着小五爷爷给的钢笔，被洛杰布摁在茶几前的小凳子上老老实实坐着，在那些朴素的白纸上不断地写着他的名字。

看着老大跟老二都很珍惜地将那些礼物的照片收好，再看着坐在小凳子上很认真地写着自己名字，可是名字写得很稚气的倾慕，凌洌若有所思。

凌洌是奸商出身，所以他很清楚将宗亲中的命脉股份雨露均沾后，未来的倾慕会是怎样令人闻风丧胆的存在。

看着倾慕的品性，再看看倾容，兄弟俩之间的差别好像太大了。

凌洌忽然觉得对储君的考虑太操之过急了。

当晚，孩子们全部挤在一张大床上睡觉。

倾容跟倾蓝始终不大能玩到一起，于是可怜的倾慕睡在中间，像是搭建两兄弟之间的桥梁。而倾容跟倾蓝时不时在被窝里掐架的时候，倾慕也是受害者。

凌洌心知大人离开之后，三兄弟可能还会打架。但亲兄弟就是亲兄弟，不经常在一起，他们又哪里能培养出感情来呢？

回到房间里，大灯开着，将屋内的一切照得亮如白昼。慕天星已经洗完了澡，那一头及腰的长发披散着，她穿着睡衣坐在床上盘点着宗亲们送给孩子们的礼物。

因为她是母亲，所以在孩子们长大之前，这些东西都暂时交给她保管。

看见夜氏的百分之五股份，她可以理解，毕竟夜氏是小叔叔乔歆羡的妻子的，但是纪氏是什么？她颦眉凝视。只见一道高大的影子投了过来，她抬头便撞见丈夫那双深不可测的眼眸，道：“我没有听过纪氏？”

凌洌接过慕天星手中的股份转赠协议，嘴角噙着意味深长的笑容。见小妻子眼中有淡淡的不解，凌洌道：“纪氏的当家人叫纪倾尘，是一个聪明绝顶的人物，他是小叔叔姐夫的亲弟弟。其实他与我们的关系有点远，但商人永远不会做亏本的事情，他的股份不是送给别人的，而是送给宁国储君的。听说最近纪氏打算进军宁国的电器市场，这时纪氏送的股份哪里是股份啊？他是花钱买方便，凭赠出的股份拉近了自己跟我们宁国皇室的关系，一举两得。”

凌洌抬手，一边揉了揉慕天星额前柔软的发，一边将股份转赠文件一股脑儿抓了起来，往床头柜上一丢，然后捞过慕天星的小身子压在了身下。

一个个的吻铺天盖地落下来，二人的体温越来越高。

“大叔，后天就举办婚礼了！今晚……休息一下吧！”

“不要！别……求你了……别拒绝我！”

“嗯……”

夜色渐起，搅乱了一池春水。

翌日。

凌洌夫妇运动了一夜，本想好好睡个懒觉的，偏偏被一阵敲门声吵醒了。

慕天星拧着眉，在凌冽怀中转了个身，不理会敲门声。

凌冽抬起头，盯着门看了一眼："干吗？"他困啊！早知道就听小乖的，忍一忍。

凌冽发现在房事节制方面，每次都是慕天星事先提醒过他，但是他永远得不到满足。现在回过头去想想，他都不大记得分开的那四年光景自己是如何守身如玉的。

倪夕玥的声音透过门传了进来："司仪过来了，要带着你们去彩排一下婚礼！你们快点起来了！都九点了！"

皇室婚礼，全球人的目光都将投射过来，并且全程现场直播。

倪夕玥不清楚凌冽夫妇今天要彩排几次，但是上次她跟洛杰布大婚是整整彩排了七次，最后大家精疲力竭。

"我知道了……"凌冽重重叹了一口气，想着今天要彩排，明天是婚礼的正式日子，他跟慕天星昨晚还熬夜了……真是越想越觉得自己过分。

看着小妻子根本睁不开眼的样子，他自责地笑了笑，凑近她的耳边道："你还在睡，是不是还想跟我来一次？"

只见原本还在赖床的慕天星一下子从被窝里起来了！她以最快的速度爬下床，踩着拖鞋冲进了洗手间。

他瞧着人去床空的景象，无奈地勾唇一笑。

很快，凌冽跟慕天星手牵手并肩而下。大厅里只有洛杰布夫妇、慕亦泽夫妇，以及乔歆羡和三个孩子。

司仪、诺一跟卓希都站在楼梯口安静地等待凌冽夫妇出现。

见凌冽夫妇下来，他们彬彬有礼地行着宫礼："太子殿下！太子妃殿下！"

沙发上的长辈们注视着他们，只见从楼上下来的两人穿着咖啡色的情侣风衣。

慕天星的长发高高地绾起来，露出光洁、白皙的额头，一看就很有气质。

凌冽始终牵着慕天星，他的目光落在她穿高跟鞋的脚上，她每走一步，他仿佛比她还要担心她会不会摔倒。

郎才女貌，赏心悦目。

宫人端上两碗燕窝粥，倪夕玥道："时间来不及了，你们一人喝碗粥就去彩排吧。"

凌冽刚想说小乖可能不够吃，慕天星就拦住了他，微笑着乖巧道："好的。"

夫妻俩迅速喝完粥，跟着司仪去彩排了，陪同他们的还有卓希。眼下，卓希已经是公认的下一任御侍了。

当凌冽夫妇离开月牙湾之后，洛杰布扫了眼坐在不远处的在地板上搭积木的三个男孩，然后跟慕亦泽夫妇接着聊天。

洛杰布看着乔歆羡，非常认真道："我已经跟司仪确认过明天的婚礼了，会在这一段加上我的戏份儿。我宣布完之后，你要立即控制住小冽，千万别让他追上来！"

刚才洛杰布已经说了两遍，无奈乔歆羡没有答应："不大好吧？"

洛杰布凝眉："什么不大好？我看很好！"

"但是，皇兄要不要跟太子商量一下？这样当着全世界人的面强迫他继承皇位……他的脾气我是知道一些的，他不是那种会轻易屈服的人。我觉得皇兄还是不要适得其反为好。"

然而乔歆羡的话只换来洛杰布的不理解，甚至开始抬杠。因为抬杠，洛杰布的声音跟着大了起来："我是君，你是臣。我怎么说，你怎么做！这是圣旨！"

乔歆羡唯有保持沉默，良久之后，他点头道："好。但是万一有什么事情……"

洛杰布不理会乔歆羡："万一有事也是你的责任，我已经交代你了。臣子就是要给帝王背黑锅的！"

乔歆羡：……

在不远处玩耍的三个孩子因为洛杰布的声音太大，刚才的话他们都听见了。

威严的君臣之道宛如枷锁禁锢着乔歆羡，他不得不遵旨。

乔歆羡那样的小爷爷对着洛杰布俯首称臣的画面，深深震撼了不远处两双稚气的眼睛。

倾慕默默地搭着他的小城堡，用积木筑起了院子，盖起了房子，而倾容跟倾蓝的目光时不时扫向沙发那边。

蒋欣跟倪夕玥看见了还以为他俩害怕了，便上前安抚他们。

倪夕玥跟洛杰布道："你声音小点，吓着孩子了。"`

洛杰布耸耸肩，见乔歆羡被自己训得没脾气了，这才安下心来。

这一天很快过去了。

下午三点左右，凌冽夫妇已经分开了。

宗亲们在太子宫为凌冽准备单身派对，洛杰布等男士都在，而倪夕玥则带着女伴跟孩子守在月牙湾。

倪夕玥还请了当红的歌星来月牙湾助阵表演，月牙湖边上摆上了烧烤架，搭建了舞台，还有孩子们喜欢的魔术表演。食物的香气弥漫在空中，音乐声飘摇而起，加上孩子们的欢声笑语，这一个夜晚简直妙不可言。

也不知道男人们那边是如何度过的，但是临近十点的时候，从月牙湖边上刚好可以看见太子宫的上空燃放起灿若繁星的烟火，精美绝伦。

慕天星凝视着美丽的烟火，心想：我能与大叔并肩走过那些日子，熬到现在这一刻，即使让我下一秒幸福地死掉，我也甘愿！

晚上十一点，倪夕玥拉着慕天星回房补觉，还让她不要担心三个孩子，那么多家人都在，孩子们会有人照顾的。

慕天星也听话，她要做最美丽的新娘，所以她关上卧室的门泡了个澡，敷了一张晚安面膜，然后美美地睡了。

凌晨两点，她却被手机铃音吵醒了，拿起手机一看，是凌冽打来的。

她的脑子像要炸开了一样疼，她闭着眼，迷糊道："大叔……"

那边的男人似乎听出来她在睡觉，情绪一下子就不高昂了："没有我在你身边，你也能睡得着？"

慕天星淡淡应了一声："我如果不睡，明天顶着熊猫眼，丢人的是你不是我！"

"噗……"他一下子被她逗乐了。沉默了两秒后，他用非常认真、深情的口吻道："小乖，没有你我睡不着。刚刚他们闹完了，各自去睡了。我在床上躺着看天花板，站在窗台旁数星星……不论如何，各种办法我都试过了，但就是睡不着。"

"所以你要吵得我睡不了了？"

慕天星终于努力地睁开眼，看着墙壁上的时钟，道："大叔，快睡吧！你现在睡的话还能补充四个小时的睡眠呢。"

"呵呵，可是我想你了呢。"凌冽的声音带着浓浓的宠爱，仿佛他在她的身边。

"别闹了。"慕天星皱了皱眉，翻了个身，"我要睡了，晚安。"说完，她毫不留情地结束了通话。

空气中传来若有若无的轻叹声，像是谁十分无奈，慕天星一下子惊醒了。

房间里开着小床灯，刚才的轻叹声很明显，就在她的耳边，她坐起来，四周一个人都没有。

随后，门把手响起的声音传来，下一秒眼前的墙壁上出现了一个人的黑影，慕天星吓得差点大叫。然而凌冽的脸很快出现在她眼前，他对她卖萌似的笑了笑："小乖……"还是撒娇的口吻。

慕天星拍着胸口，她快吓死了："你怎么来了，你不是在太子宫吗？"她郁闷啊，这男人搞什么，他明天还要来接她呢。

凌冽关门走过来，直接脱掉外套跟外裤爬上了床。温暖的体温传来，他有力的胳膊将她搂在怀里。

他闭上眼睛道："好奇怪，我抱着你时，我的灵魂回归到身体里的感觉是这么强烈，心里好踏实。"

慕天星：……

他半夜过来了，还说煽情的话，让她不舍得赶他走了。

她闭着眼睛道："那你明天要早点离开，按照习俗来接我。"

"好。"他干脆地答了一个字后，很快进入了睡眠。

慕天星不会知道，她漂泊在外的四年里，她有两个儿子陪伴在身边，但是凌冽真的看过心理医生。

他打了四年仗，每每看见落单的妇女跟孩子，都会心痛地想着：我的小乖会不会流落街头了？

他只要稍微想一下战争留下的残骸，再把那张脸换成慕天星的，他就受不了。他整日整日失眠，白天睡不着，不得不晚上吃安眠药。

日子一久，他身边的副官给他找了一个心理医生，为他辅导，心理医生让他试了各种方法，但他就是没有办法减少对她的思念。

而今，她跟孩子们终于回来了。这种灵魂回归身体的感觉太好了，仿佛一颗冰冷的心冻了太久，终于变得有温度，回到温暖的胸膛了。

凌冽均匀的呼吸声飘荡在慕天星的世界里，宛若最动人的安眠曲。

夫妇俩至此好眠。

翌日。

慕天星一睁眼就发现身侧的凌冽已经没影了。她伸手摸了摸另外半边床，还能清晰地感受到他残留的温度，她深吸了一口气，然后起床洗漱。

不久，倪夕玥亲自端着早餐过来了，慕天星受宠若惊，赶紧大口大口吃完。

慕天星看着化妆师过来，将化妆箱放在她的梳妆台上，她心里还是有些担心凌冽。然后，她给他打了一个电话，他很快接了。

他的声音仿佛沐浴在春风里，带着丝丝缕缕的温柔，道不尽的缠绵。他问："怎么了？"

"没事，我就是不放心，想知道你是否回去了。"

“我在太子宫了，这里的人都换好了衣服，我也是。你吃饭了吗？”

“吃了，我要化妆了。”

“好，我们这里也准备一下，我很快会过去，你不要着急。”

凌冽的声音说不出的温柔，听得慕天星小脸一红。这要放在往日，她肯定会娇嗔着跟他发脾气，道：“谁急了？”

但是她想起昨晚他非要抱着自己才能入睡，既心疼又觉得温暖。此生能有这样一个男人对她用情之深，真的好幸福。

“嗯，我就是着急了呢，急着想见你了！”慕天星清甜的嗓音宛若天籁，通过手机传给那边的男人的时候，那种撒娇又依赖的感觉非常明显了。

“你真是……”凌冽有些无可奈何了。

这丫头昨晚一点都不想他，他不在她身边，她还呼呼大睡了。现在他离开了她，她反倒这样直白地承认想他了。

“可惜我没有翅膀，不然肯定第一时间飞去你身边。”

凌冽的话刚说完，就听到手机那边化妆师道：“太子妃殿下，你可不能再打电话了哦，要化妆了。”

慕天星愣了一下，刚要开口，凌冽已经听见了，轻笑了一声，道：“我等待着今生唯一的新娘。”

通话结束，慕天星的心还是暖的。

她这两天经常上网看人家写关于结婚的帖子，很多女人跟男友同居久了，在办婚礼的那天就像是走个形式，彼此没有任何特别的感觉。

当时看了那个帖子，她也担心，大叔会不会没有感觉了？但是眼下，从他的种种行为可以看出来，他绝对不是没有感觉！他一定很紧张，就和她此刻激动又期待的心情一样。

慕天星换好了浅蓝色的抹胸小礼服后，莫林跟青柠走了过来。因为昨晚留宿月牙湾的女眷比较多，倪夕玥专门请了好几个专业的化妆师。所以，她俩已经化好妆了。两人看着慕天星坐在那里静若处子，心里一阵感动，她们见证了慕天星与凌冽的感情路。

门口，蒋欣过来了，她穿着一身淡粉色的女士套装，还是倪夕玥专门给她准备的。

起先，她觉得淡粉色太嫩了，但是倪夕玥道："你嫁女儿啊，我给你准备大红的，你肯定更不敢穿了，怎么都要喜庆一点的。"

于是，倪夕玥穿着橘粉礼服，蒋欣穿了淡粉礼服，一个婆婆，一个妈妈，都比新娘子穿得喜庆。

眼下，两个妈妈看着眼前美若精灵的女子，感动得红了眼眶。

在室内看起来，慕天星的婚纱是尊贵纯洁的白色，但是在阳光下就会发现，婚纱上面泛着一层慕天星喜欢的蓝色珠光。这是慕亦泽夫妇专门给女儿设计的一种料子，之前已经试验了很多次。他们挑了最好的一匹拿过来，把料子给了倪夕玥。倪夕玥让人给慕天星量身定做了礼服，包括凌冽今日身上的礼服料子，也是慕亦泽夫妇的心意。

化完妆，女人们凑在卧室里聊天，化妆师跟宫人暂且退下了。

倪夕玥拿出一个精致的袋子，牵着慕天星从化妆台前站起来，然后走到床边坐下。

在女人们艳羡的目光中，倪夕玥微笑着从袋子里取出一套非常稀有的斯里兰卡蓝宝石首饰：两只宽大的手镯，上面镶满了细碎的真钻跟蓝宝石，她亲自给慕天星戴上了。

房间里很安静，大家沉默着，可是婆媳之间流露出来的感觉就像是亲生母女。

给慕天星的左右手戴好了镯子，倪夕玥又拿起精致的蓝宝石流苏耳环，然后戴在了慕天星的耳垂上。

把一只只耳环戴好，倪夕玥动作温柔得很，瞧着眼前灵气逼人的小丫头，仿佛钻石与宝石都无法掩盖小丫头的光彩。

倪夕玥想告诉慕天星：孩子，我今天会把皇后的后冠传给你。但是她暂时不能说。她只是拉着慕天星的手，一直看着慕天星，一如当初她对慕天星说的第一句话："谢谢你让小冽幸福。"

慕天星的眼眶一下子红了，眼泪快要掉下来了。

蒋欣赶紧拿出纸巾，小心翼翼地、一点点地用纸巾帮女儿吸走眼泪，生怕好不容易化的妆哭花了。

蒋欣看着倪夕玥道：“我家天星能有皇后这么好的婆婆，是她前世修来的福气。”

慕天星感动得吸了吸鼻子，忍着不哭，却说了一句让倪夕玥跟蒋欣纷纷落泪的话：“能有你们两个这样的妈妈才是我的福气！不然，我都不知道自己现在在哪里了。”

蒋欣跟倪夕玥抬起头，既好气又好笑，都拿着纸巾拭去眼泪。

莫林跟青柠在一边觉得好感动，青柠道：“怎么办，婚礼还没开始我就想哭了。”

“哈哈，所以我说让你先做伴娘适应一下，等你跟卓希办婚礼的时候……”倪夕玥话说了一半，发现青柠表情不大对劲儿，诧异地问，“怎么了？”

青柠不好意思地笑了笑，不想破坏气氛。但是倪夕玥问了，她总不能不答吧？

“我爷爷还是不喜欢卓希做御侍，他觉得御侍跟封建时代的太监差不多，就是身体完整。”

“这是什么思想啊？”莫林当即不高兴了，“我的爷爷、爸爸全是御侍，我为他们能够朝朝暮暮陪伴在君王身边感到自豪！”

青柠吐吐舌头，赶紧哄着小姑子：“嘿嘿……那不是我爷爷的思想顽固嘛，跟我没关系的。”

门口忽然响起一阵阵匆忙的脚步声，有人在对面大喊了一句：“太子带着伴郎们杀过来啦！”

这么快？慕天星面色一变，而倪夕玥无所谓地笑了笑，她早就将门反锁了。

不过儿子娶媳妇，她待在儿媳妇的房间里等着要儿子的红包，这样的画面倒是挺新鲜的。

大家将目光聚集在紧闭的门上，有些紧张地期待着。

脚步声越来越近，直到凌冽的声音透过门传了过来。他中气十足，大喊了一声："小乖！我来娶你了！"

门外，男人们纷纷哄笑起来。

慕天星坐在床边红透了脸，听着外面的动静更是羞赧不已。

青柠忽然拿着一张字条对门外大喊："表哥，你想娶天星就要回答以下五个问题，要绝对真心、诚心、用心地回答才可以！"

"没问题，你问吧！"凌冽又出声了，干脆道。

今天他娶媳妇呢，怎么能婆婆妈妈叫人看了笑话？

慕天星有些紧张地盯着青柠，也不知道这丫头从哪儿整来的招数，跟她在网上搜到的唱歌、做俯卧撑、吃汤圆等都不一样。

青柠抬头大声道："请问……慕天星锁骨以下、大腿以上的部位，你最喜欢哪里？"

苍天啊！所有人都没有想到青柠会问这样的问题！

慕天星的脸皮子特别薄！

外面有一群大男人，房里面还有妈妈跟婆婆在，不管凌冽怎么回答，虐的不是凌冽，而是她慕天星啊！

下一秒，慕天星抬起手把她的小脸捂住了，真是……

门外，男人们起哄的声音越来越大，连倪夕玥都有些拿青柠没办法了。

"丫头，你别问这么敏感的问题，这些问题你可以留着晚上闹洞房的时候问。长辈们不在，你们也能放得开。"

"可以闹洞房吗？"青柠的眸子一下子亮了。

倪夕玥点头："当然可以啊，你们都是年轻人，婚礼就这么一回。"

门外，凌冽、倪雅钧、卓希他们全都听见了，毕竟双方就隔着一扇门。

凌冽干咳了一声，扬声道："青柠，你问的时候可得注意着点，怎么说我跟小乖都结婚了，但是你跟希嘛，还在后面呢！出来混，早晚是要还的！”

卓希面色一变。

如果他结婚的时候有人当众问他这种问题，打死他也答不出来。他不得不往前一步，道：“青柠，你含蓄一点吧……凡事留一线，来日好相见。”

青柠闻言，却不愿意放过这个机会：“没准儿今日一变，错过了这次就没下次了。不行！大婚五个问题都要问，都要答！”

“回答！”

“回答！”

“回答！”

男人们起哄了，齐刷刷地对着凌冽呼唤起来。

慕天星放下双手，脸颊上却像染了胭脂一样，红得很。她用哀怨的眼神盯着青柠，可青柠铁了心不理她。

终于，一道幽幽的声音从门外传了进来：“没有最喜欢！我真心地、诚心地、用心地回答你，慕天星锁骨以下、大腿以上的部位我全部喜欢！”

“啊！”

“哦！”

“啊！哈哈……”

又是一阵疯狂的起哄声，震耳欲聋的声音让慕天星恨不能找一条地缝钻进去。

倪夕玥跟蒋欣无奈地摇头，现在的孩子太会闹了。

青柠又道：“我跟莫莫是伴娘，你先把我们的红包给门外的我们的男人。”

“好。”凌冽答得干脆，立即从口袋里掏出红包，分别给了倪雅钧和卓希，然后问，“你们可以开门了吗？”

“第二个问题，请听好！”青柠又道，“在你刚才回答的都喜欢的答案里，选一个你最喜欢的出来，不可以说没有！”

“哦！”

“回答！”

“回答！”

“回答！”

凌冽把心一横，道：“腰。”

腰这个部位可以承上启下，每次他跟慕天星缠绵的时候，他得先把手从她的腰那里伸进去。所以，他最喜欢她的腰了。

青柠又道：“第三个问题，你觉得自己做过的让慕天星最生气的一件事情是什么？”

凌冽：……

是他俩的第一次。这个回答好犀利，他要怎么回答？他冰冷的眼神直直刺向了卓希，颇有警告的意味：“我越来越期待你结婚的那天了。”

卓希：……

倪雅钧站在一边，十分庆幸，反正莫莫怀孕了，闹洞房是不可能的。结婚迎新娘的时候，他跟莫莫从来没有欠过谁的债，所以不用担心没办法还。

凌冽把心一横，道：“我隐瞒了自己的身体状况，假装非要每天坐轮椅不可，我欺骗了她。”

闻言，没有一个人敢起哄，大家全部把这些话“左耳进，右耳出”，不敢在心里多想。这种属于皇室秘史了，传出去早晚会倒霉的。

“第四个问题。”

“青柠。”卓希忽然对着门喊了起来，打断了青柠的话，甚至带着一丝哀求的口吻，“最后两个问题能不能让我来问？”

青柠不解：“为什么啊？”

卓希豁出去了，两眼一闭，大喊道：“因为我爱你！”

起哄声再一次响起，青柠的耳根跟着红了，在倪夕玥她们的轻笑声下，她有些不自在地咳了两声：“好吧，你问。”

卓希看着凌冽："请问太子殿下最想要太子妃为您做什么事情？"

此言一出，慕天星当即抬起了小脸，紧紧盯着门。她自然想要竭尽所能为自己心爱的男人多做一些事，尤其是他想要的东西。

慕天星屏息凝神，有些紧张地等着凌冽的回答。她怕他说的事太难了，自己做不到或者做得不够好。

谁知凌冽却说："我最想要小乖朝朝暮暮陪着我，分分秒秒，形影相随！"

慕天星的鼻子一酸，想哭，她被凌冽说的话感动了。

起哄声再次响起来了，卓希又问："最后一个问题，请问太子殿下，您觉得太子妃有什么是需要改变呢？"

慕天星又紧张起来了。

蒋欣跟着紧张起来，毕竟是自家女儿，她不希望女婿有嫌弃女儿的地方。

凌冽想也不想脱口而出："我想要她再胖一点！她太瘦了，我心疼！"

好完美的答案啊！宠妻好老公啊！青柠跟莫林感动得不得了。

而倪夕玥跟蒋欣也深有感触，她们的丈夫全是宠妻如命的主。这般看来，还真的是"不是一家人，不进一家门"呢。

看时间差不多了，倪夕玥对青柠道："你开门吧，他们还要巡街呢！"

凌冽夫妇今日的婚礼比起洛杰布夫妇的婚礼多了一个巡街的仪式。就是婚礼大部队沿着宫门出发，凌冽夫妇乘坐古典的宫廷马车，按照检查过的指定路线前行，绕行一周。一路上，他们会与百姓们亲切地打招呼，再回到宫门的礼堂里举行皇室婚礼该有的仪式。

因为洛杰布觉得亏欠这两个孩子太多了，所以他决定让全世界的媒体和前来观礼的百姓好好认识一下他的儿子和儿媳。

至于三个小孙子，站在保护的角度上，他们的样子不适合这么早流传出去。

闻言，青柠很懂事地点了点头。她走到门后，对外面的男人们道：“我要开门了，但是你们不要撞进来，不要撞到我！”

“知道了。”

这一声是倪雅钧唤出来的。他也害怕爱妻莫林被这些男人撞着，所以听见青柠说要开门了，他第一时间站在最前面。

听见倪雅钧的声音，莫林的小脸跟着红了，心想：一定是他担心我才会这样说的吧。

青柠笑呵呵地上前，小手拧了一下门把手，门拉开了一条缝隙，她先看见的是倪雅钧的脸。

然后她迅速转身跑回去，站在慕天星的身边，等待着男人们进来将美丽的太子妃接走。

心尖上缠绕着爱情的藤蔓，女孩子们都眼巴巴盼着自己心爱的人快点出现。

倪雅钧大步走进来，第一眼看见了莫林，他琥珀色的眼睛自下而上扫了她一眼，上前拉住她的手：“你累不累？”

莫林红着脸摇了摇头：“我不累。”

凌冽跟卓希紧跟着进来，余下的人都在外面等着。

凌冽一双深不见底的黑瞳望向床边静坐的女子，他痴痴地看着，有些挪不开视线。这是他的新娘，是这世上跟妈妈一样美丽的女子。

凌冽的眼眶一红，想着两人的儿子都三岁了，他才许她一场盛世婚礼，心中的感动与愧疚瞬间凝结，全部充斥在胸膛。

他走上前，单膝跪在慕天星的跟前，握紧了她的双手，看着她：“小乖，我们今天结婚了。”

没有华丽的辞藻，没有多余的甜言蜜语，甚至连最简单的“我爱你”他都没有说。但是因为这句话，慕天星湿了眼眶，睫毛颤抖，落下一滴泪来。泪被他伸手接住，他起身将她抱在怀中，仿佛拥有了全世界的幸福。

“咯咯。”门口传来一道轻咳声。

众人扭头望去，就看见穿着一袭月牙白礼服的百里秋缓缓走了进来。他说：“按照宁国的习俗，该由娘家的哥哥把新娘从家里背到车上，其间新娘子的双脚不能落地。天星娘家没有哥哥，我来背她吧。”

慕天星抬眸望去，只见百里秋比四年前看起来更加成熟了。一双妖冶的丹凤眼，象征着莫邪皇室的蓝绿色眼珠，如今已经成了宁国莫邪自治区统治者的眼珠。

百里秋深情凝视慕天星，朝她微微一笑。

他不会告诉任何人，在她失踪的这四年里，疯狂寻找她的人不仅仅是凌冽，还有他。但是昨天在宗亲聚会上，他看见了她的三个儿子，那一瞬间，各种酸楚与祝福凝结，他百感交集。

“雅钧背吧。”凌冽忽然看向了倪雅钧，他幽深的黑瞳泛着粼粼的波光，别有深意，“小乖叫了你那么多年的雅钧哥哥可不是白叫的，这种时候你来背她吧。”

百里秋的眼里掠过一丝伤痛，性感的薄唇漾起苦涩的笑容，他默不作声地退到一边。

他只是想靠近她一点，哪怕一点点。然而这个即将君临天下的男子，却一点机会都不肯给他。

倪雅钧拍了拍莫林的肩膀，然后笑着起身答应了：“好。”他走到慕天星的面前，蹲下身去，又对青柠跟卓希道，“你们帮我照顾好莫莫。”

“谢谢雅钧哥哥。”慕天星笑了笑，伸出雪白的双臂伏在倪雅钧的背上。

当外面起哄声响起，当倪雅钧与百里秋擦肩而过的时候，慕天星不是没有看到百里秋隐匿在瞳孔深处的情意。就连她都看出来了，大叔怎么会看不出来呢？

凌冽深吸了一口气，心中充满喜悦和感动。他急忙大步追着倪雅钧，伴郎伴娘们也紧紧跟上。

月牙湖边的警戒线外围满了前来观礼、拍摄的媒体和百姓。

倪雅钧小心翼翼地将慕天星放在湖边唯美的宫廷马车上，象牙白的马车车顶像小亭子一样挡住她头顶的蔚蓝的天空，白色的纱幔宛如公主帐般束起来了。她的身后是马车的车臂，用于支撑车顶，前方跟左右两侧是空的，方便他们巡街的时候与百姓、媒体打招呼。

凌冽很快追了上来，一步跨上了马车。他先抓过慕天星的一只手，这才转身坐在她的身边。

皇家仪仗队奏起了热闹的交响曲，凌冽的马车先行，后面紧跟着九辆黑色的轿车，伴郎伴娘，婆家人，娘家人全部上车了。

白色的马车先行，寓意一马当先、白头偕老。

一路上，各种闪光灯闪烁，慕天星的眼睛有些疼，却还是保持着微笑，还不断朝着两边的人挥手示意。

一切就跟昨天彩排的时候一样。

满街的百姓围观，他们都端着手机、照相机，盯着他们。

人群中总会响起惊呼声：

“啊！太子妃好漂亮！”

“天哪，太子殿下还是这么帅，跟他打莫邪穿军装的时候一样帅！”

“这么漂亮的女人当然要嫁给太子啦！果然男人有权有势才能享受到这样级别的美女啊！”

凌冽夫妇在马车上听着人群中的各种议论，更是忍不住微笑。

凌冽握着慕天星的手，对她温柔道：“我有一种不好的预感。”

“怎么了？”慕天星当即看向他。她心里怕得要死，可是想到这是现场直播，只能将担忧生生按下，依旧保持微笑。

凌冽看了慕天星一眼，凑近她耳边低语：“昨天的彩排一连演了五遍，我发现有个地方不对劲儿。”

“什么？你别吓我。”

“我不是吓你。你想想看，昨天说到你敬了媳妇茶之后接下来是什么？”

夫妻俩就这样交头接耳，落在周围人眼中，就成了他们无比恩爱缠绵的象征。

慕天星顺着凌冽的话想，回忆昨天彩排的过程，然后道："等着父皇、母后给我们送祝福，然后父皇、母后退场，我们原地转身，鞠躬感谢宗亲跟大臣们的观礼……"

"我觉得这里奇怪。"

"有什么奇怪的？"

"那时候父皇和母后结婚，母后敬了媳妇茶，我皇奶奶就将后冠给了我母后。然后父皇和母后直接转身去外面的广场接受子民的祝福，皇爷爷和皇奶奶留下，站在礼堂的尽头中央感谢宗亲。这次轮到我们，居然是父皇和母后先走，让我们留下。"

慕天星想起来了，上次洛杰布大婚是这样的步骤，她看着凌冽："你想说什么？"

凌冽看了她一眼："我怕他们玩先斩后奏。"

慕天星诧异地看了他一眼。

凌冽说："让我继位的事情，父皇跟我明里暗里提过多次了。今天是一个好日子，我不得不防啊！"

喉结微微滚动，凌冽白皙光洁的下巴经过岁月的打磨，越来越散发出男人的味道。慕天星侧过脸一直盯着他，这一路走来的拥戴、欢呼，无数美景，都不及身侧这个男人光彩照人。

她忽然挽住了他的胳膊。她笑得累了，笑不动了，就将自己的小脑袋安静地往他的肩上靠过去。

只这么一个动作，引得无数观众惊呼大叫。

她嘴角一弯，心里泛着甜。这一瞬间，即使不用故意弯嘴角，她的笑容也最为灿烂。

绕着规定好的路线行走，马车的车轮碾过的是早就准备好的红色地毯。这样十里红妆的场面让围观的群众看见，更能让他们感受到凌冽迎娶慕天星的郑重。

马车从宫门进去，直达大礼堂。

从他们出了月牙湾，每一秒都有镜头对着他们抓拍，所以即使是下马车的动作，他们也要做得无比优雅。

当凌冽跟宗亲被安排先入礼堂，慕天星的心情越发紧张起来。

慕天星一向很有教养，她挽着慕亦泽的胳膊，背挺得笔直，静静地站在礼堂的门口。

这一刻，她的脑海中掠过了很多人的身影。

她想起了蓝寄风，想着那个她被百里沫带走后去世了的亲生父亲。虽然他们只见过几次面，但是她永远不会忘记他眼巴巴地看着她，叫着她“皇儿”的声音。

她想起了夏琦露，那个美丽妖娆的生母。虽然她对夏琦露最后的结局有些怀疑，不是很相信对方病死在花旗皇宫里，但是她不想去探究那些了。不是她不孝，而是一个不管她死活的母亲已经死了，她去追究更多也于事无补。

她心跳如擂鼓，很慌乱。

慕亦泽扭过头，凝视着被美丽的蓝宝石烘托得宛若仙子的女儿，感动得眼眶发红。他还记得，当初凌冽在他家门口的灯柱子上架的大大的广告牌，他还想过要架个梯子，把广告牌毁掉呢！眨眼间，女儿跟凌冽都有三个可爱的孩子了。

慕亦泽深吸一口气，想着过往的经历，便道：“我很荣幸当初跟你妈妈决定领养你，然后改变了你这一生。有你这样的女儿，我跟你妈妈觉得很骄傲。”

因为听过洛杰布的安排，所以慕亦泽清楚今日之后他便是国丈了。

大礼堂里有音乐声传来，慕天星不清楚里面究竟进行到哪一步了。

未知的等待是最让人觉得煎熬的。

当慕天星眼前奢华的金色大门终于被人从里面向两边拉开时，映入她眼帘的首先是鲜红的地毯。地毯上铺满了她最爱的蓝色玫瑰花瓣，可是空气中却弥漫着清冷熟悉的紫薇花香。

她放眼望去，红毯的中央只有凌冽一个人的身影，他翘首以盼。

根据司仪的提示，她挽着慕亦泽的胳膊，一步一步朝着心爱的男子走去。

慕亦泽的手臂在轻微发抖，他做梦都没想过，自己这个当初只是一个在小县城里开染坊做纺织的人，居然在未来的某一天会出现在全世界观众的眼前。

思及此，他唯有镇定自若地好好表现，给女儿争一口气。

凌冽深情地凝视着妻子，那个为了他一次次妥协、一次次让步、一次次以身犯险的妻子，是他心尖上的女子。在受尽诸多磨难后，她终于穿上了嫁衣，要跟他结婚了。

当慕天星走到凌冽面前时，所有人都看见了大屏幕中凌冽眼中蓄满了泪水，他竟比慕天星更早地蓄满了泪水！

如潮水般的掌声响起，这掌声来得有点出乎意料，司仪也没有料到。

是宗亲们情不自禁地鼓掌，他们想要为凌冽加油打气，他们清楚洛杰布夫妇一路走来不易，也清楚凌冽长大有多不易。

不远处，洛天凌拉着珠珠的手，两人微笑地看着这一幕，他的怀中还抱着倾慕，倾蓝在蒋欣那边，倾容在倪子洋那边。三个孩子都穿着精致、修身的黑色小西装，粉嫩粉嫩的，他们看起来就像小仙童。

当司仪暗示凌冽可以说昨天背了很多遍的誓词的时候，不知怎的，凌冽居然把台词全部忘记了。

司仪等了又等，慕天星也等了又等。

可是凌冽急了，昨天彩排了五次，他明明记得誓词的，怎么现在忘记了呢？他想临场发挥说一段台词出来，但他的大脑一片空白，什么都想不起来了。

现场直播啊！

慕天星急啊！

司仪都快哭了！

慕天星把心一横，对凌冽道：“在这个特别的日子里，在苍天与所有宗亲好友的面前，我将嫁给你。我承诺，未来我会毫无保留地爱你、以你为荣、尊敬你、照顾你，在危难中保护你，在忧伤中安慰你。我承诺，我将永远对你忠诚、疼惜你，直到永远永远！”

这是昨天司仪让凌冽背下的誓词，他昨天说了五次。他每说一次，慕天星都听得如痴如醉。

现在，他的大脑一片空白，唯一能解救他的只有她！

慕天星说完后，深深的震撼宛若惊雷般砸在凌冽的心中。

“好！”

“太子妃真棒！”

宗亲里有人拍手叫好，无数掌声再次袭来。凌冽的眼眶再一次湿了，他大步上前，直接揽住了慕天星的腰肢，也不管慕亦泽是否已经将她交给了他，他先行扣住她的脑袋，狠狠地吻了她。

“啊！”

“哦！”

起哄声、欢呼声四起。慕亦泽尴尬地站在原地，司仪快吓死了。这对夫妇简直不按常理出牌，昨日彩排的时候那么严谨、认真，眼下的画面却与彩排时完全不同。

等凌冽终于放开了怀中的慕天星，他的目光透着疼惜，一片清明。

他放开她，退后一步，认真地看着慕亦泽，道：“岳父大人，我承诺未来我会毫无保留地爱您的女儿，以她为荣、尊敬她、疼惜她，对她永远忠诚，请您放心地将她交给我，让我能有带给她幸福的机会。”

等凌冽说完这一段话，众人再次鼓掌。

慕亦泽将女儿的手放在凌冽的掌心里，微微笑着道：“我们天星……以后就拜托太子殿下了。”

一个父亲的担忧与期盼，全部包含在这一句话里了。

凌冽执起慕天星的手，对慕亦泽毕恭毕敬地鞠躬，这也是彩排的时候没有的。凌冽以这样谦卑的姿态对慕亦泽鞠了一躬后，所有电视前的观众、在场的宗亲都不会再去怀疑皇室婚姻是否存在真爱了。

他爱慕天星毋庸置疑，他是深深爱着她的。

当慕亦泽退场回到蒋欣那一桌后，凌冽回到慕亦泽之前的位置上站好，让慕天星挽着他的手臂，两人继续踏着幸福的红毯朝前走去。

洛杰布夫妇坐在那里，倪夕玥已经泣不成声了，却依旧骄傲地抬起头，凝视着眼前的一对新人。

倪雅钧站在倪夕玥身边，他把托盘朝慕天星的方向送了送。慕天星心知婚礼流程，却还是很感动，端过茶水，恭敬地双手呈上，弯下腰身："父皇，喝茶。"

洛杰布笑着接过茶水，然后喝了一口茶，再将杯子放在身侧莫林端着的托盘里，又取了红包递给慕天星。

慕天星接了红包："谢谢父皇。"

然后慕天星端着一杯茶递给倪夕玥："母后，喝茶。"

倪夕玥也尝了一口茶，激动不已。她给了慕天星一个红包："好孩子，以后你们要好好过，你们一定会幸福的！"

至此，司仪忽然来了一句："请陛下跟皇后赐予这对新人祝福。"

凌冽越想越觉得不对劲儿。

当洛杰布含笑牵着倪夕玥站起身后，倪夕玥忽然面带微笑地缓缓抬手，去触碰她头上镶满了真钻的后冠。

凌冽面色一变，他拉着慕天星掉头就跑……

我们私奔吧

第五章 Little wife

洛杰布当即大喝一声："歆羡！"

乔歆羡的脑仁突突地疼了起来，现在的陛下不能得罪，但是下一任陛下他能得罪吗？真虐！

大礼堂里的人都坐在自己的餐桌前静静观礼，可是突然的变故让大家愣了。

太子怎么好端端地牵着太子妃朝着大堂的出口方向跑了呢？是玩私奔吗？陛下为什么叫乔歆羡将军？所有人困惑不已，朝着大门口的方向看过去，只见凌冽的大手已经触向了门把手，可是他怎么拉都拉不开门。

无奈之下，他只得暂时松开慕天星的手，双手用力地拉门。这一拉，他拉出感觉来了，这门被人从外面上了锁！

这是一场阴谋！

"大……大叔！"慕天星看着乔歆羡带着一队护国军包抄了过来，吓得花容失色，她去拍凌冽的背。

凌冽转过身，就看见跟随他四年的亲兵站在面前，他们将他跟慕天星团团围住了。

“这是怎么回事？”

“你们搞什么？”

“大婚还搞这个？”

“别闹了吧，全球直播啊！”

可是不管宗亲们如何议论，这一次洛杰布吃了秤砣铁了心，非要凌冽继承皇位！

洛杰布穿着一身枣红色的燕尾服，显得雍容华贵，他一步步朝着唯一的儿子走过去。

万千灯火全部笼罩在他嘴角噙着的得逞的奸笑上，他一步步走向凌冽，得意道：“我被你小子和上面的老子压了大半辈子，这次我说什么都不会再让你逃了！”

全场安静了下来。

倪夕玥大步追上洛杰布，怕两父子闹得太难看，反倒成了全球观众的笑料。洛杰布在她追上来之后，双手轻柔地摘下了她的后冠，再递给她。

她心中有数。既然凌冽不行，那就从慕天星这里下手。她道：“乖儿媳，过来。”

慕天星摇了摇头，往凌冽身边站了站。

这一下，所有人松了一口气：原来洛杰布是在逼凌冽继位啊。

凌冽立在原地，一双黑瞳直直地盯着洛杰布。

此刻，洛杰布笑得越迷人，凌冽就越觉得他可恶。

在洛杰布看来，今日凌冽插翅难飞了！

然而凌冽不卑不亢地凝视着洛杰布，用很小的声音说了一句：“不管是我这个小子，还是你上面那个老子，你信不信，你这辈子注定是被压的那一个？”

洛杰布眯了眯眼睛：“你做梦！”

洛杰布说完后，忽然侧过身，抬起下巴扫视了一圈宗亲跟媒体，然后道："今日，我非常感谢各位宗亲和媒体朋友前来参加宁国太子与太子妃的大婚之礼，趁着今天这个美好的日子，我宣布一件事，我洛杰布将正式将皇位传给我与倪夕玥的独生子凌冽，君无戏言！"

此言一出，凌冽继位已经没有任何转圜的余地了。

当初，洛天凌就是忽然当众宣布将皇位传给才二十岁的洛杰布，然后自己带着珠珠隐居的。

眼前的状况与当年的情况如出一辙。

最没有发言权的人就是洛天凌了，他干过这种事，所以现在他只能眼睁睁看着自己的乖孙被自己儿子欺负了。

偏偏洛杰布得意扬扬地宣布自己的决定后，凌冽却万般无奈地叹了一口气，同样悠扬但年轻且富有磁性的声音飘荡在大厅里的每一个角落。

他说："我也不想让父皇有失颜面，但这都是父皇自找的，别怪儿臣不客气了。"

他真是搞不懂，有些人明明可以光鲜亮丽地做皇帝，但对方非要当着全世界人民的面丢面子，将自己说的话一个字一个字吃回去，这是何苦呢？

"小乖。"凌冽轻唤了一声，手心朝上，"见证真爱的时机到了。"

慕天星看了一眼凌冽，又看了看洛杰布，她有些紧张，却没有办法。她将藏在腰封里的小金牌取了出来，递到了凌冽的手心里。凌冽嘴角噙着淡淡的笑意，他捏着小金牌对着洛杰布。

洛杰布面色一变。

慕天星抬头道："父皇，这是您亲赐的心愿金牌。您承诺过，在我有生之年，不论我有什么心愿，只要拿出这块金牌，我的心愿不违背人力与自然的力量，心愿就统统可以实现。"

"你别说了！"洛杰布忽然沉着脸，猛然转过身去，"我刚才是跟宗亲们开玩笑的！我洛杰布身体健康、正值壮年，怎么会有退位的想法呢？歆羡，开门，放太子与太子妃去广场接受百姓朝拜！”

乔歆羡对着蓝牙耳机那边的人吩咐了两句，凌冽很快听见大礼堂门外的锁链被人解开的声音。

凌冽收敛了一下表情，对着乔歆羡道：“多谢小叔叔。”然后他一只手拉起慕天星的小手，另一只手轻轻推开了礼堂的大门。迎着光的方向，便是他凌冽与慕天星脚下的路。

乔歆羡心知洛杰布心里不痛快，便上前小声道：“太子半小时前给我发了短信，让我暂时屏蔽大礼堂的所有信号，所以刚才的事情并没有直播出去。”

洛杰布：……

今日在场的所有宗亲都不可能把这件事说出去，至于有幸受邀进入大礼堂观礼的媒体朋友们，更是因为和皇室关系亲厚才能有资格进来，历史向来只在赢家手里，他们不敢乱写乱说。

在听见乔歆羡的解说后，洛杰布刚才还阴云密布的脸彻底缓和了。只是儿子如此心思缜密、聪慧过人，让洛杰布越来越欣慰的同时，也越来越想要将皇位传给儿子。

“接下来有精彩的演出，大家放开吃、放开喝，我与皇后再一一来敬酒！”

洛杰布爽快的声音传开，谁也不傻，都不会再纠结刚才的一幕，而是用欢声笑语回应他。

不远处，洛天凌看着大礼堂敞开的门，一道天光似乎象征着幸福与光明。他垂首，轻声问倾慕：“听说前日大家送你们礼物，哥哥们拿了漂亮的大房子，你只得了五张白纸？”

“嗯，还很麻烦呢，他们还要我签字呢。”倾慕搂住洛天凌的脖子，一双黑亮的眼睛宛若黑曜石般晶莹剔透，“还好妈咪教过我写自己的名字，虽然我现在写的字不是很好看。”

洛天凌捏了捏倾慕的小鼻子，瞧着孩子一脸正气的模样，心中欢喜：“呵呵呵，那么哥哥们拿走了房子，你却只有白纸，后不后悔呢？”

"我不后悔啊。"

"为什么呢？"

"没有为什么！如果太爷爷非要问为什么，那就是……"倾慕一副鬼精灵的样子，故作神秘，他成功地把洛天凌的好奇心吊起来了，然后他笑眯眯的，摇头晃脑地道，"因为所以，自然有理！"

"哈哈哈……"

洛天凌爽朗的笑声传遍了这一方天地，很多宗亲放眼望去，看见太上皇怀中抱着的孩子满身灵气，都分不清这是凌冽家的老二还是老三了，他们只记得老大的样子是不同的。

倾容依偎在倪子洋的怀中，看着隔壁桌的三弟在太爷爷怀里笑得开心，他拧着眉，一直盯着他们看。

倪子洋用餐巾裹住一块羊排递到倾容的手心里："吃吧。"

倾容接过羊排，抬头看了一眼："太公公，为什么太爷爷好像一直不喜欢我？"

倾容原本以为像洛天凌那样的人应该谁都不喜欢，但是今天他看见洛天凌好像特别喜欢三弟，于是他开始琢磨，三弟到底好在哪里？

倪子洋微微一笑，柔声问倾容："你觉得倾慕的优点是什么？"

倾容想了好一会儿，咬了一口羊排上的肉，嘴边有一点油渍。倪子洋看见了油渍就帮他擦掉，然后给他倒了点果汁放在一边备用。

倾容想了好久，抬头看着倪子洋，摇头道："没有，倾慕没有优点。"

倪子洋又问："那他的缺点呢？"

这次倾容脱口而出："他胆小怕事、懦弱无能；一天到晚黏着妈咪，张口闭口都是妈咪会开心的，妈咪会不高兴的；他还什么都不懂，算数题也没我跟倾蓝做得好。"

"呵呵……"倪子洋笑了，又问他，"那你的优点是什么？"

倾容再次脱口而出："我聪明，胆子也大，力气也大，比他们勇敢，不会让别人欺负我。"

倪子洋喂倾容喝了一口果汁，小声问：“那你的缺点呢？”

倾容咽下果汁，这次他想了好久都没想出来：“我没有缺点。”

闻言，倪子洋轻叹了一声，将怀中倾容的小身子转过来，让孩子与自己面对面。倪子洋抬手轻轻摸了摸孩子刚刚长出来的黑发，想起他小小年纪吃了不少苦，自然也会疼惜他。

倪子洋看着倾容认真道：“你不是问我为什么太爷爷喜欢倾慕，倾慕有什么好吗？”

“对啊。”

“呵呵，倾容啊，其实答案都在你刚刚的回答里了。”

“哪有？”

“有的。因为你只看得见弟弟的缺点，却看不见弟弟的优点；你只看得见自己的优点，却看不见自己的缺点。就是因为这个，所以太爷爷才会特别喜欢倾慕。”

倪子洋说完后，俯首将自己的额头抵上倾容的额头，亲昵地跟小男孩闹着玩。

这是他宝贝女儿的亲孙子，他怎能不疼爱？

瞧着倾容若有所思的样子，倪子洋又道：“每一个人都有自己的优点和缺点，我们看待问题的时候呢，不可以只知道自己的好却不知道别人的好，这是浮躁、目光短浅、不够全面、盲目的认知。你可能现在还不太懂太公公的话，但太公公只是想要告诉你，倾慕有很多优点，只是你没有看见，而你也有很多缺点，自己没有看见。你看不见自己的缺点，已经是一个缺点了，你看不见倾慕的优点，这又是一个缺点了。”

倾容愣住了，他一点点地整理着太公公说的话，不想被那些相似的句子绕晕。

倪子洋瞧着倾容木讷的样子笑了笑，又道：“你说倾慕懦弱无能，其实是他懂得兄友弟恭的道理，他对哥哥尊敬、谦让，是美德。你说倾慕胆小无能，但是太公公听说了，在你们的妈妈带着倾蓝过鳄鱼河的时候，是倾慕拿着石头不断地去砸鳄鱼，才救了你们的妈妈跟倾蓝，让他们平安上岸的，倾慕连鳄鱼都敢砸，你能说他胆小无能吗？”

倾容不说话了，默默地垂下脑袋。他想了好一会儿，却不得不承认：“嗯，倾慕有优点，我没看见，是我的缺点。”

“乖，你好好吃饭吧。”倪子洋在倾容的额头上亲了一下，又在盘子里夹了很多适合小孩子吃的菜，温柔道，“今天呢，倾容认识到弟弟的优点，这是进步；倾容又认识到自己的缺点，这也是进步。我们倾容真棒，一天之内进步了两次呢。”

倪子洋跟倾容总算开始安静地用餐了，他俩隔壁桌的慕亦泽夫妇抱着倾蓝，跟诺一大人一家坐在一起。

卓然和曲诗文也回来参加凌冽夫妇的婚礼，他们看见曾经的四少与少夫人终于完成大婚了，两人都泪流满面了。

慕亦泽将倾蓝搂在怀中，悉心地教导道：“满满的一桌菜，你不要什么都吃，每样菜都尝的那是猪！你要记得，你是要做人上人的人，就好像在你爸爸的紫薇宫里，什么都是最好的。你吃惯最好的，用惯最好的，档次就下不去了，以后就要想方设法地挣钱，挣大把大把的钱，让自己过最好的生活！”

倾蓝的小手刚刚伸出去要舀一勺玉米粒，慕亦泽的大手打了过来，对他道：“你看最边上的那个，那叫深海鱼子酱。那个贵啊，跟玉米粒是一样的，一粒一粒的，但是你吃一口鱼子酱比吃一口玉米粒赚多了。”

“可是我想吃玉米粒，我饿啊。”倾蓝嘟着嘴，揉了揉被拍红的小手，有些委屈。

慕亦泽给倾蓝弄了鱼子酱在盘子里，道：“所以说胃的容量是有限的，你要用最贵的食物将你的胃填满，这样才叫人上人。”

倾蓝点点头：“我记住啦。”

吃完鱼子酱，倾蓝舔了舔嘴巴，想要吃点肉，可是他的目光扫了一圈，又问：“哪个肉最贵？”

诺一“扑哧”一笑：“慕先生，您这样教导孩子，让他往后怎么办？”

慕亦泽道：“我就是要他往后不得了！”

龙虾肉，吃最大的；鲍鱼也要最大个的，最贵的里面还要挑最好的。倾蓝的嘴巴一直在吃，他一边吃，一边计算着菜的成本。

他记得外公的话，同样一顿饭，只有吃最贵的吃饱了，才是最赚的。

蒋欣发现外孙几乎没怎么动蔬菜，赶紧给倾蓝夹了两朵花椰菜。结果倾蓝不要，他把小碟子推到了一边。

蒋欣还以为倾蓝不喜欢，一张口就把花椰菜吃了。

下一秒，倾蓝皱着眉头看着蒋欣，不满道：“外婆，什么都吃的是猪！”

蒋欣：……

卓然他们全部憋着笑，埋头吃饭，就听见慕亦泽对着蒋欣一个劲儿地道歉：“对不起，我不是说你是猪。喀喀，我这不是教育孩子吗？”

大礼堂外。

凌冽夫妇终于完成了婚礼的最后一个步骤：接受子民朝拜。

当他们手拉着手再次回到宫廷时，凌冽说不回大礼堂了。他让司机直接将车开去太子宫，吩咐太子宫的小厨房随便给他们准备一点吃的。

慕天星还没来过太子宫呢。当她从车里出来的时候，看见了一棵棵高大的紫薇树，它们宛若挺拔忠诚的护国军围着眼前的硕大别墅。

一眼入心，一念之间，她想到了M市的紫薇宫，想到了当初与大叔手牵着手在漫天的花海中散步的光景。

“好可惜。”她身上还穿着唯美的婚纱，抬头的一瞬间，瞧着茂密的紫薇枝杈道，“错过花期了，现在是秋天了。”

凌冽从慕天星身后将她拥住，深情地呢喃：“没有关系，错过了这一次，我们还有以后的每一次。再说了，我们也不算错过。”

“怎么说？”慕天星转身凝视他，动人的眸子，绝美的小脸，凌冽瞧得喉咙一紧。

他在她的唇上亲了一下，这才道：“之前然跟阿诗一直在首都，他们去莫邪协助百里秋之前，刚好是紫薇花盛开的季节。那时候阿诗每天在太子宫待着，就酿了很多紫薇花蜜，炒了很多紫薇花茶，还做了很多紫薇花的香薰蜡烛、紫薇花手工皂等。我们都是在紫薇宫熬过了最艰难的时期，对紫薇树都有特别的感情。他们这次去莫邪也带了很多紫薇花做的东西，剩下的就留在了太子宫，也就是留给了我们。”

慕天星深吸了一口气，心中感慨万千。想来曲诗文做那些的时候，并不知道慕天星很快可以带着孩子们回归。

想起曲诗文做这些的心情，慕天星的鼻子一酸，觉得好感动。

“这是我回来以后收到的最好的礼物。我以后要每天喝紫薇花茶，用紫薇花手工皂洗脸。”

“呵呵，你想洗哪里都可以，够不到的地方我可以帮你。”

“讨厌！”

凌冽牵着慕天星的手在树下散步，等到宫人出来禀告他们午膳已准备好时，他才带她进了屋。瞧着里面一片的蓝色，还有白色的旋转阶梯，以及熟悉的一灯一景，她更想哭了。

“这里简直就是紫薇宫的翻版！”

“对。”

凌冽牵着慕天星来到洗手台前，两人净了手后在餐桌前落座，桌上是四菜一汤和米饭。这是结婚当天的午餐，避开了喧哗的亲朋好友，是只属于他俩的温馨浪漫。

想起刚才洛杰布吃瘪的表情，慕天星一边吃饭一边回忆，总觉得心里不安。她看着凌冽道：“这里是他怕你会想念紫薇宫，才会按照你之前的居所来建造的吗？他是不是偷偷拍了紫薇宫的照片？”

“他是吩咐了然跟希找了当初紫薇宫的装修设计图，又让然跟希悄悄拍了很多紫薇宫的照片，就把太子宫建成这样了。但别墅建了这么多年，我一直没有住过。”凌冽轻叹，“就连昨晚我都忍不住回去和你一起睡。”

“那以后我们要住这里吗？”慕天星是无所谓啦，反正大叔在哪里，她跟着孩子们就住哪里。

凌冽执着筷子的大手微微一顿，俊颜闪过一丝光华，温润道："我不能一直逃避继位的问题，可能我们快活逍遥的时间不多了。所以小乖，你还有什么地方想去，还有什么心愿想要完成，我们抓紧时间吧！"

古时候，年纪小的皇帝大婚后就可以亲政了。而他是储君，现在也大婚了，身上有不可逃避的责任，是时候承担一些了。

慕天星看出凌冽的情绪，她伸出手握紧他的大手，笑靥如花："跟你还有孩子们团聚了，婚礼也办过了，我哪里还有别的心愿？所以大叔，我们哪里都不去了，留下来吧。我们有很多需要向父皇、母后学习的地方呢。"

凌冽瞧着眼前小人儿美丽的脸蛋，还有真诚、深情的眼眸，他仿佛看见了三月里最娇艳的桃花，再也没有什么可以阻挡他们相亲相爱，走完一生的脚步了。

午餐后，凌冽牵着慕天星前往楼上的主卧。

慕天星放眼看去，她特别喜欢这里海蓝色的景致，怎么看都觉得似曾相识。

"怎么办，我有点不想离开了！不过，我知道父皇和母后一定不舍得我们搬出来，尤其老人家都有隔代亲，好比父皇。我听母后说，以前父皇每个月都要出门三四趟，要么出国，要么去外省，但是孩子们回来以后，父皇都不舍得出门了，每天早早地回来，就是为了亲亲小孙子们。"

"他对孩子太溺爱了。我觉得小孩子要教、要夸奖、要肯定，但是不可以盲目地溺爱、一味地纵容。他有点是非不分，只知道惯着孩子。"

凌冽谈到孩子们的教育问题觉得有些头疼。他转了个身，在浴池里蓄满了热水，又从衣柜里取出便装递给慕天星："你去泡一泡吧，累了一天了。今天晚上只怕还有得闹腾。"

慕天星没想到他们这么细心，会在这里准备她的衣服，便说："好。"可是一想到闹洞房的问题，她有些难为情地看着凌冽，"今晚会是怎么个闹法？”

凌冽无奈地耸耸肩：“谁知道呢？我没结过婚，也没闹过洞房。”

慕天星转身去了洗手间，她发现洗漱台上从卸妆水到清洁用品再到护肤品，应有尽有，而且大多是曲诗文做的含有紫薇花精油的纯天然洗漱用品。

她脱掉复杂的纱裙，先在洗漱台前卸了妆，然后脱掉衣服在水中泡了泡。

她没有经历过闹洞房的事情，对于今晚她更多的是害怕，而不是期待。

忽然，门口传来一道清脆的声音，来自她的爱人：“小乖，你好了吗？”

慕天星粲然一笑：“怎么了？”

“我们私奔吧！”他对她这样说。他没有说理由，没有说地点，更没有说时间，但是她满心欢喜地从浴缸里出来，迅速擦干身体换好了衣服。

洗手间的大门一开，她就看见他站在门口，他已经换好了便装，正笑意盈盈地看着她。

他不会告诉她刚才趁她洗澡的工夫，他拿着手机上网查了一下，网上关于闹洞房的点子大多是跟折腾新娘有关系的。

有的人说要男人们一个个把新娘抱一遍，还要亲一遍；有的是让新娘钻到被子里，然后往外脱衣服，一件件衣服往外扔，非要扔到多少件才行，不然大家就掀被子；还有要把新娘扒光了，在屁股上裹一条草裙，让她抱着电线杆绑起来等。

无论如何，凌冽绝对接受不了任何一种闹洞房的方式，所以他与慕天星这场说走就走的“旅行”由此展开。

简单的一个背包，装了两人各自换洗的衣服、手机充电器等东西。

凌冽戴着鸭舌帽、太阳眼镜，将背包背在肩头，他拉住妻子的小手，盘算着宗亲们在大礼堂里用餐的时间，然后马不停蹄地往外跑。

慕天星笑着跟在凌冽的身后。

他的步子很大，她跑得更快了。

他的手掌很大，她握得更紧了。

头顶的阳光金灿灿的，一直照耀到两人的心底。

凌冽拉开车门，直接吩咐了一句："去市区。"说着，他从背包里取出一条唯美的蓝色纱巾，将慕天星美丽的小脸遮挡起来。

司机不明所以，但是他必须听令。

当车子一路开到市中心的时候，凌冽忽然道："车子停在这里就好。"说完，他带着慕天星下了车，还吩咐司机必须马上离开。

司机有些犹豫，却还是照做了。

这一刻，凌冽拿出手机在家庭组发了一条信息：本太子携太子妃度蜜月去了，祝你们开心！一个月后，在H市雅钧的婚礼上再见。

凌冽发完这条信息后，家庭组里的许多人开始回复，有的还打来电话。两人潇洒地将手机关机，面对面站在路边哈哈大笑。

凌冽招手叫了一辆出租车，没有人知道他们去了哪里。

大家只知道，原本想着下个月要结婚的卓希的婚礼要暂停，因为莫林怀孕了，她的肚子不能等，所以下个月让倪雅钧跟莫林先办婚礼。

而大家想要再次看见凌冽夫妇，也只能等到那个时候了。

太子宫。

洛杰布等人疯狂地追到了太子宫，发现太子宫里根本没人了！他打电话给宫廷司机，司机说马上到宫门口了，还说自己把太子和太子妃放在了市中心。洛杰布气急败坏地要乔歆羡去追。

"太过分了！太过分了！那小子简直不把我这个父皇放在眼里，做什么事情都是先斩后奏！"

"呵呵呵……"倪子洋笑了笑，道，"陛下不也一样吗？小冽大概遗传了陛下的性子吧。"

洛杰布：……

倪子洋看了眼窗外的天色，也不耽误了：“婚礼的主角都跑了，那我跟雅钧他们也回H市吧。离雅钧举办婚礼只有一个月了，时间很紧张，有很多事情要筹备。”

看见倪夕玥不舍的模样，倪子洋笑着安慰：“天下没有不散的筵席，下个月见吧。”

倪雅钧微微一笑：“搞不好我哥是被闹洞房的事情吓跑的。”

卓希看了青柠一眼，轻叹：“你啊，上午接新娘的时候问题问得太犀利了，太子被你吓跑了！”

青柠吐吐舌头，挽着卓希的胳膊不说话。

宗亲们纷纷叹息。只能说今天的婚礼很不一般，各种意料之外的状况都有，令人大开眼界。

洛天凌从沙发上站起身，他拉着倾慕的手：“这个月倾慕就跟我在幻天阁住吧，我想好好教导他。”

洛杰布愣了一下，别有深意地看着倾慕。

倪子洋也笑了笑：“爸妈都不在了，最可怜的是孩子！我带倾容回H市吧，他待在我身边。下个月小冽他们过来，我再把孩子还给他们夫妻俩。”

慕亦泽也笑了：“那我带倾蓝回紫薇宫吧！他还没见过他爸爸的紫薇宫，反正下个月咱们又要见面的，我会好好照顾他的。”

洛杰布面色一沉：“我一共才三个小孙子，你们一人抢一个，我怎么办？”

倪夕玥无奈地上前一步，她扯了扯洛杰布的衣袖：“刚好我们很久没有过清净的二人世界了，小冽可以度蜜月，我们也可以啊！”

此时，洛杰布的脸色终于好看了起来，他不着痕迹地抓紧了倪夕玥的小手。

慕亦泽想要带倾蓝回去，偏偏倾蓝从出生到现在还没有离开过慕天星和倾慕。倾蓝看着弟弟，走过去拉着弟弟的手道：“我要跟倾慕在一起。”

慕亦泽闻言，心中有些失落，却还是尊重孩子的意愿。毕竟孩子还小，现在让他离开熟悉的环境去一个陌生的地方，孩子一定接受不了。

倾慕微笑着抓住了倾蓝的手："我就没想过要跟你分开！"

洛天凌也笑了笑，道："那你们两个都跟着太爷爷去幻天阁吧！太爷爷教你们种菜、养鸡、养鸭，还教你们在鸡窝里捡鸡蛋，怎么样？"

倾容本来有些犹豫，可是听说去幻天阁是要种菜什么的，他就抗拒了。

此刻的倾容并不知道，跟在洛天凌身边，即使是种菜、养鸡，也能学到很多为君之道。

倾容转过身，朝着倪子洋跑了过去："太公公，我跟你去！下个月我再回爸爸妈妈身边。"

如果留下来是为了种菜，他才不要！

倪子洋牵起倾容的小手："好。"

世界瞩目的皇室婚礼就这样结束了，而剩下的烂摊子还要洛杰布夫妇一个个收拾。

至于突然决定私奔的一对夫妻，则让出租车司机先开车去了Z市，他们从Z市再打车去B市。

慕天星出来时没有带身份证，凌冽的身份证虽然带了，但是肯定不能用。夫妻俩下车后租了一间很普通的带小院子的民宅，只有一室一厅一间厨房，连洗手间都没有。

上厕所的话，院子里有间砖石搭建的小房子，只能容得下一个人，里面有一个蹲坑。

他们在当地的小超市里买了一些日用品回去，感觉在过普通百姓的小日子。

忙活了好久，把新买的床单、被套全部换上，慕天星累得倒头就睡。

凌冽笑道："抱歉了，我们现在只能住这样的房子了。本来我想带你去七星级大酒店，但是我的身份证拿出来会把人家吓到的。"

慕天星摆摆手："没关系，古代皇帝还有微服出巡的时候呢，这趟我们只当体验民情了。"说完，她忽然像打了鸡血一样坐起来，看着凌冽道，"但是，我们不能去浪漫一点的地方吗？新婚要度蜜月的，大叔！"

凌冽走到床边，揉了揉慕天星的发丝，微微一笑。

"据说我太爷爷、太奶奶他们定情的地点就是B市，我们现在住的地方是B市的郊区，很隐秘，谁也找不到我们。这里有座山，叫作洛平山，山上有座庙，听说非常灵验，那里还有一片竹林，是太爷爷向太奶奶求婚的地方，那竹林边上还有一片像海一样的水库，周围的渔产非常出名，很好吃。我们今天先好好休息，明日一早到公路上拦车上山，先进庙里，烧香拜拜菩萨，再去那片竹林里参观参观，然后下山吃各种好吃的渔产，最后我们一起坐在水库的大坝上看日落，怎么样？"

听了凌冽的解释，慕天星嘴角一弯："哇，好浪漫哦！"她躺回去，拉着被子闭上眼睛，"原来，这是一次寻根之旅。"

凌冽拉上窗帘，怕强光照进来她睡不好。

昨晚司机开了一夜的车，他们就在车里睡了一夜，也挺辛苦的。

她可以休息，但他不行。

现在是下午三点，刚才他们来这里就在市集上的小摊位随便吃了点馄饨跟汤包。凌冽第一次知道，原来路边摊是这种滋味，味道非常鲜美啊。

凌冽从小到大吃了不少苦，在紫薇宫的时候，也是要求一切最贵、最奢侈。他从一开始就远离了平凡，而眼下住在这样平凡的郊区农村，他感觉到了宁国的贫富差距真的很大。

凌冽的心中有一股叫作兴奋的东西在滋长，不是看见人家过得穷所以兴奋，而是他看见了很多过去没有见过的东西所以兴奋。

眼看两人已经安顿下来了，怎么都要在这里住上几天。

凌冽准备出去想一想，今天的晚餐要怎么弄。一出小屋，他就看见白发苍苍的房东老奶奶拿了一张椅子，然后站在椅子上，一只手提了一个篮子，另一只手去够树上结的石榴果子。

凌冽吓着了，大步上前，扶住老人家："奶奶，您要摘石榴吗？下来吧，我来帮您。"

老奶奶看了他一眼，发现是刚来的租客，当即笑着道："那谢谢你了！你个子高，肯定一只手一个摘完了。"

凌冽站在树下，秋日的午后，阳光都泛着金色。他瞧着满满一树的大红石榴，便笑着摘下一些，然后换了一个位置接着摘石榴。

"奶奶，您一个人住，这种危险的事情以后不要做了。您儿子和儿媳不是在镇上打工吗？等他们回家的时候，让他们帮忙。"

老奶奶笑了笑："从我们这里去镇上，一来一回也要两个小时。孩子们都在镇上的砖窑厂里工作，很辛苦的，一天只有五六个小时的时间可以休息。我们宁国政府好啊，像我这样的老人家，即使住在山脚下，一辈子就种种地，没给国家交过一天税，却还有养老金可以拿。"

凌冽将能够得着的石榴摘得差不多了，老奶奶的篮子也装满三个了。

他想着干脆今天一次性给老奶奶摘完了，但是老奶奶连忙拦着，道："别摘了，我把这些拿去集市上卖了可以贴补一些家用。你全摘了，我又没卖完，就全坏了。"

凌冽笑了笑："您的养老金一个月该有五百块吧？这里的消费不高，您一个人还种了菜，养了鸡鸭，足够生活开支了。"

他逛了一遍市集，知道这里一碗鲜美的馄饨才两块钱，物价低得让他根本想不到！

生活在仙界的王子忽然被拉下凡尘，这种感觉既新鲜又令他深思。

"我还有一个小孙子呢！我的儿子和媳妇上班不回家，但我的小孙子放学回来可是要吃好点的，他正在长身体呢。"奶奶说着，又叹了一口气，"要是能跟洛平山竹林里的神仙一样过那样的日子，我也不必这么辛苦了。"

凌冽"扑哧"一笑："山上的竹林里有神仙？"

"怎么没有？"老奶奶转过头看着凌冽，小声道，"我老伴七岁的时候跟他父亲去竹林里采笋，见过那个男人用玩具飞机向那个女人求婚；我老伴五十多岁的时候上山采笋，又见到了那个男人跟那个女人。你说五十年过去了，他们的容貌还是原来的样子，不是神仙是什么？”

凌冽愣在原地，讪然地笑了笑：“也许您老伴看错了。”

“不会的！”老奶奶很坚定地摇手，道，“我老伴七岁的时候年纪小，却没见过那么好看的男人跟女人，所以他们的样貌一下子就记在了我老伴的心里。后来我老伴再次看见他们，也忘不掉。我老伴不会骗我的！村里有人说竹林里住着神仙，竹林里那间漂亮的大房子周围种了好几圈向日葵，院子里有好几棵比我这里还要高大的石榴树！我老伴看见过的，他一辈子没有骗过我！”

凌冽站在阳光下凝视着不远处的高山。

那上面真的有神仙？他是不信的。不过，当地人的传说倒是很好的写作素材，可惜他不是作家。

“来，我给你一个大石榴，就当你帮我摘石榴的报酬了。”老奶奶笑呵呵地递上一个最大、最红的石榴。凌冽脸上漾开微笑，他助人为乐不求回报，不过他还没吃，就知道这个石榴一定是此生吃的最甜的石榴。

于是，他又帮着老奶奶将一篮篮石榴提回了屋子里。

老奶奶指了指不远处的两块小菜地——一块种了茄子，一块种了白萝卜，然后问：“你们晚饭吃什么啊？我看你们像从大城市里来搞农家乐的……可惜你们来错了地方，政府是搞了农家乐，却不是在我们村里。”

“呵呵，我们就是想过过农村的日子，随便住两天。”

凌冽四下看了看，这家农户还真是家徒四壁，有一台电视机，很小的一台，虽然是彩色的，但是分辨率不是很高。

老奶奶眼巴巴地看着凌冽，又道：“年轻人，我问你，你们晚餐吃什么呢？”

凌冽愣了一下，瞧着老奶奶一直指着的菜地，他“扑哧”一声笑了出来，道：“不如我在您这里买点菜？”

“好好好！”老奶奶当即拿了一个菜筐出去，她一边走向菜地，一边指着院里的井道，“那个水给你们用，井水不收钱。”

“好。”

“你要多少啊？”

“喀喀，今天的晚餐和明天的早餐，够吃就行。”

凌冽走过去，看着老奶奶摘了五个紫色的长茄子，两个水嫩嫩的大白萝卜。老奶奶把萝卜和茄子递给他，笑着道：“一共……五块钱？”

老奶奶说这话的时候，可能还是心虚的，眼神中有着期待与忐忑并存的光彩。

凌冽从来没有过过这样清贫的日子，即使是落难的时候，他的母亲倪夕玥也会想方设法把钱送到他手里，让他过锦衣玉食的生活。

他突然觉得这一趟出行很值得，让他对父母这个词汇有了更深层次的思考，也让他对基层农村的生活现状有了深入的了解。

口袋里还装着中午吃饭的时候在集市上换的零钱，他想给老人家一百块的，又怕唐突了。被老人家这样眼巴巴地看着，他有些难受，就拿了五块给了老奶奶：“嗯，这菜种得这么好，您辛苦了。”

“我家还有鸡蛋，你要吗？院子里的大葱你随便摘，我不收你的钱！大葱炒鸡蛋，我小孙子最喜欢吃了。”老奶奶很喜欢别人夸她的菜种得好，她兴冲冲地跑去鸡窝里掏了四个鸡蛋，然后将鸡蛋直接塞进了凌冽的大手里。

那鸡蛋还是温热的，其中一个粘了些许已经干掉的鸡屎。

凌冽的手从来没有摸过这样污秽的东西，这是一双钢琴家的手，也是一双指点江山、睿智点兵的手。

但眼下，他觉得很荣幸。他将鸡蛋放在菜筐里，一并提在手里，他觉得此生从来没有提过这么沉重的东西，这是百姓赖以生存的根本。

慕天星在床上睡觉，傍晚的时候被院子里一道惊呼声吵醒了。

“奶奶，我回来了！我饿了！奶奶！”

慕天星揉了揉眼睛爬起来，想着一定是房东的小孙子回来了。

床就在窗边，她掀开老式的花布窗帘看了看窗外，就看见一个八九岁的小男孩背着小书包快乐地往井边跑过去。

慕天星吓了一跳！孩子是不能在井边玩的，万一掉下去怎么办啊？

她赶紧穿了鞋子往房外冲，冲到房子门口的时候，她朝着外面一看，就看见孩子非常熟练地打了水上来，张口就喝了。

她想说“这水里有寄生虫，不能给孩子喝生水”，但是她刚刚往外迈出去一步，肩膀就被一双大手摁住了。

她回头就看见凌冽面无表情地看着她，小声道：“每个人都有他们的生活方式。他们不曾受过高等教育，我们自然不可以用我们的眼光来要求他们。母后一直大力建设农村的儿童教育，这些年农村的孩子即使交不起学费也可以上学了，但是师资力量跟教课的范围还是有些薄弱。我们今天看见了这个情况，等我们回去以后，给孩子们普及安全常识、卫生知识等，这便是我们要做的功课。”所以，不要在这时候打扰人家正常的生活，他们现在只是租客，他们的话远远比不上学校老师的话管用。

慕天星叹了一口气，目光一扫，发现小桌上放着已经做好的菜，香喷喷的。她走上前道：“今天是茄子宴吗？”

木桌还算干净，她走上前拿了一条凳子坐下来。整条清蒸的大茄子、红烧块状的茄子、鱼香茄丝，还有一盘萝卜烧肉，两碗盛好的米饭已经放在那里了。

慕天星拿起筷子，尝了尝茄子：“真好吃。”

凌冽笑了，转身去灶台前，边走边道：“还有大葱炒鸡蛋。”这辈子，他还没吃过大葱炒鸡蛋。

他想告诉那个老奶奶，一个人一天只能吃一个鸡蛋，超过了这个量，人体吸收了蛋黄里太多的胆固醇，对人体反倒有伤害。但是他没有说，因为老奶奶一定听不懂。他只是在心里对自己说：一定要想办法提高全民素质，普及生活常识，一定要！

炒了两个鸡蛋，余下两个就当明天的早餐吧！

凌冽切了点白萝卜片做汤，再撒上一点小葱花。

他端着大葱炒鸡蛋往外走，就发现小厅里没了人，而笑靥如花的慕天星则坐在院子里，小餐桌、凳子，还有菜都被她搬出去了。

“大叔，这里风景太好啦！晚霞似锦，我们在院子里吃啊！”

凌冽的两只手提着萝卜汤小锅的锅耳朵，大葱炒鸡蛋的盘子放在锅上架着，他笑眯眯地走了过去：“好啊，我们就在院里吃。”

凌冽刚刚把汤锅跟大葱炒鸡蛋放好，慕天星就忍不住拿出手机拍照。她拍他们住的房子，拍这一桌子的菜，拍她跟凌冽脸贴着脸微笑的样子，背景就是晚霞似锦的菜地，有时候会加上那口井。但是两人脸上的笑容都是真情流露的。

慕天星收起相机，端着碗，每样菜她都尝了一遍，然后她忍不住对凌冽夸赞起来：“大叔，你的手艺真棒！菜真好吃！我这辈子没吃过这么好吃的饭菜，香喷喷的呢！”

凌冽笑了，心想：这丫头仿佛回到了十八岁的时候。

她这样天真无邪，嘴巴像抹了蜜，吐出的每一个字都让他身心愉悦。

许是对生活有了不同的理解，他俩大口大口吃着饭，竟把一桌饭菜连汤一起完全消灭了。

凌冽站起身要收拾餐桌，慕天星却直接抢过两人吃空的碗盘，大步冲到了井边对他笑。

天色已经变成微微淡蓝，晚霞已经飘远了。

凌冽一步步朝慕天星走过去，她却学着刚才那个孩子的样子，认真打起了井水，道：“我不能让你一个人体察民情，我也要学着洗碗。去！你给本太子妃拿洗碗巾。”

凌冽看了慕天星一眼，忽然上前捧住她的脑袋，在她漂亮的小脸上亲了一口。

即使是他转身离去的那一刻，即使是在这种穷乡僻壤，他高大的身影看起来也如此清新华贵。

很快，凌冽拿了洗洁精跟洗碗巾过来，还拿了一个盆。他帮慕天星卷起袖子，再卷起自己的袖子，摘下她跟自己的蓝宝石戒指并放在自己的口袋里。然后两个脑袋紧紧挨着，借着微薄的天光，看着洗洁精上的使用说明，两人共同商量着、共同探索着，将碗碟洗干净了。

晚餐吃太多了，凌冽便牵着慕天星的手在乡间的田埂上散步。

“大叔，我觉得我们出来的这一趟比我们去瞻仰世界上任何一座世界名筑都更有意义。”

“大叔，这是我经历的最浪漫的约会。”

“大叔，我喜欢这个地方，静谧、温馨。即使到处是泥土，但是这里的空气比城市里纯净得多。”

“大叔，我爱你！”

因为没有洗澡的条件，所以凌冽烧了点水，两人只能在屋子里将就着洗洗脸，洗洗屁股。对每天都浪费热水洗澡的人来说，偶尔这样尝试一次，还真是别有一番滋味。

泡脚的时候，凌冽端着水盆来到慕天星的床边，帮她卷起裤腿，脱掉了袜子。

这一次，凌冽笑了。

慕天星不明所以，凌冽道：“我以前一直觉得小乖永远会是香喷喷的，但是现在才知道，小乖也是普通人，走太多路会累，时间长了，你的脚也会酸酸的。”

慕天星闹了个大红脸，不好意思地坐着，一句话都说不出来。但是为了面子，她还是大声反驳：“我的脚从来没有臭过！”

“不是臭，是有些酸！”凌冽即使这样说，却还是不嫌弃地捧着慕天星的脚并放进水盆里，再拿了一块紫薇花的精油皂过来打出丰富的泡沫，帮她洗干净脚，连每一个脚指头的缝隙里都不放过。

慕天星心头充满感动，又听凌冽道：“原来每个人都是一样的，哪怕天生富贵，也是凡夫俗子。过着太辛苦的生活，疲于奔波，双脚自然会有气味。”

帮慕天星洗完脚，凌冽起身倒了水，然后给自己装了一盆水端过来。

凌冽的鞋子刚刚脱掉，味道比慕天星的还大。她立马乐了，抱着肚子倒在床边哈哈大笑起来：“大叔，你还好意思说我的脚有酸味，你的脚都是臭的！哈哈哈……”

凌冽有些尴尬，他的脚从来没臭过。

以前他很少走路，基本是坐轮椅的。后来即使双腿好了，在与莫邪打仗的四年里，他也每天坚持洗澡、换衣换袜，非常讲究个人卫生。没想到这次反倒在心爱的人面前闹了笑话。

夜里，月儿躲到了浮云的背后。

凌冽跟慕天星都洗干净了，两人换上干净舒适的睡衣躺在床上。

“小乖，我们今天成功渡劫了。”

“渡什么劫？”

“传说中，人或妖想要升天做神仙就要渡劫，比如雷劫什么的。而我们今天是从天堂落到了凡尘里，从神仙渡成了活生生的人。”凌冽吻了吻慕天星的额头，又道，“我很开心，即使是过着这样的生活，你也能笑得这么快乐。”

慕天星翻身而上，趴在凌冽的身上俯视他，笑道：“大叔，以后我们都要做活生生的人。我想把你四年前送给我的铺子都卖掉，然后用那些钱来普及农村的儿童安全常识，比如小孩子不能下河游泳，不能在井边玩耍，不能喝生水。那些书本上没有的知识，我都希望教给他们，我不希望这些孩子只知道学习书本上的死知识。”

凌冽的眸子亮晶晶的，听到慕天星这么说，他的心头暖暖的。

他扣住她的小脑袋，动情地吻着她。两人吻得如火如荼，某男作乱的大手很快将她剥光了。唇齿间的缝隙里，飘出他的话：“好，小乖想怎样都好。”

翌日一早。

两人精神抖擞地起床，就在井边刷牙洗脸。

对面老奶奶的房门是关着的，她应该出门卖石榴跟蔬菜了。

凌冽熬了白米粥，煎了两个鸡蛋，跟慕天星就着一包榨菜，迅速简单地解决了早餐。然后两人手拉手走在乡间的田埂上，往公路的方向走。

站在路边的公交站台处，两人等了半个小时，才等来一趟开往山顶寺院的大巴。

凌冽学会投币了，跟慕天星一起坐在大巴里。

沿途，两人忍不住将窗外美丽的风景拍下来。

他俩都将手机调成了飞行模式，既安静也不影响手机使用相机软件。

上午九点，他们从大巴上下来，终于站在了山顶寺院的门口。

瞧着眼前恢宏、美丽的庙宇大门，凌冽掏出钱包准备去买票。

“小乖，你有什么特别想许的心愿吗？”

“我？哈哈……往大了说，我希望风调雨顺、国泰民安；往小了说，我希望家庭和睦、人人健康。”

沐浴着晨光，凌冽一只手拿着票，另一只手牵着慕天星。两人过了检票口，进入庙里。

因为他们赶在工作日来的，既不是双休日，也不是法定节假日，所以庙里的人不是特别多，并不拥挤。

两人都不是迷信的人，可是慕天星一连买了好多高香，还全部点燃了，然后她将高香插在寺院中央最大的香炉里。她闭上双眼，脚下是有些年代的大青石地砖，因为太多人踩踏过，地砖已经变得光滑莹润，好像玉器一般。

她小心翼翼地许愿，还能听见空气里有小鸟叽叽喳喳的声音。

凌冽以守护者的姿态静静地站在慕天星的身侧，他看见她以非常虔诚的模样在许愿，而且许愿的时间很长。他的眸光中含着宠爱，就连嘴角也带着纵容的微笑，仿佛只要是她想的，无论如何他都会满足她。

过了一会儿，她终于睁开了眼睛，站在庭院中央对着四面八方拜了拜。

凌冽牵着慕天星的手，问：“你许了什么愿啊，这么久？”

慕天星笑了：“走吧，我们进大雄宝殿看看。”

殿里的菩萨不论大小，她一一拜拜。既然来了，她便相信心诚则灵。

临走前，慕天星还给庙里的菩萨捐款筑金身，换来一本方丈手抄的佛经，还有三张护身符。三张符全部装在用红色绸缎做的小袋子里，袋子上有金线绣的纹路，还有金刚结编制而成的项链，可以自由放大缩小，挂在脖子上。

慕天星道：“我们回去之后就把方丈手抄的佛经送给皇爷爷吧。最近这些年，皇爷爷都在潜心研究佛理呢，想来他会喜欢的。”

凌冽揽过慕天星的肩，道：“好。刚才我问过庙里的念经僧，他们说寺庙的后门往下走，可以通往竹林。只是竹林深处似乎有军队把守着，旁人不能深入，周围的百姓即使采笋，也只能在竹林较浅的地方活动。”

“哦？”慕天星笑了笑，将经书放在凌冽身后的背包里，然后她拿着一张护身符就要朝着凌冽的脖子上挂去，却被他拦住了。

慕天星不解地望着凌冽：“怎么了？”他看了她一眼，笑了笑：“就三张护身符，你还是回去给孩子们吧。”

“你好了，我们就都好了。”慕天星不依，踮起脚又要往凌冽的头上套。

他无奈地避开，将她手中的东西夺了过来。他看着她娇嗔的小模样，忍不住轻笑：“孩子是我们生命的延续，不管这东西有没有用，都给孩子们留着吧。”说着，他不管那么多了，直接将三张护身符全部塞进了背包里。

凌冽牵着慕天星的手，迎着午时的阳光朝着寺庙的后门走去：“走吧，我们去竹林里转转，看看我太爷爷和太奶奶定情的地方。”

我跟大叔的奇遇

第六章 Little wife

两人沿着后门小径的路下山，有小溪流，有小碎石，有高大的树木，偶尔还能遇见几个游客或者僧侣。

凌冽始终牵着慕天星的手，小心翼翼地护着她。

走了二十分钟，他们终于来到了传说中竹林的最外一层。

瞧着眼前一片清新、如翡翠般的竹林，凌冽夫妇觉得快要醉了，他们从来不知道世上有这么美丽的竹林，这儿好像远离了城市的喧嚣，是与世隔绝的世外桃源。

凌冽牵着慕天星，两人一路走一路拍照。

风儿掠过的时候，耳边有竹叶沙沙作响的声音。金色的阳光从头顶照下来，随着竹叶的摆动晃出一地细碎的金子，有的落在凌冽肩上，有的落在慕天星的脸上，好像通往天堂的圣火般，竟带着几分神圣的味道。

竹生空野外，梢云耸百寻。它们一身正气，耸立于天地之间，宛若铁骨铮铮的汉子，不由得令人肃然起敬。

“好浪漫！当年太爷爷就是在这里向太奶奶求婚的吗？”

慕天星跟凌冽走了好久，刚才还能看见少数当地人从这里经过，但是两人走着走着，越往竹林深处走，越是觉得人迹罕至了。

清晨的山顶是很冷的，现在正值中午，又下了山顶，慕天星跟凌冽都很热了。

凌冽摘下了帽子跟太阳眼镜，露出一整张俊美无双的脸。慕天星也脱掉了外套，将两只袖子随意地系在腰上。

“大叔，我好想一直走下去，这里真的很漂亮。”

“嗯，那就走走看，看看这片竹林有多大，竹林的尽头又是什么。”凌冽很宠慕天星，她要怎样，他就怎样。反正他的背包里有矿泉水、面包、饼干，都是昨天在村里的集市小超市买的。所以即使一时半会儿出不去，他们也不用担心挨饿。

可是渐渐地，当他们终于走到了竹林的正中心，却赫然发现眼前有一座漂亮得不得了的大别墅。

别墅占地面积特别大，没有高耸的围墙，只有很清新的一米多高的白色栅栏。

“大叔，好有诗意啊！”慕天星松开凌冽的手跑了过去，她站在栅栏前，扭头指着那一层层向日葵道，“大叔，这里还有向日葵！”

她欢快地跑起来，像一个发现新大陆的孩子，又跑到别墅的另一边，指着屋顶：“大叔，这顶上还有玻璃花房！”

她的小脸红扑扑的，跑了回来，拉着凌冽的手，笑着喘气：“也不知道是什么人在这里生活，这片竹林应该被人家买下来了。好有钱哦，这块地皮得有多大啊？”

凌冽认真回想着山下房东老奶奶的话，不禁挑眉。

之前还有僧侣说，这里有护国军守护，但是他一路过来畅通无阻，没有发现护国军。

凌冽揽着慕天星的肩往别墅正门口走去，发现没有门牌。

当他疑惑不已的时候，别墅大门忽然被人打开了，从里面走出来一个白发苍苍、高大威武的男人。男人面带笑意，拄着拐杖走过来看着他俩。

凌冽赶紧道歉道："我们一不小心走到了这里，如有冒犯，还请见谅！"

老人摆摆手："我是百岁老人了，能见到年轻人自然是欢喜的！你们要不要进来歇歇脚，喝杯热茶再走？"

凌冽觉得诡异，想要告辞。但见别墅里又出来一个白发苍苍的老人，还朝着他们的方向喊着："冠玉！你怎么还没把客人请进来？"

当"冠玉"两个字入了凌冽的耳，他忽然想起四年前在紫薇宫里，他与洛杰布一起做鱼的时候，洛杰布说起过家里最护着他的就是冠玉爷爷了。

眼前的老人白发苍苍，年过百岁，也叫冠玉，还住在这样一个清新雅致、被护国军暗中保护的地方……

凌冽忽然不想走了，他觉得这次的寻根之旅是对的。

至少，他应该找到了皇爷爷暗中给冠玉他们置办的颐养天年的地方。

凌冽牵着慕天星的手，对着冠玉笑了笑："刚好我们也累了，就在您这里歇歇脚吧，还希望不要打扰了老人家。"

"不会不会。"冠玉微笑着拉开了栅栏，让他们进来。而不远处，另一个白发苍苍的老人则微微一笑，转身先进了屋里。

跨过栅栏，脚下是一条窄窄的红砖路，宛若铺上了红色的地毯般，每一步都让人觉得仿佛是命运的指引。

立在家门口，放眼望去，每一处好像都有春天的感觉。希腊风的象牙白用得最多，米色跟金色偶尔搭配融入视野，再加一点点小碎花点缀着，整个屋子充满欧式田园风。

"老爷爷，你们家里好漂亮！"慕天星站在门口不敢进去，从山野一路走来，她的鞋有些脏。

冠玉看出慕天星的为难，呵呵一笑，对着里面道："方言，要新的拖鞋！你在忙什么呢？拖鞋呢？”

刚刚在门口催促的那个老人很快过来了，他一只手提着一双崭新的拖鞋，道：“来了！”

鞋子放在门口，凌冽夫妇换上了拖鞋，这才好意思走进了屋里。

别墅的大门一关，慕天星忍不住四下参观起来。她边看边想：好漂亮的房子，但怎么觉得有些女性化呢？

凌冽夫妇被冠玉请到了沙发上坐着，空气里飘散着白咖啡的味道。白色的茶几上，除了白咖啡，还端上了两碟点心。

在花旗的时候，凌冽曾经跟洛天凌彻夜聊天，听洛天凌讲述祖辈的事情。

如果说刚才只是怀疑，那么现在凌冽是真的肯定了。他咽下一口白咖啡，牵着慕天星站起身来，恭恭敬敬地给冠玉和方言鞠了一躬：“两位太爷爷好！”

慕天星愣了一下，心中有了定论。

冠玉跟方言则红了眼眶，冠玉道：“坐吧。莫问前世，人生苦短，来路即是归途。”

正说着，餐厅那边又传来了声音。

很快，另一个白发如雪的老人端了一个托盘出来。老人将托盘放下，凌冽赶紧将里面的食物一一端出来。

不等老人们互相称呼，凌冽一双深不可测的眼睛已经洞悉一切，对着他们鞠了一躬：“乐池太爷爷。”

乐池闻言一愣，没想到眼前的孩子会这般聪明。

凌冽转过头对慕天星解释：“当年太爷爷凌予打天下时，身边跟了三个大管家，就是方言、冠玉、乐池。后来皇爷爷他们长大了，太爷爷留了方言在身边，让乐池跟了大爷爷，让冠玉跟了皇爷爷。眼下，大家以为他们不在了。原来，他们都被皇爷爷安置在这里颐养天年了。”

闻言，慕天星忽然道：“那太爷爷跟太奶奶呢？”

厨房忽而传来器皿坠地的声音。

慕天星扭头望去。

方言当即笑着安抚："是家里的厨子不小心。你们既然来了，就好好吃饭，歇歇脚。你们该赶路的话，就接着赶路吧。"

凌洌朝着厨房看了一眼，当回过神来的时候，对着三个老人撒起娇来："小孙儿第一次来这里，太爷爷们都不留我们住一晚？"

"呵呵呵……"冠玉笑了，"你们趁热吃吧。吃完了，你们早点回去。"

三个老人不再陪凌洌夫妇，而是一起离开了，他们都朝着厨房的方向去了。

凌洌目光深邃，盯着厨房的方向。他拉着慕天星坐下来："小乖，吃吧。"

眼前是两碗排骨汤面，看这汤的香浓程度，应该是一早就熬好的，见他们来了，临时下的面。

眼前有两样简单的小炒，还有几份小菜。

凌洌跟慕天星吃了第一口面就惊奇起来，面真的很好吃！

慕天星赞不绝口，凌洌则边吃边思考。

这里钟灵毓秀，环境绝美，是天然的大氧吧，又远离一切污染喧嚣，肯定容易使人长寿。但是跟随太爷爷凌予的大管家全部年过百岁，倒不至于吧？

凌洌吃完了面，觉得自家老祖宗有秘密！

那护国军定是洛天凌安排在这里的，而洛杰布根本不知道情况。所以，上次在幻天阁里祭祖的时候，太爷爷、太奶奶的连理树，树葬下的衣冠冢，都是骗人的。

凌洌安静地坐着，一口接一口地喝着面汤，他接着在脑中推理。

那不是人的大脑，而是一个聪明的鬼脑。

终于，面汤全部喝完了，凌洌把勺子放下，抽出纸巾擦了擦嘴，整个人往沙发上一躺。

见三个老人没有要出来的意思，他干脆闭着眼睛，大喊了一句：

“这里好舒服啊！我决定从今天开始不走了！”洪亮的声音出自壮年男子的口中，震得整座宅子的人都听得见。

慕天星揉了揉耳朵，抬手在凌冽的腿上拍了一下：“你干吗这么大声？”

谁知凌冽又喊了一句：“老人家们年纪大了，我不喊他们听不见啊！”

说完，凌冽从沙发上站起来，这里看看，那里摸摸，然后调皮地喊着：“摄像头到底在哪里啊？想见我就出来见，又想见我，又怕吓到我，当我的胆子跟蚊子一样小吗？”

慕天星一下子站起来了。她明白是怎么一回事了，应该是凌予夫妇根本没死，他们都在这里！只是出于某种原因，凌予夫妇想见见曾孙，就把凌冽放进来，在电视机前面见？

慕天星也这里看看，那里摸摸，最后对凌冽道：“大叔，我们搜房吧？一间间地搜，先去厨房搜！”

凌冽站在大厅中央，抬起头转了好几个圈圈，找到了摄像头，又道：“老祖宗，您再不出来，曾孙的嗓子都要喊哑了！老祖宗，曾孙好喜欢吃您煮的面啊……”

凌冽在别墅的大厅里撒泼耍赖起来，声音一下比一下大。他冲着慕天星眨眼，慕天星立马意会，忽然道：“大叔，你别再叫了！你喊得我心情烦躁，我还是一个孕妇呢！我一心想要一个小公主，你再喊下去，我的肚子该疼了！”

这一句话比什么都管用。

三个老人当即从厨房里出来了，一个个围着凌冽夫妇站着。

方言道：“太子殿下，太子妃有孕在身，你怎么能带着她走这么远的路上山呢？”

冠玉道：“太子殿下，洛家的子孙都是宠妻如命的，这是美德，是优良传统，你可不能摒弃了！”

乐池道：“太子殿下，其实老爷跟夫人都想见你，但是他们真的怕吓到你。我们在这里隐居，宗亲、皇嗣一概不见是有原因的！你要体谅我们！”

凌冽一下子恢复正常了，扶着慕天星在沙发上坐下，然后看着眼前的三个老人，道：“其实我心里有数。这里风景再好、空气再好，也不至于让你们都活过百岁。你们是不是有什么奇遇？老祖宗明明活着，却不肯见我，还说他们一出现可能吓着我……难道说，他们真的跟神仙一样，容貌回到了年轻的时候？”

凌冽不信鬼神。他陪着慕天星上山拜拜，也只是想要走一走祖宗们走过的路。他从小失去亲人，崇拜祖先们的功绩却无缘相见其人。所以，他很想走一遍祖先当时走过的路，感受一下祖先心中感受的万分之一。而他的话刚刚说完，三个老人都沉默了。

凌冽挑眉：“说吧，到底怎么回事？”他搂着慕天星，脸色一沉，接着耍赖，“俗话说得好，请神容易送神难！我既然进来了，就不是吃一碗面能走的。”

三个老人：……

他们沉默了一会儿，齐齐看向了方言。

“刚才老爷和夫人说了，让你先给太子殿下解释的。”

“对，你先解释，解释完了他们才能出来。”

凌冽认真坐好，洗耳恭听。

大厅里很安静，静得让人的心跳跟着乱起来，只见方言微微敛了下眉，道：“这是你皇爷爷的主意。”

慕天星愣了一下：“皇爷爷？洛天凌？”

方言点头：“对。当年凌云带着四个神医来到宁国，神医一直帮着皇帝研究长生药。他们先研究出了三粒药，还给了你皇爷爷，但不知道效果如何，你皇爷爷就将那三粒药给我们服下，看看是什么效果。”

凌冽有些难以置信，摇头道：“太夸张了！”

冠玉又道：“这个世界上有很多事情是无法用科学解释的。”

凌冽惊得额头上全是汗，慕天星拿起餐巾帮他擦了擦汗。他用力抓着慕天星的小手，终于明白在古墓的时候，为什么莫善的血可以打开小门。原来，凌云真是南宫家族的后代！

方言又道："我们吃了那几粒药，在一年的时间里容貌迅速变老，长成了现在这样，但是我们身体的各项功能又非常健康。你皇爷爷大怒，找人调制解药，让人潜心研究了多年，最终制成了两粒解药。你皇爷爷让我们自己选两个人吃下解药，我们没肯吃。刚好那时候你太爷爷的身体快不行了，你皇爷爷接受不了你太爷爷会离世的消息，便将那两粒药给了你太爷爷跟太奶奶。"

冠玉点点头："所以说，你太爷爷跟太奶奶其实都没有离世。只是原本该离世的老人还活在世上，就是这药产生了副作用。我们怕吓着你们，也怕传出我们去世的消息你们会伤心，所以只能说我们环球旅行去了。"

凌冽夫妇全部懂了，然而凌冽的额头上还是有汗。

他一向认为严谨的逻辑分析可以推断出这世上的一切秘密，却没想到这世上还真的存在着他根本无法推断的事情，因为现在太爷爷说的事是科学和逻辑完全无法推断的。

"吃了那种药以后，我们也不知道自己还能活多久，可能今晚就死了，可能还能活很多年，谁知道呢？"

乐池轻叹了一声，又道："你若是能接受，老爷和夫人就出来见你；你若是不能接受，那就算了。但是请你对这件事保密，只当你今天没来过这里。"

慕天星赶紧站起身，她看着眼前的老人们，神情无比认真道："我们怎么会接受不了呢？对我来说，这简直是大大的惊喜啊！小学的时候，我就读过如歌夫人的自传了，我还专门到博物馆里看过她的《禁欢》，我好想见她！一想到她现在居然是我孩子的老祖宗，一想到他们还活着，我就激动得不行！"

凌冽拧着眉头，又道："我还是有些难以置信，不是不信你们的故事，而是不信我皇爷爷洛天凌！他心思太深沉了，也许他的身上还有那种药，也许他心里还有什么我们大家都不知道的秘密，可是他呢，一个人悄悄藏着秘密，就是不说！”

“天凌他……一直是这么心思缜密的人。”忽然，一道娇媚的女声从厨房那里传了过来。

众人放眼望去，只见一个穿着一身橘红色长袖连衣裙的绝美女子站在厨房门口，默默地注视他们。

当女子看见凌冽那张熟悉又陌生的脸时，脸颊上便不由自主地落下泪来。

难道这是那药的副作用？凌冽先愣了一下，然后起身朝女子走去，“扑通”一声跪在了女子的面前：“老祖宗！”

靳如歌几乎轻颤着捧起眼前孩子的脸，泪如雨下：“好像……好像我的孩子，果然是我的孩子。”

别墅大厅里非常安静，只有靳如歌轻轻啜泣的声音。

她的相貌依旧年轻，竟然比凌冽夫妇上次在倪家的全家福里看见的更为年轻。

凌冽的眼泪簌簌落下，他抬起头，任由对方捧着自己的脸，将自己仔仔细细地看了一遍又一遍。

心中有太多情愫纠结，凌冽一时无法表达对先人的敬重与敬仰，哑声道：“老祖宗，曾孙给您磕头！”

话音刚落，他跪着往后退了两步，刚要弯腰，却被靳如歌拦着：“你快起来吧！”

慕天星也赶紧跑过去，在凌冽身边跪下：“老祖宗，曾媳妇给您磕头！”

“别，你还怀着身孕呢。”

“没有……”慕天星抓紧机会“咚咚咚”地磕了三下头，额头疼得很，脸上却在笑，“刚才是没办法了，曾媳妇只能说自己怀孕了。其实没有的，老祖宗不要生气！”

靳如歌瞧着眼前如花似玉的女孩，心中欢喜得很，便抬手轻轻触着她的额头，将她跟凌冽拉了起来。

屋子里一片明亮，万千光华都洒落在这些倾国倾城的人身上。凌冽侧过身，抬手疼惜地揉了揉慕天星的额头："这儿都红了。"

慕天星"扑哧"一笑："没关系的，有得磕比没得磕好！"

靳如歌将两个孩子抱在怀中，努力控制着情绪，不让眼泪落下来。太多的沧海桑田宛若云中烟，他们经历过、看透过、谈笑过。

她再次放开两个孩子，笑了笑："好了，你们看也看了，面也吃了，都不哭了，早些回去吧。"

天下没有不散的筵席，何况他们这一代本就不该存活于世了。

凌冽却是不肯，他帮靳如歌擦干眼泪，用满满的暖男姿态护着她，道："曾孙还没有见过太爷爷！曾孙要见太爷爷！"

靳如歌沉默了两秒，然后转头看着厨房的方向，对着象牙白的欧式推拉门道："老公？"

有窸窸窣窣声响起，像是有人在摆弄碗筷一样。

凌冽激动不已，他想要冲进去瞧一瞧，又不敢在老祖宗面前无礼，只得静静等待着，一双眼紧紧盯着。

"我的皇爷爷真是太坏了，宗亲们都想死你们了！尤其是我父皇。上个月，我们去幻天阁祭祖，皇爷爷指着连理树说，那是给你们做的衣冠冢，我父皇急得都快哭了！"

小杰布是凌予夫妇唯一的孙子，也是凌予夫妇的心尖肉。

厨房的门忽然被人从里面缓缓拉开，但见日光下，那人穿着一件白净的衬衣，高大挺拔的身影宛若林中翠竹，带着浑然天成的浩瀚正气。

那一张脸堪比午夜星辰，从眉眼到嘴角都精致迷人。他黑亮的瞳明明深不可测，却像萦绕了一层海藻般妖娆的雾气，透着淡淡的忧伤。

"你们今晚不想走，那就住一晚明日再走吧。"他开口道，声音里带着几分宠爱与随意，没有刻意讨好，却让凌冽夫妇觉得他是在疼惜他们。

他疼惜所有人来之不易的相聚，疼惜凌冽夫妇想要多多陪伴亲人的心情。

凌冽看着凌予，一米九二的他比一米八三的凌予高出一个头，但是他露出崇拜的表情凝视着凌予。

“这一生曾孙还能有幸见到老祖宗，是曾孙前世修来的福气！”凌冽认真地说完，然后想起了被蒙在鼓里的洛杰布，难受道，“我的父皇实在是心疼和挂念你们，我可不可以告诉他这件事？”

凌予眼眶一红，嘴角漾起清浅的笑，却给人恍若隔世的沧桑感：“不必了……小杰布向来真性情，从不掺假！他若是知道了，一定会马不停蹄地赶来这里。”说完，凌予别有深意地看着凌冽夫妇，道，“你们该不会希望我们几人被政府当成科学实验品关在实验室里，或者想让宗亲们都知道，这世上还有这种药，然后引发他们的贪念，造成天下大乱的局面吧？”

他们选择避世，是因为他们想要自保，也想维持世界正常的生态。

儿孙自有儿孙福，他们的时代已经过去了，就不会再复出了。有缘相见的话，那是上苍怜悯；无缘相见的话，那是本该如此。

凌冽忍着心疼，上前跟太爷爷拥抱。

屋外忽然下起了大雨，温度骤减。

凌冽夫妇跟凌予夫妇都到了二楼的客厅里，那里有一个小小的壁炉，里面点了火。慕天星看着壁炉，想起了《卖火柴的小女孩》的童话故事。

每人手里捧着一杯白咖啡，大家畅所欲言、喋喋不休。

对于老祖宗们的过往，凌冽虽然深感兴趣，却没有追问。他看得出凌予夫妇很想知道宗亲们的情况，就将两次皇室婚礼上见到的宗亲的情况都说了。

晚餐，他们依旧是在壁炉前解决的，方言他们做了烤鸡，还有很多美食。然后三个老人加入他们的聊天队伍，众人一聊就是一整夜。

早餐后，凌予夫妇劝他们离开，但是凌冽夫妇不肯走。

凌予无奈道：“你们回去吧，把这个给你皇爷爷带回去。”说着，他伸出手，递过来一本小小的相册。

凌冽接过相册，把相册打开后，看到的是凌予夫妇之前环游世界的照片。照片里有凌予白发苍苍的样子，有靳如歌微笑着依偎在凌予怀中的样子，有靳如歌戴着围巾的样子，照片的背景从大教堂到圣母院，再到浩瀚的宫殿等，应有尽有。

凌予夫妇各个年纪的照片都有，在世界各个角落的照片也都有。

凌冽捧着这本相册爱不释手："对我父皇和皇爷爷来说，这是最珍贵的礼物，但是我要怎么说呢？"

凌予看了凌冽一眼，道："你就说你们俩过来寻根，无意中发现了这间无人居住的房子，在这里找到了这本相册就可以了。"

凌冽懂了，心里焦急不已："你们要搬家？"

"我们还想去别的地方走走。"凌予揽过靳如歌的肩，看着凌冽道，"我们也不知道自己的生命何时会终结，但是只要我们在彼此身边，一生一世一双人，即使死亡，也无所畏惧了。余下的时间无论长短，我都要带着我的如歌浪迹天涯。"

一夜未眠的凌冽夫妇将老祖宗给的相册装进了背包里，两人手牵着手下山了。

老祖宗谱写的传奇需要他们去延续，而能遇上老祖宗也算他们的一场奇遇。

两人来到山脚下的时候，在水库边看着美丽的日落，吃了很多美味的渔产。夜晚回了出租屋，两人洗洗就上床了，全部累得睡着了。

翌日一早，他们起床了。

没有人说过后面要去哪里，但是他们心有灵犀，异口同声吐出两个字："回家！"

B市的电话亭边上，凌冽给乔歆羡打电话："你派人来接我们！"

他报了一个地址，然后领着慕天星来到洛氏大厦的顶楼。如今的洛氏是他们小五叔叔家的天下，也包含着不少宗亲的微小股份，还有倾慕的股份。

他们俯视整个B市的风景，高楼大厦如雨后春笋般拔地而起，有着满满的现代化都市气息。

凌冽夫妇一边拍照，一边等待，终于在四十分钟后等来了一架直升机，直升机稳稳地落在了天台上。

“小乖，我们回家了！”

“大叔，虽然这次度蜜月只有四天时间，但是比我在外面旅行一年还要快乐！”

“我也是！”

“我们回家见我们的宝宝们！”

两人大手拉小手，迎着螺旋桨扇出的强烈大风，坚定不移地往前冲。

两人一前一后上去，舱门一关，直升机缓缓升起，盘旋在蓝天之下，直接飞往宁国首都。

下午三点，飞机快要降落的时候，凌冽指着御书房前院的那块空地道：“那里！”

若不是乔歆羡提前跟宫廷的亲兵打过招呼，凌冽的直升机早被无数子弹打穿坠落了。

直升机落地，凌冽夫妇陆续从机舱里面下来了。

他们一转身，就看见面色阴沉的洛杰布冲了过来，抬手就往凌冽身上砸：“你这个臭小子！婚礼当天跑了，晚宴也没有参加！你这个浑蛋，老是让我给你擦屁股！”

第一拳，凌冽笑呵呵地忍着，反正也不疼。

第二拳，他握住洛杰布的手笑着道：“我发现新大陆了，带了礼物送给你。”

这一下，洛杰布的面色好看了很多，其实他是刀子嘴豆腐心的人。

听儿子说有礼物给他，必然是儿子出去了还一路挂念着他，他心中怎能不欢喜？

洛杰布白了凌冽一眼，又对着儿媳妇笑笑，道：“你们进屋吧。”

二楼书房。

洛杰布的电脑还开着，他没有回去坐下。他站在沙发前，对着凌洌夫妇道：“你们说走就走，去哪儿疯了？”

慕天星微微笑着，从凌洌刚刚放下的背包里取出小相册，讨好地上前甜甜一笑：“父皇，我跟大叔有奇遇哦！”

洛杰布淡淡一笑，伸手接过小相册，打开一看，他顿时震惊了！他几乎颤抖着双手看完里面的照片，然后再一张张翻回去重新看。

他激动不已，眼泪汪汪地望着凌洌，声音是沙哑的：“这是……哪里来的？”

“我跟小乖去了B市，是洛家兴起的城市，我听说太爷爷是在洛平山的竹林里向太奶奶求婚的，就带着小乖去看看，想着也挺浪漫的。谁知道，我们走到竹林深处就发现了一座周围种满向日葵的大别墅，我们当时确实好累，想要去寻求帮助。我们无意中进去之后，发现别墅居然是太爷爷和太奶奶他们住过的房子，但是里面已经空无一人了……”

凌洌说着，心里内疚。他目睹了老祖宗们的风采，心知父皇心中惦念老祖宗，但是无可奈何，他不能说啊！

洛杰布抱着相册掉下泪来，小声控诉道：“洛天凌老是欺负我！要是我的爷爷奶奶在身边……他们最疼我了，才不会让洛天凌一直打压我、欺负我！爷爷奶奶最疼的就是我了。”

凌洌深沉地看着洛杰布。想来也是，洛杰布是洛家独孙，自然是在万人宠爱下长大的。他不过二十岁就经历了那么多的事情，与心爱的人分离，被逼着坐上君王的位置，所有的幸福似乎在一夜之间消失了。

“你……”凌洌拿过纸巾递给洛杰布，“你控制一下，不要哭了！一个大男人哭成这样丢不丢人？”凌洌绝对不会告诉洛杰布，昨天他见到老祖宗们的时候哭得比洛杰布还要难看。

洛杰布接过纸巾擦了擦眼泪，道：“我都不知道他们现在在哪里，明明心里清楚他们不可能活到现在，可我总觉得他们没有离开。我梦到过外公和外婆，却从没梦到过爷爷和奶奶。我有时候会想，他们都不想我吗？怎么他们在天之灵都不回来看看我……”

凌冽深吸一口气，听着父亲哀哀戚戚的声音，他上前两步将父亲紧紧抱在怀里，轻拍着父亲的背：“好了，你别哭了，别哭了。”

慕天星捂着嘴巴，泪如雨下。

过了一会儿，凌冽试探地问：“你要不要抽个时间去那间房子看看？”

洛杰布轻叹了一声：“回头我联系一下宗亲，一起去那里整理一下爷爷奶奶的遗物。”

遗物？凌冽闻言，有些头皮发麻。他思忖了一下，黑亮的眼睛宛若大珍珠般莹润有光泽：“父皇，你缺秘书吗？”

“不缺。”洛杰布这会儿捧着相册，什么都听不进去了。

凌冽遗憾地摇了摇头：“那算了！我还想着从明天开始给你做秘书，陪着你上班呢。”

闻言，洛杰布忽然抬头看着儿子，一双眼睛充满了惊喜：“真……真的？你要来给我当秘书？”

“还有我！”慕天星小心翼翼地举了举手，讪然一笑，“我想考女官，一路考到夫人，我想要给母后做秘书！这趟出去我有很多感悟，都是关于如何提升贫困山区孩子综合素质的，我想跟母后细谈。”

洛杰布愣了好一会儿，忽然哈哈大笑起来。他根本没想到，这两个孩子出去了一趟，一回来竟会这么懂事。

洛杰布站起身，抱着相册在书房里兴奋地来来回回走着，笑道：“哈哈哈，早知道让你们出去一趟这么有用，我早就放你们出去了。”

慕天星不好意思地笑了笑：“只是我跟大叔工作之后，就没有时间管三个宝宝了，只能辛苦小叔叔每日早晚接送他们去幼儿园和回家了。”

闻言，洛杰布收敛了笑容，认真道：“我忘了跟你们说，你们外公把倾容带去了H市，说下个月雅钧大婚的时候再让你们带回来。而倾蓝跟倾慕被老爷子接到幻天阁里去了。”

“这样啊……”慕天星有些失落。

她很想孩子们呢，即使只在外面待了几天，日日夜夜跟大叔在一起，但是一旦做了母亲，她一颗心分分秒秒都想着孩子们。

凌冽看出慕天星情绪低落，他微微一笑，走上前拍着她的肩膀："没关系，我们晚上一起去幻天阁用餐就能看见孩子们了。"

"我们一起去吧！"洛杰布大步走到书桌前，拿起电话道，"我跟小月牙说一下，晚上我们到幻天阁用餐，我要带着我的相册去，让洛天凌羡慕死！"

不远处，凌冽夫妇笑而不语，只是看着洛杰布打电话。

其实，真正洞悉一切的人是洛天凌，只是洛杰布不知道。

接下来的时光，凌冽和慕天星分别成了洛杰布跟倪夕玥的跟屁虫。

洛杰布甚至领着凌冽出了两次差，去欧洲的国家进行国事访问。其间，倪夕玥也领着慕天星出了两次差，带着她参加了一次国际儿童重大疾病研讨会，还带着她参加了一次慈善募捐。

他们各自出差的日子还是错开的，洛杰布父子刚刚回月牙湾，就看着倪夕玥婆媳飞往了别处。

凌冽忽然很心疼洛杰布，也更加体谅他了。

"还以为过去那么多年，你跟母后至少朝朝暮暮相处着。其实仔细算下来的话，你们每个月在一起的时间是很短暂的。"

"还好吧，有时候我孤枕难眠，实在很想她了，就会飞到她出差的城市见她。"

洛杰布话音刚落，诺一"扑哧"一声笑出来了，他有些不厚道地揭穿："陛下，您不是有时候，是经常。您也不是一时兴起飞去有皇后的城市，而是经常飞去皇后出差的城市。"

洛杰布笑了，凌冽也笑了。

凌冽和慕天星还是第一次体验这种生活模式，虽然两人各自忙碌，见面的机会少，但是可以为国家忙碌，认真地做着实事，他们心里是高兴和充实的。

过去那么多年，洛杰布夫妇身边没有孩子陪伴，凌冽夫妇却有了三个孩子。

凌冽思忖了一下，道："往后我跟小乖还是少分开一点。父爱与母爱都是孩子们缺一不可的。"

洛杰布点点头："我好想倾容啊！好歹三天两头我还能去幻天阁看看倾蓝和倾慕，可是我家大孙子还在外省呢。"

H市。

倪家的后院，金色的落叶铺满了整个院子。

倾容昨日闯了祸，差点把后院烧了，还是倪家的下人发现了滚滚的浓烟，这才拿了灭火器冲出来，将院墙边上着火的一棵树浇灭了。

眼下，倪子洋搬了两张小凳子出来，用砖块在后院的草地上搭了一个小灶台，上面放了一壶清茶。他安静地躺在宽敞的摇椅上，手里拿了一卷书，静静地看着。灶台里的树枝全是倾容捡来的，火也是倾容点的。

倪子洋说，既然倾容对火感兴趣，想玩火，那他陪着倾容一起在后院烧火。

其实，倾容来H市快一个月了，闯的大祸小祸真是数也数不尽。

他来的第一天，就把来家里做客的纪倾尘的十岁小女儿撞到了池塘里；来倪家的第七天，他摔破了一个价值百万的古董花瓶；第十天，他剪了窗帘上的布缝沙包玩；半个月的时候，他在倪子洋书房的抽屉里摸到了一个小型的手榴弹，走到窗口，一拉引线，将手榴弹往后院的池塘一丢，"轰"的一声，池塘里的鱼全部翻了白眼，漂浮在水面上……

所以那一天，倪家的午餐和晚餐全是千金一条的观赏级锦鲤，红烧锦鲤、鱼头豆腐、鱼丸鱼汤、片鱼肉……

因为莫林是孕妇，所以倪夫人专门把莫林重点保护起来，还给倾容起了一个外号，叫作"混世小魔王"。她让莫林离倾容远一点，最好绕道走。

这会儿倾容烧火烧得烦了，问："太公公，这壶茶怎么还不开啊？"他都烧了这么久，还要烧到什么时候?

倪子洋微微一笑，看了水壶一眼，对着倾容道："早着呢！你不是要玩火吗？那就慢慢烧，烧个够呗！”壶里装的不是水，而是冰块，想要把水烧到沸腾，小倾容可得多守候一段时间了。

偏偏这个年纪的孩子是最没有耐心的。倾容不想烧水了，这茶他又不喜欢喝，就道：“太公公，我不想烧水了。”

“可是有些事一旦开了头，就不是你想停就能停的。”倪子洋忽然意味深长地看着倾容，目光中充满慈爱，“就像你昨天烧了一棵树，你被吓跑了，然后想将火势控制下来，但是停不了了！”

倾容当即扬起小下巴，反驳道：“可是这个可以停的！只要我不再加树枝进去，火就可以停了。”

倪子洋笑了：“那为什么昨天的火停不了，今天的火就能停了？”

倾容想了想，道：“今天的火小。”

“不对。”倪子洋轻叹了一声，“继续烧吧，你想不出来为什么就一直烧下去，烧到水开为止。”

倾容嘟了嘟嘴，想了半天，才道：“昨天的火是在院子里点的，今天的火是在小砖头里点的；昨天的树是大的，今天的柴火是我自己加的。”

倪子洋终于从躺椅上坐起来，认真看着眼前的孩子，道：“昨天的你盲目自信，没有考虑到环境等外界因素。但是今天，你把一切控制在自己可以掌握的范围内，你控制了火的范围，它再怎么烧，也烧不到小砖外面来；你控制了火的时长，你想接着烧就加树枝，不想烧就不加树枝。所以，昨天你不但不能全身而退，还可能殃及周边无辜的人，但是你今天可以运筹帷幄，做一个可进可退、心中有数的人。倾容，很多事情就像玩火一样，一旦开了头，不去考虑它的后果的话，极有可能烧到自己，还殃及他人，懂了吗？”

一双明亮的眼睛嵌在倪子洋温润如玉的脸上，倾容的眼睛一眨不眨地瞧着。

他细细回味太公公的话，回过头再看砖头里的小火，吓得往后退了两步。

在倪家居住的一个月里，倾容早起晚睡，一日三餐大多时候是跟随在倪子洋身边吃的。

这天，倪子洋告诉倾容："倾容，你的爸爸、妈妈明天该到了。"

倾容这才感叹，一个月终于过去了。

举行婚礼的前一天晚上，洛氏宗亲基本都来H市了，除了洛杰布夫妇、乔欧夫妇、凌冽夫妇外，余下的人都安排在了祈星大酒店里。

倪家有自己的内戚留住在府内，比如小野寺夫妇、乔湛东夫妇，而商务往来的外地宾客，如纪家、沈家等则安排在了另一家豪华的七星级酒店里。宾客与皇亲国戚分开，方便乔歆羡调控保护。

晚餐的时候，为了方便男人们喝酒以及女人们照顾孩子，菜品都是做了一模一样的两份，分别放在餐厅的两张桌子上。

倪夫人心里头欢喜不已，一坐下就拉着倪夕玥的手说个不停。

"诺一大人一家人这会儿在酒店里吃着海鲜大餐呢，摄影、化妆什么的都安排好了。今晚，在酒店中央的喷池边有一个乐队表演，还有烟火表演，算是给莫林过最后的单身之夜。他们啊，就等着明日一早我们雅钧去接新娘呢。"

倪夕玥也开心："妈妈，上次给天星诊脉，说天星一胎三子的那个药医今日也请来了呢。"说着，她忽然凑近了倪夫人耳边小声讲话。

这一幕落入大家眼中，他们不由得轻笑起来，没想到堂堂月牙夫人、一代皇后在母亲面前也是如此可爱，还会撒娇。

倪夕玥道："我已经让歆羡安排了，今晚会找一个机会给莫莫诊脉的。我们现在只管吃东西，一会儿就可以知道孩子是男是女了。"

她说完后，拿起筷子开心地吃起来，倪夫人却吃不下了，哀怨地看着她："你啊，你等我吃完了再说啊，你这么一说，我紧张得吃不下了！"

他们倪家人自然不会重男轻女，再说了，多子多福是好事情，倪家又不是养不起！但是如果能够提前知道结果，更是让老一辈人的心里激动啊。

倪夕玥"扑哧"一笑，往母亲的碟子里夹了些老人家容易消化的食物，道："吃吧吃吧！你吃完了结果就出来了。你要是吃不下，有了结果我也不告诉你！”

倪夫人：……

在她们两人对面，三个帅气到颜值爆表的小男孩围着圆圆的餐桌坐在一起。

慕天星好久没见到倾容了，所以她坐在倾容的边上，她每次给三个孩子分发食物的时候，都会先分给倾容。

凭着慕天星对孩子们的了解，往日里她这么做倾容都会很骄傲。

但是今日倾容的表现很平常，有点荣辱不惊的感觉。尤其当下人把专门给孩子们做的鸡翅跟玉米烙端上来的时候，慕天星笑着夹起一个鸡翅刚要放在倾容的盘子里，倾容的小手已经挡在了盘子上，对着她摇头。

她愣住了：“怎么了？”

桌上的人纷纷望了过来。

倾容道：“倾蓝最喜欢吃鸡翅，倾慕最喜欢吃玉米烙，所以妈妈先把鸡翅给二弟，再把玉米烙给三弟。”

众人愣住了。

倾容稚气的声音带着些许坚定，飘进了慕天星的心里，让她一阵激动，差点没抓稳筷子。

倾容往后退了退，让两个弟弟露出来，然后道：“你先把吃的给他们吧。”

慕天星依言将鸡翅给了倾蓝，又将玉米烙给了倾慕。她收回手的时候，鼻子有些发酸，因为倾容这点进步，她心中觉得欣慰与自豪。

对倾容来说，这真的不算什么。他只是听了太公公的话，将两个弟弟的优点和缺点以及喜好和兴趣找出来了。

因为他用心找了，所以他记住了弟弟们爱吃什么。以前，他从来看不见两个弟弟身上的优点跟喜好，自然做不到现在的样子。

当晚，凌冽夫妇给三个小男孩洗澡，洗完后又将他们擦干，给他们换上舒适的睡衣。

三个孩子钻进了被窝里，倾容道：“二弟、三弟，我给你们讲故事吧！”

“好啊！”

“好啊！”

倾容道：“从前有一个国王，他特别臭美，非要穿天下最好看的衣服。有一天，两个骗子进了城，对国王说他们有全世界最美的布……”

凌洌夫妇震惊不已地站在床边，看着非但没有打架反倒紧紧相拥的三兄弟，两人都感到不可思议。

凌洌的手里已经拿好了一本故事书，慕天星也握着手机，想着在线找故事念给他们听。可是倾容这样说着说着，倾蓝缓缓睡着了，倾慕也支撑不住闭上了眼睛。

倾容说到第三个故事时，他的声音越来越小，也慢慢睡着了。

这一晚，倾容睡在大床的中央，他的一双小胳膊成了两个弟弟的枕头。

当凌洌夫妇走出孩子们的房间时，全都激动得想哭。

看着满脸贴着黄瓜的倪雅钧端了一杯牛奶从长廊上走过，凌洌忍不住道：“外公睡了吗？这段时间倾容在这里生活，想来外公带孩子一定很辛苦。”

凌洌在反思一些事情。带孩子不是吃饱睡好就可以的简单小事，带孩子是充满智慧的事情，是一种艺术。

倪雅钧摇了摇头：“爷爷肯定睡下了。不过你家老大还真是混世小魔王，我早上听爷爷跟倾容说，只要倾容好好带着弟弟们，给弟弟们讲故事、睡觉，爷爷就把倾容这一个月闯的祸全部忘掉，还不告诉你们。”

“他都干了什么？”慕天星心头一紧，生怕儿子给人家惹麻烦。

倪雅钧无所谓地耸耸肩，大步朝着他自己的房间走去：“爷爷跟小魔王有约定，我哪儿能随便透露打破这个约定？小爷喝完牛奶要睡觉了，明天还要接新娘！啦啦啦……”

空气里响起一道关门声，那是倪雅钧回屋了。

凌洌静静地站在长廊上，侧过身的一瞬间，他拉住了慕天星的手：

“我真希望这三个孩子永远这样相亲相爱下去。”

凌冽夫妇刚要回房，就看见笑靥如花的倪夕玥从楼梯口上来了。

大概是因为名字叫月牙，倪夕玥特别喜欢穿月牙白的衣服。刚好这种颜色充分地体现出了她的灵韵与气质，优雅如洁白的兰花，高洁如曼妙的月光。

再看她多年不变的曼妙身姿与精致的面容，只觉得洛杰布的一生为了这样的女人苦苦痴等是值得的。

凌冽和慕天星在华丽的长廊上站着，纷纷礼貌地道：“母后。”

倪夕玥抬头看见他们，笑了：“我要去你们外公房里，你们去不去？”

她的脸上带着少女般的惊喜与期待，这么一笑，整个人年轻鲜活了起来，这让凌冽夫妇感到好奇，到底发生了什么大喜事？

凌冽刚好想去，便说：“好啊！只是这么晚了，外公没睡吗？”

倪夕玥“扑哧”一笑：“你们外婆被我折磨得睡不着觉了，你们外公宠妻如命，哪里会睡得着？走，我们一块儿去！”

三人就这样面带着微笑来到了倪子洋夫妇的套房门口。

此刻，房门外很安静。

倪夕玥敲了敲门：“爸爸、妈妈，我是小月牙。”她没问他们睡了没有，也没说其他的。

套房大门当即被人打开了。

迎着室内莹亮、柔和的光线，凌冽他们看见倪子洋穿着一套深紫色的家居服，好像在等着他们一样。

房门打开，倪子洋转过身连忙道：“阳阳、阳阳，小月牙过来了！呵呵，你别急了，她过来了！”

倪夕玥三人进去后，慕天星转身将门关上了。

三人站在书房门口朝着卧室里偷看，就见倪夫人冷着一张脸，有些生气地瞪着倪夕玥。

倪子洋扶着倪夫人出来，她还跟倪夕玥生气呢，抱怨道：“你知道我年纪大了，这种事情要第一时间打一个电话过来啊！要么一开始你不要泄露给我知道，要么你早点告诉我结果！我这一颗心被你搞得七上八下的，你……”

“外婆……”凌冽微微一笑，上前扶住倪夫人，他的大手在她的后背上轻轻拍着，道，“妈妈不是来了吗，你先听妈妈要说什么。”

“对，你快说啊！”倪夫人盯着女儿，表情急切。

众人的目光全部投放在倪夕玥的身上，就连慕天星也好奇发生了什么事情。

倪夕玥道：“其实本来可以早点出结果的，但是他们在酒店那边玩得太疯了。直到晚上回了房间，药医才有机会给莫莫把上一脉！”

闻言，大家都懂了。

倪夕玥又道：“当时药医也是不容易，忽然出现在莫莫面前，诺一大人还以为莫莫的胎有问题，吓了一跳，后来还是歆羡解释说，药医是来开安胎药的。”

倪子洋深吸一口气，又吐出一口气。

凌冽无奈摇头：“母后，你直接说是男孩还是女孩就好了，你这样，我年纪轻轻也要得心脏病了。”

倪夫人也道：“就是！男孩还是女孩？”

倪夕玥“扑哧”一笑：“男孩！男孩！”

“哈哈哈哈……”倪子洋开怀大笑，当即将老伴拥在了怀中。

凌冽夫妇也笑了起来。凌冽道：“等莫莫生完了这胎，好好休养，再添一个小女孩，雅钧就儿女双全了！”

倪夕玥也开心得连连点头，对凌冽道：“你跟天星也是啊！我盼星星盼月亮，就盼着我们皇族出一个小公主，那得是怎样的万千宠爱啊！”

慕天星面色一白，怎么扯到她身上去了？她下意识往后退了一步，凌冽惊觉后将她揽在怀里，小声道：“你怎么了？”

他是想要一个女儿的，他觉得他们本来就应该要一个女儿，那样才是完美的。

可是看着慕天星这般惊恐的样子，凌冽担忧不已："你怎么了？"几个字刚刚问出口，他已经想到了答案，一定是她孤零零地飘落在外，怀孕生子的经历太残酷了！

凌冽闭了闭眼睛，忽然想起莫善语无伦次说的"一床的血，生了一天一夜昏死过去了"，他的心猛然抽痛，捧着慕天星的脸，在她的唇上印了一下，道："小乖！"

慕天星缓过神来，心知自己失态了，她赶紧道歉："抱歉。"

放眼看去，倪子洋已经走到书桌前拿起电话开始报喜，好像莫林已经生了孩子一样。倪夫人戴上了老花镜，捧着词典认真地看着："我们小曾孙的名字，我要仔细考量。"

倪夕玥笑着摇头，忍不住提醒道："妈妈，孩子是雅钧跟莫莫的，名字的事情你们不要太放在心上了，没准儿莫莫他们已经商量好了呢！"

倪夫人想了想，摘下眼镜道："也是！毕竟莫莫十月怀胎辛苦了，做妈妈的给孩子起名字最适合不过了。呵呵呵，我啊……这是瞎操心了。"

谁知倪夫人话音刚落，倪子洋的声音就从书桌那边传了过来："阳阳，你尽管看，有好的名字就写下来，我也参考参考。"

倪夕玥无奈道："爸，那是莫莫跟雅钧的孩子啦。"

倪子洋一脸认真地回复："莫莫那孩子什么都好，就是起名字真心不怎么样。你还记得那条小鳄鱼吗？叫来福！我琢磨着，要是让莫莫给孩子起名字，不是叫吉祥就是叫如意！"

"噗……"慕天星忍不住了，她倚在凌冽怀中笑开了。

倪夫人张了张嘴，最后重新将老花镜戴上，捧着词典道："那我还是再看看，再看看吧。"

倪子洋拿起电话，将他们那一辈的长辈们通知了一遍，大家都知道了，偏偏倪雅钧这个做父亲的还不知道。

此刻，倪雅钧喝完了牛奶，正躺在床上给莫林发短信呢。

我养你好啦

第七章 Little wife

药医诊出胎儿是男是女后只告诉了乔歆羡，乔歆羡只告诉了倪夕玥，所以莫林这边还不知情。

短信里，莫林道：我想了很久，给宝宝想了一听起来就很有福气的名字。

倪雅钧：你想了什么名字?

莫林：男孩叫吉祥，女孩叫如意，好不好？这名字是不是很有福气?

倪雅钧盯着眼前亮起的屏幕看了看，终于答非所问道：你早点睡啦！你不休息，宝宝也要休息啊！你乖乖地等着我，明天一早我可以去接你了。

倪雅钧大婚，比皇室的婚礼更有看头。

因为皇室婚礼的步骤是统一的，必须保持皇室的威仪，没有发挥的空间。但是对超级富豪的倪家来说，婚礼这种事情还真是想怎么办就能怎么办。

首先说婚礼的地点，定在了举世闻名的环球高尔夫球场，他们举行的是露天婚礼。选中的那块地上，前后左右一共有四块被钢筋竖起吊在半空中的巨型液晶屏，确保观礼的宾客不论离舞台中央多远，都可以从摄像师同步直播的画面里把婚礼看个清楚明白。

婚礼现场有无数紫色、粉色的气球，以及无数美丽的鲜花与美酒。

这个高尔夫球场被倪家包场三天，所有持有镀金请柬的来宾都可以在高尔夫球场内居住三日，球场内的七星级餐饮、娱乐设施等等，全部免费使用！

倪家出手阔绰，来宾们奉上的红包也是一个比一个吓人。

会场门口有倪氏财务部的负责人钦点来宾的礼金。所有宾客入场之前将礼金留下，财务人员会将来宾的名字与相对的礼金金额录入礼单上。

不远处的武警官兵们持枪守着二十个硕大的保险柜，那些柜子是用来装礼金的。

甚至现场还有很多宾客将银行开出的转账单、手机转账的截图等留在礼单上，他们这些人大多是送了百万以上礼金，不方便携带现金的贵宾。

早上九点开始，婚礼现场已经热闹起来了。

这时候，倪雅钧才刚刚领着伴郎团冲到莫林所在的酒店门口。

倪雅钧的人缘不错，很多高中同学、大学同学、未婚的男孩都踊跃报名参加伴郎团了。凌冽牵着慕天星的手，远远看着气势磅礴的伴郎团，表情明显有着羡慕。

“我要是也有这么多朋友就好了。”慕天星刚刚说完，凌冽便垂眸看着她。她莞尔一笑：“你刚刚的眼神就是这个意思。你没有说出来，我替你说出来了。”

“呵呵……”凌冽笑了。

其实，他不是没有朋友，只是相对来说比较少，只有卓然他们而已。现在想想，他一切的苦难应该都过去了。

凌冽牵起慕天星的手道：“希跟我悄悄说了好几次，说然跟阿诗都想回来。”

做外交官是卓然的理想，凌冽很清楚。但是经过这些沧海桑田，细细数来，卓然夫妇只怕也会明白，留在凌冽身边才是最安稳的。

毕竟他们从小一起长大，这样的情意再难有了。

卓希说，曲诗文在莫邪的时候，总是莫名其妙地掉眼泪。过去给四少、少夫人绞尽脑汁地做药膳，似乎已经成了她生活的全部。而现在，她跟卓然的一日三餐都有人伺候了，她十分不习惯，反倒觉得她的生活一点意思都没有了。她找不到自己的价值，虽然每日锦衣玉食，她却根本看不见未来。

有些人最看重的是感情。所以，在哪里生活都好，哪怕一天到晚忙个不停，至少身边有最想珍惜的人。卓然夫妇现在就有这样的感觉。

四年里，慕天星漂泊他乡，他们夫妇俩也是日日夜夜以泪洗面、痛苦难安。如今，看着凌冽大婚了，三个小殿下也好好的，他们想要回来继续伺候凌冽一家人，但又怕凌冽至今没有原谅他们。

其实，凌冽哪里没有原谅？他只是太心疼自己身边的人，所以他希望他们可以实现各自的梦想。

他不愿意自己成为身边人追逐梦想的拖累。现在，他真正懂得了有一种惺惺相惜的感情才是真正的梦想。

慕天星凝视着凌冽深不可测的眼睛，认真地问：“所以你希望卓然跟阿诗姐姐回来吗？”

凌冽抬手揉了揉慕天星的小脑袋，道：“我吃了这么多年的饭菜，都是阿诗做的；从小到大，我被人欺负、侮辱，都是然他们挺身护我。小乖，你也知道，我身边的人从来都不多。而今，一切灾难都过去了，我想要珍惜、留住跟我真正有感情的人。”

慕天星笑了：“好。”

夫妇俩说完话后，就看着卓希穿着白色的礼服，笑呵呵地将莫林从酒店房间里背了出来。

莫林的婚纱很美，是雪白的颜色。听说是倪家人专门请著名婚纱设计师设计、亲手缝制的。

凌冽他们看着莫林被卓希放进了加长版的林肯婚车，看着倪雅钧咧嘴笑得开怀，他们也跟着上了林肯婚车。

很快，车队稳稳地朝着高尔夫球场的方向行驶。

玻璃窗外有许多风景掠过，车内凌冽夫妇十指相扣，静待接下来的每分每秒。

车队抵达婚礼现场后，大家陆陆续续从车里下来，三个孩子相互追逐着跑到了凌冽夫妇身边，紧紧牵着父母的手。

步入会场，慕天星当即“哇”了一声。眼前出现的场景完全是梦中的场景，这是王子迎娶公主的浪漫露天婚礼！想来，莫林此刻一定是无比幸福的。

婚礼现场四周布满了时刻戒备着的狙击手跟护国军，因为今日有很多来宾是非富即贵的皇亲国戚。

之前倪子洋想过取消露天办婚礼，改在室内举行，这样的话，就可以在专门隔开的区域里招待皇族中人，但是洛杰布夫妇笑着否定了。

大家觉得，倪雅钧只办一次婚礼，能够尽兴才是最重要的。

礼服华美，美酒佳肴。孩子们欢笑着跑开，有的去捡气球，有的去采野花。

现在本是秋季，高尔夫球场草坪上的草大多半黄枯萎了，于是倪子洋专门找人在大棚里培植出青葱的草，然后铺满了整个会场。

十一点的时候，司仪出现在舞台中央，同时出现在四个巨大的液晶屏里。

大家看着莫林挽着诺一的手臂，一步步走向阳光下高贵的王子。

这一刻，无数芳心破碎，莫林成了阳光下最美丽的新娘。

刚才三个孩子跑开了玩耍，因为观礼的人多，这时他们找不到爸爸和妈妈了。

倾慕穿着漂亮的小礼服，领口有一个精致的宝蓝色蝴蝶结。他急得满头大汗，想着今天是叔叔和阿姨的婚礼，就一个劲儿地往前面钻。他一不小心，踩到了一个人的脚。

倾慕抬起头对着那人道歉：“叔叔对不起，我在找爸爸和妈妈。”

“啪！”那人一言不发，直接一记耳光扇在了倾慕的脸上。

打完之后，那人指着倾慕的小脸道：“你这个没有教养、不长眼睛的东西！”

倾慕从来没有被人打过。他年纪太小，才三岁，他被眼前凶神恶煞的男人吓到了，“哇”的一声哭了出来。尖锐的哭声响彻这一片天空。

周围人都在观看倪雅钧的婚礼。

洛杰布夫妇是这次的证婚人，一会儿他们还要上场，但是倾慕是跟着洛杰布睡过半个月的，他怎么会听不出自家小孙子的声音！

不远处的凌洌夫妇都皱起眉头，开始四下寻找倾慕。

洛杰布转身对卓希吩咐了一句，然后卓希的脸阴沉了下来，眼睛瞥向了传来哭声的宾客中央。

为了不影响婚礼，司仪尽量发挥他舌灿莲花的口才，吸引大家的注意力。

卓希是第一个找到倾慕的人，凌洌夫妇也跟着赶过去，然后他们看见倾慕的脸颊上有明显的五个指印！

卓希怒从心头起！

倾慕面前的男人是H市市委某领导的儿子，他年轻狂妄，平日里最嫉妒的就是倪雅钧。以前他跟倪雅钧一起上学的时候，就事事刁难倪雅钧。因为有倪雅钧在，H市第一公子的名号永远是倪雅钧的。

今天，他本不想来参加倪雅钧的婚礼，但是他的父母说皇亲国戚都会来，让他也来。他们指望他能遇上一个皇室公主、郡主什么的，他若攀上了这层关系，这一生青云直上便彻底无忧了。

从小到大没有人敢对他不敬，可眼前这个小屁孩推着他往前钻，还踩了他一脚，真是找死！

凌洌夫妇上个月才办完婚礼，只是出于对小殿下们的保护，谁也没有曝光三个孩子的信息。

幼儿园的老师不敢说，知情的个别人知道这些是保密的，所以没有人知道皇室里今日会有三岁的孩子出现在婚礼现场。

于是，他一贯的狂妄自大，加上本身的盲目无知，造就了眼前的局面。

卓希一只手抓过男子的衣领，一拳用力砸了上去……

凌冽迅速拦住卓希的手。

男子的面色一变，看着凌冽的脸。

对方怎么这么像太子殿下？一种不好的预感从心底蔓延开来，但是他有几分不确定，道："你敢揍我？你知道我爸是谁吗？"

凌冽看也没看他，只是让卓希放手："雅钧大婚，不宜闹场，你把他交给护国军的人吧。"

卓希当即松开了手，却恨得牙痒痒。不管倾慕做错了什么，一个大男人对一个小孩子下手就打，也太不是东西了！

男子愤愤不平，刚要大喊，可是他身后忽然伸出一只手，直接将他劈晕了。他还来不及摔倒在草地上，就被两名军人迅速提起带了下去。

一支护国军小分队早已上前，为首的上校对着凌冽夫妇敬礼："太子殿下、太子妃殿下。"

慕天星已经蹲下来将倾慕搂在怀中安抚了，她发现孩子竟然吓着了。

倾慕其实很有勇气的。他曾经关门的时候不小心压到了脚趾，整个指甲都拔了，他硬是忍着没有掉过一滴眼泪。所以刚刚这记耳光对他来说不算什么，他是太小了，被突如其来的变故吓到了。

周围靠得近的来宾不敢说话，却被上校请了下去做口供。

慕天星将倾慕哄好后，牵着倾蓝的青柠过来了。他们看着倾慕脸上的痕迹，一个个气得不能忍了。

慕天星直接冷着脸抱起倾慕，然后走到了不远处提供给宾客休息的露天餐饮区。她坐下来后，端了一杯果汁给倾慕喝。

凌冽见妻子不高兴，他更不高兴了。

青柠皱着眉头问卓希怎么回事，卓希指了指远处，然后小声地讲了倾慕被人打的事情。

很快，上校做好了口供，过来对凌冽夫妇道：“太子殿下、太子妃殿下，我已经查问清楚了，是小殿下不小心踩了张桐一脚，然后跟张桐道歉之后，张桐扇了小殿下一巴掌，还骂了小殿下一句，然后小殿下就哭了。”

“张桐？”卓希挑眉，“他是什么人？”

上校道：“H市市委某领导的长子。”

众人沉默了。

上校有些为难，又道：“太子殿下，要如何处置张桐？”

“我们也不能公报私仇。”慕天星忽然开口，对这名上校道，“你不能因为我的孩子是皇嗣就更加苛责对方，所以我们秉公处理好了。我的儿子踩了他一脚，这么点大的孩子，一脚踩上去能有多疼？最多就是踩脏了他的鞋！我赔他一双鞋就是了！”

“嫂子！”青柠理解不了，“你还赔他鞋子？”

慕天星盯着上校道：“不过光天化日之下，他明目张胆地殴打皇嗣是什么罪名？不知道宁国的律法有没有这一条？如果没有的话，一会儿我去问问父皇，父皇向来心疼孙子，父皇怎么说，你们怎么做便是了。”

所以在此之前，张桐是不可能放出来了。

上校点头：“好的，微臣静待上级吩咐。”

秋风静静地吹着，倾容很快跑了过来。

他跑得气喘吁吁的，看着大家都在这里，刚要扑上前跟妈妈撒娇，就发现倾慕的脸上一片红肿。他两眼一睁，沉声道：“谁干的？连我的弟弟都敢打，他不想活了？”

倾慕之前还觉得委屈，可是听到倾容的话后一下子破涕为笑了。他伸出小手抓住了哥哥的手，然后道：“我没事了，坏人已经被军人叔叔抓起来了。”

倾蓝也走上前道："你下次不要一个人行动了，太危险了！以后你要紧紧跟着我，我不是说了吗，我会保护你一辈子的！"

倾容眉头一皱，不高兴了："你说什么呢？我是大哥，我要保护你们一辈子才是，谁都不许跟我争！"

原本凌冽他们的心情很郁闷，但听见孩子们的对话后，心情突然变好了。

大家哈哈大笑起来，扭头看去，草坪上正对着他们的硕大液晶屏上，倪雅钧正握着莫林的手，两人站在台上一起切着漂亮的结婚蛋糕。

舞台中央，洛杰布夫妇微笑着，对着受邀而来的宾客，将他们夫妇共同完成的一幅字画"白首同心"裱了起来，然后举了起来，这代表皇室送给倪雅钧夫妇的新婚祝福。

倪雅钧夫妇举行过露天婚礼仪式后，便坐车先回了高尔夫球场内部的新婚套房里。

莫林脱下沉重的婚纱，换上一袭粉红色的小礼服，倪雅钧也换了一套淡粉色的礼服，跟莫林的衣服刚好配套。

茶几上摆着专门给莫林做的精致药膳，倪雅钧牵着莫林的手，两人笑呵呵地坐过去，吃了点东西垫垫肚子。

"我们一会儿还要敬酒，餐饮区一共有一百零一桌客人，我们要喝一百零一杯的酒吗？"

莫林有些担心，她没见过倪雅钧喝白酒，但是婚礼上如果用啤酒敬别人显然说不过去。

倪雅钧笑了笑，道："放心啦，我不会喝那么多酒的，爷爷他们一定有安排。"

他伸出手轻轻抚摸莫林的肚子，他今天一早听爸妈说了，莫林的肚子里面是一个小男孩。所以现在他看倾容他们的眼神更加柔和了。

莫林有些不好意思，她拍掉倪雅钧的大手，道："你干吗？"她小脸酡红，本就擦了点胭脂，现在看起来脸更红了。

倪雅钧站起来，从衣柜里取出一双早就准备好的软底小羊皮鞋子，也是粉红色的，很配莫林的衣服。

他在莫林面前蹲下，帮她把原来的鞋子一只只换掉。他再抬头的时候，却发现莫林泪流满面地看着他。

他愣了一下，然后很快想明白了，她应该是感动的。他“扑哧”一笑，拿起纸巾给她擦眼泪：“干吗啊，新娘子？你都要做妈妈了，还哭，羞不羞？宝宝在肚子里会笑你的。”

莫林忍不住道：“我从来没有想过，这辈子还能有这样的福气嫁给你这样的人！”

“呵呵呵……”倪雅钧笑得更欢了，上前将莫林搂在怀里，道，“你这是得了产前忧郁症吗？乖啦，不哭啦！不管你会不会想到，但是现在一切已经发生了不是吗？我是你的老公，是你孩子的父亲，是你们一辈子要依靠的大树。我知道自己身上还有很多不足，但是为了做你们母子的大树，我会更加努力的。”他帮莫林把脸上的妆一起擦掉，露出她本就白皙、光洁的容颜。他在她唇上轻轻一吻：“莫莫，谢谢你嫁给我，我爱你！”

当她感受着满城名媛疯狂嫉妒的眼神时，她并不知道倪雅钧心中所想的是能与她携手相伴一生是多么幸运的事情。

倪雅钧从小身在豪门，各式各样的名媛都看透了，他真的对她们提不起兴趣，或者这就叫“萝卜白菜，各有所爱”吧。

他们坐着高尔夫球场内部的小车抵达餐饮区的时候，看见一百零一桌的人全部在欢笑着用餐。

车子直接在皇室餐饮区停下了，这一带专门隔开了，避免皇室中人受到商贾之人的骚扰，也方便护国军重点保护贵宾。

倪雅钧牵着莫林下来，笑着靠近餐饮区。

倪夕牧夫妇、诺一夫妇已经笑呵呵地站在第一桌那里等着了：“你们两个快过来，开始敬酒了。”

公婆、爹妈陪同，六人一起敬酒。

先从皇室区开始。中途倪雅钧害怕莫林会累便停了下来，她笑着摇头道：“没关系，我的身体底子好。再说了，我不过是走两步而已。”

倪雅钧等人的酒早已经换成了雪碧。有的嘉宾看见了酒杯里的气泡也不戳破。谁都知道，这一百桌敬下来，真喝白酒的话，人真的只能进医院了。

敬完了皇室区，他们去了另一区。

莫林有些疑惑道：“我怎么觉得今天陛下的脸色不好？刚才在仪式上他还笑得很开心呢。”

倪雅钧点头：“我也发现了，但是不清楚怎么回事。”

诺一叹了一口气，道：“有个不长眼的人打了倾慕一记耳光。陛下知道后龙颜大怒，想要将伤害皇嗣的人满门抄斩这条纳入律法中，皇后还在劝他呢。”

“喀喀，大婚期间不宜见血。亲家，我们敬酒了，不说这个。”

这边，倪雅钧等人接着敬酒。那边，洛杰布抱着倾慕，一张脸就像腊月的寒霜，可以冻死人！

倪夕玥说了很多，凌洌夫妇也在劝洛杰布。慕亦泽看着小外孙的脸，倾慕的脸已经由药医专门擦过药膏了，伤痕消下去不少，不细看已经看不出痕迹了。

慕亦泽也道：“满门抄斩有些严重了！不然，你就砍他一个人吧！谁打的砍谁！”

慕天星：……

蒋欣轻轻拍了一下老公的肩膀，道：“这是在商议律法议案。你别这样，你又不是官员，不要随便发表意见！”

洛杰布却道：“亲家说得对！就算不能满门抄斩，就算不要写入律法，我也要砍了他！”

“雅钧大婚，见血不吉利！”倪夕玥觉得事情没有这么严重，道，“你把张家一扒到底，后世不得为官，断了他们的仕途，把张桐监禁三年。我觉得差不多了。”

慕天星点点头：“我赞成母后的意见。”

凌冽也道：“废了一家人的仕途，母后的处理方法挺好的。莫莫有孕，小生命是最忌讳见血的。外公好不容易才盼来这么一个小孙子，今天是在雅钧婚礼上发生的事情，我们还是替雅钧的孩子积点德，饶了张桐一命吧！”

以前，凌冽是不信天道轮回的，但他在目睹了老祖宗们的风采后，他信了。

那本要送给皇爷爷的经书，他默默誊写过。他觉得在抄经书的同时可以修身养性，心平气和，对身体跟品性都是很好的。

凌冽觉得越是大权在握，看待生命越要珍惜和谨慎，不可滥杀无辜。

凌冽将这个想法跟皇爷爷说过，皇爷爷还笑着道：“我年轻的时候身上戾气很重，潜心修习了佛学之后，心态也平和了很多。种善因得善果，宽恕也是一种善因。”

洛杰布沉着脸，却不理他们，他掏出手机给乔歆羡发了一条短信。原本还在餐桌上搂着妻子尽情用餐的乔歆羡只好站起身来，中途离席。很快，乔歆羡回来了，对洛杰布道：“我办好了。”

洛杰布吩咐乔歆羡，给了张桐一枪。

乔歆羡身为臣子，得了皇令便交代下去，所以现在张桐不存在了。

什么大婚之日不宜见血的迷信，在洛杰布宠爱孙子的前提下，统统不成立了。

三个男孩很快吃饱了，从大人们的腿上跳下来，想要出去玩。

倾容看着倾慕，有些紧张地道：“你等等我，别又让人欺负了！”

接着，倾蓝也跑开了，因为他看见倾慕已经冲向了不远处的草坪，还在捡地上散落的漂亮气球。

小孩子看见气球就好像看见了棒棒糖一样，没有什么抵抗能力。

普通宾客区也有不少孩子吃完了饭，同样跑到草坪上玩耍。

过了一会儿，凌冽夫妇趁吃饭的间隙望向孩子们那边，就看见那群孩子中，一个小女孩当鸡妈妈，余下的孩子在她身后做小鸡，而倾蓝当起了老鹰，一阵阵天真的欢笑声从那边传过来了。

另一边。

张博夫妇入座了，还在寻找儿子，心想：怎么儿子一眨眼就不见了？

“张书记，你家张桐闯祸了！”一名男子凑到了同桌的张博身边，低声说道。

闻言，张博赶紧道：“什么事情？你看见我家张桐了？”

那人四下看了眼，小声道：“刚才观看婚礼的时候，一个孩子踩了你家张桐的脚，人家孩子不是故意的，也立马道歉了，但是你家张桐扇了那孩子一巴掌。”

闻言，张博顿了一下，不安道：“谁家的孩子？”

“不清楚，但是最后孩子被太子妃抱走了！”

“不是吧？”张博整个人都不好了。

儿子嚣张跋扈他是知道的，但今天是什么日子啊？皇亲国戚都在这里，他家张桐不至于吧？

张博的眼睛瞥向不远处正在玩耍的孩子们，最显眼的小女孩三岁了，就是四年前他家张桐酒后强暴了一个女人然后生下来的。那女人一家人上诉，可整个H市都是他的，那一家人肯定求告无门啊！他的妻子看见出生的小孙女白白嫩嫩、肥嘟嘟的，喜欢得不得了，就把孩子从人家家里抢来了，丢下了一笔封口费。

那女子是H市某大学有名的女神，美貌与学业是整个H大排第一的。张桐本就贪恋人家的美色，出了事儿后，就要求女子给他做小。因为他挑明了，他将来是要娶郡主或者娶门当户对的女人的。

这件事情仅有少数几个接到过女子家人报警电话的警员知道，但是人家也是不敢说的。后来那女子的父母因为这些事奔波劳碌，人到中年就不在了，女子也被张博一家人逼得自杀了。

张博拧了一下眉头，他心里有些没底：被太子妃抱走的孩子是谁啊？反正不是皇储就对了。太子跟太子妃上个月才大婚，根本没听说他们有孩子！

那人看张博忧心忡忡的样子，连忙道："护国军直接把张桐带走了！我们几个靠得近的，都被护国军拉过去做笔录了。我觉得你家张桐一定是闯祸了，你还是趁早做打算，看看怎么把孩子捞回来吧！"

"只要不是皇储就好说，不至于丧命！断条胳膊缺条腿，他回来，我养着他！"张博说这句话的时候，已经在心里盘算着找诺一大人帮忙了。他觉得诺一大人愿意帮忙的话，一切都不是问题。

张博的妻子是诺一大人妻子的表妹。这两年，他凭借着这层关系才爬得这么快。因为诺一大人是一品大员，都不用通报陛下，谁还敢不给诺一大人面子？

可是张博身边的人却笑了笑，阴阳怪气道："未必！你家张桐何止打了一个孩子那么简单。"

"怎么了？"张博急了，又道，"你快说吧。"

这人道："他打了那个孩子之后，还指着人家孩子骂，说孩子是没有教养的东西！你想啊，太子妃把那孩子抱走了，太子也出来护着那孩子，所以那孩子即使不是皇嗣也是皇亲国戚了，骂皇亲国戚没教养，他这不是找死吗？你别在这里坐着了，赶紧去找人吧。"

这人无语了，心想：你儿子闯了这么大的祸，你这个当爹的凭什么还能这么自信、淡然地坐着，像听别人的故事一样？

这时，张博察觉出事情的严重性，当即拉着妻子起身。

不明所以的妻子还在跟身边的友人闲聊，张博直接扯着她站起来，两人一起走到了诺一大人的面前。

此刻的诺一正跟妻子、倪雅钧夫妇、倪夕牧夫妇向大家敬酒呢。

表姐妹一见面，诺一的妻子当即拉住了张博的妻子，道："我正敬酒呢！咱们回头再聊，今晚你别走了，我们娘家人好好聚聚。"

张博满面愁容地看着诺一："表姐夫，出大事了！我家张桐闯祸了，你不帮忙就没人能帮了！"

诺一面色一变，不想让他们当着宾客的面胡说八道，他对着倪夕牧夫妇笑了笑："你们先敬酒，我看看我夫人娘家有什么事情。"

倪夕牧夫妇笑了笑，接着领着儿子和媳妇一桌桌去敬酒。

张博则拉着诺一来到了餐饮区外的帐篷边，说了刚才的事情。

诺一一听就知道不好了，那孩子一定是三个小殿下中的一个。难怪陛下刚才的脸色那么难看！陛下怀里还抱着倾慕，那么挨打的一定是倾慕了！

诺一两眼一闭，道："你准备收尸吧，没办法的！"殴打皇嗣，几乎没有活口。

诺一跟在洛杰布身边久了，自然明白倪夕玥跟慕天星是宅心仁厚的，想来她们会为了张桐求情，请求从轻处理。但是洛杰布偏偏是一个疼孙子的人，骂他洛杰布，他可能会判你十年八年，但是骂他的孙子，还连着整个皇室骂了，那就不得了了。再加上倾慕还挨了张桐的一巴掌……

诺一两眼一闭，又道："这些年，你们仗着我的名声干了那么多坏事，别以为我不知道！我是看在美娟嫁给我这么多年，在宫里一直安安分分的分上才对你一忍再忍！我早就说过了，一表三千里，你们来日闯了祸，别来找我背黑锅！"

今天他诺一嫁女儿，还是嫁给了倪家，本是风风光光的事情，怎么就遇上这么糟心的事了？

张博一下子朝诺一跪下了："表姐夫，你可不能见死不救啊！我就张桐一个儿子啊！除了你我还能找谁啊？"

张博的妻子才知道是怎么回事，吓得抓着美娟不放手："表姐，我求你了！我就张桐一个儿子啊，呜呜……张桐是我的宝贝疙瘩，是我的心头肉啊，呜呜……"

美娟在皇宫待久了，知道其中利害。她转身看着诺一道："你……不妨先去打听打听，看看张桐还有没有救？"

她也猜到被张桐打的孩子多半是倾慕。这两天，诺一一直悄悄跟她说，太子私下里跟陛下交过心，说原本他想要倾容做皇储，现在看来倾慕更合适，而陛下一早觉得倾慕更合适。诺一还悄悄交代过，让他们重点照顾倾慕。所以这么一来，打了倾慕的人没准儿现在已经不能活了。

诺一沉着脸，对张博夫妻俩道："你们等着！"

说完，诺一转身直接进了皇室餐饮区，然后面带微笑，首先走到了乔歆羡那边。

这个小乔将军看起来温润无害，实则能力非同一般，他不但是陛下的心腹，更是太子的心腹，大事小事没有小乔将军不知道的。

诺一凑上前，在小乔将军耳畔非常客气地轻语了几句。

乔歆羡愣了一下，继而回了一句话。诺一点点头，然后悄无声息地退下了。

诺一回到张博他们等待的地方，无奈地叹了一口气："人已经没了。"

美娟的表妹当场晕了过去，张博蹲下身，一边给妻子掐人中，一边哗哗地掉眼泪，他的心中原本还有疑虑，可是诺一的一句话当即让他彻底没了希望。

"被打的孩子叫倾慕，是太子跟太子妃三胞胎孩子里最小的，也是陛下跟太子看中的要立为皇储的孩子。"

张博两眼一闭，只觉得天塌了。美娟看着表妹这般，刚要蹲下去就被诺一拉了起来。

诺一叫了人过来帮忙，先让人送张博夫妇离开，然后他拉着妻子进餐饮区的时候，还严肃道："这件事不许再提了！"

他们家族几代人尽忠职守、忠心耿耿，怎么能因为一个表亲的外戚就跟陛下之间有了嫌隙？这太不值得了！

不远处，一双如黑葡萄般的大眼镶嵌在一张精雕玉琢的小脸上，她唇红齿白，蛾眉如黛，两根小辫子简单、稚气，由于奔跑时辫子不断地摇晃，使得这个人更添灵韵。

一群小孩子在玩老鹰捉小鸡，倾蓝演老鹰。可是他每次只顾追着漂亮的鸡妈妈跑，惹得鸡妈妈身后的倾容、倾慕以及别的孩子哈哈大笑。

最后，小女孩捂着肚子，额头上全是汗，喘着气道：“我不玩了，要休息了，我好累！”

大家停了下来，全部往青色柔软的草地上一坐，倾容跟倾慕更是直接躺下来了。

小女孩穿着紫色的羊毛裙，一双白色的小皮靴，她刚刚坐下一会儿，就看见倾蓝走过来了。

倾蓝手里抓着野花，是草地上随手采的，他把花递给小女孩道：“送给你。”

小女孩愣了一下，笑着接过花：“谢谢你。”

倾蓝发现哥哥跟弟弟都在休息，便凑上前挨着女孩的肩膀坐了下去。他笑嘻嘻的，然后道：“你叫什么名字啊？”

“我叫张灵，机灵的灵。”

“嘿嘿，我叫倾蓝，蓝天的蓝。”

“哦。”

“你长得真好看，我从来没见过像你这么好看的女孩子！你以后长大了给我生漂亮宝宝吧？”

“好像要爸爸妈妈在一起才能生宝宝。”

“所以以后我做爸爸，你做妈妈啊！”

“可是要怎么生宝宝呢？我有好多芭比娃娃，全部不是真的，我也想要一个我的宝宝，真的宝宝！”

面对眼前的小美女，倾蓝痴痴地看了她一眼，然后伸出手抱着她的小脑袋。他慢慢凑近她，嘟起了小嘴巴，刚要凑上去亲她，就被一阵乱笑声打扰了。

倾蓝扭过头，一看倾容跟倾慕在笑话他，不满道：“你们干吗？”

“二弟是色狼！哈哈哈！”

“二哥要做爸爸了！哈哈哈！”

男孩子们乱笑，小女孩脸红了，懵懵懂懂的表情中满是迷茫。她的眼睛眨巴眨巴，显得灵气逼人。

倾蓝越看越喜欢她，赶紧在她嘴上亲了一下，又立马回身乖乖坐好，不理身后的兄弟们。

小女孩看着自己的肚子："我这样就会有宝宝生出来了？"

"嗯。"倾蓝认真道，"所以你要记住，从今天开始，你不许让别的男孩子亲你了！因为我是你宝宝的爸爸。"

"好！"小女孩点点头，看着眼前帅气的倾蓝甜甜一笑，"一言为定！"

这时，两个护国军走了过来，对着地上的孩子们道："谁是张灵？"

小女孩举手："我。"

护国军道："你的奶奶刚才晕倒了，我把她送回客房了，你的爷爷在照顾她。我送你去爷爷奶奶身边吧？"

张灵拍拍屁股站了起来，发现眼前的人穿着军装，不像人贩子，又道："我爸爸呢？"

军人看了张灵一眼，沉默了两秒，道："他有事情……所以出差了吧。"

倾蓝站起身，非常舍不得她。他拉起张灵的小手，又看着眼前的护国军道："我送她回去吧！"

护国军对倾蓝恭敬地行礼："二殿下，您不可以离开会场的草坪，不然我们很难保护您。"

今天，三个孩子的礼服是一样的，但是佩戴的蝴蝶领结不同，就是为了方便护国军辨认。倾容是枣红色的，倾蓝是浅蓝色的，倾慕是宝蓝色的。

倾蓝道："她累了，你一路抱着她回去吧！"

护国军点头："是。"

倾蓝对于数字非常敏感，想起妈咪说过每个人的身份证号码是不一样的，他道："你送她回去之后，向她家里人要一下她的身份证号码，然后回来告诉我。"

"是。"

小女孩已经被那个护国军人抱起来，她的手里还拿着倾蓝送的野花。她听见倾蓝这么说，疑惑道："你为什么要我的身份证号码？"

倾蓝看了张灵一眼，眸光中带着满满的不舍："我不能把宝宝的妈妈弄丢了啊！"

护国军人将张灵送去前面张博夫妇的房间里。

张博的妻子已经醒来了，在房间里面泣不成声。因为张博妻子一醒来，张博就明确地跟她说："你知道我在外面养的那个小的怀孕了吧？有五个月了，B超照出来是一个小子。我让她打掉孩子，她不肯就僵持到了现在，我也不可能再逼她打掉孩子了。张桐是被你惯坏了，咱俩也别拖了，离婚吧！我不能让我的儿子生下来没名没分！"

护国军人听到里面有人在哭，他把小女孩送到张博怀里后，道："张书记，麻烦您提供一下您孙女张灵的身份证号码。"

张灵是奶奶带大的，所以两人感情深。她听见奶奶在哭，当即手脚并用从爷爷身上爬下来。

"奶奶，奶奶。"

张灵去了卧室，张博站在门口不解地望着眼前的护国军人："有事？"

"是，请您提供您孙女的身份证号码！"

张博拿出手机查看夏天带张灵去夏威夷时候的机票记录，上面有孙女的身份证号码，待他查出号码后，就给军人看了。

军人用手机拍下张灵的身份证号码，点头："好的。"

房门关上，张博的妻子哭得稀里哗啦的，搂着小孙女道："呜呜……呜呜……我们灵灵可怜啊！从小没有妈妈，现在又没有爸爸了，呜呜……"

张灵听得害怕，眼泪哗哗地掉。

张博觉得不对劲儿，转身将小孙女抱在怀里走到隔壁房间去了。

在这种俱乐部安排各位宾客的房子，市委书记自然是两室一厅的套间。

进了房间，张博给小孙女擦了擦眼泪，问：“灵灵，你刚刚在草坪上是不是闯祸了？为什么军人叔叔要你的身份证号码？”

女孩摇摇头：“我没有闯祸，是倾蓝要我的身份证号码。”

“倾蓝是谁？”

“军人叔叔叫他二殿下，他跟我差不多高。”女孩想了想，不能骗爷爷，又道，“他还亲了我这里，说他是我宝宝的爸爸，他不能把宝宝的妈妈弄丢了，所以他要我的身份证号码。”

张博看着孙女一脸天真地指着她的嘴巴，有些明白了。

自家孙女的基因是不错的。儿子张桐不就是看上孙女的妈妈长得漂亮，然后追求失败，后来才酒后强奸的吗？

看着眼前不过三岁却已经出落得水灵灵的小孙女，不用想，孙女长大了一定是大美女。

张博的眸色一点点加深，一颗千疮百孔的心好像被治愈了。

护国军人回到了草地上。

那群孩子又玩起来了，这次倾容做老鹰，倾慕做鸡妈妈，护着身后的一帮孩子。

倾蓝则躺在草地边上，双手交叠搁在脑后做枕头，嘴里叼了一根青草，跷着二郎腿。他仰望着秋日碧蓝如洗的天空发呆。他的小脸蛋非常帅气，嘴角噙着淡淡的笑，一副天真无邪、青涩稚气的模样，却已然可见霸道总裁的雏形。

护国军人走过去，道：“二殿下，张灵小姐的身份证号码要到了。”

倾蓝一个鲤鱼打挺站了起来，他凑上前看着护国军人打开的手机相册，然后默默地念了两遍照片里的一串长长的数字。

见倾蓝如此认真，护国军人道：“我写下来给您吧？”

“不用。”倾蓝漆黑的瞳孔泛着笑意，“我已经背下来了。”

倾蓝天生对数字敏感。两岁的时候，妈妈让他背爸爸的手机号码，他也是念了两遍就背下来了。

他挥了挥手，让护国军人退下，然后跑到了其他孩子身后，加入小鸡们的行列，跟大家戏耍起来。

孩子比较多，队伍比较长，倾容向来不服输，他跑起来特别快。小鸡里面的女孩子自然是跑不过他的，倾慕这个鸡妈妈也不可能谁都护着。

终于，倾容抓到了一个穿着粉红色羊绒礼服套裙的女孩子，女孩子长长的头发披散着，戴了一串特别漂亮的珍珠项链，好像她白净、细嫩的肌肤。

倾容高兴坏了，大声道："我抓到小鸡了！"

女孩使坏，狡黠地往地上一蹲："呜哇……"

倾容吓着了，赶紧松开手，傻傻地看着女孩："你……你别哭啊！这是在玩老鹰捉小鸡，我不是真的要吃你！"

"倾慕快来救我！"女孩抬头叫了一声，趁着倾容不注意，转身溜走了。

倾容再想要追女孩已经来不及了，因为倾慕已经护上来了，嘴里还念着："不许你这只老鹰伤害我的鸡宝宝！"

女孩回到队伍后，脸上笑容格外灿烂，她对着倾容吐舌头做鬼脸。

倾容不乐意了："你们耍赖，哪里有老鹰抓到了小鸡宝宝，小鸡宝宝还能回队伍的？"

"你放开我的！我一哭，你就松手了！"

"大哥，你自己放手的，我们都看见了！"

"可是我已经抓到她了！"

孩子们争执不休，跑太快也累了。刚才举行过婚礼的草坪上开始了各种新的活动，有舞会，有表演，还有抽奖活动跟礼品派送。

女孩不玩了，上前一把抓过倾慕的手道："那里有人变魔术，我们去那里！"

宾客们吃饱喝足后，各自散开了。

家长们开始找孩子了，凌冽夫妇跟其他家长都朝着孩子们玩的地方走过来了。

在午后的金色阳光下，只见两对特别出挑的夫妇——凌冽夫妇和沈帝辰夫妇朝着孩子们走去。

女孩拉着倾慕的手就要跑开，一见爹地和妈咪来了，她笑眯眯地奔过去，手脚并用往沈帝辰身上爬，还指着倾慕道：“爹地，你不是说妈咪是你从小养大，然后一口一口吃掉的吗？我也要把倾慕带回家养，然后把他养大，再一口一口吃掉他。”

沈帝辰看了倾慕一眼，心知他是皇嗣。

上个月他们参加了凌冽夫妇的婚礼，他人脉还算广，跟倪子洋、纪倾尘这些商界巨鳄有些交情，自然是眼观六路、耳听八方的人物。

抱起小丫头，又揽过娇妻的肩，沈帝辰笑得灿烂：“太子殿下、太子妃殿下，我家女儿有些顽皮，童言无忌，还望你们不要放在心上。”

慕天星将三个孩子搂在腿边，便听凌冽道：“哪里。沈先生的小女儿漂亮可爱，沈先生好福气。”

倾慕则往慕天星身边一躲：“人肉不好吃的！”

女孩扬起下巴，小脸光芒万丈：“我就要吃你！”

倾慕一脸为难：“你……你控制一下吧。”

虽说童言无忌，但是大人们哈哈大笑了起来。

倾慕的耳根红了，抱着妈咪的腿，一时不知道要说什么。他有种感觉，好像女孩口中的“吃”不是“吃饭”的“吃”，可是具体怎么个吃法他也不知道。

沈帝辰别有深意地看了眼倾慕，然后对怀中的女儿道：“这是小殿下，不是我们可以随意带回家养的，他有他的爸爸妈妈。你若是喜欢他，那你好好努力，等你长大以后，也许有机会把他吃掉。”

慕天星觉得很无语。她虽没有女儿，但也没有见过谁这么教自家女儿的。看着眼前的一家三口，她不禁小声问凌冽：“你跟沈先生认识？”

“呵呵，上个月我们举办婚礼，他们一家来太子宫参加过我的单身派对，所以我知道。”

凌冽温柔地向慕天星解释后，忽然朝沈帝辰怀中的小姑娘伸出手，微笑着道：“我是倾慕的爸爸，倾慕还太小，不能离开爸爸妈妈。你若是愿意，可以来我家，我们倾慕养你怎么样？”此言一出，所有人安静了。

小女孩如黑宝石一样的眸子璀璨耀眼，她盯着凌冽的眼睛看了看，然后伸出手要凌冽抱。

等凌冽把小女孩接过去的时候，慕天星凑近了看，才发现这小丫头真是漂亮啊，就像洋娃娃一样！她忍不住凑上前亲了亲小女孩，然后道：“哎呀，阿姨太喜欢你了！你跟阿姨回家吧？我是倾慕的妈妈，让我们倾慕养你好不好？”

小女孩点点头，侧过身对沈帝辰抛了一个媚眼，道：“姓沈的，我刚才过来你都不拦着我！你这个奸商，有人替你养着我，你可以省下一大笔米饭钱了！”

“哈哈哈……”大人们又是一阵欢笑。

慕天星忽然对沈帝辰夫妇的故事很感兴趣，想着私下让凌冽讲给她听。

沈帝辰朝着女儿伸出手，道：“那爹地抱抱你，把你带回家养。”

小女孩冷哼了一声，道：“如今你的魅力已经比不上倾慕了，我要倾慕养着，不要你了！”说完，她把小脑袋往凌冽的肩上一贴，一副凌冽就是她亲爹的样子，小胳膊还挂在凌冽的脖子上，安分得很。

凌冽乐了，对着慕天星笑：“即使我们没有女儿，可是从小养几个儿媳妇在身边就跟养女儿一样！”

慕天星没有答话，因为她听出来了，大叔很希望有一个女儿。但是上次她分娩做完手术后，百里洙就告诉她这辈子都不能再做母亲了。当地的门诊医生说她的子宫有严重的拉伤，导致子宫壁薄得就像一个随时可能破裂的气泡，他们甚至可以清楚地看见婴儿的头发在子宫里面飘，她再次怀孕的话，疤痕会破裂的。

正常剖腹产的女子修养一段时间后，都可以进行第二次、第三次受孕，有的第二次生产时还能顺产。

她当时怀的三胞胎，早产再加上难产，所以子宫的情况很糟糕。她能把四条命捡回来，已经是不容易的事情了，所以她不可能再怀孕。换句话说，即使她怀上了，子宫壁也薄得连做人流的厚度都没有了。

她想起最近跟大叔在一起，两人没有做措施，吓得额头上布满了冷汗。她不敢去想，只在心里默默算着例假来临的日子，悄悄期盼着。

沈帝辰瞧着女儿这般姿态，他俯首跟小妻子商量了两句。小妻子娇艳如花，萌萌的小公主做派，她完全听沈帝辰的。

然后他看向凌冽夫妇，认真道："既然我家贝拉跟倾慕小殿下交了朋友，不知道太子殿下能否暂时代为照看？小孩子刚刚交了朋友就分开，难免会伤心的。等你们离开H市的时候给我打电话，我来接她？"

凌冽立马意会了，沈帝辰这是在发出邀请，想要试探两家有没有联姻的可能。

他瞧着怀里的小机灵鬼，她叫贝拉吗？是一个外文名字，Bella，意思是：美丽、高尚、卓越。但是倾慕不同于其他皇子，倾慕是他跟洛杰布经过郑重考虑后想要立储的皇子。所以他一旦答应联姻，就不是娶一个儿媳妇的事情了，而是给倾慕找皇后。

凌冽看了沈帝辰一眼，对方不卑不亢地耐心等待他的答复，而且对方眉宇间满满的自信不羁，平添雍容的气度。凌冽想到外公跟自己说过的，企业家的后起之秀里，外公最欣赏的是两个晚辈，一个是纪倾尘，身患绝症与病魔抗衡，接了江山还打下了另一座江山；一个就是沈帝辰，祖辈全是宁国的，他们早年在海外打下一片基业，在宁国没有任何人脉了。可三年前，沈帝辰接手家族企业后，一口气吞并了宁国大大小小的同行企业。沈帝辰的名字就像一个恐怖的外来物种一样，严重破坏了宁国商业圈的生态平衡。

洛杰布动过脑筋想要牵绊沈帝辰的商业发展，但是沈帝辰赚了钱还懂得如何讨好政府。他不仅带着妻子、孩子加入宁国国籍，将名下所有企业迁回宁国，及时缴纳宁国的税款，还在倪夕玥建贫困儿童万能基金的时候，捐赠了山村小学、初中、高中各两百所，砸下四亿的贫困生扶助基金，霸道地站在了倪夕玥的眼前，也让洛杰布不得不亲自感谢他，授予了他“一等公民”的勋章。

这样的人，他的女儿岂会差？但是倾慕的妻子跟倾蓝、倾容的妻子肯定是不同的。

凌冽很喜欢怀中的小家伙，他依依不舍地拍拍小女孩的肩。看沈帝辰的时候，他的眸中多了一些真挚，坦言道：“我今晚带着小丫头回去商量一下吧，最主要还是看倾慕喜不喜欢。尤其倾慕在我们眼中是不一样的。”他这一句话是悄无声息地告诉沈帝辰，倾慕会是未来的储君。

沈帝辰原本没有想过倾慕会是未来的储君，他看自家女儿喜欢，这是最重要的。再看倾慕是一个小皇孙，而且他听说倾慕是一个拥有皇家根本股份的小皇孙，再加上洛氏家族男子皆痴情无双，所以可怜天下父母心，谁不希望自家宝贝女儿能拥有最好的未来？沈帝辰自然不能免俗。

他了然后微微一笑：“好的，我静待太子殿下佳音。”

高尔夫球场的娱乐项目有很多，宾客们玩得不亦乐乎。

前面大楼里有KTV、棋牌室、游泳池、影院等娱乐设施，可以供宾客们自娱自乐。

倪雅钧忽然从人群中走过来，拿了一张房卡递给了凌冽夫妇，道：“这是包下的儿童游乐场的卡，你们带孩子们去玩吧！里面有陶吧，可以做陶艺品，如花瓶、杯子、碗之类的，还有滑滑梯、海洋球这些室内游乐场，小孩子会喜欢的。”

慕天星接过了房卡，对着倪雅钧微微一笑：“谢谢雅钧哥哥！你想得这么周到，将来一定会是一个好父亲。”

倪雅钧嘿嘿地笑了，转身陪着父母接着跟宾客们寒暄了。

贝拉从凌冽身上爬下来，动作一气呵成，就像一只小考拉一样。她跳到草地上，牵起了倾慕的手，对着他抛了一个媚眼，道：“我这两天在你家做客，你要养我！”

“可是我不会养人。”倾慕耳根一红，看着大哥跟二哥在一边坏笑，他赶紧抽回小手，不让贝拉摸他。

贝拉又把倾慕的手放在她软软的小肉手上，握紧了，道：“没关系的，我很好养活的！你养过小猫、小狗吗？”

孩子们跟着大人们往前面一排高大的房子走去，迎着午后的阳光，还有清风。空气里满是好闻的泥土香气，这一片天地宛若一片浑然天成的大氧吧，脱离了城市的嘈杂喧闹，让人觉得心旷神怡。

倾慕似乎认真地想了想：“没有。”

“那你从来没有养过小动物吗？”

“呃……我喂过鳄鱼，喂过鸡和鸭，这个算不算？”

“算吧……”贝拉抬头看着蓝天，摆出一副思考人生的样子，道，“你把我当成鸡和鸭就好了！到了吃饭的时候，你记得让我先吃饱；到了洗澡的时候，你记得给我洗澡；到了睡觉的时候，你记得哄我睡觉，这样就叫作养我了。”

倾慕看着贝拉圆滚滚的下巴，真想捏一下。还有她说话的时候，小脸蛋白里透红，他真想捏一下。她牵着他的手，肉嘟嘟的，他真想捏一下。

反正倾慕现在就想把贝拉当成汤圆，整个儿放在手心里搓一遍，就是这种感觉。

倾慕点点头，认真道：“好吧。既然我爸爸妈妈把你留下来了，这两天我养你好了。”

凌冽夫妇一边走一边注意孩子们的互动，不难看出，倾慕也挺喜欢这个贝拉的。但是让倾慕三岁就定下婚事，会不会太早了？

我永远不会放下你

第八章

晚餐的时候，皇亲国戚在楼里吃着顶级的海鲜自助餐，倪子洋夫妇、倪雅钧夫妇陪同。

其他客人坐在草地上，一边观看烟火表演和舞台表演，一边吃着丰盛的烧烤自助餐，以及临时制作的小火锅自助餐，倪夕牧夫妇、诺一夫妇陪同。

一张大大的椭圆形餐桌前，倾容蹬着两条小萝卜腿跑回来，将一份美味的晚餐放在自己的面前，再爬到椅子上坐好，大口大口吃起来。

凌冽夫妇帮孩子们倒果汁，卓然夫妇、卓希夫妇也坐在这张大桌子旁。

忙活了好一会儿，大家落座开吃了，却发现倾慕跟贝拉的位置是空的。

众人放眼望去，只见贝拉双手托着盘子，很认真地说着什么，然后倾慕一脸认真地拿起夹子，夹了菜放在贝拉的盘子里。

曲诗文看到后笑了："小殿下真是会照顾女孩子。"

慕天星跟凌冽对视了一眼，决定暂时不管他们了。

过了一会儿，贝拉端着一个盘子过来，倾慕也端了一个盘子过来。不过，按照慕天星对倾慕的了解，两个盘子里没有倾慕爱吃的菜。

慕天星"扑哧"一笑，问倾慕："妈咪再去给你弄点爱吃的东西？"

倾慕摇摇头，道："贝拉说，很多食物其实很好吃，只是我没吃过所以会抗拒。我想试试没吃过的食物，也许我会喜欢。"

倾慕最大的毛病就是挑食，慕天星想了很多方法都不行，这孩子认死理，确定喜欢吃什么就一直不变了。比如他爱吃鸡翅，那每顿都要有鸡翅，日日夜夜吃，他也不会觉得腻。他就是这种性格。

当慕天星发现儿子因为贝拉随随便便的一句话就改掉了挑食的毛病，她倒是有种想要立即把贝拉打包回家的冲动了。

贝拉天生丽质，怎么看都像一个聪明高贵的小公主。她用银叉叉起一块三文鱼，蘸了点儿绿色的芥末，然后送到倾慕的嘴边，笑着道："这个很好吃哦！我以前没回来住的时候，跟爹地、妈咪一直吃这个。"

慕天星面色一变，倾慕从来没有尝过芥末啊。她刚要伸手去拦，却被凌冽制止了。

只见倾慕张开嘴，真的吃下了蘸着芥末的三文鱼。很快，他稚气的俊脸痛苦地皱成了一团，然后整张脸红透了。

慕天星将果汁递到儿子面前，心里紧张得要死。

等到芥末那股味道散开后，倾慕睁开眼睛，泪珠还在他睫毛上挂着。他看见贝拉抱着圆滚滚的小身子大笑了起来："哈哈哈……"

他忽然笑了，即使睫毛上挂满了泪珠。他随着贝拉的大笑而笑起来："呵呵，呵呵呵……"

贝拉问倾慕："芥末三文鱼好吃吗？"

倾慕点头："好吃！"

贝拉很认真地盯着倾慕看了又看，然后伸出嫩白的小手指，很仔细地拿着小勺挑出大龙虾的肉，一勺一勺地往倾慕的盘子里放，又舀了鱼子酱在虾肉上面搅拌了一下，笑眯眯地说：“这个很好吃，你尝尝看？”

倾慕没想到贝拉费这么大力气弄的虾肉是给自己吃的。看着她面前空空的盘子，他吃了一半虾肉，剩下一半给了她。她也没有嫌弃，甚至就着他用过的勺子大口大口地接着吃。

“倾慕，你怎么不吃榴梿啊？”

“有点臭。”

“你张嘴。”

“好吧！”

“好吃吗？”

“好吃！”

“倾慕，我跟你说，你不可以挑食，你要多吃蔬菜，这样才能长得健壮，长大才能保护我！”

“嗯。”

凌冽夫妇静静地看着这一幕，忽然觉得很温暖。

因为这边没有贝拉的换洗睡衣，所以慕天星直接在俱乐部的奢侈品童装店给贝拉拿了两套换洗的外衣跟小睡裙。

凌冽陪着慕天星逛女童品牌店的时候，瞧着琳琅满目的花花绿绿的小裙子，嘴角扬了起来。他忽然想起乔歆羡说曾经期盼有一个女儿的心情，当初他不懂，觉得只要是他的小乖生的，男女都好。现在有了三个男宝贝，他忽然能够理解乔歆羡的心情了。

只是他的小乖好像不愿意再生，所以他暂时不想提。两人分离四年，好不容易才重逢，好好巩固一下夫妻感情才是目前最重要的事情。

众人回到了各自的总统套房。

洗澡的时候，贝拉非要拉着倾慕，眼泪哗哗地掉着：“呜呜……你说过要养我的，我不要别人帮我洗澡。”

慕天星哭笑不得，对着贝拉道：“可是倾慕也是一个宝宝啊，跟你一样大的宝宝啊！你们都需要大人帮忙才可以洗澡的。”

贝拉抬起晶莹剔透的小脸，看着慕天星：“那我要跟倾慕一起洗澡、一起睡觉！”

“好啊！”慕天星不觉得有什么问题。古时候，男女七岁才不同席，他们才三岁，幼儿园小班啊，怕什么！

凌冽皱了皱眉头：“不好吧？”

慕天星心软，漂亮的小贝拉一哭，她的心都疼了，脱口而出道：“有什么不好的？我小时候还不是跟孟小龙在一个盆里洗澡？”

此言一出，她就后悔了。因为她清楚地感受到某男要杀人的眼神正直直刺向她。

她不敢回头，不敢看他，只默不作声地把浴池的热水打满泡泡，然后脱掉了贝拉的衣服，将光秃秃、一身肉的贝拉放进去，然后回过身给倾慕脱衣服。这时候她才发现贝拉长得真的好看，珠圆玉润的，原本她觉得自家儿子长得不差，怎么跟贝拉一比，儿子身上的肉少了一圈呢？

她看得心急，恨不得倾慕身上也长出一圈跟贝拉身上一样的肉来。

让两个孩子在浴缸里玩，他们转身去了隔壁房间。慕亦泽夫妇已经将倾容和倾蓝扒光了衣服丢在浴缸里了，倾容抬头笑：“妈咪，太公公让我晚上跟他睡。”

倾蓝也道：“妈咪，外公让我晚上跟他睡。”

慕天星刚想说话，一只大手就摁在她的肩上，率先回答：“好啊！倾容跟太公公多多相处是好事，只是太公公年纪大了，你要听话，别做让太公公太费神的事情。”

到现在，凌冽夫妇还不知道过去一个月的时间里倾容在倪家闯的祸。不过看着倾容的转变，他们觉得不管倾容闯了什么祸都是值得的。

慕亦泽笑着道：“来，外公给你们挨个洗头。洗完了头，我把你们送去被窝里。你们爹地妈咪也累了，今晚让他们好好睡一觉。”

两个孩子很听话，排着队等慕亦泽帮他们洗头。倾容一边看着，说道：“外公，你小心哦，不要把水洒到我二弟的耳朵里。”

一句“我二弟”让一屋子的人觉得分外悦耳。

凌冽夫妇赶紧回了隔壁房间，一进洗手间，他们看见两个孩子笑呵呵地面对面坐着，小脚丫子对着小脚丫子，在水里玩开了。

凌冽拿过洗发水，道：“倾慕过来，爹地帮你洗头。”

贝拉抬头看着慕天星：“阿姨，你要帮我洗头吗？”

“当然！”

一番折腾下来，凌冽真的觉得带小孩很不容易。

好不容易给孩子们换上美美的睡衣，送他们进了被窝，凌冽突然想到过去那几年慕天星受了那么多苦，后来还带着倾蓝跟倾慕，不由得觉得心疼。

夏天还好，孩子们脱穿衣服比较方便。要是冬天的话，孩子们穿那么多层衣服，每天光是早起跟睡觉都忙得跟打仗一样了吧？

他在孩子们的床尾站立着，看着倾慕跟贝拉手拉着手闭着眼睛，一副很快要睡着的样子，他也将慕天星拉入怀中抱着。

“小乖……”

他好心疼她，难怪四年后再见，她瘦成这样了。

慕天星能听出凌冽话语中的疼惜，不由得庆幸：“你不生气啦？”

她今天无意说了自己跟孟小龙小时候一起洗澡的事情，当时感觉大叔生气了。

谁知她不提还好，这一提凌冽的面色立刻变了。他放开她，捏着她的下巴，在她的唇上狠狠吻下去。

缠绵的深吻结束，如往常那般，慕天星在凌冽的怀中化作了一池春水。

凌冽揶揄似的笑了起来：“走啦！我们去找找外公，还有父皇。”

他们要和长辈们一起商量一下，要不要这么早就定下倾慕跟贝拉的事情。

凌冽觉得上一代的人眼光很是毒辣。就好像起初他希望倾容做储君一样，洛天凌制止了他，他却不听。他跟着洛杰布出国做了两次国事访问，忽而觉得倾容并不适合管理国家，倾容逞强好胜，倾蓝率真冲动，倾慕却懂得收敛锋芒。

凌冽夫妇前脚离开孩子们的房间，不一会儿，房间里就响起一阵浅浅的轻笑声。

贝拉睁着大眼睛看倾慕，笑着道："你跟你哥哥长得一样，但是我一眼就可以分辨出你们！"

倾慕好奇地问："你怎么认出来的？我的皇爷爷和皇奶奶都是过了好久才懂得如何分辨我们的！"

贝拉肉嘟嘟的小身子往倾慕身边钻了钻，贴着他，然后道："你们领结的颜色不一样啊，笨！"

倾慕：……

想想也是，他跟哥哥们的领结颜色是不同的。但是过了好一会儿，他忽然发现一个问题，自己的小手什么时候跑到贝拉的手里了？

贝拉当着倾慕的面认真道："倾慕，我要吃你咯！"

倾慕吓得张大了嘴巴，却一声不吭，看着贝拉把他的小手指塞进她的嘴里。

那感觉热乎乎的，挺难受的。她的小牙齿轻轻地咬在他的手上，弄得手上全是口水。她咬了好几遍，但是他不觉得疼。

贝拉把倾慕的小手咬了一遍，再还给他，非常自豪地说："我告诉你哦，我的妈咪就是我爹地从小养大的。小时候她吃我爹地，他们长大了，就换成我爹地吃她了！他们过情人节的时候，我听见爹地对她悄悄地说'小东西，你小时候咬我，现在我们长大了，你该连本带利还给我了吧'。"

倾慕听得认真，过了一会儿，他问："那你刚才吃了我好久哦！等我们长大了，你也会让我连本带利吃回来吗？"

"必须的呀！"贝拉抬手揉了揉倾慕的小脸蛋，又道，"你想什么呢？我现在吃你是为了让你以后有个光明正大的理由吃我啊，笨！"

"哦，我记住了！"

"嗯！"

“贝拉，晚安！”

“嗯！”

孩子们很快进入了梦乡，而凌冽夫妇也很快从倪子洋的套房回来了。

倪子洋他们的意思是，先不要妨碍孩子们正常的身心发展，让他们自然而然地相处，不要过早地用未婚夫妻的名头将他们捆绑在一起。毕竟这个年代，未来还有很多未知的变数。

但是为了防止倾慕真的喜欢上贝拉，他们对贝拉的教育必须慎重考虑了。

凌冽听了倪子洋的话，跟慕天星回来后，先看了看孩子们，发现倾慕把贝拉当成抱枕一样抱在怀里，两个小脑袋很有爱地凑在一起。

慕天星忍不住笑了，她拿着手机拍了照片：“倾慕真会享受，贝拉那一身的肉抱在怀里多舒服啊！”

这一幕无比温馨，凌冽笑了笑，也拍了照片，却没说话。

回了房间后，凌冽给沈帝辰打了一个电话，告诉对方贝拉在这里跟大家相处得非常愉快，还说自己跟妻子都很喜欢贝拉。提及别的，凌冽却话锋一转，道：“沈先生现在不是住在首都吗？”

沈帝辰道：“对。”

凌冽温润的声音中带着些许意味深长：“那么贝拉以后只要不上幼儿园的话，双休日我都会让人将她接进宫里来，周日的晚餐后我们再派人将她送回家，沈先生觉得如何？”

言外之意，凌冽希望贝拉从小适应宫廷的生活环境，并且在适当的时候教授她一些宫廷礼仪。

贝拉是在国外出生的，沈家的教育很显然是开放式的。

凌冽夫妇不想扼杀贝拉如此可爱、率真的天性，但是该有的宫廷礼数是必须有的，名媛礼仪、公主培训班什么的，肯定要带着贝拉去上。

沈帝辰一听就懂了，太子殿下是在帮着他解决女儿的宫廷教育问题，不然太子殿下不必如此每周劳心劳力。

沈帝辰浅笑几声，道：“贝拉能常常入宫陪伴在小殿下身边，是她的福气！今后拜托太子殿下跟太子妃殿下多多照看她了。”

在沈帝辰心里，自然对自家女儿有信心。就因为有信心，他才忍痛让女儿偶尔离家，跟在凌洌夫妇身边。

有句话说得好，日久生情。自古以来，婆媳关系是最让人头疼的。所以，如果贝拉是在凌洌夫妇的眼皮子底下长大的，那么她嫁给倾慕的时候，凌洌夫妇不但会有儿子娶媳妇的感觉，还会有嫁女儿的感觉。

沈帝辰就是要凌洌夫妇对贝拉产生那样的感情！

他们之间有了那样的感情存在，即使将来贝拉跟倾慕的婚事没成，皇家也绝对不会亏待他们沈家。因为凌洌夫妇对贝拉有了感情，就不会舍得贝拉掉眼泪。

双方有了这样的默契，两人道了晚安，通话结束。

凌洌站在窗前望着不远处的草坪，心情格外舒畅。一转身，他听见洗手间里传来的水花声，勾了勾唇，心知慕天星在洗澡，他利索地将自己剥了个精光，光着脚丫子走了进去。

“啊……”

几乎在两秒之内，洗手间里就传出了慕天星的惊叫声。

至于里面的画面是如何春光旖旎，如何少儿不宜，那只能靠大家自由想象了。

翌日一早，凌洌伏在慕天星的身上还没下去。好久没有这样尽兴了，最后他累得精疲力竭，只能睡了。

慕天星一睁眼，嗷嗷直叫。她被他榨干了一夜，又被他压了一夜，她现在真想晕倒了！

她痛死了、酸死了、羞死了！

“你给我下去！浑蛋！”慕天星将身上的男人推了下去。

凌洌从梦中惊醒，紧张地一把抓住身旁女子的手臂，感觉她还在，他像松了一口气般将她拥入怀中，接着睡觉。

慕天星本想抱怨的，可是凌冽刚才惊醒后下意识的动作让她无法抱怨，反倒有了些许感动。

她轻叹了一声，想起了昨晚的事，她要不要下去买事后避孕药呢？

昨天，她看见俱乐部下面有药店。

“我去看看孩子们醒了没有。”

慕天星刚刚说完，凌冽的大手就将她圈住，温柔的声音带着沙哑，道：“你别折腾了！倾容在外公那里，倾蓝在岳父那里，隔壁房间到现在一点动静都没有呢，他们肯定不会有事情的。等倾慕跟贝拉醒了，他们会叫大人的。”

“可是我想先起来啊！”

“不要！你走了，我睡不着！”

“我看你跟猪一样，怎么会睡不着？”

“真的，小乖，别走！你一走我就睡不好了。”

他沙哑的声音中带着撒娇的意味，听得让人心软。慕天星此刻纠结的是，她不能再次怀孕。

她的子宫壁已经十分脆弱，不能承载新生命渐渐长大的重量，也不能承载人流手术的刮宫、清宫了。即使只是药流，也是要清宫的啊！

慕天星两眼一闭，手脚有些冰冷，她有些害怕。

她的心事太多了，她不想让凌冽知道。她能感受到凌冽的担忧跟自责，所以更不敢说。她想着只要自己不怀孕就好，不能怀孕，不可以！

等到耳畔终于又传来均匀的呼吸声，慕天星才小心翼翼地拉开凌冽的胳膊，揉着自己发酸的腰下了床。

在洗手间里简单冲洗了身子后，她穿衣服时，脑海里想起了一个人：药医，那个四年前给她诊过脉、很厉害的药医。药医不久之前给莫林诊过脉，所以现在他应该住在这里。

她不动声色地从洗手间出来，悄悄打开房间的门走了出去。

大床之上，原本熟睡的男人忽然睁开了双眼，然后一个电话打给了乔歆羡，只吩咐了一句话：“你将太子妃今天在俱乐部里所有的行动画面监控下来，及时汇报给我。”

说完，他掀开被子，毫不犹豫地冲进洗手间。出来的时候，他换好了衣服，拿过手机一看，上面有乔歆羡的短信：太子妃刚才去药店买了一盒事后避孕药。

事后避孕药？想起昨晚的缠绵，他那么卖力，也有想要小公主的心思。尤其在看见贝拉那么可爱的小女孩之后，他想要一个小公主的想法更加强烈了。

他的指尖捏着手机，一种心痛蔓延开来。他想说：罢了，她已经为我生了三个儿子，那么辛苦了，为何我不多为她考虑考虑？

凌冽的眸色一点点加深，他打开隔壁房间的门看了眼孩子。两个宝宝的脑袋凑在一起，两人还在睡。

他关上门，当即出去找她。

凌冽站在电梯前垂头想着心事，电梯门打开的一瞬间，慕天星刚好往外探出脚。

两人四目相对，彼此愣住。

凌冽自下而上打量了慕天星一眼：“你去哪儿了？”他的表情极淡，一双黑亮的眼睛深不可测，有点像慕天星四年前见到轮椅上的他的样子。

短暂的不适应之后，她冲他甜甜笑道：“我下去透透气，你这么快醒啦？”

凌冽看了慕天星一眼，忽然将她整个人打横抱起。

她没有带包出门，药一定在她身上装着，他觉得他们之间有必要谈一谈了。

一进卧室，凌冽就将慕天星轻轻放在床边，然后看着她：“小乖，关于生女儿的事情，你若是不想生，你可以跟我说的，我不是那么不讲道理的人。”

慕天星面色一沉，一种不好的预感袭上心头，她下意识捂住了外套左边的口袋，道：“你找人监视我？”

凌冽垂下眼眸，将她拥在怀中："小乖，我只是觉得你有心事！我不喜欢我们之间还有隔阂。难道我们经历了那么多，你还是觉得你男人我是一个不讲道理、不会体谅你、胡搅蛮缠的男人吗？"

"当然……不是。"慕天星挑了一下眉，却补了一刀，"但是你很有心计，而且相当霸道！"

凌冽：……

好吧，他承认，他是这样的。

房间里很安静，凌冽沉默了，而他这样的沉默令慕天星觉得心慌。

好在他的大手始终没有放开她，一直紧紧握着她的小手，也让她明白，他没有生气、没有放弃。

爱人之间，彼此最为贪恋的不过是对方温柔的爱意罢了。

过了一会儿，凌冽才抬头看着慕天星，认真道："我们好好谈谈，你告诉我原因好吗？"

"你既然说了你不会不体谅我，又何必问我原因？"

"我想要女儿！"凌冽认真地看着慕天星，坦白道，"我真的想要女儿。我体谅你，不去强迫你，但是你必须给我一个可以接受的理由，让我说服自己。小乖，我也有梦想，我的梦想是可以再照顾一次怀孕的你，看着你十月怀胎，握紧你的手。顺产也好，剖腹产也好，我陪着你进产房，跟你一起看着宝宝出生，亲手给宝宝剪一次脐带……"

慕天星：……

她沉默不语，但是已然泪流满面。

他说得真的好好听哦！这是她漂泊在外的四年里，日日夜夜做梦都在奢望的事情，但是事实呢？事实上，无论梦想多么丰满，现实都是骨感的。

凌冽捧着慕天星的脸，吻去她的泪，一遍遍低声哀求着："小乖，好不好？我想要那样过一次，我真的想要那样过一次，是真实存在的，而不是在梦里的！"

慕天星鼻子发酸，她伸手将凌冽轻轻推开，抬起被泪水冲刷的晶莹剔透的小脸，道：“你可以生女儿，但是生女儿的人不是我！你若想要女儿，那我们离婚，你去找别人生吧！”

凌冽倒吸一口气，他有一种心脏被人狠狠揪紧又猛砸了一下的感觉，手心里全是汗。他用力握着慕天星的小手，好像被吓到了一样，表情变得木讷起来。

慕天星望着凌冽迅速失去了血色的脸，不再流泪，凄凉一笑：“三年前，我生孩子的时候子宫受了伤，不能再怀孕。我的子宫壁不能承载胎儿日益增大的重量，也不能承载做人流手术刮宫的压力，因为子宫壁已经很薄了，随时会穿孔大出血。我生不了孩子，如果我生女儿，女儿还没出世，一尸两命不说，我的儿子们也会没了妈妈！”

“不说了！”凌冽后怕地将慕天星拥入怀中。

他根本不知道这个，该死的，没有人跟他讲过这个！

上次他带她去安全局做身体检查，也没有检查子宫壁厚度。他太粗心了，他应该拉着她，仔仔细细地把所有检查都做一遍的！

慕天星坦白这些的时候，那种绝望又沙哑的口吻听得凌冽的心都要碎了。

“不说了，我不要女儿了，我一点都不想要！”凌冽慌张地拥着慕天星，改口道，“我就喜欢儿子，喜欢我们的三个儿子！你看贝拉多可爱，我们以后多接她回宫小住，就当她是我们自己的女儿，那也挺好的。不生了，就这样，我们不生孩子了！”是他奢求了，他怎么可以这么不知足呢？

老天让她救了他两次性命，让她做他的妻子，让她给他带来阳光和温暖，让她给他生了三个孩子，还让她活生生出现在他眼前跟他完成婚礼，两人会美好地走完一生，他居然还在奢望，他怎么能身在福中不知福呢？

他捧着她的脸，认真道：“你买的药暂时不要吃，我把药医叫来，让他给你诊一诊，然后找到最适合你的避孕方式好不好？”听说那种事后避孕药吃了对身子的伤害特别大。

慕天星望着凌冽，看着他不断妥协的模样，忍不住垂下头来：“对不起，我不是故意的，呜呜……其实，我也想要一个女儿，呜呜呜……”她像孩子般哭了起来。

搁在心里的秘密揭开了，她不得不去面对。她才二十二岁，已经失去了再做母亲的资格。这样的伤痛，会是终生的遗憾。

她跟凌冽这样的夫妻，经济条件完全不必担心。长辈们抢着带宝宝，还有一大群下人帮忙，若是他们夫妻俩的身体好的话，生七个八个都不是问题。

然而她只能生一胎，幸亏是一胎三宝。

“怎么会是你的错！你这个小笨蛋，不许再道歉了！”凌冽在慕天星的额头上亲了亲，然后站起来，掏出手机给乔歆羡打了电话，心知她不愿让别人知道自己已经不能生孩子的事情，他只说，“你把药医叫来我房里。”

凌冽去洗手间拿了一块温暖的湿毛巾，帮着慕天星把脸上的泪水擦干净。

他站在她面前，忽然抬手轻轻捏了捏她的小脸蛋，笑了笑，故意逗她开心：“满满的胶原蛋白，你跟我在高速路上遇到你的时候一个样！”

她仰望着他，终于笑了：“谢谢。”谢谢他愿意包容她，连她二十二岁不能再生孩子的问题也一并包容了。

他深吸一口气，拢了拢她的发：“我去隔壁看看孩子们。”

快九点了，倾慕跟贝拉还在睡，也是两只小猪了。等到凌冽从隔壁房里出来，刚好听见套房客厅的门响了起来。

他去开门，乔歆羡领着药医站在门口。

说起来，乔歆羡也是一个人精，他把药医领来了却不直接进房里，微笑着道：“我先陪夜儿去用自助餐了，你们忙。”他进退有度，去留自然，转眼他便消失在凌冽的眼前了。

凌冽看着眼前的药医，温润道：“麻烦你了。”

“应该的。”

这个药医还是四年前那样的气质，仿佛一个世外高人，眉宇间尽是淡泊之色，总是让人觉得他不染尘埃。

慕天星已经从房里出来了，她走到沙发前坐下，主动拉上袖口，露出一块细腻的皮肤。

药医先看了眼慕天星的气色，然后道："太子妃气血不足啊！秋天了，您可以适当用点阿胶。"

"好。"慕天星刚刚说完，药医已经将精致的紫檀木药箱放在茶几上了，然后他从里面取出脉枕。

慕天星有经验了，不用药医提醒，她直接将手腕放在脉枕上面。

房间里很安静，药医静静诊着脉。

大约过了十分钟，药医才抬眸，轻叹了一声："太子妃已经有半个月的身孕了。"

闻言，凌冽夫妇大惊失色！凌冽更是懊恼不已，他为什么没有早点采取避孕措施？

"先生。"凌冽觉得这么称呼这个药医应该是最礼貌的，"我妻子的子宫受过伤，不能怀孕……"

慕天星吓得花容失色，不能生孩子已经是遗憾了，现在她怀孕了，难不成真的要拿掉子宫吗？

"药……药流的话，有没有不伤子宫、不用清宫的？"她吓坏了。

她打听过，药流的女人都是要住院的。她吃了药，在盆里产下胎儿之后再做清宫手术，还要消炎才能出院。

清宫的话，药流不干净的地方，都会二次刮干净的。

这太吓人了！

凌冽看慕天星吓得面色惨白，他上前握住她的手，看着药医："怎么办？你有没有办法？"

他的小乖才二十二岁，如鲜花一般的年纪，怎么可以失去子宫？

女人没了子宫，会迅速衰老的！小乖这么美，怎么可以？

药医沉吟了一会儿，道："眼下只有唯一的方法了。"

“什么？”

“你快说！”

药医抬起清亮的眸子，很认真地看着他们：“保胎。孕妇怀孕六个月就剖腹取子，再将孩子送进保温箱，孩子能不能活就看天意了！但是太子妃的子宫是可以保住的。前提是，太子妃怀孕期间必须每日卧床休息，不可劳心劳力。”

说着，药医站起来收回了脉枕，又道：“太子妃可以去医院做子宫内壁厚度的检查。上次您是怀了三胞胎，胚胎太重了，所以需要子宫壁有一定的承载能力。您后来难产，子宫受伤，子宫壁变薄了。但是现在这个是单胎，单胎的胚胎会轻很多，目前您的子宫壁是可以承载的，支撑到六个月应该不会有问题。太子妃去医院检测一下，也许子宫壁还可以支撑到第七个月，那时再剖腹取子。对于胎儿来说，多在妈妈肚子里待一个月，生机就大一些，意义完全不同。”

慕天星吓得手脚冰凉，她抬起头看着凌冽，害怕地说：“六个月的宝宝送进保温箱……能活吗？”

凌冽痛心地拥住她：“能！一定能！”不管能不能，已经由不得他们选择了。

药医从药箱里取出一个小瓷瓶递给慕天星，里面有药丸，他道：“太子妃早晚空腹的时候吃一粒。等回了宫，太子妃的子宫壁厚度检测结果也出来了，我再去月牙湾帮您看诊。”

“谢谢。”慕天星接过小瓷瓶，心尖都是颤的、紧张的。

药医轻叹了一声，道：“其实很多姑娘年纪小的时候不懂事，打胎了太多次，后来她们结了婚真的想生孩子了，就算怀孕了，每每到了那个月份，也会自然流掉保不住孩子，这就是跟子宫内壁太薄有关系。太子妃还是要抓紧时间去医院检查一下，等将来剖腹取子的时候，顺便让主刀的医生帮您结扎一下。”

“好。”

药医很快离开了。

凌冽趁着慕天星这会儿还没吃饭，赶紧端来水，喂她服下一粒药医给的药丸。

听见隔壁房间里有孩子讲话的声音，他将她抱起来放入被窝里，道："我给孩子们穿好衣服后马上回来陪你！你乖乖躺着！"

看着凌冽离去的样子，慕天星难过得很，心想：六个月的宝宝能保得住吗？

凌冽打开房间的门，就看见贝拉跟倾慕笑呵呵地在被窝里打闹着，两人的感情好像特别好。

凌冽看着贝拉如小肉包子的可爱模样，开始幻想慕天星的肚子里会不会是一个小公主。

他找到给贝拉新买的漂亮衣服，笑了笑，对贝拉道："丫头，过来！叔叔给你穿衣服了。"

贝拉笑着从被窝里爬出来，圆滚滚的小身子凑上来，脚丫子雪白的、厚厚的，全是肉。凌冽笑着给她穿裙子，穿打底裤，穿小袜子，还给她穿好了小皮鞋。

倾慕也很快钻出来，却很认真地自己穿好了衣服跟鞋子。

凌冽发现倾慕的自理能力还是很强的。

他牵着两个孩子进浴室洗脸刷牙，两个孩子还在打打闹闹，最后孩子们从浴室里跑出去，在客厅里玩耍。

凌冽进了卧房，笑着问慕天星："你要不要一起去用自助早餐？还是我打电话让客服送来，我陪你在这里吃？"

慕天星听见外面孩子们在笑，爬起身道："一起去吃，我才刚刚怀上，小胚胎而已，没什么重量，没关系。"

她坐起身的一瞬间，眼前高大的男子忽然蹲下来，然后捧起她的一只脚帮她穿鞋，他温柔地道："你要记得，无论怎样我都不会放下你！"他清雅迷人的嗓音飘荡在她的耳畔。

慕天星心中涌上无数感动。

凌冽帮她穿好了鞋，在她起身的一瞬间，又把她拥入怀中，轻轻一吻："小乖，我永远是你的大叔！你要记得我们婚礼上的誓约，我们要一生一世陪伴彼此。"

倾慕跟贝拉跑了进来，两个孩子的脸蛋红扑扑的，闹得正欢。

凌洌当即将妻子护在身后，生怕刚刚怀上的小生命受到伤害。他笑着将两个小宝贝接入怀中，一只手抱一个，道："好了，我们现在去楼上的大餐厅吃自助早餐啦！"

"好啊！"

"贝拉，我今天还帮你拿吃的！"

"嗯，谢谢！倾慕，你真好！"

"我发现你拿的吃的都好好吃！"

孩子们从凌洌怀中钻出去，跑向前方。

凌洌拉着慕天星的手一起走，每走一步，他都在心中默默许愿：神哪，请赐我们一个像贝拉一样聪明、美丽的小公主吧！神哪，就算是最坏的结局，至少让小乖的身体不要受到伤害，保住小乖的子宫吧！

俱乐部的自助早餐非常丰盛，加上倪家的饮食有严格要求，菜品的等级不亚于七星级酒店。

昨天的晚餐皇亲国戚跟贵宾是分开用的，但是今天的早餐大家是一起吃的。一来，当地的商人、政客、宾友等都已经打道回府了；二来，能留下来在俱乐部过夜的，都是等级较高、素质较好的人。

凌洌夫妇带着两个孩子抵达餐厅后，发现了很多认识的人。

他怕麻烦，不想慕天星太累，就给她找了相对偏僻的餐桌，让她在餐桌旁坐着等他，他先领着两个孩子去取餐。

取餐的过程中，凌洌看见了纪倾尘夫妇。他们领着一对儿女跟乔歆羡一家坐在一起，乔歆羡招手打招呼，凌洌点头示意。

他刚端了两个盘子回餐桌，就发现沈帝辰夫妇已经在慕天星对面落座了。

凌洌的嘴角勾起，露出一抹清新的微笑，跟他们打招呼。

沈帝辰放下手中的餐具，站起身看着凌洌道："我们取了餐找位子的时候，发现太子妃在这里，我们刚好想看看贝拉。”

“沈先生坐吧。”凌冽在慕天星身边坐下，将营养丰富的美食放在她面前，温柔道，“我们小乖今天运气好好，居然有烤鳕鱼排哦！”

他拿她当孩子一般哄着，惹得她脸颊一红，有些不自在地看了他一眼。

“沈先生他们还在，你别这样说。”大叔总是这样不分场合、不分时间地宠她。

沈帝辰夫妇则微微一笑，表示理解，因为他们之间也是这样的氛围。

过了一会儿，贝拉一只手拿了一盒牛奶，蹬着两条有力的小腿跑过来。她将牛奶往桌上一放，就爬进沈帝辰的怀里：“姓沈的，算你有良心，还知道来找我！”

大人们呵呵一笑，倾慕端着餐盘小心翼翼地走过来，他的身后还跟着一个服务员，帮着他端了一盘食物。

倾慕把东西放在餐桌上，看着沈帝辰夫妇。他没有立即坐下，而是端端正正地站好，然后道：“叔叔阿姨，早上好。”

沈帝辰夫妇愣了一下，继而笑着跟倾慕打招呼。

倾慕回到他的位置上坐好，却帮着贝拉把小饼干放在碗里，淋了好多果酱在上面，贝拉说她喜欢这么吃。

平时在沈家，这些都是沈帝辰亲自给宝贝女儿做的。

沈帝辰瞧着倾慕的动作，眼底有一丝疑惑闪过，但见倾慕真的将拌好的饼干放在贝拉面前，他的那些疑惑统统烟消云散，化作了惊喜。

“贝拉，东西做好了，你可以吃了！”

倾慕只是轻轻唤了一句，贝拉就毫不犹豫地从父亲怀中跳了下去。她爬到倾慕身边的位置上坐好，拿起小勺子吃了一块饼干，笑眯眯地看着倾慕，道：“这是我吃过的最好吃的果酱饼干了！”

沈帝辰摇头苦笑，跟凌冽夫妇道：“过去几百次早餐，我都白给她做了！”

凌冽夫妇闻言也跟着笑了。

早餐后，大家各自休息。沈帝辰接了一个电话，一家人要提前回去，因为有事，会有很长时间抽不开身，所以他只能将贝拉带走。

看着女儿身上既名贵又漂亮的新衣服，他能感觉到凌冽夫妇待女儿是真的好。他摸了摸女儿的小脸，道："你去跟倾慕的父母道别，还有跟倾慕道别。我们马上要去机场了。"

贝拉的眼睛一下子红了，她依依不舍地看着倾慕，眼泪就要掉下来了："倾慕，你……你会不会忘记我？"

倾慕本来不觉得太难过，因为爹地、妈咪说过，他很快会见到贝拉。但是眼下，他觉得好难过，眼睛也跟着红了："我不会忘记你的，我们很快会见面的！"

沈帝辰的妻子走上前将女儿抱在怀中，沈帝辰跟凌冽握手告辞。

俱乐部门口，一辆黑色的轿车开了过来。俱乐部服务员上前，把行李放进车子的后备厢，然后打开后车门，沈帝辰一家三口离开了。

倾慕一直没有哭，只是站在金色的阳光下看着车子，直到车子不见了，他再也看不见贝拉了，这才"哇"的一声哭了出来。

凌冽觉得好笑，将小儿子抱了起来，揽过妻子的肩说："走，我们回房。"

在H市度假三天，所有宾客陆续离去，回到了自己发展的城市。

凌冽一行人抵达月牙湾时正值中午，大人和孩子全部要午休。

三兄弟的房间里，倾容抱着薯片在看动画片，天大地大，他没烦恼；倾蓝时不时看着一串手写的身份证号码发呆；倾慕坐在小板凳上，在饼干上淋了好多果酱，然后拌一拌，一勺一勺舀着吃。

凌冽等慕天星睡到下午三点时叫醒了她，然后让卓然把车开过来，载着她前往医院测量子宫壁的厚度。

卓然接到凌冽电话的时候兴奋得不得了。尤其他一下飞机就接到了调职首都的通知，还任命他为太子秘书，贴身跟随。

凌冽牵着慕天星出了别墅大门，就看见卓然站在车边，对方穿着整齐的黑色西装，戴着纤尘不染的白色手套。他微微一笑，露出洁白的牙齿，打开车后座的门道："太子、太子妃，请上车。"

首都的一家私立妇科医院。

凌冽已经在网上预订了VIP病号，直接预约了最好的专家。来了医院之后，他用手机扫了信息码，直接取VIP卡，不用排队就进入专家诊室了。

卓然在廊口守着。

病房里，当凌冽夫妇摘下墨镜跟口罩之后，坐在办公桌前的医生吓了一跳。

这是一个信息发达的时代，尤其上个月这两个人才完婚，两人的脸在全世界各个角落的屏幕上滚动播放着，民众真是想忘记他们都难。

凌冽一看对方的表情就知道对方认出了自己。

他在网上挂号的时候写的是曲诗文的名字，而眼下他对医生非常严肃地道："我是查询了首都口碑最好的妇科医院才决定带我太太来这里的，我相信这里的口碑不仅仅取决于医生精湛的医术，同样的，在病患隐私的保护上，也是做得很好的。"

"是是是！"医生连连点头，她哪里还敢坐着，立马站起身扶了扶她琥珀色边框的眼镜，然后看着眼前的两人，道，"我们医院的保密工作一定是最好的，我们医院的诊治工作也一定是最好的！请您放心，请二位都放心！"

慕天星看着这个可以做她母亲的人这样慌张，有些于心不忍："你不必如此紧张，我们是来看病的，自然有求于你。我想要检测一下自己的子宫内壁厚度是不是会影响怀孕生子。"

闻言，医生一下子放松了。

她微微笑着道："是这样的，在不同时期，我们女性的子宫内膜厚度数据是不一样的。一般来说，子宫内膜厚度正常值在8-10mm，月经期子宫内膜功能层脱落保留基底层，增生期，也就是月经第6-14天内膜厚度达1–6mm，分泌期在月经第15–28天，子宫内膜厚度达7–10mm。”

“我怀孕了。”慕天星直接抛出一个答案。她看着完全愣掉的医生缓声道，“我没有你说的那么多时期，我现在怀孕了，是孕早期。但是之前我剖腹产生下三胞胎，子宫在生产跟手术的时候受了伤。我不清楚自己子宫内壁的承载能力，只想知道我腹中的宝宝可以怀到第几个月，我就是想要知道这个。”

凌冽在一边静静听着，他心里既心酸又欣慰。他心酸的是小乖受了这么多苦，欣慰的是小乖可以坦然面对那些痛苦，自己对着医生说出了病情。

来的路上他还在想，到时候让她坐在椅子上，他来讲。但是没想到，是她给了他惊喜。

女人一旦做了母亲，果然都会变得无比坚强。

医生点点头，沉默了一下，然后道：“您跟我来吧，到里面的小房间里做B超，我们可以清楚地看见数据。等您的数据出来了，您参照妊娠时期正常的子宫内膜变化标准，是可以推算出您大概可以怀的月份的。”

“好。”慕天星吐出这一个字后，看着医生准备向前走，她的双脚却定在原地。直到凌冽的大手在她肩上拍了拍，她才深吸一口气，勇敢地向前迈出一步。

她安静地躺着，头顶是雪白的天花板。

医生熟练地用B超扫描仪将耦合剂在慕天星的小腹上推开，一路观察，沉默不语。

凌冽夫妇不敢打扰，而医生的面色有些怪异。

等到医生终于停下来，她侧过身子，对着慕天星看了看，道：“您……您怎么确认自己已经怀孕的？”

慕天星尴尬道：“是一个药医把脉的。”

医生又道：“那一定是高人了！我这里的B超都还看不出来，胚胎还没有进宫腔啊！这个要怎么判断是不是怀孕了？”

“不用判断！”凌冽对那个药医的医术非常有信心，坦言道，“你只要根据我太太现在的情况判断，假设她已经怀孕半个月了，那么她现在的子宫内膜壁最多能承载几个月大的宝宝？”

医生凝眉，又动了动手里的东西，她在慕天星的小腹上摁着，终于轻叹了一声：“要不……做药流？可是，药流万一不干净，清宫还是要刮的。”

“你有没有在听我说话？！”

凌冽怒了！药什么流啊！

他愤怒地上前一步，要不是看着这个医生是一个妇人，他真想揍上去了。

医生直接吓得浑身一颤，怯怯地垂下头。

凌冽又道：“我跟我太太一而再，再而三地重复我们想要知道答案的问题，怎么从你嘴里说出来就这么难？谁说要做药流了？我们提的问题你听进去了吗？你这样想当然地忽视患者的意愿还胡说八道，你有没有医德？”

“大叔！”慕天星吓得赶紧坐起来，一只手拉过凌冽的手臂。

她能感觉到他是真的发怒了，两人在一起这么久，她很少看见他当着她的面这般发脾气。

医生吓得额头上全是汗，面色苍白。慕天星眉头一皱：“你不用多管闲事！你只要告诉我，我现在如果是早孕，最多可以妊娠到几月？”

医生抬头看了慕天星一眼，抬手擦擦汗，赶紧盯着电脑屏幕看了看，然后不敢大意，调出了类似的病例数据作为参考，再参照书本上的数据，道：“大概六个月到七个月。”

慕天星心中一痛，她深吸一口气，道：“我有什么需要注意的吗？”

“有的。”医生点头，“您不能大补！胎儿营养正常就可以，否则胎儿肥胖的话，可能五个月就……就……”

“别说了。”慕天星鼻子一酸。

凌冽拿过一边的纸巾，帮慕天星把她小腹上的耦合剂一点点擦干，然后扶着她下来。

他将她拥入怀中，又听医生道：“我……我不建议您生！真的，太危险了！万一有问题，我没办法承担责任……”

慕天星冷笑：“难道我现在适合做人流或者药流吗？”

医生愣住，道：“也……也挺……非常危险。”

“那不就得了！”慕天星在凌冽怀中闭了闭眼睛，睫毛上有淡淡的湿意，眼泪却没有掉下来，“要么刮宫，刮破了子宫大出血，子宫一锅端；要么肚子上挨一刀，提前将孩子取出来，送进保温箱！横竖都要在我身上动刀子的，何不朝着生的一方做选择？”

凌冽让医生把慕天星的B超详细数据全部打印出来，他要带回去给药医看。

他发现那个药医真的很厉害，慕天星后续的安胎工作他想要全权委托给那个药医。

两人上车坐好之后，凌冽紧紧握着慕天星的手，道：“有些事情我们不得不跟长辈们说了。告诉我父母就可以了，你父母那边他们在M市也很忙，就不要让他们担心了。等宝宝生下来后再说，怎么样？”

慕天星有些纠结。不过她想了想，觉得公婆应该不会因为这个事情嫌弃自己的，她要有信心，就答应了。

“好。不过我还是有点抗拒心理，可不可以等晚上我跟孩子们睡觉了你去跟他们说？”

她不想在场，这样的话会很难过。

凌冽深情地看了她一眼，俯首吻在她的额头上：“好。”

如果可以的话，他也不想让她难堪，但是她的肚子一天天大起来，不仅要重点保护着，还要提前剖腹，这些在一个屋檐下住着的人怎么可能瞒得住呢？

而且他照顾孕妇的经验也就以前那么一点点。大家都知道这件事的话就心里有数，对慕天星会照顾得更细致一些。

当晚，卓然夫妇带着豆豆搬去了月牙湾，他们在首都的房子则让给了卓希夫妇。

因为凌冽给卓希报了宁国公务员考试，还安排了老师教卓希必考的科目，他希望卓希避开一切干扰，专心备考。

乔湛东对这一点倒是很满意，尤其卓然回来要给凌冽当秘书的消息让他心中乐开了花，还表示卓希跟青柠的婚事他一直记在心上。

依慕天星所言，用了晚餐后，她领着孩子们上楼看动画片去了。

凌冽坐在楼下的沙发上，对洛杰布夫妇讲述了慕天星当年的生产经历。

曲诗文是第一天搬过来，心里激动得很，还专门做了好吃的糕点想呈上来。可是一听慕天星的遭遇……她也是女人，也生过孩子，当时就控制不住地泪流满面。

卓然守在一边远远看着，想要上前安慰妻子，又觉得造成那件事他也有责任。若不是当初他大意，太子妃就不会弄丢，也不会受那些苦。

听到最后，凌冽说了慕天星的身体现状，崩溃的不只是卓然夫妇，还有洛杰布夫妇。

洛杰布当即站起来，他愤怒地在沙发前的空地上来来回回地走着，最后不解气地冲回来，拿起一个茶杯狠狠砸在地上，他说："我一定要找到当时给天星做手术的那个医生，我要将全世界最骇人听闻的酷刑在他身上演练一遍！我要他跟莫善一样，日日夜夜求生不得，求死无门！"

倪夕玥向来以仁慈著称，这次却没有拦着洛杰布，反倒哭倒在沙发上。

"我的天星啊，呜呜……蒋欣要是知道了，心都会疼碎了，呜呜……"

"太可恶了！"洛杰布捏紧了拳头，努力让自己平静下来。然后他让卓然连夜去幻天阁把药医请来，让药医住到月牙湾时刻照料慕天星，让慕天星安心养胎。

卓然早已经备好车了，一个电话打过去，让药医拿好药箱在幻天阁门口等他去接。结果，人家药医却说："不急的。一个月之后我再搬过去，还可以探出太子妃怀的是男是女，我现在过去没有意义。我给太子妃的药丸，让太子妃每日服用并卧床休息即可。”

卓然在电话里讲了半天，车子也开过去了，无奈幻天阁大门紧闭。

他等了半小时，药医始终拒见。他等不下去了，只好一个人心怀忐忑地回去复命。对君，只能实话实说。

洛杰布冷哼了一声：“幻天阁里药医的脾气都跟洛天凌一样臭！我请他来月牙湾，是看得起他，他还给我端起架子来了！”

“罢了。”凌冽开口，明显可以听出他声音里的疲惫。

事实上，自从他知道慕天星的身体状况，心理负担也很重。一方面，他要鼓励她，给她信心；一方面，他自己根本不够有信心。

六个月的孩子进了保温箱能活吗？

万一一个月后B超做出来，慕天星肚子里就是他心心念念想要的女儿，但是后来又发生什么，希望破灭，女儿没能留住怎么办？

他是害怕受到伤害跟打击的，但是他是男人，是慕天星跟三个宝宝的大树，他再害怕、再难过也不能表露出来。

若是连他也表现得慌乱，谁来给他的小乖信心呢？

凌冽站起身，面无表情地道：“我去楼上看看，陪小乖说说话。”

“你去吧。”倪夕玥的声音还是沙哑的，甚至到现在她还没有停止抽泣，“我们现在的状态不好，上去的话天星会觉得尴尬的。”

“嗯。”凌冽轻轻应了一声，便离开了。

从这一天起，慕天星成了整个月牙湾的人要保护的对象。曲诗文的重点工作就是趁着大家在外工作时，陪着慕天星，监督她卧床休息。

所有人都在担心慕天星的身体状况，偏偏她的情绪恢复能力还挺强的。

她美滋滋地过起猪一样吃了睡、睡了吃的生活。她早晚跟着孩子们一起在餐厅里吃饭，余下的时间，除了去洗手间，都是在床上度过的。

一眨眼，三十五天就这样悄然过去了。

这天，凌冽不是很忙，他跟洛杰布说不去前朝了，他想要留在家里陪陪慕天星。

洛杰布心知今天是凌冽跟药医约定好，药医过来给慕天星看诊的日子，很爽快地应允了。他不但应允了儿子，就连自己跟倪夕玥都没有去工作。

慕天星感觉不到小腹的变化，但是这两天的早晚她已经有反胃的妊娠反应了。她被凌冽抱着，一路从楼上抱到了楼下的沙发上，在所有人眼中，她是一个无比坚强又易碎的玻璃娃娃。

卓然刚刚把药医请进屋了，慕天星下意识握紧了双拳。

这个动作无意间泄露了她内心的紧张。

凌冽看了不免心疼，他把一杯温热的牛奶塞到她的手里，道：“你喝点。”放松一下，对她和胎儿都好。

是一位小公主

第九章 Little Wife

药医进来后，不卑不亢地对着所有人行了礼，然后看着慕天星的面色，微微一笑：“太子妃气色不错呢。”

一室光华笼罩在月牙湾的大厅里。

三个孩子在一边新建的游戏区玩起了滑滑梯、秋千架、海洋球，这些完全是按照现在室内的儿童游乐场的规格建设的。

孩子们每次进去都玩得不肯出来，追逐打闹，欢声笑语不断。

慕天星坐在沙发上，这三十五天里，她的身子丰腴了一些，药医说她气色不错，她莞尔一笑：“我都快成猪了，又担心吃得太多，胎儿会很重。”

许是知道药医爱惜自己的药箱，倪夕玥专门吩咐人将一块干净的小毯子放在茶几上，好让药医把他珍贵的紫檀木药箱放上去。

药医走过去，看见了干净的绒毯，嘴角噙着了然的笑容。他放下了药箱，取出脉枕开始诊脉。

大厅里很安静，没有人说话。就连三个玩耍的孩子在看见药医将手指搭在妈咪的手腕上的时候都愣住了。然后他们从那边跑了过来，齐齐地站在茶几前看着慕天星和药医。

他们害怕妈咪生病，但好像听谁说起过，家里会添一个小弟弟或者小妹妹，然而他们还没有真的把这件事放在心上。

四五分钟过去了，药医终于将手指从慕天星的手腕上移开，他那双澄净的眼睛带着令人心神安定的力量。他看着慕天星道："是一位小公主。"

整个大厅里安静了两三秒，然后一个个像打了鸡血一样激动起来了！

"真的吗？是女儿？女儿吗？"

"哦，天哪，这一下儿女双全了啊！"

"你确诊了吗？胎儿现在情况怎么样啊？我儿媳妇的身体目前有没有危险？"

"妹妹吗？"

"我们要多一个妹妹？"

"像贝拉那样的？"

慕天星捂着嘴巴，既激动又害怕。

之前她是吃了排卵的药，所以怀的三胞胎就不是很稳，导致后来早产、难产。现在终于有了大叔的女儿，万一保不住，给大叔带去了希望，希望再破灭，那她还不如不怀……

慕天星忐忑不安、胡思乱想，小手被凌冽抓在了手里。

凌冽捧着慕天星的脸，也不管周围有没有人，他把她的眉毛、眼睛、鼻子、嘴巴……全部啄了一遍。

这动作不像恋人之间的举动，倒像动物之间珍惜与感恩的本能表达。

慕天星眼中的泪被凌冽吻去了。他放开她，看着她，道："甜的！小乖，你的泪是甜的！"

凌冽站起身来，当即盯紧了药医，道："接下来要怎么安胎呢？小乖每天要吃什么、喝什么，走几步路，睡几个小时？要怎么做，麻烦您详详细细地写下来告诉我们！"

"对啊对啊……"

"不然，您就住在月牙湾吧！上次我让卓然去请你，你还不来，把我们一圈人急得不行！"

大家都激动起来了，就连在一边看着的卓然夫妇跟诺一也想要上前问两句，只是他们身份卑微，不敢问。

药医似乎沉吟了一会儿，对着凌冽道："上次的B超单，太子让人送去幻天阁给我，我也看过了，那上面的数据跟我想的差不多。一会儿回去，我开个方子，每日熬了药让人送来给太子妃安胎。我别的不敢说，六个月要坐满的话，应该不成问题，拖到七个月，只怕太子妃会承受不住。"

慕天星眼泪坠落下来："没有别的办法吗？我怀了三个月以后，一天只吃一顿饭，这样孩子的体重会少一点，那是不是可以撑到七个月了？"

"一天一顿肯定不行！太子妃必须在保证自身跟孩子营养的前提下减餐。之前宁国有一个四个月大的宝宝进保温箱存活了，但是孩子长到一岁的时候还是去世了。因为不足月的孩子心肺功能没有发育好，不能适应外界的环境。"药医有些遗憾地说着，他的眸光继而一亮，望向慕天星紧张的小脸，微微一笑道，"不过，太子妃不必担心。您怀到第四个月，我会每日过来为您施针，第五个月的时候，您就要住院去了，每天检查胎心并且监测胎儿腹中的情况，定期做B超，观察子宫内膜跟羊水的情况。正常步骤下该做的产检，您也要做。"

药医打开药箱，将他的东西放好后，背着药箱又要走了。

洛杰布大喝一声："关门！"

众人：……

诺一跟卓然当即走上前，将大厅中央长达两米的象牙白古欧宫廷式大门关起来了。

洛杰布夫妇大婚后，月牙湾被宫门内的墙壁包了进去。四年来，月牙湾的装修跟设施变化了不少。

从前都是温馨明媚的气息，而现在比较宫廷化了，沙发、茶几、顶灯等全部换成了奢美风。

药医转过身，置身在这一片富丽堂皇的帝王寝宫里，表情颇为无奈。他看着洛杰布，温声道："陛下，太子妃的情况已经这样了，我要赶紧回去抓药、熬药，我留下来也是于事无补的。"

"谁说只有太子妃一个人身体抱恙了？"洛杰布却不理药医，道，"现在开始，你吃在月牙湾吃，喝在月牙湾喝，住在月牙湾住！我跟皇后、太子、小皇孙都有不同症状的不适，你要住下来仔细观察，什么时候找到病症对症下药了，你什么时候再走！"

洛杰布的话刚刚说完，倾容一屁股坐在地上，抱着肚子："哎，我肚子疼！"

倾蓝也揉了揉脑袋："呜呜……我头疼。"

倾慕看了眼两个哥哥，又看了眼药医，道："我……我我我……我呼吸困难……"

药医无语地看着眼前的景象，摇头轻叹："罢了罢了，我就在此居住几个月吧。"

闻言，众人微微一笑，心中安稳了很多。

凌洌再次将慕天星抱上楼，把她送进了被窝里。他看着她微微圆润的下巴，有一种她又回到十八岁的错觉。

"明日立冬了，又是周末。沈帝辰他们一家在外省的事情办完了，昨日就回了首都。咱们把贝拉接来玩两天，每到周五，倾慕就会问我贝拉回来了没有。我不担心别的，就怕倾慕天天吃果酱饼干吃成一个小胖墩。"

"你就这么喜欢女孩啊？"慕天星觉得好笑，分明是凌洌也喜欢小女孩。

"嗯。"凌洌认真点头，"我好想好想要一个跟你一样的小宝贝。"

清晨窗前，连绵秋雨。

没了往日的艳阳高照，气温骤降，凌洌不由得蹙眉，冬天真的来了。

慕天星不能逛街，不然他真想带着她逛遍整个首都，将她喜欢的所有冬装全部买下来。他俯首在她的额头上亲了亲，她还在睡。

凌洌穿好了衣服，手指在衣柜前细细翻找……他终于拿起手机给曲诗文打了电话，让曲诗文把所有大品牌的、孕妇装的杂志都拿过来，让慕天星挑选挑选。反正慕天星白日里没什么事情，翻翻杂志，找找喜欢的衣服和鞋子，总比背着他玩电脑要好。

他信步下楼，发现洛杰布夫妇在餐厅里坐着。

他走上前："父皇早，母后早。"

他礼貌地打了招呼，卓然帮他拉开餐椅。坐下的一瞬间，他看到了餐桌上的酒酿元宵，微微惊讶了一下："这是哪里来的？"

"我做的呗！"倪夕玥一脸自豪地看着儿子，又道，"你外婆教我跟你岳母做这个了！所以我们都会做。只是前段时间太忙了，你打仗不在家；现在回来了，又是带孩子，又是忙婚礼。这段时间还算清闲，我就做了点这个，你快尝尝！"

母亲亲手做的早餐，凌洌怎么会嫌弃。他的嘴角噙着愉悦的笑容，很期待地吹冷了一下，才将酒酿元宵放入口中。

洛杰布看着凌洌，好像比倪夕玥还要紧张："好吃吗？"

凌洌只是随意地扫了洛杰布一眼，便心中有数了。洛杰布那眼巴巴等待答案的样子，就好像三个儿子等待夸奖的样子。

幽深的黑瞳微微闪烁，凌洌扬唇一笑："米酒的味道不错，可是这里面的小元宵……"

凌洌故意顿了一下，当即惹得洛杰布不痛快了："小元宵怎么了？"

凌冽摇头轻叹，有些遗憾地说：“母后啊，我怎么觉得这元宵不像小球形状，反倒像面疙瘩？而且吃在嘴里没有嚼劲，不像您这么细致如水的人做出来的！”

倪夕玥“扑哧”一笑，洛杰布的脸黑了。

凌冽又道：“不过，这米酒是真的酿得不错，很有外婆做的那种味道呢。”说完，他捏着小勺，故意避开了小汤圆，只舀了些米酒在勺中，还很享受地咽下了。

洛杰布再也不说话了，他埋头吃自己的食物。等到凌冽用完早餐，先走一步的时候，就听见洛杰布气得牙痒痒道：“我再也不给他做了！”

凌冽勾唇一笑，顿住了脚步，颀长的身影在万千灯火的照耀下显得雍容、矜贵，如诗如画的容颜染上些许诧异：“啊，这是父皇做的吗？”

倪夕玥白了凌冽一眼：“行啦，你别拿你父皇寻开心了！”

凌冽笑了，走过去端起面前的碗，将碗里面他刚才故意剩下的汤圆全部送入口中，咽了下去。

洛杰布的面色这才好看了些，却还是觉得有些没面子：“我五点钟就起来给你揉面、搓汤圆，你爱吃不吃！”

洛杰布是想起了四年前，他跟倪夕玥第一次尝到儿子手艺的心情，又想起当初儿子在他书房里第一次尝到倪夕玥做的馄饨的画面。

他知道自己亏欠凌冽太多了，然而时光不可逆转，唯有现下补偿了。

今日是冬至，他们一家人从来没有一起过过冬至。

在宁国，冬至是一个一家团圆的大日子。宁国只有夏至、冬至、阴历新年以及建国日四个传统节日。

凌冽笑了，趁着洛杰布不注意，俯首在他的脸颊上亲了一下：“爸爸，我爱你！”

简单的一声爸爸，好像普通老百姓家里孩子呼唤父亲的声音，凌冽还叫得特别亲切自然，仿佛“爸爸”这个词在他心中已然念了很多遍。

洛杰布鼻子一酸，痴痴望着儿子俊朗的容颜：“咯咯，你这么肉麻做什么？”

凌冽笑了，解释道：“四年前，小乖怀着身孕失踪了之后，爸爸这两个字在我心里念了四年。因为我有那样的心情，所以我不想你跟我有一样的心情。”

倪夕玥的鼻子有些酸酸的，她心想：大清早的，要不要这么煽情啊？

她看了眼身后，道：“孩子们都还在睡觉呢！不过，我已经派了人开车亲自去接贝拉了。一会儿他们下来了，贝拉就该到了。”

“会不会太早了？”凌冽挑了下眉，“贝拉也是很贪睡的。小孩子睡觉的时候最长身体了。”

倪夕玥一听，就知道儿子重女轻男了。

“没关系的。她来了，白天玩耍累了也可以睡，晚上也可以早点睡。我只是听着倾慕每周五都要不停地问贝拉来了吗，听得我难受。”说完，她“扑哧”一笑，又道，“我们家倾慕还真是一个小暖男。”

“我们洛家的男人都是面冷心热的。”洛杰布说完，拉过倪夕玥的手握在手里，道，“你也太心善了，把宫人全部放回家过冬至了，今日的一日三餐你要自己做，刷锅、洗碗，哪里有一个国家的皇后会做这些的？”

倪夕玥有些不好意思地说：“他们辛苦了这么久，好不容易过个冬至，全国都放七天假呢，凭什么不让宫人们回去？再说了，我们一家人过冬至，什么都自己做才更有意义、更有家的感觉啊。”

“冬至……”凌冽呢喃着，他深不可测的眼睛波光潋滟，轻语着，“我只记得阿诗在那一日给我包过饺子。”

倪夕玥笑了：“不止呢，还有汤圆、包子，反正就是以面食为主的。我已经想好了，一会儿贝拉来了，让孩子们自己动手包饺子。午餐的时候，让他们吃自己包的饺子，包多少，吃多少。而且要他们明白，做饭是很辛苦的，一来不许浪费，二来要尊重这世界上每一个依靠勤劳的双手认真生活的人。”

凌冽笑了："嗯，挺有意义的。"

洛杰布也笑了："我家小月牙最适合做皇后了，她有一颗高贵、善良、真诚、温柔的心。"

凌冽也笑了："母后还有聪明的思维、丰富的想象力、伟大的创造力。"

"创造力？"倪夕玥起初听着这对父子拍马屁还飘飘然的，但是创造力是什么意思？

就见洛杰布父子从未这么默契，异口同声："生了一个儿子啊！"

洛杰布夫妇上楼后，将三个帅气的孩子从楼上接了下来。

凌冽也叫醒了慕天星，将她一路抱到了楼下的餐厅，让她陪着孩子们一起用早餐。

满满一桌食物，跟以前的早餐很不一样，不仅不精致，而且有些简单，却很有家常的感觉。

慕天星还没注意到早餐，只是有些脸红。她看了凌冽一眼："我又不是不能走路，而且你去上班的时候，我都是自己走去洗手间的。"

凌冽却道："我不在家的时候不管，但是我在家里的时候，一定要抱着你。"

"妈咪，这是什么？"

"妈咪，这又是什么？"

"爹地，我想吃培根卷，有没有？"

三个宝宝瞧着一桌的白米粥、煎鸡蛋、煎火腿肠、葱油饼，还有酱黄瓜、榨菜，表示全部看不懂。

慕天星愣了一下，仔细瞧了眼面前的白米粥，用勺子搅了搅，有一点燕窝……这个不会是燕窝粥吧？哪个宫人做的，手艺这么差？

"怎么了？"慕天星拧起了眉头。她觉得如果自己亲自下厨的话，一定做得比这个好。

她不知道的是，今天这一桌食物基本上是洛杰布做的。

倪夕玥要包馄饨，他非要熬粥。倪夕玥拗不过他，便随他去了。

倪夕玥想给儿媳妇熬燕窝粥，洛杰布笑眯眯道：“燕窝粥有什么难的，不就是往白米粥里加燕窝吗？”

于是，慕天星眼前的燕窝粥是公公的手艺。

“黑暗料理啊，而且粥好像有点煳了……”她还要继续说，凌冽捂住了她的嘴巴，在她耳畔道：“这些是父皇做的。”

慕天星当即不说了，甚至有些感动，她看着三个宝宝道：“这些是普通百姓家里吃的早餐。在这个世界上，有很多孩子连一口粥、一个鸡蛋都吃不到，所以你们要珍惜食物，偶尔体验一下民间的宝宝吃什么，也没什么坏处。”

慕天星的话掷地有声，飘出餐厅落入了洛杰布的耳中。他对着倪夕玥微微笑道：“天星也是一个当皇后的料啊！”

早餐吃到一半，贝拉来了。她穿着一身大红色的小皮衣，还有一双大红色的小皮靴，乌黑的眼睛灵动不已，好似玛瑙。她一进屋就看见了洛杰布夫妇，上前甜甜地唤着：“陛下爷爷，皇后奶奶！”

洛杰布当即起身，笑呵呵地将孩子抱在怀中，对卓然道：“沈帝辰夫妇呢？”

洛杰布有邀请他们夫妇一起来寝宫过冬至的。因为沈帝辰入了宁国国籍，宁国的税收一下子上涨了五分之一，这是一个不得了的数字啊！

如今说沈帝辰富可敌国，毫不夸张。而且沈家的小女儿跟倾慕有些交情，这样发展下去，若是两个孩子真能走到一起，洛杰布就不用再费心地抑制沈帝辰的发展了。

想当年，洛氏不就是如此吗，财富越来越多，最后富可敌国，直接夺了江山，取而代之了。

不过，沈帝辰想要取而代之缺乏一个军事上的条件。因为当年洛家取而代之的时候，宁国的军权是掌握在洛家手里的。

卓然解释道：“他们去机场了，还说铭谢陛下的好意。沈先生工作了很久，想要好好陪陪太太，就带着太太去欧洲旅行，过二人世界了。沈先生还说，他们旅行回来的时候，如果陛下愿意接见他们，他们随时可以入宫拜访。”

“哈哈哈……”洛杰布笑了，捏了捏怀中小贝拉的鼻子，“你爹地也是一个疼爱老婆的男人啊！这世上的男人只要疼老婆，都是好男人！”

贝拉一眼就看到了不远处的儿童游戏区，心里想要坐滑梯，可是灵动的大眼四下搜寻着，像是在找谁一样……

“倾慕。”她忽然大叫一声，甜甜的嗓音宛若天籁般在空气中传播开来。

倾慕还在喝白米粥，突然听见贝拉的声音，他整个人愣住了，然后放下餐具撒开脚丫子冲了过来。

倾慕一口气冲到了洛杰布面前，还未靠近，贝拉已经从大人身上爬了下来，朝着倾慕冲了过去。

倾慕将贝拉紧紧抱在怀里，贝拉也紧紧地抱着倾慕。

“倾慕，我好想你！”

“我也好想你！”

但是倾慕很快放开贝拉了，用手直接去摸她圆鼓鼓的小肚子：“你吃饭了吗？”

“我吃了点。”

倾慕道：“你等着，我给你做果酱饼干。”

“嘿嘿，好啊！”

贝拉看着倾慕一溜烟跑了，便扭过头，一脸平静地问洛杰布：“陛下爷爷，为什么我觉得倾慕好像肥了一圈呢？”

洛杰布夫妇被两个小鬼头逗笑了，一听贝拉这么问，洛杰布当即道：“你怎么看出来他长胖了？”

贝拉自豪地举起双手，做了一个捏东西的动作，道：“手感不一样了！”

“噗……”

“哈哈！”

贝拉就这样在月牙湾住下了，快乐地过了整整十天，沈帝辰夫妇居然连一个电话都没有打来询问女儿的情况。

对于沈帝辰的放心，洛杰布心里非常踏实和满意。

眼看着倾慕跟贝拉的感情越来越好，洛杰布想着倾慕的事情应该会这样定下来了吧。等到孩子再大一点点，发现这叫爱情的时候，就会认定一个人，便是一生了。

贝拉在月牙湾住了整整十五天。有倾慕的陪伴，她一点都不无聊，有时候她会想家，倾慕就给她讲故事，陪她搭积木。

她的英文很棒，倾慕在学习语言方面很有天分，所以他们有时候会玩用英文对话的游戏，这让倾慕的英语口语提升了很多，也学会了更多单词。

等到沈帝辰终于打来电话的时候，倾慕再次依依不舍地将贝拉送上车。车门关上后，穿着羽绒服的他还站在窗外，对着贝拉道："听说明天会下雪，你要多穿点。"

贝拉对倾慕挥挥手："我会给你打电话。"

倾慕看了贝拉一眼，然后道："如果有一天你爹地和妈咪愿意把你送给我，我随时可以养你！我不喜欢每次送你离开，希望以后我可以不用送你离开。"

慕天星侧身睡在床上，盯着窗外雪白的世界，愣愣地出神。

新年要到了，今天下午孩子们要放寒假了。原以为新年可以见到自己的父母，可是慕亦泽一早打了电话过来，说今年除夕要带着蒋欣回青城老家，去看望外公和外婆，跟老人家一起过除夕。

感觉到慕天星的失落，慕亦泽笑了笑，道："你失踪的四年里，外公的身体越来越不好了，糖尿病挺严重的，现在离不开胰岛素了，一只耳朵因为糖尿病都戴上助听器了；你外婆的眼睛也看不清了。我跟你妈妈想把他俩接来M市好好治一治，毕竟这里是省会城市。再说了，呵呵……有了你太子妃的关系，哪家医院敢不派最好的专家出马啊？偏偏你舅舅不愿意。你舅舅说，他是蒋家的儿子，你外公和外婆要儿子来养才行，不然外人该说三道四，讲他不孝顺了。所以我跟你妈妈寻思着，平日里照顾不到老人家，这次趁着过年回去给他们一点钱，补贴一下。”

即使是皇亲国戚，家家也有本难念的经。

慕天星听见父亲这么说，只能作罢。

不过，她也是想念青城的，想念舅舅家那个大院子，想念疼自己的外公、外婆。

她好像遇上大叔之后，距离青城越来越遥远了。

凌冽回来的时候身上还披着厚厚的军大衣，慕天星听见动静转过身，就看见他那副造型，“扑哧”一笑：“你怎么穿成这样了？”

她发现他的头发上还有点点雪花未融化的痕迹，一副好像很冷的样子。

凌冽脱下了大衣转身交给卓然，关上房门进来了。

“屋子里有暖气，还好。你冻不着就行。”他笑呵呵地走过来，往她身边一靠，抬手在她脸颊上轻轻一点。

“啊！”好冰，慕天星缩了缩脖子，可爱的小模样逗得凌冽哈哈大笑。

他收回手，隔着被子半拥着她，道：“我送给父皇的鳄鱼不是叫苏苏吗，之前送给雅钧跟莫林的来福也长大了，紫薇宫没法养了，他们就把来福送来首都跟苏苏交配了。后来苏苏产蛋、孵蛋，来福就被运到别处去了，我们怕来福影响到苏苏的宝宝。”

“然后呢？”慕天星从被窝里伸出小手，轻轻地放在凌冽英俊无双的脸颊上，帮他取暖。

她心里想着：这样的男人距离自己这般近，他是她的男人呢！

凌冽笑了：“现在不是要过年了？小鳄鱼们都依偎在妈妈身边了，来福也运回来了，要让它们一家团聚过个好年啊！偏偏父皇对苏苏一家特别在意，不让别人动手，眼看着下雪了，他就拉着我一起给鳄鱼一家在月牙湖边上搭了个小棚。因为整片月牙湖太大了，所以专门隔了一片透明的玻璃墙在湖水中，在小棚的水域里加供暖跟供氧，帮助小鳄鱼宝宝们过冬。”

“原来我的老公刚才是去做这么有意义的事情啊！”

慕天星粲然一笑，二十二岁的脸上依然有点稚气，显得俏皮可爱。

可是凌冽突然静止不动了，幽深的黑瞳仿佛盯着猎物一般盯着慕天星。这样炙热的眼神宛若海啸前的风平浪静，蕴藏着无数激烈暗涌，让慕天星心慌意乱。

“大叔，你……嗯……”

她所有的话语被凌冽狠狠吞没了，如狂风暴雨般的吻扑面而来，他仿佛不惜一切代价也要将她的双唇蹂躏到底。

呼吸被剥夺，慕天星皱起眉头轻轻推凌冽，可是他将一只手伸进了被窝里，直接捏住了那澄净如雪般的一团……

当他在被窝下将她拥住，一边揉着她的一只手，一边道：“小乖，你记不记得刚才叫我什么？”

“大叔？”

“不是。”

“什么？”

……

凌冽无言以对，她这么快就忘了？

如果她还记得却故意忘记的话，她一定会脸红的。可是她现在这般模样，目光真挚，面无异色，分明是忘了！

“小坏蛋！”凌冽两眼一闭，埋怨似的说道，“以后每次跟你说话，我都要专门用录音笔录下来！你说的这些话，将来会成为呈堂证供！”

慕天星觉得莫名其妙，不过她难得见到凌冽如此孩子气的样子，便忍不住用自己柔软的嘴唇亲了亲他的眼睛。

他深吸一口气，从被窝里出去了。

“小坏蛋加小妖精！我去接孩子们，他们放假了，今天要把他们在幼儿园的被子、床单、小枕头都带回来呢。”

“去吧！去吧！”慕天星故意撇嘴道，“男人吃饱喝足就开溜，唉……”

凌冽刚刚走开两步，就听见慕天星的这句话，他真是憋屈死了。

吃饱喝足？他都快被她饿死了，亏她说得出口。

傍晚五点十分，司机已经开车载着凌冽跟宝贝们回来了。

卓然坐在副驾驶座上，他一边看着手机，一边念着未来一周凌冽的工作安排。

凌冽将非必要的那些安排取消了，因为宝贝们回来了，他要多陪陪他们。再者，他的小乖有孕在身，男孩子多了嘛，在家里的时间又长了，追逐打闹什么的万一伤了小乖，就不得了了！他要多陪陪他们，多留下照看着点。

或许看着孩子、看着老婆，这些琐事在别的男人眼中会觉得很辛苦、不耐烦，还不如出门找兄弟打牌、喝酒。但在凌冽心中，老婆和孩子才是最需要珍惜的人，因为一不小心孩子就长大了。

他最大的心愿，便是一不小心就跟慕天星白发苍苍了。

换作平日下这样大的雪，孩子们肯定要在雪地里闹一场。但是今天他们都没有玩。

孩子们手里提着小书包，兴奋不已地往寝宫里冲。

“皇爷爷！”

“皇奶奶！”

“妈咪！”

“我拿到文明小标兵啦！”

“我得了最大的小红花，还有一张大奖状！”

“我也有！”

凌冽站在车边的雪地里，看着三个宝贝争先恐后踏雪而奔的画面，忽然想着如果这时有一个小不点公主挺着肥嘟嘟的小身子，追着三个王子哥哥喊：“哥哥，哥哥，等等我！”那该是多么美好的画面。

寒风彻骨，雪花肆舞，望着雪地里孩子们小小的脚印，凌冽眸光澄澈，如眼前的冰晶。

他一步一步踩着孩子们走过的路，大大的脚印直接将他们的脚印覆盖。耳畔回荡着孩子们的欢声笑语，他不由得加快了步子。他知道是一种叫作家的力量在吸引自己。

一进大厅，凌冽就看见沙发前三个孩子争先恐后地将各自的小书包打开。

倾容首先拿出大奖状，然后递到洛杰布眼前："皇爷爷，皇爷爷，您快看！这是老师给我发的奖状，老师今天还表扬我，说我是班里进步最大、最快的小朋友！"

倾容看着倾慕，道："你快给皇爷爷念念，看看奖状上面写了什么。"

倾蓝也在掏东西，直接拿着大红花跟"助人为乐小标兵"的奖状往倪夕玥怀中一塞："皇奶奶，这是我的，我的。"

倾慕掏出一个红色的苹果抓在手心里，没说话。他听见大哥在叫自己，他当即凑上小脑袋，对着奖状念了起来。

洛杰布一只手搂着倾容，一只手抱着倾慕，听着最小的孙子将奖状上的字准确无误地念了出来，心中暗暗高兴。

他知道，这是储君与一般皇嗣之间的差别。

倪夕玥表扬了倾蓝，亲了他一下，又拿过倾容的奖状看了看，也夸了倾容。

凌冽缓步靠近他们，看着倾慕默默地拿着苹果，微微一笑。他摸了摸孩子们的小脑袋，道："走，趁着这会儿天还没黑，爸爸陪你们去打雪仗、堆雪人吧！男孩子就要玩起来！"

孩子们得到了夸奖，目的达成，纷纷拍手叫好，跟着凌冽冲出去了。

洛杰布看着茶几上刚刚被倾慕放下的苹果，面色一沉："这个老师怎么搞的，三个小孙子两个有奖状，就倾慕没有，难不成倾慕会比两个哥哥差吗？”

倪夕玥也有些不高兴：“我经常跟幼儿园的老师接触，他们只要遇上期末，几乎每个孩子都会带一张奖状回去的，幼儿园嘛，就是鼓励孩子的。倾慕没有，确实有些奇怪。”

刚好，卓然跟司机提着从学校带回来的三个小殿下的被子、床单进来了。

一听洛杰布夫妇疑惑的话语，卓然当即道：“陛下、皇后，其实倾慕殿下的奖状是最多的。我们去幼儿园接三个小殿下的时候，倾慕殿下的手里有三张奖状，还有一朵大红花，但是老师将三张奖状都贴在教室后面的‘学习标兵’那一栏了，老师想让班里的小朋友都向倾慕殿下学习，还送了倾慕殿下一个苹果。”

“原来是这样啊！”倪夕玥笑了。

洛杰布脸上的表情终于好看了些，还拿起茶几上倾慕放下的苹果放在鼻尖嗅了嗅，居然是香的！他当即看着卓然，道：“倾慕是最有出息的，他得了夸奖不骄不躁，大人不问，他还不说呢！”

倪夕玥也道：“哈哈哈，我觉得三个孩子各有优点，都挺好的。”

卓然将手里的东西交给宫人，让宫人们去清洗、晾晒，然后转身出去，帮凌冽照看着孩子们了。

慕天星待在楼上，她缓缓朝着洗手间走去，忽然听见窗下有阵阵熟悉的嬉闹声。

她激动地打开窗户，往下一看，就看着凌冽跟孩子们在月牙湖边的广场上打雪仗。三个孩子对凌冽一个人，追着凌冽猛砸。

她“扑哧”一笑，倚在窗边看着，然后伸出手接住了几片雪花，真凉！

“你把窗户关上，快点！”忽然，凌冽焦急的声音自楼下传了上来。

慕天星吐了吐舌头，心知被凌冽抓包了，赶紧将窗户关上。

不过也就一瞬间，她忽然觉得这一天不那么无聊了。她没有再回床上，而是来到书桌前，拿起铅笔跟白纸，细细描绘刚刚看到的那一幕场景。

她嘴角噙着感人的微笑，心知那是她此生最爱的男人们。

她用笔尖轻轻描绘着，过了一会儿，一幅素描成形了。其实她画得不是特别好，但是一个大人领着三个孩子在月牙形的湖边的样子，她还是画出来了。

慕天星静静地瞧着这幅画，脑中忽然出现了另一个画面。

她重新拿起笔，在白纸上的三个孩子中间又画了一个小小的、圆圆的身影。那道身影的脑袋上，还扎了两个可爱的小辫子，看起来比三个男孩子要矮一截。

用晚餐的时候，凌冽回来了。

他下令让宫人们用干布将地板拖得干干净净的，就怕人们进进出出，带了雪花回家，雪花落在地板上，地面潮湿了，他的小乖在家里走路的时候会滑倒。

等到宫人们认真地拖完地，凌冽跟孩子们也换了鞋。他试了一下，觉得地板没有问题了，这才上楼将他心爱的小乖从楼上抱下来，一路抱到餐厅里。

这一天的晚餐，大家吃的是火锅，都挺开心的。

入夜的时候，慕天星坐在孩子们的房间里，拿着一本精致的画册给他们讲故事。

凌冽说让她先讲，他去冲个澡，很快回来抱她回屋休息，还命令三个孩子不许碰到妈咪。

他回了房间，走到衣柜前准备拿睡衣，不经意间一瞥，看见了书桌上的一幅画。

他拿起画，心想：这丫头画得真丑！

虽然画得丑，但是他看见画面上加在他跟孩子们中间的、扎着小辫子的小女孩，他的嘴角有了幸福的微笑。

他拿起铅笔，将睡衣放在一边，坐下来很认真地画了起来。

过了一会儿，他放下笔，带着幸福的憧憬进了洗手间。而放在书桌上的这幅画，在他的笔墨下多了一个人，那个人披着长长的及腰的头发，而且站在他的身边。

晚上，慕天星看着这幅画，在凌冽的歌声中睡着了。

原以为幸福的一天就这样过去了，没想到洛杰布忽然敲响了他们的房门。

凌冽愣了一下，听见父皇的声音不敢耽误，他直接穿了家常服的厚睡袍往外走。一开门，他看着洛杰布道："怎么了？"

洛杰布小声道："沈帝辰妻子的舅舅是耶律楚希的亲弟弟，我刚刚查到的消息。我觉得倾慕跟贝拉之间还是减少接触或者不再接触为好。"

"怎么会这样？查清楚了吗？"凌冽有些惊讶，他就这样跟着洛杰布进入了书房。

在书房里，凌冽刚关上房门，就对洛杰布道："沈帝辰妻子的舅舅是耶律楚希的亲弟弟，不就表示耶律楚希是沈帝辰妻子的舅舅？"

洛杰布摇头："耶律楚希跟她舅舅是同父异母的关系。"

凌冽按了按太阳穴，认真道："我觉得沈帝辰一身正气，虽然做生意很会动脑筋，但是他不是那样的人。"

"不是靠猜的，这要预防。国家大事，有一点点的疏漏就满盘皆输啊！"

洛杰布说完后走到了书桌前，拿了几张照片给凌冽看："之前冬至的时候，我邀请沈帝辰一家人来我的寝宫用餐，却只有贝拉来了，沈帝辰夫妇去了夏威夷。但是，我的人查到沈帝辰带着太太去夏威夷不是为了过二人世界，而是去认亲的。你看，照片上的男人就是耶律楚希同父异母的弟弟——耶律楚闻。"

百里沫叫耶律楚希舅舅，沈帝辰的爱妻叫耶律楚闻舅舅。说得简单点，百里沫是沈帝辰爱妻的嫡亲表哥！

因为耶律楚希、耶律楚闻、百里沫的母亲、沈帝辰爱妻的母亲，这四个人是同父异母的亲兄妹。

"莫邪国的军权全部掌握在耶律楚希的手里，而你和莫邪对战四年将莫邪收复了，杀了耶律楚希，百里沫也死了。沈帝辰刚好在这个时候冒出来了，还带着一个聪明可爱的女儿，这个孩子还吸引我们内定的储君的注意，这件事情太过诡异了，我怎么想都觉得不对劲儿。”洛杰布觉得，倾慕跟贝拉的友谊应该到此为止。并且他打算联合工商部门对沈帝辰的产业进行压制。

凌冽看着这一张张照片思忖了一下，他脑海中默默回想起沈帝辰那副倨傲、淡泊的姿态，他还是不信这里面有什么阴谋。将照片还给洛杰布后，他道：“我会查清楚的。”

没有什么比孩子的期望更重要，没有什么比国家的未来更重要。如果两者相撞，必须选其一，凌冽会让倾慕做出牺牲的。

但是在此之前，他不会武断地拆散倾慕跟贝拉，他觉得贝拉的性格浑然天成。若说一个三岁的小女孩已经是国际间谍了，这不是扯淡吗？

如果沈帝辰真的是那种可以利用自己女儿的感情来达成某种阴谋的男人，那么是凌冽错看了对方。

“倾慕吃晚餐的时候不是说把那个苹果留给贝拉吗？”

洛杰布很认真地看着凌冽，脸上有着从未有过的严肃：“明天不接贝拉入宫了，你告诉倾慕，贝拉一家人出国了，不会再回来了！”

“我做不到。”凌冽脱口而出。

书房里相当安静，面对父皇的诧异，凌冽温和地说：“我欠孩子们太多了！他们的心愿我正在努力地帮他们实现。倾慕是真心喜欢贝拉的，他为了贝拉，甚至让然每天清晨六点叫他起来练习外语口语的发音，只是为了下次见到贝拉的时候可以跟她玩用外语对话的游戏。他一个三岁多的孩子，行事如此踏实和认真，我不能因为贝拉的母亲是百里沫的表妹就伤了他的心。”

“你是不是疯了？”洛杰布瞪着凌冽，“这不是感情用事的时候，这是国家大事！儿女私情都要靠边站，何况是三岁小孩什么都不算的友谊？”

凌冽沉默了。

洛杰布走到沙发旁坐下，双肘架在膝盖上，抚着额：“我也疼倾慕。”一句话，饱含着淡淡的疲倦与浓浓的无奈。

“但是小冽，为君者都有无可奈何的时候，更何况是眼下的状况？”洛杰布放下手臂，坐正仰望自己的儿子，“对于倾慕的期望，你我心里有数！还是你觉得，你可以忍受百里沫的外甥女贝拉成为宁国未来的皇后？”

凌冽：……

洛杰布冷笑道：“即使沈帝辰没有任何计划跟阴谋，即使这一切都是巧合，但是凭着贝拉是百里沫外甥女的身份，你可以接受贝拉吗？想想你的痛、天星的痛、孩子们的痛，还有这四年战争造成的所有流离失所的百姓们的痛……”

凌冽：……

从洛杰布的书房里出来，心情沉重的凌冽走在长廊上，他来到孩子们的房间门口，抬手轻轻触着眼前的门，却没有进去。

空气中忽然响起一道稚气的声音，很轻，像一场华美的梦。

凌冽愣了一下，打开门走进去，却发现大床上只有两个宝贝，倾慕不在！

他循着声音走向洗手间，只见洗手间里的大灯亮着，倾慕抱着一本精致的彩页英语书坐在马桶盖上，认真地念着上面的英语故事。

凌冽静静看着倾慕，他这么小，可是意志这么坚定。

等他说完一个故事要翻下一页的时候，他看见了凌冽，微微一笑：“爸爸？”他的小萝卜腿一蹬，从马桶盖上跳了下来，然后走到凌冽面前仰望着，“我这就去睡觉了。”

凌冽蹲下来，轻轻揉着倾慕的头发：“你喜欢贝拉？”

倾慕如黑葡萄一样的大眼睛眨巴着，他点头道：“喜欢！”

凌冽伸出手，轻轻将眼前的小人儿拥入怀中，再次轻语道：“如果有一天，她跟她的家人要搬去很远的地方住，不能再跟你做朋友了呢？”

倾慕沉默了很久，然后从凌冽的怀中抬起小脸。

凌洌捧着儿子的脸看了又看，孩子太小，有些话跟他说他不会懂。

倾慕抬手摸着爸爸的下巴："不管我们相隔有多远，都可以打电话的。等我长大了，可以自己坐飞机了，我会去找她，拜托她的爸爸妈妈，把她送给我来养。她要吃多少饼干跟果酱都没有关系，我跟她不会做不成朋友的。"

"万一电话打不通了呢？"

"那我走遍世上的每一个角落找到她。"

"万一你永远找不到她呢？"

"那我坚持不懈地找下去，找到永远。"

翌日清晨。

阳光洒落庭院，往日里波光粼粼的美丽的月牙湾今天却一片沉寂，水面上结了一层薄薄的冰。

大人、孩子们全部起来了，唯独不见倾慕。

凌洌站在门口静静瞧着倾慕，他穿着雪白的羽绒服，踩着一双咖啡色的雪地靴，戴着羽绒服的帽子，痴痴地站在雪地里等着。

昨晚用晚餐时，倾慕跟凌洌说要接贝拉过来，凌洌答应了。

尽管半夜的时候，凌洌问了倾慕一些莫名其妙的问题，但是倾慕似乎没有放在心上。

倪夕玥知道了一些事，所以没有去叫倾慕，因为有些事情只有死了心才能彻底结束。

洛杰布也心疼，他吩咐药医给倾慕熬点暖身又好喝的汤，等倾慕一会儿回来了让孩子喝点。

大家没有拦着，他们都在等着。

然而倾慕没有用早餐，从清晨天蒙蒙亮等到上午九点，都不见有车过来。

倾容跟倾蓝听了皇爷爷的话，好几次去拉他也拉不回来。

三岁多的宝宝在雪地里站了几个小时，哪里受得了？

洛杰布沉着脸回了楼上的书房，他本来很喜欢贝拉那个丫头，现在却渐渐变得有些怨念了。

这天早上，卓然都没敢露面。因为往日里是他开车接送贝拉的，如果他露面，倾慕一定会更加绝望，会问："你为什么在家里？为什么没有去接贝拉？"

凌冽抱着慕天星回了房间，给她找了很多书看。这时他的手机响了，上面有一个名字：沈帝辰。

凌冽沉默着，拿着手机去了洗手间。他拉开窗，看着楼下的倾慕接了电话："喂？"

沈帝辰的声音中带着真诚，他温和道："在下能否有幸请太子殿下来府中一叙，喝杯咖啡？"

凌冽沉默了一会儿，又听沈帝辰道："如果可以，太子殿下将倾慕小殿下带来是最好的。我家贝拉昨晚就穿着漂亮的衣服睡觉了，生怕今天卓然太早过来接她，她来不及换上美美的衣服。太子殿下如果有所顾虑，可以请小乔将军带人陪同。"

"不必，我带倾慕过去。"

"好，恭候大驾。"通话结束，凌冽关上了窗户。

这件事情凌冽没有跟洛杰布说一个字。他只对慕天星说有事要出去一趟，会很快回来，便下了楼，叫卓然备车。然后他冲到了院子里，将倾慕冻得笔直的小身子捞起来抱在怀中。

倾慕纤长的睫毛很迷人，他望着凌冽的时候，唇有些发紫了："爸爸，我是不是以后都等不到她了？"看到卓然开车过来，倾慕的眼泪直接掉下来了，"爸爸，为什么不去接贝拉过来？"

一连两个问题，凌冽都没有办法答复儿子。他只是轻轻地帮儿子将脸上的眼泪擦干，然后在儿子的小额头上亲了亲。

他忽然想起自己幼年时期似乎也是这样痴痴盯着母亲可以回来的路，但是母亲已经去世了。凌元将他带去母亲墓碑前的时候，看见墓碑上的照片，他才懂母亲再也回不来了。

凌冽不清楚倾慕对贝拉究竟是怎样的感情。按理说，孩子之间只有依赖，他们做大人的狠狠心，时间一长，他们的依赖就断了。就好像那些被拐卖的孩子，起初要爸爸要妈妈，后来时间长了，他们可能连自己的名字都不记得了。但是，凌冽不忍心那样做。

他本就亏欠孩子，能给他们的太少太少了，如今还要剥夺掉什么，他心里更加难受。

冷风呼啸着，卓然打开车门送凌冽父子上去。倾容、倾蓝在门口看着，他们觉得爸爸一定是带倾慕去找贝拉的，所以全部闷不吭声，也不告诉别人。见车子开走了，他们默默把大门关上了。

车里，凌冽掏出小家伙藏在羽绒服袖子里的手，还好是暖的。他还拿了小饼干跟热牛奶喂孩子。倾慕喝了点热的牛奶，问："爸爸，你是带我去找贝拉吗？"

凌冽点头："对。"

倾慕笑了，似乎即使苦苦站了几个小时，因为凌冽回答的这一个字也变得值得了。

卓然已经熟悉了这条路，从月牙湾开到沈帝辰别墅门口，往日只需要十五分钟，今天因为下了雪，路面滑，花了二十分钟。

纷纷扬扬的雪又下了起来。

卓然的车刚停下，车的后门就被人打开了，倾慕的一双小萝卜腿一蹬，整个人跳落在雪地上。他往前跑了几步，就看见眼前一座唯美得不得了、被白雪覆盖住的院子跟大房子。

天地间，一群洁白的精灵在飞舞，然而它们都不如雪地上的小姑娘高贵灵动。

"倾慕！"贝拉定了定神，大喊了一句，然后撒开小腿朝着倾慕的方向扑了过去。

她穿了一件厚厚的、黑色的羽绒服，跟倾慕雪白的羽绒服形成鲜明的对比，倾慕笑呵呵地朝着她的方向冲了过去。雪地上，两个孩子小小的脚印不断接近。

最后，贝拉把倾慕扑倒在雪地里，两人一边笑着，一边打滚。

沈帝辰迎了出来，他穿着一袭咖啡色的羊绒风衣，越走越近。他看见凌冽后，微微笑着伸出手："感谢太子殿下应邀前来，我家贝拉从清晨六点就在院子里等着了，我实在于心不忍。"所以……他才会给凌冽打了那通电话。

凌冽瞧着从雪地里爬起来的孩子们，看着他们相互帮忙拍打掉对方身上的雪花，又想起孩子们见面前都痴痴地等着，见面后又是一片欢声笑语。他的鼻子有些酸，与沈帝辰握手后，道："走吧，我想尝尝沈先生家里的咖啡。"

"好，里面请。"

一进沈家大门，凌冽就知道沈帝辰是一个宠妻如命的男人。

家里的每一处装饰极尽公主风，唯美得好像童话里白雪公主住的地方。这让他不禁想起了紫薇宫，紫薇宫里面的每一处也像童话里美人鱼公主住的地方。

在沙发上落座后，沈帝辰的妻子端着托盘上来，奉上咖啡跟点心。

凌冽抬眸刚要说谢谢，却见她眼眶红红的，便没有开口了。

卓然很快带着孩子们进来，贝拉兴奋不已，直接拉着倾慕要上楼："走啊！走啊！去我的房间，我让你参观一下！倾慕，你今晚要住在我的房间吗？"

留下过夜吗？倾慕咧嘴笑着道："我还不知道，一会儿我可以问问爸爸！"

贝拉跟着笑了，道："我一直以为卓然叔叔会在早上来接我，就一直在院子里等着呢。但是现在我好不容易把你等来了，也是一样的。如果你爸爸不让你晚上留下来，那我跟你走吧！"

倾慕用力点点头："好。"

童真沁着雪花，一片片串成唯美的歌，安隅在时光的转角，只念及，不遗忘。

她求我救她

第十章 Little wife

瞧着孩子们上了楼，卓然看了凌冽一眼，便跟着上去了。

诺一说过，倾慕不同于别的皇嗣，一定要格外照顾。

沈太太道："家里的仆人全部离开了。你们慢聊，我上楼去照顾孩子们。"

"你不要太累了。"沈帝辰望着夫人轻语着，"你也不要太担心了。"

很快，温暖的大厅里只剩下凌冽跟沈帝辰两人。

一楼小厅的墙面全是用宽大的落地窗做成的，透明的玻璃门外面飘着鹅毛大雪，里面却温暖如春。

凌冽尝了一口咖啡，很好喝："拿铁，很正宗。"说着，他从口袋里取出一只小小的盒子递给沈帝辰，道，"初次上门拜访，我不好意思空手，这个当作礼物，望沈先生笑纳。"

太贵重的东西，他跟沈帝辰这样的人物是不会缺的。而且如今这样的状况，他送出太贵重的东西只会令沈帝辰不安，倒不如送一个合适的。

沈帝辰拿起面前的东西看了看，有些受宠若惊地打开，温暖的空气里顿时飘来一股清甜的紫薇花香，沁人心脾。

“这是什么？”

“茶膏。”凌洌笑了笑，“我身边的人用每年现摘的紫薇花酿成紫薇花蜜，还把紫薇花晒干炒茶，最后将茶与花融合在一起做成茶膏。这么一小盒可以喝很久，这东西虽然不算金贵，却是在月牙湾里才能喝到的茶。”

沈帝辰凑近嗅了嗅茶膏，他很喜欢。

盖上盖子后，他小心地将茶膏收在茶几下的抽屉里，然后看着凌洌开门见山道：“昨晚我跟太子殿下说好了今日一早贝拉过去的事情，但是今天九点了还没有动静，我就知道昨夜定是出现了变数。”

沈帝辰说话的时候，声音很轻柔，带着春天的气息，仿佛跟他交谈是一种无上的享受，会使人心神安宁，心情愉悦。

他望向凌洌一双深不见底的黑瞳，坦言：“我接手整个家族企业之后，决定回归宁国，但这不是一天两天的决定。我的祖父年轻的时候也有这样的打算，只是当时的宁国是白家一党为政，但放眼整个商界、军界，都是洛家独大。我祖父说，长此以往宁国会有变数，那时候若是回国，唯恐政变，会涉及先辈打下的商业王国，所以，我祖父将落叶归根的愿望带进了土里。我长大之后，也非常憧憬宁国的文化，想要回来，可是现任陛下一直没有家室、没有子嗣，所以我也在担心宁国皇室是否还会有变动，就不敢随意动老祖宗留下的基业。直到四年前，陛下大婚，公布了太子殿下您的存在，我也曾在海外的电视机前欣喜若狂。但是我想回来的时候，您又开始打仗了，我的妻子也怀了孕，我便想着先将老祖宗的基业打扎实，再等等……眼下，四年过去了，太子也有了孩子，花旗跟莫邪都被宁国收复了，所以我带着庞大的商业帝国回来了。我不介意税收的问题，因为在国外我一样要交税。站在商人的角度看，只要有钱赚，在哪里都是一样的。但是站在人种跟伦理的角度上，不管是谁，心中都有落叶归根的期盼，能回到自己的国家才是最安稳的。”沈帝辰这一番话情词恳切。

凌冽静静地听着，他因为沈帝辰的爱国心有些动容，但是这些都是动动嘴皮子的事情，即使他想信任沈帝辰，也改变不了贝拉血统的事实。

沈帝辰又道：“冬至那次，我带着妻子去夏威夷见到了耶律楚闻。我们也是在那一天才知道，原来之前莫邪的大皇子百里沫是我妻子的表哥。但是我岳母当年为了寻求爱情，已经被耶律家除名了，耶律家的族谱上都没有我岳母的名字。”

凌冽又喝了一口咖啡，无奈轻叹：“但是血统这种事情，不是除了名就能除掉的。”

这世上最不能更改的，就是流淌在血液里的基因了，贝拉是耶律家的后人，这是不可逆转的事实。

沈帝辰沉默良久。

气氛好像变得微妙，压抑得让人喘不过气。

空气里除了咖啡的香气，还有两个孩子从楼上传出的欢笑声。

这样的笑声宛若天籁，真想让人永远珍藏。

沈帝辰闭了闭眼睛，再次睁开的时候，他眸中一片清明。

“我第一次见到我太太的时候，是在国外的一个赌场上。那一年，她十二岁，被人像奴隶一样推到了赌桌上，被当作雏妓叫卖她的初夜。她看见我，可怜兮兮地伸出手对我说‘先生，救救我’，我问她‘世上那么多可怜人，我凭什么救你’。”

凌冽挑眉：“然后呢？”

沈帝辰深吸一口气，轻声道：“她回答我说，因为那个地方好像只有我听得懂宁国语。”

“她的父亲是宁国人？”

“对，她的母亲爱上了宁国人，而从前宁国跟莫邪的军事关系非常紧张。耶律家还是执掌军权的，他们根本无法容忍一个敌国的女婿，所以他们将我的岳母从家族中除名了。但是那个男人在我妻子还没有出生的时候就去世了，死在从莫邪逃回宁国的轮船上，后来经人查实，那事是耶律家的人干的。”

凌冽沉默了，只觉得耶律家族好狠！

沈帝辰深吸一口气，道：“他们即使将我的岳母除名，也无法容忍她嫁给敌国人，就弄死了我的岳父，以至于她们母女四处漂泊，孤苦无依。所以太子殿下，您觉得在这样的情况下，贝拉身上那一点点耶律家族的血统真的那么重要吗？”

沈帝辰的话言犹在耳，对于他妻子的故事用寥寥数语形容，却令人扼腕难过。

凌冽有过悲伤的经历，他知道越是云淡风轻介绍的故事，越是令人肝肠寸断、惊心动魄。

沈帝辰认真凝视着凌冽的双瞳，看着他：“贝拉两岁的时候，我的妻子替我挡过一刀，她伤的位置刚好是子宫。太子殿下，我跟妻子此生仅有贝拉一个宝贝。我们没有男丁，没有别的继承人，我们只有贝拉。”

“我……感到很遗憾。”凌冽想起慕天星，她也是一胎之后子宫受了伤。但是好在第一胎是一胎三宝，至于这一胎……只要他的小乖安好，他便怎样都好。

“我的妻子在医院里跟我闹离婚，因为她始终记得所有的幸福是我给她的，她每天吃一口饭，穿一件新衣服，都会觉得无比珍惜，因为她是从那样的地狱里爬出来的。我沈家六代单传，她不能拖累我，所以她还逃跑过一次，甚至安排了一个爱慕我很久的女人在我的房间里，事情的结果是我把那个女人丢到了大海里，带着贝拉把她抓了回来。”沈帝辰回忆起那段往事，觉得痛彻心扉。

每个人的成功都是有代价的，他的妻子为他挡下一刀，也是因为他疯狂地吞并了同行企业，让那些人没有了财路，人家才会报复他的。

凌冽终于明白刚才沈帝辰的妻子为何会眼眶通红，那是因为她心中的苦楚太多了。

“太子殿下，如果倾慕将来是储君，他跟贝拉的孩子里会有一个成为沈家的继承人；如果倾慕将来不做储君，我只有贝拉一个女儿，沈家的一切也是他们的。您觉得在这样的情况下，我联合耶律家族来叛变有意思吗？站在父亲的角度上，一个世代闻名、只出专情后代的洛氏家族里，如果有我家贝拉喜欢的人，不管那个男子是不是储君，我都愿意撮合他们，因为我不愿意我的女儿将来在爱情的道路上受到伤害，我希望她遇见一个可以一心一意对待她的男子，懂得她的微笑、懂得她的泪水，可以不论天荒地老，都陪着她一起携手到老的人。”

都说易得无价宝，难得有情郎。沈家今时今日什么都不缺了，贝拉能够遇上倾慕这样的小男孩，是他们觉得很有福气的事情。作为父亲，沈帝辰希望将最好的留给自己的女儿。

“尤其是我只有贝拉一个孩子。贝拉的婚姻是否幸福，是否会从一而终，她嫁的那个人如何，直接关系到我沈家的命脉。”

沈帝辰是一个深谋远虑的人，他不愿意发生任何离婚、分家产、打官司、贝拉的后代有抚养权争夺之类的事情，或者孩子遗落在外、惹出其他麻烦的事情来。

一个家族企业历经几代更替延绵，这是许多先人的心血铸就而成的。

“所以太子殿下，您给倾慕选妻子这件事情有多么重要，对我沈家来说挑一个什么样的女婿也是一样重要的。您有宁国的江山要顾虑、要思考，我也有沈家的基业要顾虑、要思考。不管是为了贝拉的意愿，还是为了我的家业，我都是真心地、积极地想要这两个孩子在一起的！他们两人长久了，什么都长久了。”

沈帝辰将话说到了这个份上，凌冽还能有什么不明白的呢？

凌冽忽然想起外公说过，沈帝辰是他最欣赏的商界后起之秀之一。

外公的眼光应该不会差的。凌冽抬起脑袋想了想，轻语着：“我完全相信沈先生的话！”

即使这样说，他也想回去之后让人彻底查一查沈帝辰妻子的身世、遭遇，看是否跟沈帝辰说的一样。

他心里偏向信任沈帝辰，但是他不是昏庸的人，不会因为自己的意愿就忽略理智、偏听偏信别人的一面之词。

“贝拉跟倾慕的事情，目前来说真的太早了，顺其自然吧，让他们发展看看！”凌冽这么说，其实就是松口的意思。

他不会再阻止贝拉跟倾慕来往，但是核实、排查是必须的，静观其变也是必须的。

这恼人的血统还真是一个定时炸弹！

沈帝辰心知凌冽能够松口已经不容易了，因为他查到了三年多前慕天星剖腹产的事情。一个月前，那个医生突然被人枪杀了。有人说，这件事好像是宁国的军方干的，但是那边的警察在事发现场并没有找到任何证据。

宁国皇室痛恨百里沫，这恩怨思来深矣！

“谢谢！”沈帝辰松了一口气。他不怕凌冽去查，因为他所言句句属实。

凌冽也不是那么好糊弄的，沈帝辰想要把女儿嫁入皇室，就必须拿出一点点诚意来。

凌冽问：“你们在夏威夷见到耶律楚闻的事情，你可以跟我说说吗？”比如耶律楚闻的现状，有没有私建军队密谋复国，他人现在在哪里，身边还有什么助力等等。

凌冽问得简单，沈帝辰若是没有诚意，随口答答就行了；但若是有诚意，只怕三言两语说不完了。

沈帝辰忽然站起身，对着凌冽做了一个邀请的姿势：“太子殿下不嫌弃的话，去我书房谈吧？”

凌冽点头：“好。”

两人一起上楼，就看见二楼的客厅是一个玩具房，里面没有像月牙湾那样大型的儿童乐园，但是无数的玩具堆满了一屋子，大多是积木，还有贝拉喜欢的芭比娃娃。

眼下，卓然正安静地躺在地上，任由贝拉跟倾慕帮他看病。

贝拉戴着玩具听诊器，对着卓然的肚子摁了摁，然后道：“不得了了，这个人早上吃太多了，现在肚子要爆炸了，我们必须马上为他进行手术。”

倾慕非常配合，递上一把玩具小刀：“开刀吧，医生大人！”

贝拉随手接过刀，然后认真道：“啊？这位先生的肚子里有宝宝，他生了一只小猴子。”

倾慕赶紧去找猴子，然后把猴子塞进卓然的衣服下：“对，卓然怀孕要生猴子了！”

卓然：……

凌冽跟沈帝辰走到长廊上，忍不住轻笑起来。

这次凌冽在沈帝辰家中做客，是用了午餐后才离开的。

沈太太亲手做了培根卷大虾比萨、烤火鸡、奶油蘑菇汤，还有意面。看起来全是西餐，但是大人孩子们很给面子，全部吃完了。

午餐后，凌冽看着两个小鬼头无话不谈的画面，微微一笑：“如果你们不介意，我带贝拉回去住一阵子？”

“万岁！”

不等沈帝辰夫妇开口，贝拉已经高高地举起肉肉的小拳头，欢呼了起来。

倾慕傻傻笑着，仿佛贝拉是他眼中的宝石，他怎么看都觉得她璀璨夺目。

沈帝辰夫妇自然不会介意，因为孩子们都放假了，所以小住肯定会有一段时间。沈太太帮贝拉收拾了一些衣服，放在了她粉红色的小行李箱里。

卓然提着行李箱先放在车里，凌冽一只手抱着贝拉，一只手牵着倾慕，在院子的雪地上跟沈帝辰夫妇告别。

回去的路上，两个孩子很开心，又是唱歌又是打闹，但是凌冽一言不发。

洛杰布虽说有些孩子气，但是为君非常严谨。对于贝拉的偏见，不是无缘无故产生的，他是站在帝王的立场上，他的坚持是正确的。

凌冽的眸光里闪烁着不明的光，然后对着卓然道：“我们去买鱼。”

傍晚的时候。

洛杰布回了家，一抬头就看见三个宝贝孙子跟贝拉一起在儿童乐园里追逐打闹，欢笑的声音传得很远。

他拧着眉头盯着贝拉，面色沉了又沉。

这时，凌冽忽然对着洛杰布笑着道：“父皇！”

这一声叫唤明显带着讨好之意，洛杰布侧过身来，就看见凌冽居然系着围裙，双手的袖子挽到了肘部。

洛杰布愣了一下，忘记了要生气，只是盯着凌冽问：“你怎么这副样子？”

“冬至的时候，父皇不顾自己九五之尊的威仪亲自下厨房，给我们一大家子做饭吃，这件事情我们一直记在心里呢。所以今天孩子们第一次放寒假，家里人又多，我想着好久没做鱼了，再不做我都快忘了怎么做了。”

凌冽的声音要多温柔就有多温柔，笑容要多谄媚就有多谄媚。

洛杰布只是轻描淡写地扫了凌冽一眼，他知道儿子今日下厨其实是为了倾慕，为了帮倾慕留下贝拉。

但是为人父亲总是有那么一点小激动的，他忍着，不动声色道：“糖衣炮弹不能改变注定的事实，这一点你我应该很清楚！我觉得你身为储君，更应该明白这点。为君者，不可以随意被糖衣炮弹炸没了理智。”

“怎么会，其中的缘由我已经知悉了。等用了晚餐后，我亲自跟您解释吧。”凌冽撒娇道，他对洛杰布用了敬语。

这一下，洛杰布的自尊心得到了大大的满足。

这个臭小子从头到尾就没对他用过一个“您”，全都是“你”这么称呼的。

洛杰布的嘴角不自然地勾起，他白了凌冽一眼，挥挥手：“那我等着听你已经知悉的事情，快去做饭吧！”

“好的，您……稍等！”

凌冽咧嘴一笑，故意将说“您”的声音拉长了一点，听得洛杰布心中更欢喜了。明知道儿子是故意的，可他还是忍不住欢喜。

这天晚上，大家吃着凌冽做的鱼头火锅。孩子们、大人们全部吃得美滋滋的，慕天星从头到尾都在夸凌冽，洛杰布从头到尾吃个不停。

晚餐后，凌冽专门陪着洛杰布回了房，将今日在沈帝辰家中获悉的一切告诉了洛杰布。凌冽道：“我觉得我们不能因为他们不想要的血统就牵连无辜的贝拉。别的不说，我们先查一查沈帝辰所言是真是假。”

“他的家底不清白，这血统的事就是定时炸弹！”洛杰布道，“即使沈帝辰一家是受害者，但是耶律楚闻在逃，他们双方还见过面，沈帝辰又没有立即报警，就是同流合污！”

“别扯了。在这件事情之前，你知道这个世上有耶律楚闻这个名字吗？在逃？这个是你现在临时加的罪名吧？”凌冽将吃饭前洛杰布给的一记白眼还了回去，又道，“如果非要追究血统或者犯罪的话题，大爷爷洛天祈一家逃不掉了吧？”

洛天祈的妻子是凌云的亲姑姑。

洛杰布一怔。

凌冽又道：“乔歆羡的爷爷是国际走私犯，专门倒卖世界级的名贵文物、古董，在大将军王府里存了一栋大别墅的文物，装得满满的，还让护国军日夜守着！乔家的家底也不清白啊，你要是把乔家人抓了，军权拿在你手里，还能得一栋别墅富可敌国的宝贝！咦，你顺便将乔歆羡夫妇名下的集团收了，那么多钱，国库都装不下了吧？”

洛杰布：……

凌冽又道：“听闻当初皇爷爷逃难的时候，他在某国的D岛杀了几个人，这杀人案在某国成悬案半个多世纪了，案子还没破吧？大概他们不会想到，那时候年仅二十岁的杀人犯会是如今的宁国太上皇吧？父皇啊，你说我要不要现在给某国的警方打电话通知一下？你猜他们敢不敢过来抓人？”

洛杰布：……

凌冽笑了笑，看着父皇像便秘了一样的脸色，不厚道地说：“所以说父皇啊，得饶人处且饶人！你看别人怎么都不顺眼，但是仔细看看自己家里头，还皇室呢，又如何呢？非要说清白，谁家也不会世世代代连外戚、姻亲、表亲都是耶稣或者圣母玛利亚投胎的！直系亲属加上旁系的，祖上翻三代，我就不信没出一个流氓！”

洛杰布：……

凌冽走上前，抬手在父皇的肩上拍了拍，然后给了对方一个大大的拥抱。

洛杰布感受着儿子的拥抱，心里觉得温暖。他心知这小子在给自己投递糖衣炮弹，但是儿子刚刚的话又让他无法反驳。他不甘心这样被儿子压制着，太没面子了。

“我洛家往上三代，没有流氓！”

“哈哈哈……”凌冽放开洛杰布，好像听见了全世界最好笑的笑话，“你不流氓，又何来今日的我？”

洛杰布：……

孩子们洗了澡，换了舒服的睡衣躺在被窝里睡着后，凌冽才抱着慕天星回了房间。

他把她放在床上的时候，她看着他笑：“你今天从父皇书房出来的时候，父皇的脸都绿了，你干吗了？”

慕天星下意识觉得凌冽一定干坏事了。

他在她的脸颊上亲了一口，狡黠一笑，走到衣柜前去取睡衣，然后道：“我冲完澡回来跟你说。”

慕天星安静地躺在床上，闲来无事，她拿起手机翻啊翻啊，翻到朋友圈的时候，她看见孟小鱼结婚了，而且结婚对象居然是凌家老三！

其实这么久以来，慕天星跟孟家兄妹已经没有联系了。只是以前的账号还在用，她已经不会再发朋友圈了，但会时不时地关注着别人的讯息。

她不是故意留着孟小鱼跟孟小龙的讯息，而是这段时间事情多，她根本不记得这对兄妹了，所以直接将他们忘记了。

当她看见这条朋友圈的时候，不免觉得惊讶，这是不大可能的事情吧？

凌云国际不是被大叔收购，现在整个集团都交到父亲手里了吗？

孟逸朗跟父亲是发小，不会不知道其中的恩怨，不可能将女儿嫁给那种人吧？

但是眼前这一张张婚礼现场的照片，还有孟小鱼的话：感谢我的生命中能遇见这样一个给我一生幸福的男人，我今天结婚了。

慕天星嘴角一抽，她还能记起凌家老三那只花蝴蝶，他不断更换着嫩模、女明星，上了各种娱乐版面的头条新闻。罢了，也不关她什么事情。

等到凌冽出来的时候，他看见慕天星撇了撇嘴，一脸不屑的样子。他微微一笑，心知小乖是一个厚道人，轻易不会做这样的表情，便上前捏了捏她的小鼻子，逗了逗她："你怎么了？"

慕天星冷哼一声，精致的俏脸满是娇憨。瞧得凌冽心头一动，当即掀开被子钻进了被窝里，还在被窝里搂住她一亲芳泽。

她拍掉他在她睡衣下作乱的大手，拿过手机翻出那条朋友圈，然后把手机递给他："自己看。"

凌冽接过手机看了看，面色一变。

这一下轮到慕天星诧异了："怎么了？"

凌冽将手机里的照片一张张翻过，幽深的黑瞳一片晶亮，他坦言："凌云国际是收购了，交给岳父管理了，但是雪绸的工艺到现在还下落不明。"

"你问凌元啊！"慕天星拧了一下眉，"雪绸是凌云国际的标志性产品，相当于镇店之宝，原来我爸爸一直没拿到？当初你我联姻的时候，凌元还跟我爸爸说，会拿这个作为联姻的彩礼的。"

凌冽轻叹了一声，想起凌元那个家伙，便耸了耸肩，对着慕天星道："可是凌元在你失踪的第二年就去世了，凌云国际被我收购后，他的身体就不行了。他郁郁寡欢，那个小老婆还给他戴了绿帽子，他直接气死了。"

慕天星：……

没想到凌元会是这样的结局，但是想起凌元曾经对大叔做过的事情，她觉得凌元悲凉地死掉好过瘾！

她吐吐舌头，有些无辜地看着凌冽："我是不是太恶毒了？居然觉得凌元的结局还挺好的。"

"是挺好的。"凌冽笑了，"他要是还活着，我不会让他痛快的！所以他那样死了，是老天爷眷顾他了。"

慕天星：……

"我觉得孟逸朗不会无缘无故让他的女儿嫁给一个失业的、没有未来的、花心的凌老三，除非凌老三手里有雪绸的工艺。"

"会吗？我觉得老大比较靠谱。"

"老大已经不做这行了，他带着妻子和女儿，用剩下的钱移民去了国外，开始新生活了。卓希还告诉我，凌老二现在有出息了，去了外省，进了一家服装厂踏踏实实地工作，他已经做到经理了。"

凌家的两个男丁，老大跟老二已经放下前尘努力生活了。

也许不经历这样的变故，他们永远不知道脚踏实地活下去是多么重要的事情。

别人有，不如自己有；别人勤奋，不如自己笨鸟先飞。

"当时卓希想过找他们的麻烦，因为我两次落水差点丧命的事情，再加上那次车祸的事情，卓希咽不下这口气。但是四年了，老大跟老二一直在兢兢业业地工作，过着普通人的生活，凭着汗水跟努力往上爬。想到这个，我觉得有些不忍心。"凌冽一边说，一边感慨着。

他虽然跟莫邪打了四年仗，但是从来没有滥杀无辜。

听着当初凌云的父母对于洛家的恩惠，他想放过洗心革面的凌家老大、老二，也算是偿还了他们祖上最后的恩德。

但是这个凌老三，真是一个令人头疼的家伙。

“卓希后来跟我说，凌老三一直是无业游民，把仅剩的钱投资了几个项目，全部失败了。卓希说他成不了大事，我也忙，没时间日日夜夜惦记着他。后来卓希来了首都，就没人向我汇报他的情况。没想到，他居然跟孟小鱼搞上了！”

“你……”慕天星汗毛一竖，有些发冷，“你说话注意一点，什么叫……叫……搞上了……人家现在已经结婚了。”

凌冽愣了一下，惊觉自己的用词，笑着垂眸一看，慕天星的小脸整个儿红了。

他来了兴致，将手机丢在一边，专心逗她：“小乖，来，让我亲一口！”

“不要啦！”

“来，亲一口，我再摸一下！”

“讨厌啦！”

凌冽玩着玩着，把自己玩出火来了，从一开始嚣张地逗她，后来变成哑着声求她。

不久后，他从洗手间里端出来一个小盆，蹲在床边替她洗手。

白白的小手上打着丰富的肥皂泡泡，他还笑嘻嘻地逗她：“你说我怎么这么喜欢伺候你的小手呢？”

慕天星白了凌冽一眼，又道：“要不要问问我爸爸？不知道他会不会去参加老三跟小鱼的婚礼……也许我爸爸心里有数？”

凌冽表情一变，点点头：“嗯，雪绸的工艺是要找出来的。我觉得凌元不会带到棺材里去，凌老大、老二不像是知情的。凌老三的话，让岳父盯着点，如果那里人手不够，我可以给他派点。”

温馨的小灯晕染了一室柔情。

凌冽拥着慕天星的肩，两人靠坐在床头，听着手机里响起了音乐，两人等着慕亦泽接电话。

很快，熟悉的声音在电话那边响起："天星啊，还没睡？"

"爸爸，你在干吗呢？"慕天星偏过脑袋靠在凌冽的怀里，闭上眼睛，露出享受的表情。

凌冽轻轻捏了捏她养得圆润的下巴，只觉得细滑又娇嫩，宛若新生的紫薇花瓣，令人爱不释手。

此刻，手机是开了扬声器的，就放在凌冽的胸前。

慕亦泽的声音再次响起："我跟你妈刚回家，哈哈……我们去逛商场买年货了，准备带回青城老家。"

慕天星诧异："爸爸，你今天没有去参加婚礼吗？"

"什么婚礼？"

"呃……我看见孟小鱼的朋友圈了，她今天跟凌老三凌烨结婚。爸爸，我跟大叔在想，会不会雪绸的工艺在凌烨的手里？"

慕天星一边说，一边抬起头，看了看凌冽。

凌冽点点头，表示她问得很对。

慕亦泽的声音变得不是很好听，道："这件事情我知道。不过，你孟伯伯没有打电话叫我跟你妈妈去参加婚礼。"

"为什么？"慕天星挑眉，"你们关系这么好，孟伯伯不叫你是因为你现在任凌云国际的董事长吗？"

"可能吧。"慕亦泽似乎不大想说。

这时候，蒋欣抢了慕亦泽的手机过去，道："天星啊，我跟你说，你孟伯伯也是没办法了。因为小鱼的肚子已经大了，是凌烨的种，好像凌烨也被逼得没有办法了，不得不娶小鱼。具体的情况我们也不知道，但是凌烨之前一口咬定是小鱼故意设计他的，你孟伯伯不答应他们的婚事，小鱼在家里又哭又闹的，反正就是乌烟瘴气的。"

慕天星有些无语了，这都是什么人啊！

"那个……妈妈啊，我们在想也许凌烨的手里有雪绸，所以想要爸爸关注一下。大叔说如果爸爸有什么需要，人手不够什么的，大叔可以派人过去。"

那边，慕亦泽夫妇似乎在商量什么，然后慕亦泽接了电话，道：“好的好的，我们知道了。你自己注意身体，我们从青城回来再给你们打电话。没事就多发点孩子们的照片给我们看看，哈哈……”

“好。”

“那不说了，你们早点休息。”

“好，爸爸妈妈晚安。”

通话就这样结束了。

慕天星笑眯眯地望着凌冽：“怎么样，凌烨的事情估计要等到农历新年后了。”

她看着朦胧光影下凌冽完美无缺的侧脸，越看越喜欢。

凌冽将手机拿到一边，伸手关灯，整个屋子里漆黑一片。他拥着她躺下来，将她轻轻抱在怀中：“那就新年之后再说吧。”

日子一天天过着，宁国的首都从来没有这样不停地下雪，下了整整十天。

这日，雪终于停了，可是天气越来越冷了。

洛杰布亲自去幻天阁请太上皇夫妇，想让他们搬来月牙湾小住过冬，四代同堂过一个团圆年。

但是洛杰布到了幻天阁之后才发现，太上皇夫妇连同晏北御侍在内，全部消失不见了！

书桌上留着太上皇的一封信：我带着我的小珠珠去环游世界了，勿念！

洛杰布盯着书桌上的信，瞪得眼珠子都要掉下来了！

一对一对全部环游世界去了，他还苦巴巴在这里守着，凭什么？

他二十岁登基做皇帝，在位三十年有余了，每一天都是勤勤恳恳、兢兢业业的，他什么时候才能享受洛天凌这样的待遇啊？他真是……受够了！

凌冽在御书房里办公，在前朝他与洛杰布公用一间书房。

午餐是御书房的小厨房做的，凌冽陪着洛杰布吃完饭，就跟乔歆羡商量军务。洛杰布明明说出去转转的，但是他一回来沉着一张脸，表情比外面的冰天雪地还要冷。

乔歆羡眸光一闪，立即站起身温声道："陛下、太子殿下，我先去忙了。"

洛杰布在书桌前坐下，双手扶着额头，听见乔歆羡的话后，才抬头盯着乔歆羡："听说康康的第一志愿填的是江北空军学院，那么远的地方，你跟凉夜舍得吗？"

闻言，凌冽的表情变了变："康康不是才十六周岁？"

"在宁国，军校的志愿要提前两年填写，因为要长期观察报考者的政治面貌跟思想品德，比报考一般的大学更加严厉。"乔歆羡说完后，嘴角噙着清雅的微笑，他凝视着洛杰布，"做飞行员是康康的梦想，他此生只是纵览全局、沙场点兵的将军，在飞机上的机会不会多。所以我跟夜儿支持他的这个决定，让他在蓝天下飞翔，过过飞行员的瘾，然后通过他自己的努力立下战功，闯回首都来。"

洛杰布抬头，别有深意地看着乔歆羡："江北空军学院，过去十年里出了两起飞行事故，所以学院换了两任院长。若是飞行过程中发生了事故，飞行员很少有生还的可能。"

于公于私，洛杰布希望乔歆羡改变康康的决定。因为康康是宁国国防部的未来，乔家肩负的是像泰山一样重的责任。

乔歆羡则微微一笑，不以为然："如果连军人都怕死，那么谁来保护百姓？"

乔歆羡在万千荣华下翩然转身，一身翡翠色的军装是他华美的战衣，他步履优雅地迈出去，临走前不忘给洛杰布父子关上书房的门。

凌冽真的很钦佩乔家人的忠肝义胆，不过一回神，他便看着洛杰布道："父皇，您刚才……受了什么刺激？"

凌冽觉得洛杰布应该是去了幻天阁，因为放眼天下，只有他凌冽跟太上皇敢欺负这位陛下。

洛杰布的面色又沉了下来，掏出信纸往桌上一拍：“你自己看！”

凌冽悠然起身，怀着一丝兴味打开了信纸。下一秒，他轻笑出声：“真好。”

他知道皇爷爷一定带着皇奶奶去找老祖宗他们了。

凌冽再抬眼，看见洛杰布像要杀人的眼神，急忙尴尬地轻咳两声，道：“喀喀，我的意思是，这足以说明皇爷爷跟皇奶奶身体非常健康，还能环游世界呢。他们身体好了，我们做晚辈的应当开心。”

凌冽的话冠冕堂皇，刚一出口，洛杰布不怒反笑道：“好啊！哪天我也玩这么一手，留封信就说让太子监国，我带着我的小月牙去环游世界了。”

他原本是想吓吓儿子的，结果儿子一点都没有将他的话放在心上。

不但如此，凌冽还轻嗤了一声，望着洛杰布道：“可能吗？”

“怎么不可能？”洛杰布一拍桌子，摆出一副现在就要走的样子。

凌冽道：“别说你根本舍不下三个小孙子了，就说家里马上要多一个小公主，你舍得吗？”

打死凌冽，他都不信洛杰布会舍得！

他知道父皇这个人跟皇爷爷一样，儿女心很重。只是皇爷爷属于那种即使看不见，也能纵观全局，让一切尽在掌握中的人，而父皇属于喜欢就要日日夜夜在一起，不管怎样都要亲眼看着才放心的人。

洛杰布不理凌冽，心里还在为太上皇离开的事情不开心。

两个老家伙什么时候出的宫？居然没有人禀告自己。看样子，他们出去已经不是一天两天了，而是离开一阵子了。

“还以为今年可以四代同堂，过一个团圆年……”洛杰布轻叹一声，瞳孔中溢满思念之情，思念着所有以环游世界为借口的、宫墙之外的亲人。

刚刚还不屑的凌冽忽然安静下来，用一种极为令人疼惜的声音轻语着：“如果女儿真的可以平安地活下来……”

洛杰布抬头看着凌冽瞳孔中弥漫的如海藻般的雾气，心里有着淡淡的忧伤。儿子的眼神深深刺痛了洛杰布的心，他猛然站起身，对着凌冽道：“一定能！现在头三个月不是安稳度过了吗？”

凌冽轻叹了一声：“嗯，昨天我陪着小乖去做孕检，刚好三个月了。”

慕天星有身孕的事情还没有告诉月牙湾之外的人。倪子洋那边，慕亦泽那边，全部不知情，因为他们谁都没有把握，不清楚这个小公主最后能不能保住。

洛杰布深吸一口气，道：“一定可以！”

他想起四年前跟小月牙结婚的时候，他也想要一个女儿，但是未能如愿。

如果能有一个小孙女，那是多么幸福的一件事情啊！那是半生烟火，岁月最美的恩泽。

光阴去而不复返，眨眼之间便到了农历新年。

诺一接受倪雅钧的邀请，前往H市与莫莫团聚过新年。莫莫肚子里的是倪家的命脉，这会儿她打了一个喷嚏，倪家上上下下都要跟着抖三抖。

卓希、青柠、卓然一家三口全部去了倪家。

月牙湾里冷冷清清的，只有洛杰布夫妇和凌冽夫妇，以及三个小男孩了，贝拉也回家过新年了。

沈太太的事情还在核实中，已经核实了一半，与沈帝辰说的相符。但是大年夜在陛下的寝宫里一起过年，这样的殊荣沈家人暂时还不够级别。

男孩子们全部围在餐桌前帮倪夕玥揉面包饺子，厨房里，洛杰布跟凌冽一起动手，为大家准备除夕晚餐。

大厅里温暖如春，慕天星披着毯子横躺在沙发上，腰后垫了抱枕，她手里捧着热橙汁，优哉游哉地看着电视。

药医从楼上信步走下来，按照每日的惯例开始给慕天星诊脉。

厨房里，洛杰布一边切着萝卜丝，一边抱怨：“全天下找不到像你母后这样贤德的皇后了！一到逢年过节，她就把身边的仆人全部放回家去了，一个值班的人都不剩。你想喝口水得自己来，想吃口面得自己来，什么都要自己动手。一家子老小，这么多人张嘴吃饭，咱们爷俩这几天什么也别干了，就待在厨房里做做饭、刷锅洗碗吧。”

凌冽听着父亲的抱怨，微微一笑：“我觉得母后这样的做法很好，小乖也一定喜欢。自己动手给心爱的家人做食物是一件快乐的事情。反正平日里我们也忙，早出晚归的，很少能照顾到他们。”

拌好海蜇丝，凌冽尝了一下味道觉得还行，便来了洛杰布切好的萝卜丝放进去，一起拌了拌。

两人还数了菜的品种，几个素的，几个荤的，几个热盘，几个冷盘，还有烧烤类的。

原本凌冽说不如他做个鱼头火锅，大家想吃什么菜，捞完了鱼片下锅涮什么菜，还方便些。

但是倪夕玥不同意，她说除夕夜一定要吃有心意的食物。

窗外天色即将变暗，凌冽脱了围裙，叫上孩子们一起走到月牙湖边上，放起了鞭炮。

整个首都严禁燃放烟花，也就凌冽敢这么干了。

孩子们又跑又跳的，追逐打闹着，玩得不亦乐乎。凌冽招招手带他们进屋了，就看见洛杰布脱了围裙从楼上下来了。洛杰布手里拿着昨晚跟倪夕玥写好的春联，领着孩子们欢欢喜喜地贴在月牙湾的大门上。

“好了，开饭！”

洛杰布美滋滋地看着他跟倪夕玥一起写的春联，然后领着孩子们回去了。

虽然人少，但是这一晚美酒佳肴，大家热热闹闹的，也算尽兴。

凌冽敬药医酒的时候，药医微微一笑：“我不饮酒的，多谢太子殿下了。”

凌冽又给慕天星夹了点菜，扭头看着药医：“对了，今天你给太子妃诊脉了吗？”

药医点点头，然后道：“我诊了。一个月以后太子妃住院吧。”

倪夕玥愣了一下，有些难受地看着药医："五个月就开始住院了吗？不是说太子妃可以坚持到六个半月……"

"不是怀了五个月就生的意思，皇后不必紧张。"药医沉静的双眼带着洗涤人心的力量，令倪夕玥的情绪渐渐舒缓了。

"太子妃从五个月开始住院，多熬一天是一天，熬不下去了也在医院里，方便随时剖腹产。因为住在家里的话意外太多，不安全。"

眼看着这一天越来越近了，好像全家人都在打一场不知道会不会赢的战役。

慕天星心里越来越紧张，脸色很白，她垂眸看了眼微微隆起的肚子。为了胎儿多在肚子里留些日子，这些天她已经开始悄悄减少食量，只挑低热量、高营养的食物吃上几口。

凌冽感觉到慕天星的手臂僵硬，当即将她冰凉的小手握在掌心："你别怕，没事的，大的小的都一定不会有事的！"

在全家人的鼓励与爱护下，慕天星努力学着勇敢、坚强。

除夕当晚，洛杰布夫妇分别给三个小宝宝一人一个大红包，就连慕天星也有。

她"扑哧"一笑，清丽的小脸无比灿烂。接过红包的时候，她还得意扬扬地瞥了眼凌冽："我还有压岁钱啊？"

"当然有啦！民间新媳妇第一年在婆家过年，婆家人都是要给压岁钱的。"倪夕玥笑了笑，又道，"当年你们皇爷爷也给了我红包呢！对于我们洛家来说，你劳苦功高，怎么都不会忘记你那份的。"

"就是！"洛杰布开心不已，"瞧你那孩子气的样子，哈哈哈……"

倾蓝把倪夕玥给的红包里的钱数了数，然后道："我这里是九十九张一百的，你们呢？"

"是吗？我看看。"倾容也打开红包数了数。

倾慕坐在沙发上等着看电视，他没数钱，倾蓝推了他一下："你快数数！"

倾慕抬头对倾蓝笑着道："二哥的是九十九张，我的肯定也是九十九张啊！因为皇爷爷、皇奶奶不会偏心的，他们给我们红包之前，没准儿躲在房间里悄悄数了好几遍，确认过是一样后才会给我们的。”

倾蓝有些不信，拧着小眉头望着倾慕：“你怎么知道？”

倾慕挑了挑眉，露出一副神秘兮兮的样子，凑近了倾蓝，大声道：“因为最怕数错的不是我们，是皇爷爷跟皇奶奶啊！”

大人们闻言纷纷笑了。

洛杰布转身告诉凌冽：“还别说，我跟你母后当真怕弄错了，真的数了好几遍钱。”

“我们家倾慕就是一个鬼灵精。”倪夕玥看着倾慕，揉揉他的头发。

因为倾慕跟倾蓝的容貌一样，所以大家除了在性格、眼神上区分他们，还会专门给他们剪不一样的发型，以便区分他们。

倪夕玥看着倾慕，问：“你知不知道皇爷爷给的红包里有多少张钱？”

“一百零一张。”

倾慕脱口而出，还冲着倪夕玥眨了眨眼睛，道：“皇爷爷是天子，他出的钱必须比皇奶奶多。一百零一是百里挑一的意思，皇奶奶的是九十九，就是长长久久的意思。”

“哈哈哈……还真让他猜中了！来来，皇爷爷抱抱我们家小倾慕！”

洛杰布说着，直接将倾慕软软的小身子搂在怀里，亲手给他剥榛子吃。

倾蓝听了倾慕的话以后不再数钱了，他知道自己收到了两万压岁钱。

倾容却半信半疑，一个人蹲在小茶几边上，一张张地数着钱，直到两个红包的金额全部数出来他才死心，才相信数字是多少。

倾蓝把红包拿在手里，眼珠子滴溜溜直转，道：“外公外婆什么时候来，他们会给我红包吗？”

“会。”

“大概初四吧，昨天我给你外公打了电话。”

“长辈都要给晚辈压岁钱，这是规矩。”

“放心吧，少不了你的！”

大人们纷纷为倾蓝解惑，听得倾蓝眉眼弯弯。他凑到凌冽面前，一脸讨好地笑着：“爸爸，你好像还没给我压岁钱？”

“是吗？”凌冽挑眉想了想，从慕天星怀中取走一个红包，抽出六张纸币，然后每个孩子发了两张，道，“一人两百，爸爸妈妈各给每人一百！”

倾蓝拧着小眉头，不乐意了：“堂堂宁国太子，你怎么能这么抠门啊？”

“就是！太少了！”倾容也不乐意了，眼睛还瞅着慕天星怀里的两个大红包，道，“爸爸妈妈要是最近比较穷的话，可以把这两个大的红包分给我们，我们不嫌少！”

“哈哈哈。”洛杰布夫妇又笑了起来。

他们感觉家里多了三个孩子，好像生命都变得鲜活起来，真希望小公主平安长大，这样家里就更好玩、更热闹了。

新春伊始，孩子们长大了一岁。

慕亦泽夫妇在春节来了月牙湾，看见女儿隆起的肚子，只觉得惊喜连连。

但是慕天星一早交代了其他人，即使慕亦泽夫妇发现她怀孕了，大家也不要说她的身体情况，她不愿意父母伤心难过。

她还道：“如果女儿能保住，那最好；如果女儿保不住，那么不如跟我爸妈说发生了意外，孩子早产了，所以才……”

当时凌冽将她拥在怀中，伸手捂住了她的嘴巴，道：“这是不可能的事情，女儿一定会保住的！你若是不想让我们说你的身体状况，我们不说就是了，但是你不许再说什么不争气的话。”

于是慕亦泽夫妇来了之后，一直沉浸在喜悦中，全然没有察觉到女儿现在是高危孕妇。

贝拉很快被他们接来月牙湾小住了两三天，跟倾慕小聚。温馨、平淡的生活还在继续，仿佛没有什么能够抵挡慕天星越来越大的肚子。

当慕亦泽夫妇离开首都回了M市，对于孩子们来说，快乐的寒假一眨眼就过去了。

这天晚上，凌冽打开两个大大的行李箱，站在衣柜前非常认真地整理他跟慕天星的衣物。

慕天星躺在床上，她看着凌冽忙碌的样子有些难过："抱歉，一直都让你照顾我。我看见网上说，有很多孕妇临产的时候还在做饭呢，有的一直工作到七八个月！我是不是太没用了？"

"没有可比性！"

凌冽当即打断慕天星的话，道："她们没有吃过你那样的苦，没有经历过你那样的事。小乖，在我眼中，你是除我妈妈之外，这个世界上最伟大的女性，真的！"

他很真诚地对她笑了笑，然后继续整理东西。

"明天我们一起去医院。父皇答应了，让我全天陪着你，直到女儿生下来。我还要陪着你坐月子呢！你之前身子没养好，趁着这次坐月子，你一定要好好补回来！"

凌冽将两个大箱子的拉链拉好，把箱子放在墙边，微微一笑："我好开心！这次无论如何，我会一直陪在你身边，我绝对绝对不会再把你弄丢了！"

慕天星凝视着凌冽的眼睛，有晶莹的眼泪从他的眼角滑落。

她知道不论将来的路有多难走，她也会坚持下去，不为别的，就为了这个明明自己也在紧张，却还是努力镇定、鼓励她的男人。

住在医院里的日子，那真叫二人世界了。

两室一厅的高级病房还有一间小厨房，慕天星的一日三餐基本上由凌冽亲自给她做。因为她不可以吃太多，凌冽每次做出很多花样，但是分量很少，还陪着她一起吃。

凌冽担心慕天星大着肚子洗澡时会滑倒，他每天晚上陪着她一起洗。起初她还会害羞，后来见怪不怪了，情绪也放松了很多。

每次与慕天星坦诚相见，凌冽看着她光滑又饱满的肚子，都能感觉到那里有一个小生命，小家伙对着他微笑，叫他爸爸。

贝拉的小脸浮现在他眼前，他微微一笑，真希望有一个那样可爱的小公主可以常伴身边。

每天他们有规律地生活着，胎心监测，做各种常规检查，不断重复着同样的日子，但是因为有心爱的人陪在身边，他们有共同的期待，所以并不会觉得枯燥。

晚上，凌冽搂着慕天星睡觉的时候也会说："小乖，我永远不会忘记陪着你住院待产的这段时光，就好像住在桃花岛上，与世隔绝。"

慕天星微笑着，心想，有这样的男人在，她好像真的什么都不怕了。

洛杰布夫妇每个礼拜都会带着孩子们来看望他们夫妇俩。孩子们看着妈妈的肚子，知道小妹妹快要出生了，甚至贝拉也来过两次。

凌冽会悄悄对洛杰布说谢谢，因为他不在家里，接送贝拉来月牙湾见倾慕的事一定是洛杰布安排的。

倾蓝送上一幅画，是他在幼儿园里画的全家福，上面有贝拉，有妹妹，还有一个女孩子。

慕天星笑着问倾蓝另一个小女孩是谁，他有些腼腆，小声道："这是我宝宝的妈妈。"

大人们哈哈大笑起来，没有人将倾蓝的这句话放在心上。

倾容拿出一个小兔子娃娃，道："我的玩具里这个最新，也是最适合女孩子的。它会发光、会讲故事，我想把它送给快要出生的妹妹。"

凌冽俯首在倾容的额头上亲了亲，收下小兔子，道："爸爸替妹妹收下了，多谢你这个大哥了。"

倾慕跟贝拉送了同一份礼物，还是贝拉开口道："这是我跟倾慕一起做的串珠项链，送给小妹妹的，希望小妹妹健康、漂亮。"

"谢谢你！"慕天星接过小项链，觉得孩子们真的是心灵手巧。项链是糖果色的，上面还穿着蝴蝶结，真的很漂亮。

为了慕天星肚子里将要出生的小生命，整个月牙湾的人都在总动员。

慕天星，我爱你

第十一章 Little wife

终于满了六个月，正式进入第七个月的时候，慕天星已经不下床了，因为她肚子痛。

医生给她做B超时说："太子妃的子宫内壁不至于马上破裂，您可以再坚持两天，但是肚子一定会痛，因为子宫内壁太薄了。"

医生看慕天星侧躺着，额头上全是汗，凌冽看得心疼一直皱着眉头，便道："太子妃，不然……今天剖吗？"

凌冽一言不发，因为他知道小乖一定宁可疼死，也要努力坚持下去。

"孕妇临产都这么疼吗？"凌冽心痛道。

医生答："不会，因为正常产妇的子宫内膜不可能这么薄的。像太子妃现在这样的情况，最多坚持一个礼拜，子宫内壁就会撑破，很危险的，所以她才会这么疼！"

慕天星咬着牙，流着眼泪道："我……还能坚持一个礼拜？"

医生赶紧摇头："不是，我是说最多。但是我们不能冒那样的风险啊，肯定要在它破裂之前剖腹取子，不然您还是会失去子宫！"

"我……我今天有没有事？"

"从目前B超的数据看，您还能坚持。"

"那我先不剖，我忍着。"

"小乖。"凌冽握紧了慕天星的手，恨不得替她去痛。

在这样艰难的时光中，慕天星分分秒秒挨着，时时刻刻痛着。等到四天过去了，凌冽帮慕天星洗澡的时候，发现她的内裤见红了。

医生跑过来，大惊失色："马上准备手术。"

凌冽的一颗心几乎提起来了。他红着眼眶要哭了，拿着手机给洛杰布打电话，只匆匆说了一句："小乖要生了！"

慕天星的病房是可以随时做手术生产的高级病房。

凌冽迅速换上了消毒过的衣服，帮着慕天星换上手术服。他握着她的手，认真道："乖，不怕的。"

慕天星点点头，紧张得一句话都说不出来，但是眼泪顺着脸颊不断滚落。

护士给她装上导尿管，她难受得一直想往外尿尿。

麻醉师到位，让她侧过身去，然后在她的后背打了一针。

很快，慕天星的身体觉得好舒服，什么奇怪的感觉都没有了。

帘子拉起来，手术台架起来，头顶上的大灯亮起，医生就位。凌冽始终握着慕天星的手，他站在她的床头，不断鼓励着她，让她不要害怕。

主刀的医生是整个宁国妇产科手术做得最好的医生，他拿着笔在慕天星的肚皮上试了一下，然后看着身后的护士道："你们准备好了吗？"

"好了。"

"好了。"

慕天星的手臂上很快绑上了一个血压仪，手指上也夹了监测心率的电子仪器。她望着凌冽，她只能望着他，一直一直望着他。

她听见医生问："你有感觉吗？"

她盯着凌冽深沉的眼睛道："麻麻的，好像有东西滑过。"

"好的，你放轻松。"医生说完，凌冽朝着医生的方向看了一眼。

只一眼，他吓得差点站不住了！他看着这把锋利的刀划开了慕天星的肚皮，一层一层又一层。

无数止血钳和吸血的纱布前仆后继地填补上去，开膛破肚的画面令人心惊肉跳。

他的眼泪忽然流了出来。

不是他软弱无能，而是他既感动又感激，对慕天星很愧疚："小乖，小乖，你受苦了，小乖。"

他将脑袋伏在慕天星的肩头上，握紧她的手，她原本还在紧张，后来她反过来安慰他："没事的，一定没事的！大叔，不怕……"

医生们"扑哧"一笑，一下子让紧张的氛围变得轻松愉悦起来。

凌冽擦掉眼泪，深吸一口气，然后回身站好，对她笑道："我不怕，就是太感动了！等会儿我要亲自给女儿剪脐带。"

当凌冽夫妇满怀希望，等着女儿降临的时候，一件不好的事情发生了。

医生终于将小公主取出，可是孩子不会哭，因为太小了。

仿佛确认小公主的生命体征暂时没有问题，医生赶紧让凌冽过来："太子殿下，快剪脐带，要赶紧送孩子去保温箱！"

凌冽心惊胆战地走上前，他觉得不对劲儿："孩子为什么不哭？"

"她太小了，快点先剪脐带！不能浪费时间了，要赶紧给孩子吸氧，她好像不是很会呼吸。"

医生的一句话让凌冽的心提起来了。他按照医生的指导快速剪了脐带，医生把小公主的脐带血留下来了。这是慕天星之前吩咐的，她说万一三位小殿下未来出现什么问题，小公主的脐带血没准可以给小殿下们续命，也能救小公主自己的命。

"她好小。"凌冽又哭了。

他从来不知道自己会这样软弱，尤其在一个如此脆弱的新生命面前。

护士将婴儿抱走，迅速进行处理。

凌冽回身拉着慕天星的手，眼泪不断地掉下来，他赞美她：“小乖，宝贝好漂亮，跟你一样漂亮，真的好漂亮！”

六个多月的早产儿真的是皱巴巴的，才巴掌大，哪里能看出漂不漂亮?

但是这样的话从凌冽口中说出来，从护士到医生，甚至连慕天星在内都没有人去怀疑他话语的真实性。

医生们给慕天星做收尾工作，而凌冽不断地给她讲女儿哪里最好看，有什么优点，手指长长的，适合学钢琴什么的。

慕天星的眼泪哗哗坠落，听着男子的哽咽声，她可以想象出女儿此刻有多小，有多么令人心疼，才会让凌冽这样高大的男子心痛成这副模样。

手术终于结束了，手术台全部收起来，慕天星身下的床单也换掉了。她身上盖着薄薄的被子，手背上很快被扎针输液。她躺在病床上，神志无比清醒，因为麻药的药效还没有过去，所以她感觉不到什么疼痛。

她的手腕上还挂着一个镇痛泵，上面有开关，自己可以时刻调节镇痛药剂的大小，帮助止痛。

医生瞧着慕天星苍白无力的小脸，满是心疼。

“太子殿下，太子妃是做的瘢痕子宫手术，所以这次生产会很疼，不是镇痛泵可以完全压制的。所有二次剖腹产的产妇，都会比第一次疼很多。一会儿我们会给她摁摁肚子，等到挂宫缩剂的药水的时候，她若是疼得厉害，就喊出声来吧。”

医生看了子宫里的旧疤痕，才悄悄对凌冽道：“太子妃子宫之前的刀口开得不好。”

医生说得委婉，但是凌冽已经可以想象，几年前的那次生产他的小乖受了多少苦。

病房门一开，倪夕玥当即冲了进来，还有药医。

药医给慕天星把脉，然后道："我回去给太子妃熬药汤，给她好好补补身子。"

话音刚落，倪夕玥就哭着上前，擦去慕天星脸上的泪："好孩子，我跟你父皇一直在外面守着！你父皇啊，他已经跟着护士追去儿科了！小公主在儿科的保温箱里，你不要担心，你父皇还派了护国军在那里守着呢。"

慕天星张了张嘴，觉得有些乏力："我让你们担心了，只是我现在有点困……"

"快睡，你好好休息。"倪夕玥赶紧劝慕天星睡觉，因为一会儿麻药的药效散了，估计她该疼了。

凌冽也劝慕天星睡觉："你放心，我们的女儿一定不会有事的！这次全国最好的新生儿科大夫全部聚集在一起，就是为了我们女儿来的。你生孩子的任务完成了，现在你的任务是好好休息。"

刚才在手术过程中，医生已经帮慕天星将输卵管结扎了。

因为她的子宫不能再怀孕了，结扎了也就不用避孕那么麻烦。

慕天星眯了眯眼睛，快要睡着的时候，嘴角噙着笑："嘿嘿，你们是不是怕我一会儿会疼？我不怕的，我经历过比这个更疼的痛苦，我不怕的。"

说着，她脑袋一歪，均匀的呼吸声飘荡在这一片空间里，恬静得令人心酸、心疼。

卓然跟曲诗文过来了，凌冽当即道："你们看着太子妃，我去儿科看看小公主！"

他匆匆跑到门口，像是想起什么又回过头，把身上穿的手术室衣服换下来，然后拿着手机确定一下有没有电量，这才带着三个儿子一起往儿科赶去。

过去的一个多月，凌冽把这家医院跑熟了，婴儿保温箱在哪里，他重点打听过。他在前面跑，三个孩子在后面追，倪夕玥也在追。

当他们在宽大的落地窗前看见洛杰布的时候，全部激动地凑上前去。

凌冽看着面前一个个独立的晶莹剔透的小箱子，找了一圈，没有他的女儿。

因为他的女儿那么小，那些孩子比他的女儿大。

意识到这一点的时候，凌冽的鼻子一酸，红着眼眶道："我还想多拍点照片带过去给小乖看的，现在我都不敢拍了。这么多宝宝这么可爱，跟我女儿一对比，我要怎么给小乖看？"

洛杰布深吸一口气，指着最远处的一个粉红色小箱子道："护士刚刚把宝宝放进去了，医生拿了药过来，还拿了很多小管子插在孩子身上，五颜六色的，大概有十几根，有的是辅助心肺呼吸的，有的是输液的，有的是测量心率的，有的是测量血压的……她那么小，我们之前买的衣服，她连最小号的都穿不了。不过我看啊，她现在不用穿衣服了，因为箱子里是温暖的，她身上的线缠得满满的，已经像一层衣服了……"

洛杰布说着，眼泪也要掉落了，却还努力忍着。

三个男孩子趴在玻璃墙上，根本什么都不懂。他们还在笑着打赌，看谁猜得对，猜哪个箱子里才是妹妹。

倪夕玥看着眼前这一幕，忽然想起自己小时候多么艰难，更加体谅自己的父母："会过去的，一切都会过去的，会一天天好起来的！"

这时，玻璃门上的一个扬声器打开了，医生在里面道："陛下，女婴暂时还没有度过危险期，我们这几天会集体加班时刻关注着的。"

洛杰布听见医生的声音，心中一紧，小孙女毕竟是他的后代啊！他道："你们必须全力救治，不允许有任何闪失！"

现在，他不能昏庸地说些像"治不好就要你们脑袋"的话，因为很多事情只能尽人事，听天命。

医生心知其中的艰难，郑重承诺："我们一定会全力以赴！"

余下的时光，凌冽静静地站在玻璃墙面前，跟洛杰布他们并肩等待着。过了许久，他们也不见医生推女儿的箱子过来。

凌冽的余光扫过早产保温箱里的宝宝，但是那些宝宝都比他的女儿大上好几圈。

耳畔是三个男孩嬉闹的声音，宛若天籁般飘荡在空气里，却深深刺痛着凌冽的心。

“我猜这个蓝色箱子里的是妹妹，你们看她穿着粉红色的小衣服呢。”

“不对，蓝色箱子里的一定是男宝宝，妹妹是要待在粉红色的箱子里的。”

“我觉得倾慕说得对，不能看箱子颜色，要看衣服颜色！我觉得这个最像，你们看她好漂亮，嘴巴像爸爸。”

“对啊，她白白的、肥肥的、大大的，这个长得最胖了，她一定是妹妹！”

三个男孩还不清楚，这里面没有一个宝宝是他们的妹妹。因为他们的妹妹太小了，还在早产保温箱里，在医生们的重点监护下，尚未度过危险期。

大家都站着，没有人舍得回去。他们生怕一走开，老天爷就不给力了，好不容易生下的小公主就这样没了。

夜色越来越深了，小公主是晚上八点半出生的，而现在男孩子们一个个都打起了呵欠。

这条长廊上已经没什么人了，除了值班的护士偶尔查房走动，就是护国军来回巡逻，保护保温房里医生跟小公主的安全。

凌冽瞧着宝贝们困倦的样子，心知小孩子是不能熬夜的。他侧过身看着倪夕玥，道：“天星住的隔壁还有一间房空着，母后先带孩子们过去吧，我在这里守着。”

凌冽的话音刚落，一个电话打了过来：“太子殿下，太子妃不好了。”

对方的话语回荡在空气里，洛杰布惊了一下。

一大家子三代人转过身，齐齐朝着慕天星的病房赶过去！

病房所在的长廊上，已经可以听见慕天星惨叫的声音了，吓得孩子们“哇”的一声哭出来了。

凌冽加快速度冲上前，在房间门口一看，两个护士死死地摁住慕天星的双手，不让她乱动，一个医生满头大汗，小心翼翼地摁着慕天星的肚子。

“啊……”

“你给我滚开！”凌冽吓得上前将医生推开。

“你想谋杀太子妃吗？”

凌冽心痛不已，将慕天星搂在怀中。

刚刚才开完刀，他亲眼看见他的小乖的肚子被医生用手术刀划开了一层又一层，缝合了一层又一层。这才一会儿工夫啊，医生怎么可以直接用力地去挤压她肚子上的刀口？

这时候，麻药的药效过去了，这不是要人命吗？

“小乖。”

凌冽的声音在颤抖，他看着慕天星疼得瑟瑟发抖的样子，都不知道抱她哪里才好，好像连碰都不敢碰了，生怕她像一个美丽的肥皂泡泡，一碰就会破碎。

慕天星不停地哭，她受不了这样的疼痛，她只能不停地哭，根本控制不住，也说不出话来。

洛杰布面色阴冷，看着卓然夫妇，道：“你们怎么守着太子妃的？”

卓然跟曲诗文垂下头不敢开口，陛下这会儿盛怒，说什么都是他们的错，说得多，错得多。

医生无奈地看着洛杰布还有凌冽，最后他只有看向倪夕玥。

“皇后，给剖宫产的产妇按肚子，是帮助产妇把子宫内的恶露排出，这是必要的程序，所有的产妇都是这么过来的。一会儿这瓶药输完了，还有宫缩剂，那个更疼啊！按肚子就是疼这会儿而已，但是宫缩剂要挂四十分钟，一大包呢。女人的子宫刚刚动了刀子，缝了线，在药物作用下猛烈收缩，不可能不疼啊！但是子宫不收缩的话，容易大出血，这些都是剖宫产后必须要做的啊！”

医生没有告诉他们，其实如果子宫收缩不好的话，除了输液，还要再打宫缩针。

凌冽听得心都要碎了。他扭头看着医生道：“几个月前，你们怎么不说？”

他根本无法想象，第一胎的三个儿子是他的小乖拿命换来的！而这一胎的女儿，也是他的小乖拿命换来的！这要他如何承受？他已经没有办法偿还她对自己的情深义重了。

医生无奈，快吓哭了，只好硬着头皮道：“当初我说了又能怎样，难道太子妃还能冒着可能刮宫破裂的危险不要小公主吗？”

能吗？不能啊！

倪夕玥当即上前拍了拍医生的肩，温声安抚：“好了好了，太子是太心疼太子妃了，多有冒犯，你不要放在心上。”

医生连连摇头，有些委屈：“不敢。”

洛杰布捏紧了拳头，心知儿媳妇受苦了，看着医生道：“太子妃肚子按完了吗？”

慕天星的脸色已经灰白一片，比起之前的苍白，更加令凌冽心中难安。

三个男孩子站在床边，全部被卓然夫妇护在怀中了。孩子们不敢说话，因为他们感觉到爸爸在向爷爷发脾气。

医生道：“过几个小时还要按的，要按三四天。”

洛杰布：……

倪夕玥深吸一口气，召唤着三个小孙子，道：“走，你们跟皇奶奶去隔壁房间。大家准备睡觉了，不要打扰妈妈休息。”

男孩子们看了看慕天星，全部依依不舍。可是听说在隔壁睡觉，距离妈妈不远，他们便答应了，跟着倪夕玥去了隔壁。

凌冽握着慕天星的手，难过极了。

女儿还在早产保温箱中，尚未度过危险期，这边妻子又是这样痛苦。他在想，为什么他一个高高大大的男人什么事情都没有呢？为什么不能让他代替妻子痛，代替女儿痛呢？

他没有看见女儿浑身插满管子的样子，但是他听洛杰布那样一说，也会明白女儿肯定很难受。她难受，她不会说话，还哭不出声，多可怜啊！

“小乖。”凌冽闭着眼睛，深情地鼓励慕天星，“你一定要挺住，我们挺住了才能给女儿加油打气啊。”

慕天星缓缓流着眼泪，她睁开眼的时候，眼神迷离地望着凌冽：“你拍……拍女儿的照片了吗？”

凌冽顿了一下，抬头看着她：“没呢。我想拍来着，但是女儿在早产保温箱里，距离太远，什么都看不清楚，玻璃也反光，我试了几次，都拍不出好的效果来。我回头重新给你拍。”

“好。”

慕天星闭着眼睛，感受着伤口火辣辣的尖锐和疼痛，层层叠叠的疼痛，还未来得及再说什么，护士又胆战心惊地上前指了指架子上挂着的药水袋。

“太……太子殿下……”护士吓得快要哭了，“我们要给太子妃换药水了。”

“那就换啊！”凌冽有些不悦。

护士又道：“是宫缩剂。”

凌冽：……

他忽然深吸一口气，站起来将卓然夫妇跟洛杰布全部请了出去，然后道：“我陪着小乖就行了，你们要是有时间，就去看看我的女儿或者回宫睡觉。”

话虽这样说，但是这种时候谁还有心思回宫睡觉？

护士换了药水之后，吓得出去了。房间里只剩下凌冽跟慕天星两个人。

时间一点点推移，慕天星一直咬着牙，然后咬着唇，从安静无声变成轻声呻吟，再到小声喊痛，再到泪流满面，哭出声喊痛。这些过程，凌洌只能眼睁睁看着，他无法感同身受。他觉得这样的画面好残忍，却一样感激上苍，可以让他在小乖如此艰难的时候陪在她的身边。

他们在一起，这个比什么都重要！

凌洌给慕天星擦脸、擦汗，又赶紧用干净的毛巾给她吸干毛孔中的水分。

他看见她忽然用双手紧紧抓住了床头的栏杆，还用嘴巴呼吸，他只能不断地鼓励她，帮她把手腕上的镇痛泵开关拧到最大，又帮她把输液器的滴速调到了最慢。

慕天星咬牙切齿地骂："浑蛋！不许这样！浑蛋！"

"小乖……"

"我最讨厌你了，每次都自以为是！你把滴速调那么慢，我疼的时间会更长。"

"好好，我马上调快一点。"

两分钟后。

"啊……浑蛋，大坏蛋！你要痛死我啊！好疼啊，你不会慢一点吗？"

"好好好……我调慢一点！"

"呜呜……呜呜呜……"

"小乖不生气。"

五分钟后。

"呜哇……这袋该死的宫缩剂还要折腾多少啊？呜呜……我怎么看着还有一大半？"

"没有没有，只有三分之一了，真的，胜利就在眼前，你坚持住。"

十分钟后。

"浑蛋！呜呜呜……你这个骗子！大骗子！怎么还有这么多药水，呜呜……我要死了，疼死了。"

"乖，真的，这次真的只剩下三分之一了。"

"呜呜，我就知道你骗我，呜呜……"

"乖，你再坚持一下下就过去了。"

十五分钟后。

"你这个大骗子，我不要跟你说话了！呜呜……我最讨厌你每次做鱼的时候撒香菜，我最讨厌吃的就是香菜了！"

"好的好的，我以后不放香菜，我其实最讨厌吃的也是香菜！"

"呜呜……到底还有多少？我不行了，我快要支持不住了，呜呜……"

"还有三分之一。"

"我恨死你了，凌冽，我恨你恨你恨你！"

"这次真的只有三分之一了。"

"呜呜……呜呜呜……"

十分钟后。

慕天星的小脸上挂满泪痕，闭着眼睛睡熟了。

那一袋痛死人不偿命的宫缩剂终于没有了。

凌冽心疼地给慕天星擦脸，她这会儿不哭了，不闹了，安静了。

他忍不住偷偷掉眼泪，悄悄给她换了干净的睡衣，将她因为疼痛汗湿的衣服都换下来。

然后他睡不着，拿了一个盆躲在洗手间里搓衣服，帮她把换下来的内衣一件件拧干，再晾起来。说实话，这是他这辈子第一次洗衣服。

他回到床边坐着，看着眼前这张静谧的小脸，苍白、稚气。她才二十二岁，她是为了他几次出生入死的小丫头。

"慕天星，我爱你。"

或许，他对她的感情已经不能用爱来形容了。

天亮的时候，凌冽还是没有睡意。护士过来给慕天星量体温，发现她有低烧，将情况汇报给医生后，护士拿了一个退热贴过来贴在她的额头上。

因为一早就知道宝宝生下来要进早产保温箱，一进去可能就是好几个月，所以大家都不指望慕天星喂孩子母乳了。

慕天星睁开眼的时候，只是问："女儿的脐带血存好了吗？"

“我存好了，医生说可以存二十五年，你放心吧。”凌洌坐在床头，静静地陪着她。

慕天星看着凌洌：“对了，你去看看女儿，然后拍照片给我看。”

凌洌走到沙发前，三个儿子全部起来了，穿得好好的过来了。诺一将一份份精致美味的早餐打开，孩子们齐齐动手吃了起来。

凌洌跟着孩子们吃了点早餐，然后看着慕天星：“父皇和母后在那里照看着，还有那么多医生，女儿的事情不着急，我留下来陪你。”

慕天星躺在床上，听着他们吃早饭的声音，鼻间全是香气，她的肚子饿得咕咕叫，却一口也吃不着，心里恨死了。

医生很快过来查房，看了慕天星一眼，认真道：“太子妃殿下，您忍着点，我要帮您按肚子了。”

慕天星浑身一抖，想死的心都有了：“我今天感觉不错，就不摁肚子了吧？”

“不行的。”医生丢下三个字，他看出慕天星不肯配合，只说，“我先看看你的伤口。”

小帘子一拉，他将诺一和卓然他们全部隔绝在外。

凌洌放下吃的，准备进去瞧瞧，刚刚站起身就听见一声杀人般的惨叫：“啊——”

他的腿有些发软，大步走上前一看，只见医生一脸得意地对着慕天星笑：“你看，其实也没有多困难，这不就过去了吗？”

慕天星咬着牙，面色苍白：“你……你说得简单，你试试？”

这个医生居然偷袭，一连两下都是趁着她不设防的时候忽然按住她的肚子，把她肚子按扁了！

医生不管这么多，反正按过肚子就行了：“好了，我要给你消毒伤口了。”

医生小心翼翼地揭开慕天星肚皮上的胶带，拿着碘酒在她的伤口上来来回回地擦了两遍，再把胶带重新贴上。

“你少穿一点裤子，我感觉你的伤口都焐出汗了，对伤口恢复不好。”

慕天星咬牙切齿道：“我是疼出汗的！不是衣服穿得多！”

凌冽看慕天星还有心思跟医生斗嘴，就知道她没有太大的问题，他默默地退了出去，接着吃早餐。

接下来，凌冽让倪夕玥领着孩子们回去了。这天中午，慕天星输宫缩剂的药水的时候，跟昨天的情况差不多。

只是上次她疼得大骂，说最讨厌凌冽做鱼的时候撒香菜。

而这一次她疼得大骂，说最讨厌凌冽穿三角内裤。

于是从这一天起，直到永远永远，凌冽只穿四角内裤。

下午，慕天星输完液就睡着了，凌冽也有些熬不住了，脱了外衣躺在她身边，跟她一起睡着了。

洛杰布来医院看了看慕天星，然后在他俩隔壁的房间补眠。

诺一把卓希跟青柠叫来了，让他俩时刻守着小公主。

就这样一天天过去了，慕天星的身体状况一天比一天好，但是小公主始终没有度过危险期。

七天后，医生通知慕天星可以出院了。

凌冽帮她穿好衣服，戴好帽子，然后扶着她走到了新生儿区的长廊上。

夫妻俩站在玻璃墙外面，看着早产保温箱里一个个可爱的宝宝，觉得世界格外美好。

他们始终没有看见女儿，因为女儿一直在不远处那个他们无法触及的位置上。女儿的周围布满了各种精密的电子仪器，还有轮番守护、精心照料的儿科专家们。

慕天星不舍得出院，但是她要回去恢复身体，月牙湾的条件肯定比医院好。

她昨晚跟凌冽撒娇，但是凌冽说：“你必须回去好好坐月子，你到底想不想让我从你之前流落在外的心理阴影里走出来？”

慕天星这时候才懂得，那段悲惨的漂泊经历不仅仅是她心里的痛，还是凌冽心里的痛。

她抬手轻轻抚摸着玻璃墙，心里很难过。她很想看一看女儿，她不清楚女儿能不能活下去，但是在这场战役里，她所有能做的、该做的，全部做了。

慕天星抬手轻轻地敲了一下玻璃,里面很快有一个护士走过来。双方隔着玻璃墙，护士摁了上面的对讲铃，微笑着道：“太子殿下、太子妃殿下，有什么吩咐吗？”

慕天星的声音很温柔，带着浓浓的期盼跟几分忐忑：“我可不可以……见见我的女儿？”

护士有些抱歉，道：“不可以呢，因为仪器在那里。女婴现在还不会自主呼吸，所以早产保温箱离不开婴儿的呼吸辅助器，把婴儿推过来的话，她会有危险。”

慕天星深吸一口气，她觉得好难过。她忍着不哭，感受到凌冽的双手始终支撑着她。

她学着坚强，看着护士道：“那麻烦你帮我拍一下她的照片，再拿给我看看可以吗？”

护士看了慕天星一眼，有些不确定：“您确定要看吗？”因为宝宝真的太小了，就像刚出生的小兔子、小狗，所以亲生父母还是先不看为好，可能会受不了！

凌冽夫妇懂了护士的意思。

凌冽想要劝慕天星，但是他心里又想看，真矛盾！

慕天星抬起头看着凌冽，道：“我们一起看看我们的女儿！”

也许这是女儿唯一的照片，也许他们看了之后女儿熬不下去，他们就再也看不见女儿了。

看着慕天星渴望的眼神，还有苦苦的哀求，凌冽于心不忍。

他点头对护士道：“麻烦你帮我们多拍点女儿的照片。”

护士点头，从她的工作服中掏出手机，然后走到了不远处的粉红色小保温箱边拍了好一会儿。

凌冽迅速地掏出纸笔写下一串电话号码，是卓然的，然后把纸贴在了玻璃墙上。

护士拍完婴儿的照片后，把那些照片全部发到了卓然的手机上，然后对凌冽夫妇道："照片我发完了，我会将这些照片删除的，请二位放心。"

卓然站在他们身后，点头道："我收到了，太子殿下。"

慕天星感激不已，对着护士笑了笑："谢谢你。"

"不客气。"护士拿着手机朝着他们摇了摇，手机的相册是空的了。

护士关闭了对讲铃，继续工作了。

凌冽深吸一口气，扶着慕天星缓缓进入电梯。

等到他们上了车，卓然将车从医院开了出去，凌冽这才将卓然的手机拿过去。他把手机握在掌心，搂紧了慕天星一起看。

一张张照片，拍得很用心。

小公主很脆弱，小小的，皮肤是粉红的，或者说看不出皮肤的颜色，好像直接就是肉。

洛杰布说得没错，真的是五颜六色的管子插在她的身上，还有帮助她导尿的管子。

她的小手，手指真的好细、好小，小得让人无法想象。

这样的照片让人看了，盘旋在脑子里的只有一个念头：她能活吗？

慕天星看完照片就闭着眼，伏在凌冽的怀中忍不住哭了。虽然大家心里都做了最坏的打算，但是当事情真的摆在眼前的时候，似乎谁也经受不住这样的丧子之痛。

"她会像贝拉一样漂亮可爱，一定会！"凌冽认真地说着，鼓励慕天星的同时也在鼓励他自己。

接下来的时光，慕天星就在月牙湾里坐月子，曲诗文跟药医每天贴身照顾她。

凌冽更是医院和月牙湾两边跑。

慕天星坐月子期间，贝拉来了月牙湾两次，和倾慕他们在楼下的儿童乐园里玩闹。孩子们太小，不懂大人的烦恼，一个个快乐得好像小天使。

只有贝拉问："为什么妹妹没有从医院里接回来？"

这时候，倾慕会告诉贝拉："因为妹妹太小了，要过段时间才能回来。"

而每每听见这样的话，大人们的心里都有些淡淡的酸楚。

慕天星早产的消息，很快传到了H市倪家跟M市慕亦泽的耳中。

慕亦泽夫妇放下一切工作，马不停蹄地赶来了月牙湾。

看着女儿在坐月子，他们都很担心，问东问西、问长问短，不明白女儿为什么会早产。

洛杰布夫妇有些尴尬，连连表示抱歉，说是他们没有照顾好慕天星。

慕天星也有些愧疚地说着："是我不听话，非要下楼，就滑倒了……"

慕亦泽夫妇真是心疼女儿，又无奈地说女儿，说她怎么这么不小心，还毛毛躁躁的。

后来，凌冽去医院的时候，慕亦泽夫妇非要跟着，凌冽便领着他俩一起去了医院。从医院回来之后，慕亦泽夫妇再也不说慕天星不好了。

他们看着女儿的时候，眸中充满了疼惜。

慕天星会想，是不是大叔把一切都告诉了父母？但是，她看着父母的样子，好像又不是真的知道真相那么激动、伤心。

日子一天天过着，慕亦泽夫妇不走了，每天让手下的人将工作内容通过电脑传过来，他们处理完毕，再用电脑传给手下的人。

生产四十二天之后，慕天星出了月子。

"往事不堪回首，终于熬过来了！"她一大早就伸了个懒腰，然后对着天花板一声大吼。

然后她起床，认真刷牙、洗脸，换上美美的衣服，穿上美美的鞋子，化了个美美的妆，最后对着凌冽美美地笑了："大叔，你还记得你答应过我什么吗？"

凌冽瞧着他的小乖宛若三月里的桃花般美丽明艳的样子，心里无比满足。只要她安好，世界便是美好的。

“记得。”他点头，“吃了早餐，我们一起去看女儿。”

他答应过她的，只要她出了月子，就带她去医院看女儿。

其实，就在慕天星生产后一个月的时候，她就已经拉着凌冽闹着要去医院了。只是凌冽说，医学上的坐月子是四十二天，这才将她安抚下来。

眼下，凌冽又想说坐月子一百天，但是看着她这样期待的小可怜的样子，又不忍心开口了。

慕天星踮起脚，在凌冽的脸颊上亲了一口。

当餐桌上的长辈们看着他俩手拉手一起下来用餐的时候，全部莞尔一笑。

洛杰布道：“快吃吧，一会儿咱们一家人全部去看看小公主！”

孩子们已经送去幼儿园了，所谓的一家人，是指在座的成年人。

慕天星有些心慌，用手捂着胸口。

她这一段时间全部是靠着上次护士拍的照片度日的，也不知道女儿现在的样子跟照片上有没有差别。

她问过凌冽，凌冽说女儿漂亮多了。可是这家伙气人得很，就是不拍女儿的照片给她看。

蒋欣咽下一口食物，看着他们，忽然笑呵呵地问：“宝贝的名字想好了没？”

众人愣了一下。

不是没想过给宝宝起名字，只是都害怕，宝宝万一有什么闪失，今后再提起来，会成为大家心里的痛。所以，大家默默地想着，等把宝宝接回来了，再起名字，然后填出生证明。

就在这时候，慕天星却道：“我想好了！”

众人闻言一愣，齐齐将目光投了过去。

慕天星看着大家诧异与好奇的眼神，微微一笑：“其实也没什么，不管我的女儿能不能长久，但她真实存在着，我们都在努力，她也在拼命努力地活着！所以今天去医院，我想着顺便把她的出生证明办了。我知道孩子没有名字，是不能填出生证明的。”

凌冽很温柔地看着慕天星，不论她做任何决定，他都义无反顾地支持。他问：“叫什么名字？”

清晨洁白的灯华下，众人期待的目光下，慕天星莞尔一笑，轻轻地吐出一句话：“洛倾羽，羽毛的羽。”

众人默默念着，若有所思。

洛杰布觉得不错：“虽然轻如鸿毛，却长在翅膀上。”

“对！”慕天星点头，瞳孔中满是光彩，“虽然很轻、很脆弱，但是羽毛是长在翅膀上的。即使轻如鸿毛，也可以飞越一切悲伤，飞越一切艰难险阻，抵达幸福的彼岸！所以，我想了这个名字。”

说完，她一扫众人，有些羞赧地道：“你们……觉得怎么样？”

“好啊！”

“好听！”

“寓意好！”

“很适合！”

“真的很不错！”

众人纷纷站在慕天星那边。别说她起了个好听的名字，即使是起了个难听的，他们想想莫林的“吉祥”“如意”，再看她劳苦功高的分上，大家也会赞成的。

慕天星微微笑着，端起面前的燕窝，心里美滋滋的。她说：“那我们快吃，吃完我们就去看倾羽！”

这一天，众人陪着慕天星去了医院。

她握着笔，亲自填写了孩子的出生证明表格，余下的事情就交给医生去处理了。

很快，医生就将一份洛倾羽的出生医学证明递到了慕天星的手里。她小心翼翼地把出生证明收到了包里，睫毛上有晶莹的泪珠。

出生了四十二天的宝宝，这次他们来看望小倾羽的时候，发现她已经被护士推到了透明的玻璃墙前了。

虽然看起来小倾羽比周围的宝宝还要小一圈，但是明显比之前照片里的模样长大了不少。

慕天星捂着嘴巴，忍着不哭，她隔着玻璃看了好久好久，然后抬头看着凌冽："他们把倾羽照顾得这么好，我可不可以抱抱他们，感谢他们？"

"拥抱就不必了。"凌冽挑眉，"儿科专家全是男人，不大方便。"

慕天星：……

她在说正经的事情，这男人脑子里到底在想些什么啊！

凌冽又道："你放心吧，等倾羽出院之后，父皇不会亏待他们的。"

"对！"洛杰布也感叹着，"等我的孙女出院之后，我不会亏待他们的！看着小丫头多长了一圈肉，我知道，这些专家跟护士是真的不容易。"

皇室的小公主，谁敢怠慢啊！

听说那些医生有的直接住在医院里，一个多月都没回过家。他们的老婆还找到医院来查岗，知道是太子殿下的女儿成了早产儿，这才真的信了。

大家满心欢喜地看着小倾羽，这时候，就看见一个拿着一张小标签、笑呵呵的护士走到了小倾羽的箱子前，将标签贴在了箱子的名牌上。

之前那个位置的标签上写着"洛宝宝"，是没有名字的，而现在，标签上已经有"洛倾羽"三个字了。

慕天星的泪，终是忍不住落下来了。

护士满脸笑容，还摁了对讲铃，告诉众人："你们不要离开哦，小宝宝待会就要喝奶了。现在啊，她已经学会自己呼吸了，也学会自己哭了呢！"

闻言，玻璃墙面前的众人都兴奋不已。

凌冽是来医院最频繁的，女儿的进步与坚强他一直都知道，但是听着护士这么说，他还是忍不住跟着慕天星一起紧张、激动。

大家真的就都不走了，一眨不眨地盯着小宝贝。

她的睫毛很长，闭着眼，鼻子饱满，小嘴巴是粉红色的。之前拍的照片看上去好像就是肉，没有皮肤，而这次却可以清楚地看见她的皮肤了，不是粉红色的，而是透着淡淡的白，越长越像足月的婴儿了。

她很安逸地躺着，好像很淘气，脑袋还专门偏向一边，一只从小袖子里露出来的小手就放在脸颊旁边。

她穿的小衣服是儿科护士将新生儿统一的衣服改小了，再给她穿上的。

大家看着看着，忽然就看见小倾羽眉头一皱，张大了嘴巴闭着眼死命地哭！

“呜哇……呜哇……”

小倾羽清亮的嗓音隔着玻璃墙传了出来！所有人站在原地愣了两秒，然后七手八脚地忙乱了起来！

“怎么了？”

“冲奶粉啊！”

“要不要换尿不湿啊？”

“快点拿个奶瓶过来啊！”

“哎呀，我怎么进不去呢？”

一个个在原地急得团团转，想要冲进去帮忙，又发现自己根本进不去。

大家在原地转圈，抱怨了好一会儿，就看见护士拿着奶瓶过来了。

护士很认真地检查了一下倾羽的尿不湿，然后温柔地将倾羽从保温箱里抱了出来，再将奶嘴放在倾羽的唇边。于是，刚刚还哭得惊天动地的小家伙，忽然张口用力地咬住了奶嘴，大口大口地吸了起来。

全世界在这一刻安静了下来，所有人的心在这一刻平静了。

“她不哭了。”

“她在吸，你看她多用力！”

“真棒，已经可以喝奶了。”

“刚才她哭的时候，整张脸都红红的，现在她平静下来了，小脸又白里透红。”

“她长大了一定倾国倾城。”

“对，我们家基因这么好，倾羽一定很漂亮。”

玻璃墙里，倾羽还在大口大口地吸着奶。

洛杰布看着着急：“她的小脸通红通红的，是不是奶嘴上的眼太小了啊，瞧我孙女多费力。”

这一刻，没有人会去想小公主到底还能不能活，因为他们看到她这么努力地想要活下去，看到她这么坚强，就连喝奶都是这般用力，就连哭泣都是这般大声，大家都觉得看见了希望。

凌冽深吸一口气，道：“即使将来她长大了，我也不会让她嫁到国外去的，最好是招个女婿回来，让她留在我们身边。”

慕天星点点头：“对，不管是联姻还是什么乱七八糟的，千万不要牺牲我女儿的幸福！她能活下去，已经很不容易了。”

“小倾羽，加油！”凌冽吻了一下慕天星的额头，又道，“我去问下医生，看看现在她的情况是怎样的。”

凌冽迫不及待地想要抱一抱女儿，想要将女儿接回月牙湾亲自照顾。但是他清楚，在女儿的生命体征恢复到正常之前，女儿留在医院是最安全的。

慕天星拉住凌冽的大手：“等我，大叔，我们一起去。”

凌冽夫妇满怀信心，觉得女儿一定可以长大。

但是，当他们真的来到女儿主治医生的办公室，与医生面对面坐下谈论之后，他们才知道，未来的路很艰难。

医生很郑重地说：“孩子出生后到满月的期间，都出现过呼吸暂停的现象，有一天甚至出现了三十多次呼吸暂停的情况，全部都是依靠呼吸仪器帮助她恢复的，所以，她的心肺功能发育得不是很好，应该是有些损伤的。”

慕天星吓得手脚冰凉，她一直在坐月子，没有人跟她说过，她的女儿曾一天停止过三十多次呼吸！

“太子妃不必紧张。早产儿中，有百分之七十的婴儿会出现呼吸暂停的现象，这是很正常的，也是很令人揪心的。一般情况下，有的孩子会一天呼吸暂停四十多次，你们的宝宝在正常范围值之内。这也就是为什么早产儿一定要进入保温箱，因为他们随时可能停止呼吸，必须依靠保温箱里的呼吸仪器帮助。”

医生说完，凌冽问：“你说宝宝的心肺发育得不好，那会不会影响到孩子以后的生活？”

“如果宝宝可以闯过这一关，平安地出院，其他的都不是问题。”

医生看着凌冽夫妇，非常认真地回答着：“早产儿由于气道及肺泡发育不成熟，易因气压伤及氧中毒或动脉导管开放等而损伤，引发支气管肺发育不良综合征及早产儿慢性肺功能不全，这样的状况很多。现在你们的宝宝已经度过了呼吸暂停的危险期，所以我们现在就害怕她会有并发的心肺综合征，一旦这样的话，孩子会发烧、会有炎症，治疗就会很麻烦。”

慕天星过去是学医的，明白肺炎对于孩子来说意味着什么。她闭了闭眼，又看着医生：“我女儿的大脑有没有问题？”

“我们暂时看不出有什么问题，孩子会啼哭，会饮奶，这些都是人类的本能，不能判断出孩子智商是否有问题。”

医生挑眉，又道：“我们也一直在观察孩子的智力，之前给孩子做了新生儿听力，两边耳朵没有问题。该做的检查我们还会继续，但是如果你们现在问是不是要出院的话，这个我可不能保证。我只能说，我们还在全力以赴帮助她活下去。”

从主治医生的病房出来后，凌冽夫妇好像被人淋了一盆冷水。

慕天星手脚冰凉，凌冽牵着她的手，心情也非常沉重。

刚才他们看着宝宝，觉得她长大了一圈，觉得她会喝奶，会哭了，应该就是没有问题了。但是现在他们才明白，一切才刚开始。

凌冽夫妇再次来到玻璃墙前面，宝宝已经喝完了奶，又躺在保温箱里呼呼大睡了。她的身上还有几根管子，是红黄蓝三种颜色的。

护士摁了对讲铃，对着外面的洛杰布他们道：“宝宝还要睡三个小时。在这期间，我们会给她更换一次尿不湿，每天上午十点会给她洗澡。

她现在还不会睁眼睛呢，因为太小了，应该很快就可以睁眼睛了。”

护士说完，慕天星心中一沉。是啊，宝宝太小，到现在还不会睁眼睛。

慕天星看着周围的箱子里，不论是男宝还是女宝，有的会睁眼睛，还会自己吸手指，有的会侧身睡，有的看起来像是四五个月大的样子，都会自己抓奶瓶了。

慕天星轻叹了一声：“熬吧，熬到她闯过一个又一个鬼门关，熬到她出院，还要熬到她上学、嫁人……”

“呵呵。”凌冽笑了，“想那么远做什么。不管要熬多久，我们一家人永远在一起，这才是最重要的。”

洛杰布看着时间，发现此刻是早上九点二十分。他站在原地看着凌冽他们：“还有四十分钟，倾羽就要洗澡，我们等不等？”

“他们在哪儿洗？我们能看吗？”慕亦泽表示很怀疑，他探头朝里面看了又看，没发现有宝宝们可以洗澡的地方。

凌冽忽然想起洛杰布今天上午约了内阁大臣开会，便道：“不等了，你先回去吧！父皇今日不是还有会？”

洛杰布却是痴痴地望着里面熟睡的孙女，依依不舍地说着：“我舍不得走！看着她这么小，像是长在岩石缝隙里的小草一样，那么脆弱，却生生长出来了。”

说着，他将倪夕玥揽入怀中，道：“皇后是八个月的早产儿，想必当时岳父岳母也是如此煎熬。我们倾羽却是六个多月的小天使，还有那么多关卡，等着她一个个地去闯。我走不动，也走不开，我想留下，哪怕什么忙也帮不上，至少可以陪着她一起度过。”

洛杰布就是这样一个人，他喜欢什么，就舍不下。就好像过去那么多年里，他跟倪夕玥在一起一样。他喜欢她，即使是建造一座月牙湾也要留下她，要去她那里过夜；她出差，他也要飞去，他就是要粘着她。

眼下，洛杰布瞧着脆弱、坚强的小生命，心疼，难受，更是割舍不下。

这样的心情，在场的亲人都深有体会。

但是留下，也于事无补。

“父皇，您先回去吧，国事比家事更重要！医生护士在这里，不怕的。”慕天星说完，看着凌冽，“身为太子，你也要参会的吧？”

凌冽看了慕天星一眼，不语。

慕天星却是笑了笑，抬起小手帮凌冽整理了一下领带上的结，温柔道：“去吧！我在这里看一会儿，爸妈陪着，母后陪着，阿诗跟这么多护国军陪着，没事的。”

凌冽却不敢，每次让她单独留下，哪怕万无一失，也会弄个悔不当初！

她就不能落单！

凌冽抬头看了眼女儿，道：“我们一起回家！以后每天上午我都陪你过来看女儿，给女儿加油打气。”

他们说着话，蒋欣忽然指着玻璃墙，吓了一跳：“吐奶了！倾羽吐奶了！”

倪夕玥吓得赶紧敲打玻璃，里面的护士赶紧过来一看，然后将孩子抱起，擦干孩子脸上的奶水，然后哄着孩子。

倾羽像是吓坏了，“哇哇”地哭了起来，哭的声音很响。

慕天星一下子就跟着哭了起来：“我想抱抱她，我好想抱抱她！怎么办，呜呜……”

“再等等。”凌冽拥她入怀。

护士安慰好倾羽后，又摁了对讲铃，道：“不要慌张哦，新生儿漫奶是正常的。”

洛杰布有些担心，问：“她每天都要这样？”

护士点点头：“每天都会有两三次。现在已经好很多了，刚开始的时候，一次只能喂五毫升，还是用滴管喂的，就是那样喂，她还要吐呢。”

众人闻言，全部心碎了。

大人喝醉了，或者身体不舒服，吐一次都很难受了，小宝宝一天吐那么多次，她有苦还不会说话，不是遭罪吗？

护士怕他们担心，又道：“宝宝的胃现在还没有成长为漏斗形，所以放下去是平的，容易漫奶，长大一点就会好的。”

这一下，大家更舍不得走了。

诺一的手机一个劲响，洛杰布终是深吸一口气，道：“回宫！”

这一天，慕天星出了月子，给女儿起了名字，给女儿办了出生证，了解了女儿的身体状况。

也就是从这一天开始，慕天星回到家里之后就开始忙碌于如何帮助早产儿的工作当中，她用倪夕玥上次交给她的提案程序，用电脑做了一份预案，并给倪夕玥看过。倪夕玥看了之后，很中肯地提出这份预案中的优缺点，让她进行修改，还鼓励她说：“倾羽是四月十八日出生的，现在四十二天过去了，已经是五月三十日，你知不知道，夏天有什么重要的事情要发生？”

“莫莫要生孩子！”慕天星脱口而出。

倪夕玥笑得有些无奈，摇摇头，道：“宫廷女官的考试，你要不要参加？”

慕天星张了张嘴，瞳孔中染上流彩。

倪夕玥又道：“这件事情直接关系到你今后的命运，究竟是做一个全职的家庭主妇、一个舒舒服服的皇后，还是做一个有自己的事业和理想的女性官员，你怎么看？”

“我当然要参加了！”慕天星激动极了，她看着倪夕玥，又道，“我本来大学就没有念完，心里一直有遗憾。放眼天下，做太子妃或者未来皇后的，恐怕就我的学历最低了，我也有压力啊！”说着，她还撒娇似的摇起了倪夕玥的胳膊，“母后啊，我刚刚坐完月子，对政务一窍不通，什么都不懂啊！我记得女官考试是要春天就报名的，怎么办啊？我会不会太迟了，会不会报不上啊！”

倪夕玥笑得肚子疼。

这丫头啊，分明就是故意撒娇。

自己都这么问她了，自然是有办法给她把报名补上的。

慕天星愣了一下，又问：“莫莫呢？她不是考上了正三品，还是正四品？”

“莫莫已经放弃她的梦想了。”倪夕玥的眸光变得温柔如水，揉了揉慕天星的发，道，“那丫头，以前一直想要做我这样的女人。可是她遇上了雅钧，雅钧不可能将家业迁到首都来，她如果坚持要考宫廷女官，那么她就必须放弃她跟雅钧之间的感情。因为两个人异地恋一辈子，这是不可能的事情。”倪夕玥轻叹了一声，又道，“或者说，她现在已经有了新的梦想，就是跟雅钧携手共同建造美好的家园。”

慕天星听着，点点头：“每个人每段时期的愿望不一样，就好像我之前一心想要做个合格的法医，但是现在为了大叔，我想要报考女官，成为有资格站在他身边的女人。大叔那么好，那么优秀，我不希望离他太远，不想仰望他一辈子。我有时候也希望自己可以让他惊艳一次，也让他为我骄傲一次。”

倪夕玥看着慕天星这般烂漫的姿态，想着儿媳经历过那么多折磨，还能这样正直善良、保持本性，真的很难得。

拉过慕天星的小手，倪夕玥疼惜地看着她：“哈哈，好啊！报名的事情母后会帮你安排好的；要考试的科目跟课本，还有一些常识性的东西，我会找培训班的老师来家里细细教你。现在离考试还有不到两个月，你要加油哦！”

“嗯！我一定努力！”慕天星开心地笑了。

她要好好努力，凭自己的能力做一个让孩子们、丈夫、公婆都骄傲的人！

二楼的小偏厅边上，洛杰布跟凌冽刚刚从前朝回来。

父子俩站在玄关之外，被两棵漂亮的景观树挡住了视线，但是，这对婆媳之间的对话却是一字不落地传入他们的耳朵里。

洛杰布对着凌冽招招手，两人悄然无息地退下。

你心里没我了

第十二章 Little wife

父子俩悄悄走进了书房里，凌冽关上门转身的一瞬，便看见洛杰布一脸激动地说："你说，我如果安排天星考试一下子考到夫人，她会不会高兴得晕过去？"

这个小丫头，嫁到他们洛家来，真是吃尽了苦。给他们洛家生了三个儿子，一个女儿。不说别的，单单是母凭子贵这一点，也足够她稳稳地扎根皇室了。

洛杰布一直觉得亏欠这个儿媳妇，正在为如何对她更好一点而伤脑筋呢。

今日听见她这么说，洛杰布心中欢喜。内定这种事情自古就有，对于他一个为君者来说，不过一句话的事情而已。

凌冽抬手摸了摸鼻子，表情极淡，开口道："我也不想看见小乖挑灯夜战那么辛苦，但是，让她一下子就考到夫人，这个不现实。小乖那么敏感、那么聪明，肯定能想到是你在后面推波助澜的。她参加女官考试的初衷，就是为了堵住悠悠之口，让大家明白她是有真才实学，是可以配得上太子妃这个身份的，而不是靠这件事情来炫耀她可以凭借皇权一飞冲天的。”

“但是有那么多级，她要考到哪一年才能考上正一品的夫人？”

“不管有多少级，只有靠她自己一一去战胜了，那样才会有成就感跟幸福感！”凌冽看着洛杰布，莞尔一笑。

“父皇，我相信小乖！她只要努力，是会成功的，我有一辈子的时间等着她证明给我看呢。”

洛杰布：……

尽管凌冽帮着慕天星拒绝了内定这件事，但是洛杰布却是把这件事情记在心里了。

凌冽抬头就瞧见父亲眸光里的深意，有些担心，提醒着：“你可不要做那种多此一举帮倒忙的事情，我很清楚小乖不是那样的人。”

洛杰布白了凌冽一眼，道：“我心里有数，才不会帮倒忙！”

从这一天起，慕天星的生活变得充实而有规律起来。

她似乎是打定了主意，要给凌冽一个惊喜，还让倪夕玥帮她保密。每天上午她跟凌冽去医院看过倾羽，凌冽去前朝工作，她在书房里苦读。倪夕玥给她请的老师会在每天下午两点来月牙湾，一天教两个小时，教她一些课本上没有的知识。

有时候，洛杰布领着凌冽出差，也是当天去，当晚必定回来的。

国事、军事访问这些，已经交代给外交大臣跟乔歆羡去了。

因为倾羽的情况还不稳定，他们害怕万一自己真的走开了，孩子有个什么意外，他们见不着孩子的最后一面会是一生的遗憾。

六月一号国际儿童节这天，H市传来了喜讯，莫林顺产诞下小宝宝，八斤重。

一听到孩子的重量，大家就知道莫林受苦了。诺一他们全部去了，洛杰布夫妇、凌冽夫妇也去了，不过他们是当天去当天回来的。

然而，就在他们回到首都机场的时候，医院的人打来电话，说倾羽发生了肺水肿的情况，这是早产儿的常见病之一。

于是，大批车辆改道，直接开去了医院。

他们立在玻璃墙面前，却看不见倾羽，也看不见她的箱子。

据护士说，倾羽到了儿科无菌小手术室里的重症监护室去了。上个月有个八个多月的早产儿，也是肺水肿，体重比倾羽重，却还是很遗憾地走了。

所以医护人员第一次对洛杰布他们说，让他们做好心理准备。

听到这个消息，慕天星当时就在凌冽怀中哭了，差点哭晕了过去。

原本三个男孩子一路上一边唱着歌，一边打闹着，从H市到首都机场，一直如此。

可是来了医院之后，他们到处找不到妹妹，都急得捏紧小拳头，想问又不敢问，因为妈妈和其他大人都急成这样了！

院长很快赶来，专门在无菌手术室的对面给洛杰布他们开了一间休息室。那里本来就是一个会议室，有很多椅子和一张长长的椭圆形会议桌，是专门用来给重症监护的患儿的主治医生开会用的。

护士很快送上茶水，却被诺一跟卓然挡在外面。

卓然面无表情道："餐饮我们自己会解决。"

一个护国军人提着袋子跟一个大大的军用保温瓶匆匆走过来，卓然接过军人手中的东西，拿出里面的一次性纸杯跟保温桶里的开水，给洛杰布他们一一泡上紫薇花茶。

空气中很快弥漫着好闻的紫薇花香气，看起来大家似乎放松了不少，但是心情还是相当沉重。

慕天星依偎在凌冽的怀里，整个人始终保持着祷告的姿态。

时间一分一秒过去，医生们还在手术室里忙碌着。

"她那么小，是要开刀吗？呜呜……"

"不清楚。"凌冽轻咳了两声，又道，"应该是在里面观察着。"

洛杰布看着儿子儿媳这般伤心，笑了笑，想着缓解气氛："不碍事的，没有消息那才是好消息呢！我们就这样等着，时间长一点，越长越好！”

他说完，就呵呵笑了起来，结果，一桌子人没一个人理他。他尴尬地摸了摸鼻子，端起面前的茶浅尝了起来。

会议桌上，还摆放着几样曲诗文专门送来的糕点，但是这会儿大家没有什么心情，都是三个孩子吃得比较多。

很快，倾容跟倾蓝分别在洛杰布夫妇的怀中睡去了，倾慕还在坚持着，却也是小鸡啄米的样子。

洛杰布轻叹了一声：“太晚了，快十二点了，孩子们从来没有这么晚休息过。诺一，你送皇后跟小殿下们先回去吧。”

诺一有些为难：“小殿下跟皇后的车要严密保护，亲兵人手一旦分散，不利于保护。我让小乔将军安排人亲自来接？”

洛杰布抬手揉了揉眉心，他的年纪也不小了，也有些倦意。

凌冽抬眸看着洛杰布，道：“父皇，你跟母后带着孩子们先回去，我跟小乖在这里守着，这里本来就有护国军守着倾羽的，把卓然给我留下就行了。”

洛杰布点点头，抱着倾容起身：“我们先回去，相对来说医院还是安全的。”

洛杰布等人离开之后，会议室里只剩下凌冽夫妇跟卓然了。

在会议室门口守着的是亲兵，都是之前跟着凌冽夫妇去过花旗的，而无菌手术室门口守着的，是一直以来安排给倾羽的护国军。

紫薇茶泡了好几回，卓然终于拿了点速溶咖啡出来，却只敢给慕天星喝。因为这是慕天星要的，凌冽那样挑剔的味蕾，卓然是绝对不敢拿速溶咖啡给他喝的。

慕天星刚尝了一口咖啡，无菌室那边就传来了消息。

咖啡被打翻，人站起来，直接冲了出去。

慕天星一把抓住了站在长廊上医生的袖子，道：“我女儿怎么样了？她怎么样了？”

医生摘下了口罩，看着慕天星：“太子妃请安心，孩子的热度已经退下了，她的生命力非常顽强！她刚刚有六次呼吸暂停的情况，其中四次都是她自己努力恢复呼吸的。我们刚才真的以为她没救了，但是她自己真的很争气！”

“谢谢，谢谢你们！”

慕天星手脚冰凉，浑身都在微微颤抖着。

凌冽比她好一点。他将妻子紧紧地搂在怀中，又听医生道：“再熬过一个月，等她的生命体征平稳了，所有早产儿的并发症都被她打败了，她就可以回家了！但是，她打疫苗要送来这里，我亲自帮她打，她的疫苗跟正常宝宝的疫苗注射时间是不同的。”

“好，好的好的。”慕天星擦了擦眼泪，又仰起头眼巴巴地看着医生，“我们可以见见她吗？”

医生有些纠结，却还是很遗憾地摇摇头：“最好不要。”

这一天，凌冽夫妇回去之后，开始认真地布置婴儿房。

婴儿房跟男孩子们的房间隔得有点远。因为倾羽需要相对安静才能好好休息，婴儿房的外面专门用样板隔了一间保姆房，让宫人可以二十四小时关注倾羽的状况。

又过了一个多月，在大家日日夜夜的心惊忐忑之后，院方通知说出生满了一百天的倾羽可以出院了。

小孙女的百日宴，洛杰布并没有大肆邀请宴客。

因为这个小生命太过脆弱，也太过坚韧，好不容易熬过了九九八十一难，最是需要静养的时候。

洛杰布只是打电话给了沈帝辰，邀请沈帝辰一家来月牙湾做客。

关于沈太太的事情他们已经核实过，沈帝辰提供的耶律楚闻的事情也已经核实过，全部真实。

对于沈帝辰的这份诚意，洛杰布也有过深思。之前莫林生产时，众人去了H市，洛杰布还专门征询了倪子洋的意见，倪子洋跟凌冽的态度一致，都很支持沈帝辰。

洛杰布心想，不如就在孙女满百日的这一天接沈帝辰一家人来宫里，顺便化解一下这几个月来双方的尴尬。

一大早，凌冽夫妇前往医院接女儿出院。

当慕天星颤抖着手从护士手中接过孩子的时候，就发现出生了一百天的小倾羽长得就跟人家刚刚满月的孩子一样大。

她激动得流下眼泪，有些心酸地看着女儿，道："都是妈咪不好，害你这么弱小。不过没关系，我们倾羽要回家了哦，以后妈咪一定将你养得白白胖胖的。"

凌冽从来没有抱过这么小的孩子，他很想抱，但是不敢抱，努力深吸了好几口气，这才护着妻女进了电梯。

当卓然载着他们抵达月牙湾的时候，刚好沈帝辰一家也被诺一派的车接了过来。

月牙湖边上，沈帝辰一家刚刚从车里下来，就看见凌冽夫妇下了车，太子妃的手里还抱了个婴孩。

他们都了然地笑了笑，走上前观望了一下，彼此礼貌寒暄，然后进了寝宫。谁知，原本在慕天星怀中呼呼大睡的小丫头，忽然两眼一闭，歇斯底里地哭出声来。

"哇呜……呜哇……"

大家顿时手忙脚乱起来。

沈太太帮着冲奶粉，凌冽拿了个尿不湿出来却不知道要怎么换，沈帝辰在一旁很有经验地指导："先换尿不湿再喂奶，不然的话，喂完奶再换尿不湿，提孩子的小腿时，孩子会把奶吐出来的。"

"用湿纸巾擦屁股！"

"打盆温水过来洗洗吧！"

"冲奶的水滴在手背上感受一下烫不烫！"

"快点，好了没？"

众人一番忙碌，小倾羽终于换上了干净的尿不湿，在凌冽的怀中喝起了奶。

她已经会睁开眼睛了，一边喝一边眨巴着眼睛，一眨不眨地盯着凌冽看着。她的眼睛，好像世上最美丽的黑色宝石，又大又亮。

凌冽越看越欢喜，觉得女儿就是他的命！

贝拉跟三个男孩子也将小脑袋凑上来，全部盯着小妹妹喝奶，大人们也是站在一边，俯首笑呵呵地看着。

当初不知能否存活的小生命坚强地活了下来，看着倾羽如今急切地喝奶的样子，众人都很感动。

日子一天天过去，整个暑假贝拉都待在月牙湾里，而沈帝辰夫妇则有幸成了月牙湾的常客，每周都被洛杰布夫妇邀请前来用餐，顺便跟贝拉小聚。

慕天星也过上了有规律的生活，尤其在夫妻生活上。

她结扎了，所以在那种事情上，凌冽是一点节制都没有了，每天晚上非要折腾她不可，即使是很累了，最少也要做一次再睡觉。

因为药医在月牙湾里，还有曲诗文做药膳，所以这里每个人的身体都越来越壮实。

眨眼间，就到了慕天星要考试的时候。

前一天晚上，慕天星说什么都不让凌冽碰。这家伙往日里难缠得很，她怎么都抵挡不住，可是这晚，他偏偏放过了她。

翌日一早，精神焕发的慕天星下楼用餐。

准考证什么的，全部收在了她的小包包里。

洛杰布跟凌冽下来的时候看见她，心里都有数，知道今天是宫廷女官考试的日子，却还是很给面子不拆穿。

将一片烤鳕鱼放入妻子的盘子里，凌冽温声道："今天打扮得这么干净利索，是要干吗去？"

慕天星眼珠转了转，莞尔一笑："跟沈太太约好了逛街的。"

"哦。"凌冽似乎没有怀疑。

早餐后，慕天星提着包出门："父皇母后，慢用。"她俯首给了凌冽一个Goodbye Kiss，证明她心情非常好。

曲诗文开车将慕天星送到了考场，下一秒就发短信到凌冽的手机上。他眉眼舒展，看了看，心知这丫头最近为了备考很辛苦，有时候做梦还在说着考试中的专业术语。

慕天星考试的事情，倪夕玥从来没有在洛杰布面前提过，因为她答应了儿媳要保密的。她也相信，儿媳一定可以凭借自己的能力考取本季前三。

女官考试一共分为两场，第一场是面试，主要考礼仪、素养、临场反应等，这一场的分数由面试考官打分，所有的考生面试完之后的一个小时，成绩就可以汇总出来了。

第二场考试是笔试，却不是拿笔去写的，而是坐在考场的电脑前，在三百六十度无死角的监控器下，通过电脑答辩试卷。笔试一共有四个科目，是答完之后立即给分的，没有修改答案的可能。所以，每个人只有一次答题机会，还有时间限制，大家非常谨慎。

慕天星的面试成绩，是本年排名第一；而她的笔试成绩，当时就出来了，是本年排名第二。也就是说，她不但考上了女官，而且还名列前茅！

从考场出来的时候，慕天星的脸上洋溢着前所未有的笑容。她远远地看见曲诗文，直接扑上前去给了曲诗文一个熊抱，还在曲诗文脸上亲了一口："阿诗，我这次面试第一，笔试第二！"

曲诗文笑着跟两个便衣军人一起护着慕天星去了对面的烤肉店："您饿坏了吧？就知道您该饿了，我订了位子，咱们先小小地庆祝一下，吃完了早点回去。"

"嗯！我想倾羽了呢！哈哈哈……我回去要把这个好消息告诉大叔！"

慕天星戴着墨镜跟鸭舌帽，很少有人会认出她，以至于她一进餐厅，就听见有面试失败的考生抱怨着："真倒霉！今年跟太子妃一起考试了，女官的名额本来就少，还遇上个内定的！"

慕天星兴高采烈的小脸顿时垮下来了，却不动声色地走到了曲诗文订好的位子坐下来。看着海鲜跟肉片全部上来了，她漫不经心地拿过夹子，将烤肉一片片放上去，好像情绪完全没有受到干扰。

曲诗文有些不高兴，盯着那个女孩看了眼，想要接过慕天星手里的夹子："少夫人，我来烤吧？"

"没关系。"慕天星的声音好像没不开心，曲诗文稍稍安心。

豆腐大酱汤上来了，曲诗文就盛了一碗汤放在慕天星的手边。

之前自信满满的慕天星却不知，她的成绩刚出来，还未见到曲诗文，洛杰布跟凌冽便在御书房里得到消息了。所以眼下，曲诗文也没有跟凌冽汇报的必要了。

刚刚参加完考试的女孩子们，一拨接着一拨过来用餐了。

曲诗文跟慕天星刚刚吃了几口肉而已，又听见一个女生兴奋地叫了起来："今年有一个特别名额给综合成绩最好的人，可以直接升到正一品的夫人！"

"真的假的？这怎么可能呢？那么多级呢，女官从来不可以越级考试的。"

"真的，骗你做什么？我刚刚听见里面的女官说的，好像很神秘的样子！"

"哇……我面试第四，笔试第七，不知道综合成绩有没有机会？不至于会遇上那种面试第一笔试第一的大神吧？"

"你别想了！这个特殊名额百年难遇，是内定给太子妃的！"

"对！太子妃面试第一，笔试不知道怎么样。"

"她笔试什么啊，她还要笔试吗？她交个白卷就能拿到名额了！如果没有她，根本不需要这个特别名额！"

慕天星的脸色越来越难看了，还有些伤心。她满心欢喜地想要通过自己的努力赢得他人的尊重跟正视，她想要内心踏实地站在大叔身边，与他齐头并进。但是眼下这情况，分明就是有人走漏了消息。

不是大叔干的，就是洛杰布干的！

她那么长时间刻苦用功，有时候大叔半夜睡着了，她还到一边挑灯看书，她连高考的时候都没有这么用心努力过！结果，所有的心血全部幻灭了吗？

曲诗文一直陪伴在慕天星身边，自然清楚慕天星这段时间里究竟有多努力，一时气不过那些人的说法，她扭头就道：“你怎么知道人家交白卷也能行？也许太子妃凭自己的能力，笔试也能考到前三呢？”

结果，曲诗文的话却换来大家更多的不满。

“骗鬼去吧！她就是笔试第一，也没有任何说服力，谁知道她是不是提前就知道笔试的答案了啊？”

“就是！她想知道今天的试题是什么，还不是她老公一句话的事情？”

“太欺负人了！我也是日日夜夜用功苦读的，我的老公怎么不是太子啊，呜呜……”

“别难过了，这次真倒霉！”

曲诗文气得又要反驳，却被慕天星拦住了。

慕天星深吸一口气，道：“不论这次太子妃有没有特别名额，对你们考女官的影响并不大。太子妃再有特权，也就是一个人而已，因为她一个人的内定名额，就让你们所有人都不能做女官了吗？今年宁国一共招四十名初级女官，太子妃即使是做了夫人，这四十个名额还是别人的，谁想要，各凭本事！难道因为太子妃参加考试了，就能一个人把这四十个名额全部占完了吗？有才华跟能力的人，即使遇上太子妃，也能被选中；反之，能力不够的，即使遇不上太子妃，一样选不中！”

慕天星说完，餐厅里鸦雀无声。

她默默跟着曲诗文吃饭，还给孩子们打包了几份烤五花肉的石锅拌饭。

曲诗文留下来付款，慕天星先出了餐厅大门，以至于她没有听见里面有人议论。

“她就是太子妃吧？”

“惨了！以后如果我入宫做女官，万一在她身边伺候，会不会被穿小鞋？”

“她是太子妃吗？好像啊。”

“天啦，幸亏我刚才什么都没说。”

曲诗文气得面色不是很好，太子妃最善良了！怎么可能因为这种事情就给女官穿小鞋？

但是曲诗文没有跟她们争辩，观念不同，思想不同，根本说不到一起去。

回了车里，曲诗文刚要开车，慕天星却在车后座上摘下眼镜，深吸一口气：“好累，先不要回家了。”

曲诗文沉默了一会儿，道：“太子妃，她们说的都是一些无意义的言论。”

慕天星垂下头，拿着手机查了查。结果，她发现那些女孩说的是真的，今年女官考试多了一个特殊名额，综合能力第一的人可以跳级晋级，却没有说可以跳到正一品夫人那样的级别。

但是即使如此，她的心情还是很失落。

因为女官考试的官网上已经公布了所有考生的成绩，还是按照综合第一的顺序排列的。

第一：蓝慕星，面试第一，笔试第二。

这就等于昭告天下人，她蓝慕星是那个可以拥有连续晋级名额的人。

这原本让她骄傲的成绩，此刻却像是烫手山芋一样，她想要毁灭，想要丢掉！

“我真的没有提前知道试题，也没有作弊。”她委屈。

她轻轻说出口的一句话，让曲诗文也替她心疼。

“太子妃……”

“我暂时不想回去。”慕天星深吸一口气，看着窗外的蓝天白云，道，“我想回M市，我想我爸妈了！我也好久没有回青城看过了，我想我的外公外婆了，还有我大舅，还有我大舅院子里的那条狗，叫发财的，也不知道现在还在不在？”

她说着说着，心里委屈，忍住不哭。

当你拼了命通过自己的努力达成所愿的时候，别人却不以为意地轻嗤：她不是靠真本事，遇上她真倒霉，她交白卷也能晋级。

这种满心欢喜时一盆冷水浇下来的感觉，是很不好受的。

而曲诗文则是时刻警惕着，怕慕天星一气之下跑回M市，小心翼翼道："太子妃，倾羽小殿下还小，是离不开母亲的。"

慕天星垂头，捂着脸："把手机关掉！我暂时不想回去！"

曲诗文看了眼现在的时间，下午一点半。这个点，陛下跟太子应该已经在御书房的小厨房里用过午餐了。

因为慕天星吩咐关掉手机，所以曲诗文只能关机。但是，她心里却祈祷着，睿智无双的太子殿下快一点发现不对劲。

"这附近有没有小公园？避开人群，我想静静！"慕天星轻声吩咐，曲诗文当即遵命。

她们的座驾之后，还有一辆专门负责保护慕天星的安全的面包车紧紧跟随。

御书房。

空气中飘荡着清甜的紫薇花香气，凌洌不止一次想：太子宫的紫薇树全部开花了，里面的设施、一灯一景跟M市的紫薇宫一模一样，要不要带着慕天星来太子宫小住？省得错过了紫薇花的花期，又要再等一年。

他的脑海中还想着去年秋天，两人婚礼后去太子宫的画面。那时候，花期已过，她是很遗憾的。

正想着，凌洌拿着手机就给慕天星打电话，想看看这丫头到家了没。

谁知，她的手机关机。

不可能啊！小丫头的手机是专门定制的太阳能充电的，尤其是这种时候，她的考试成绩都出来了，是综合第一的，她没理由关机啊！

按照他的想法，小丫头应该是笑嘻嘻地、美滋滋地跑回家，等着他回去，然后搂着他的脖子炫耀她的成绩，让他为她骄傲。

凌冽心中疑惑，又给曲诗文打了个电话，又是关机？

他猛然从椅子上站起来，大步走到了书房外的窗口。

真是担心死人了！就怕她单独出去，两人都关机了，是遇到突袭，还是绑架了？

他指尖泛白，给卓然打了个电话。很快，曲诗文车子上的GPS定位系统，直接定位在首都公园里的一个地方，卓然说："我马上过去！"

凌冽面色一沉："我也去！"

凌冽带着一支亲兵，也没跟休息室里正在午睡的洛杰布打声招呼，直接就出发了。

他出了宫门，一路朝着慕天星她们的位置去，远远地看见两辆车的时候，这才稍稍松了口气。

他俊朗的脸微微舒缓，眉宇间的褶皱散开，宛若春水化作了青烟。

车子停稳后，卓然跟几个人先下车试探。凌冽这才开了门走到曲诗文的车边，敲了敲车门。

曲诗文自然是不敢不开锁的，所以，在凌冽坐上去的一瞬间，她识趣地下车，将车里的空间留给他们夫妇。

车里很安静。

慕天星只给了凌冽一个后脑勺。

虽然她跟凌冽都坐在车后座上，但是两人中间却隔着她给孩子们打包的五花肉石锅拌饭。

食物的香气萦绕鼻尖，惑人得很。

凌冽有些哀怨地看着自己跟妻子之间的阻隔物，立即抬手将"罪魁祸首"提起，轻轻放在脚边，长臂一捞就将慕天星拥入怀中，温柔地安抚："小乖！"

"你干吗啦？"慕天星的难过终于爆发出来了，她用力想挣脱，可是挣脱不得，沙哑的声音带着微微哽咽，轻声哭出来。

她知道嫁给凌冽之后，一切都会不一样。但就是因为知道，所以她想要证明给别人看，她不是个花瓶，宁国太子会爱上她也是有原因的，她有真才实学，她不是虚有其表！

她想要一步步往上爬，让所有人看见她是怎么从最低的等级，考上正一品夫人的！

“呜呜……呜呜呜……”

慕天星哭了。

她曾经在一本书上看过这样一句话：怎样才是爱一个人的感觉？那就是满腔怒火即将爆发，可是在看见他的一瞬间，那些怒火全部化作委屈，眼泪一下子就掉了下来。

面对凌冽的怀抱，生气、难过全部是气泡，她想要丈夫的疼爱，想要在他面前诉尽委屈，这些才是真。

她感觉终于有一个可以说话的人，终于有一个懂她的人。

谁让他娶了她呢，那么她的喜怒哀乐，他就都要承受！

慕天星抓着凌冽的西装，任由眼泪鼻涕全部蹭在上面，不管不顾。

凌冽有些搞不清楚情况，轻轻拍着慕天星的背。她不说，他又不好开口先说他知道她考试的事情。

小丫头哭了好一会儿，忽然抽泣着抬头，一双哭得像小桃子一样的眼睛盯着他，问：“是你干的，还是父皇干的？”

凌冽抽过纸巾给他的小乖擦了擦小脸、擦了擦鼻涕，心道：真像个孩子！

“你指的是哪件事？”他的声音温柔清澈，好像她世界里的耶稣。

她委屈得小肩膀一抽一抽的，然后掏出手机，翻出官网上的成绩查询，输入准考证号，再把调出来的画面给他看。

凌冽接过手机瞧了眼，还在配合她：“啊……蓝慕星第一名？你什么时候背着我去参加考试的？”

他再抬眸，就发现她一脸审视地看着他，表情有些奇怪。

他抬手捏了捏她的小脸，终是轻叹了一声：“小祖宗，做人老公不容易！你就别生气了，有什么问题，你就直接说，好不好？”

慕天星咬着唇，委屈道：“你只知道做人老公不容易，可是我做你家媳妇也不容易啊！呜呜……早知道嫁给你这么累，我就不嫁你了！我不想在你家做媳妇了！我不想在你家做媳妇了！”

“胡说！”

凌冽脸色一沉，将慕天星的小身子直接提起来，往他的腿上一放，搂着她的腰，很认真地看着她：“不许哭！你要是再哭，信不信我今天让你一整夜都不能睡？”

这一招很管用。

慕天星不流泪了，可是还是哽咽着，样子更可怜了：“你……你……你欺负人。”

“乖，跟老公说，怎么了？”凌冽当即转移话题，不跟妻子说没用的，直击要害，“你考了第一，不是应该高兴吗，有什么委屈的？”

慕天星抬手狠狠地擦了擦脸上未干的泪痕，然后把今天考试的整个过程，还有过去挑灯夜战的所有事情，都跟凌冽说了一遍。她一边说，还一边挥着小拳头砸在他的胸口，满满的控诉！

他随她挥舞小拳头，他知道她的拳头根本不疼。而且他要是不让她发泄出来，她憋在心里，憋久了就成了夫妻俩的隔阂，很伤夫妻感情的，憋坏了更是伤身子，他家小乖怎么能伤了身子呢？伤感情更不许！

凌冽全部听完之后，明白了：“父皇干的！”

他把她身子拉低，在她的脸颊上亲了一口。

因为她坦诚相告，于是，他也很坦诚地说了他跟洛杰布无意间听见她要报考女官的事情。

“当时父皇就说了要直接给你升正一品夫人，他觉得你太辛苦，想要补偿你，让你高兴。怎么说呢？他呢，本意总是好的，却是好心办坏事。”

凌冽尽量用一种轻松愉悦的口吻来跟慕天星交谈。

两人交谈的时候，让对方舒服的程度决定了你自己的高度。而凌冽的话，字字句句都说到了慕天星的心坎上了。

“老公是知道的，你一直很聪明，很厉害。我相信母后心里也是清楚的，你考进前三绝对是没有悬念的。而且，父皇能够想到直接升你做夫人，一定也是因为父皇信任，并且很欣赏你啊。你想啊，父皇什么时候在国家大事上犯过糊涂？如果你不是有真才实学，父皇才不会让你做正一品的女官呢！”

慕天星小脸上的委屈就这样被凌冽安慰得一点点消散了，好一会儿之后，她有些不好意思地从他怀里下去，坐在另一边。

她想了想，看着凌冽，又道：“其实，我也知道做你家媳妇不容易的。但是做了太子妃，就要承担在这个位置上所有的流言蜚语。所以，我既然已经做了太子妃，就要有承担的心理准备。那些攻击我的话，即使今天不是亲耳听见，私下里肯定也会疯传的，这是我在这个位置上必须要承受的，因为人言可畏，管不住的。”

他深吸一口气，拉过她的手：“我会关照新闻总署，封锁所有提到你考女官的新闻。”

小丫头确实不容易！现在像她这般大的姑娘在干吗？

要么在父母怀中撒娇，拿着零钱跟同学出去吃吃喝喝、逛大街；要么在大学那样无忧无虑的象牙塔里，不知人间疾苦。

而她呢，她遇上自己，一夜长大，往事如烟，却铭心刻骨。

他抓着她的小手放在唇边一吻，非常认真地说：“整个天下，除了你，我不认为还有谁能配得上我。”

慕天星：……

“那些女人，怎么说都是无用的。她们嫉妒也好，怨恨也好，吃不着葡萄说葡萄酸也好，反正十七岁那年，将我从车祸里救出来、让我幸免于难的人是你；二十五岁那年，将我从水库中救出来的人是你；二十六岁那年，将完整的身心都给我，还身陷莫邪的人是你；让我在D国的医院外壁上表演杂技，逃离百里沬掌控的人是你；为我生儿育女，历经无数艰难的人是你；让我一怒之下灭了整个莫邪国的人是你……好多好多个独一无二的你，而我们经历过那么多，你还能完好无缺地站在我面前，我除了珍惜，还能做什么呢？”

“大叔……”

慕天星的鼻子一酸，好不容易才止住泪水，又被他说哭了。

他伸出手，将她拥入怀中。

她刚才的眼神分明在暗示他：大叔抱抱！

凌冽拥住慕天星，又道：“小乖，不要去在意别人的眼光了，他们不能替我们过日子的。就算你真的解释给他们听，就算这次父皇没有对你特别照顾，你自己一步一步考上了正一品夫人，他们一样会说你的。看不惯你的人，横竖都看不惯你；而真心疼你的人不需要你做任何改变，都会懂你、理解你。你又何必为了那些人困扰自己，也困扰了爱你的人？”

慕天星在凌冽怀中待了会儿。

他的怀抱很舒服，怎么待都觉得舒服，待不腻。

她微微抬眼，还能看见他光洁如玉的下巴，她抬手轻轻摸了摸，这个男人，怎么就这么厉害呢。好像不管自己有多委屈、多烦恼，在他那里，那都算不上什么事情，他三言两语就能帮她摆平了。

凌冽见慕天星的心情不错，还知道摸他了，便任由她的小手不老实了一会儿。

他轻声道：“回家吧？大半天没见到倾羽了，我也想她了呢，我们回去给倾羽冲冲奶粉，换换尿不湿，怎么样？”

“好啊！”

“你还打包了这么多石锅拌饭啊！好香啊，有没有我的份？”

“没有！贝拉，三个儿子，刚好四份！”

“唉，没想到我一个太子，还要跟儿子们争风吃醋，你现在心里都没我了。”

“谁说的？”

“你心里有我？”

“有！”

“还有哪里有我？”

“都有！”

“真的？”

“真的！”

“骗人！”

……

“小乖，我们回去好不好？好久没在白天嗒嗒……过了呢。”

“讨厌啊，你个大色狼！”

夫妻俩在车里闹了一会儿，凌冽放下车窗，吩咐众人回宫。

车子在月牙湾门口停下之后，慕天星忽然想起什么，拉着凌冽的衣袖，很认真地看着他：“不要说父皇！”

凌冽完美的侧脸微微偏移，瞳孔染上了流光：“为什么？他惹我家小乖不高兴，不能饶了他！”

慕天星撇撇嘴，小声道：“你也说他总是好心办坏事嘛！你别老是欺负他了，我看他怪可怜的。”

凌冽抬手摸了摸慕天星的头发，心中越来越温暖：“好。”

大手拉小手，两人一起回了月牙湾。

抱着小倾羽，看着她越来越圆润的样子，凌冽夫妇心中说不出的满足。

刚好到了育婴师帮倾羽洗澡的时间，夫妻俩上前帮忙，很快把女儿的衣物脱光。育婴师过来将倾羽托起，轻轻放入温水中。

慕天星倚在凌冽的胸口笑：“不是说孙悟空转世后脚踏七星，脚底有七颗痣？那我们倾羽是什么转世呢？”

还是倾羽出院之后，凌冽夫妇抱了女儿才发现的，小倾羽的右脚脚底板有四颗小红痣，还排列成正方形的样子。

上次洛杰布笑着将四颗小红痣用笔连成四边形，再拿着小尺子量了量，发现四条边的长度竟然是一样的，真的就是正方形！

当时大家还笑，都说倾羽长大了一定是个巾帼不让须眉的人物。

凌冽看着女儿享受的小模样，欢喜地笑了：“反正一定是个小天使就对了！”

倪夕玥中午出席了一次慈善活动，刚刚回来。

听宫人说，家里的三个孩子，还有贝拉全部午睡去了，还没醒。而太子太子妃都在婴儿房，倪夕玥当即上去了。

慕天星会考出优异的成绩，她有预想，但是真的得到这个消息之后，她还是很激动的。

只是在回来的时候，她上女官考试的官网一查，才发现今年居然有个特别名额，要留给这次考试综合成绩第一的人，而得第一的那个人明显是慕天星。

她还在想着要怎么安抚儿媳那颗已经难过的心，可是她往婴儿房门口一瞧，却发现凌冽正在小心翼翼地给倾羽换尿不湿，慕天星微笑着拿着小衣服站在一旁，准备给倾羽穿衣服。

她诧异了一下，见儿媳没有异常，她自然也不会主动提及。

“哎呀，我们小倾羽越来越漂亮了，真好看！奶奶抱抱！”

“母后！”

慕天星伸手一拦，道：“母后还没洗手呢！倾羽刚洗完澡，她的体质比较差。”

“对对对，我刚刚参加完活动，跟好多人握过手的，我去洗手。”倪夕玥看着倾羽笑了笑，见慕天星接过了育婴师手中的奶瓶，便拍了一下凌冽的肩，道，“出来。”

母子俩在长廊上。

倪夕玥关了门，小心翼翼地看着儿子：“怎么回事？你知不知道情况？”

母亲身上还穿着出席活动的优雅礼服，凌冽瞧着都替她累：“没事了，我都哄好了。你快去洗澡换衣服吧！这裙子有几斤重？”

倪夕玥：……

得，被儿子嫌弃了。

她转身刚要离开，凌冽忽然叫住了她：“母后。”

倪夕玥转身便见儿子有些古怪地笑了笑："咯咯，父皇回来的时候，别说他了。"

凌冽说完，不自在地错开眼看着精美的壁纸，还吹了吹口哨，清瘦颀长的身影透着淡淡的雅痞，有点萌。

倪夕玥很少看见儿子的这副样子，勾唇道："觉得你父皇被你欺负了太多次，你自己也心疼了？"

"说什么呢，我完全听不懂。"

不过一瞬间，凌冽就恢复了一贯的高冷，表情极淡地转身回了婴儿房。

瞧着儿子消失不见，倪夕玥的鼻子有些酸，心里却是特别暖。这么多年了，丈夫跟儿子之间的关系总算是越来越好了。

当天，洛杰布从前朝回来的时候，满屋子都是石锅拌饭的味道。

四个孩子一人一张小凳子，坐在干净的茶几前面，一人拿着一个小勺，吃着碗里的五花肉拌饭。茶几上还有各种小菜，水果沙拉，蔬菜沙拉以及果汁。

"真好吃！"

"嗯，我这里还有，你要吗？"

"你够不够？"

"够的，妈咪说还有呢。"

看着孩子们相亲相爱的样子，洛杰布心情也挺好，吹着口哨缓步上楼。那溢出口的调调落入倪夕玥的耳朵，她当即挑了下眉，竟跟儿子下午在长廊上吹的是同一首歌。

这父子俩，神同步啊。

倪夕玥抱着小倾羽下楼。

她身上的礼服已经换掉了，是很休闲的打扮，上半身是纯棉的烟灰色短袖T恤，下半身是白色的中裤，长发打了个粗粗的蜈蚣侧辫，垂下来挂在左边的肩膀上。

她看起来就像是个二三十岁的女人，真实年纪一点都看不出来。

“老婆，我来抱抱小孙女。”洛杰布瞧见妻子，欢喜地上前直接伸出手。

倪夕玥学着儿媳妇的样子避开他：“洗手！”

洛杰布撇撇嘴，笑了笑：“好。”

他差点忘了，他家小倾羽体质特别差，好不容易才捡回一条命，一定要好好照顾才是。而且，小倾羽出生了这么久，很多孩子打了好几针疫苗，她却才打了两针。

因为医生说过小倾羽的体质太差，暂时就是保命。疫苗那种东西，里面全是病毒，就是小剂量的病毒打到人体内，让人形成抗体，然后可以抵挡相同的病毒。而当时的小倾羽身体的抵抗力很差，抗体这种东西，她的体内若是形成不了，打疫苗就是要她的命。

两人擦肩而过的时候，他还是在倪夕玥的脸颊上亲了一下，然后迅速跑开。

倪夕玥整个人怔住了，小红微红，她扭头看去，却发现刚刚偷袭了她的坏男人已经不见踪影了。

用晚餐的时候，洛杰布夫妇、凌冽夫妇一起。

孩子们吃过了，都在一边玩耍。倾羽吃饱喝足，也躺在小床里。凌冽专门把小床推到了餐桌边上，他一边吃，一边看着她。

洛杰布说了凌冽好几次，但是凌冽就是不听。他觉得他在家里的时间本来就少，能够多看看女儿，多看一眼总是好的。

没人提慕天星考试的事情。

洛杰布也没有被人骂。

直到慕天星忽然端起了杯子，对着大家道：“哈哈……有个事情要跟大家分享一下！”

洛杰布当即凑上脑袋，笑呵呵地逗儿媳：“怎么了？怎么了？”

倪夕玥跟凌冽沉默不语，面上都带着微微的笑意。

过去，是洛杰布想方设法地哄儿媳妇高兴，哪怕他用错了方式，好心办坏事了。现在，是慕天星想方设法地哄公公高兴，想要让他觉得他的一番心意没有白费。

这说明什么？

说明洛杰布真心把慕天星当作是女儿一样宠爱，而慕天星也真心将洛杰布当作父亲一般关怀爱护。

因为这两个人，都是很护短的。

倪夕玥深吸一口气，心里感动得很，凌冽也是如此。

尤其在今天的事情上，凌冽开始反思一个问题：过去的每一次，洛杰布坚持不懈地好心办坏事，他都是打压洛杰布的，那么这一次，小乖顺了洛杰布的意思，反过来呵护洛杰布的心意，反倒有意想不到的效果呢？

餐桌上，就听洛杰布跟慕天星一人一句，好像天生就是父女，和谐融洽地交谈着。

“啊？你还去考女官了？你怎么不说呢，你这孩子，你真是……你要是说了，父皇直接给你升夫人了！”

“父皇，我自己可以考，而且，今年我们有个特别名额哦！本太子妃出马，这个名额肯定是我的！”

“对，肯定是你的！我们天星这么聪明，考什么都是第一！”

“对！我考什么都是第一！”

原本最害怕洛杰布给自己优待的慕天星，在用晚餐时居然主动跟洛杰布讨官。她笑眯眯地问：“就要莫莫之前考的那个位置吧？”

她灿烂讨好的小脸蛋俊俏得很，还一副唯恐洛杰布会不答应的样子。

因为她是真的很害怕洛杰布直接给她一个夫人的官，所以不如她自己开口，要个不大不小的官。

洛杰布则是真的很为难啊！

“正四品尚司？”他有些不乐意，他一心想要给儿媳妇一个正一品夫人的。

“父皇……父皇最好了！父皇是我见过前无古人，后无来者、天地之间最英明神武的帝王了，皇爷爷都比不上您！”

慕天星一边说话，一边夸张地挥手，仿佛千军万马都在她弹指一挥间，来了，又灭了！

说到洛天凌都比不上洛杰布的时候，她还对着洛杰布竖着大拇指。

洛杰布被慕天星逗得哈哈大笑，一拍桌子：“好！还是我们家天星有眼光啊，哈哈哈……父皇二十岁就当皇帝了，在位的时间比你皇爷爷长多了！”

洛杰布开始絮絮叨叨地念着，慕天星也认真地听着。

这天晚上，洛杰布的自尊心得到了极大的满足，最令他觉得不可思议的是，晚餐的时候他夸夸其谈，儿子凌冽始终没有打击他。

他觉得凌冽越来越懂事了，这都是慕天星的功劳。

别说是慕天星要正四品了，就算要想现在就做皇后，他也能立即退位，将江山交给儿子！

“这个洛天凌，把我爷爷榨干了，我爷爷撂挑子环游世界去了。他没人压榨了，就开始压榨我。哼！还是我们天星有眼光，知道谁才是最出色的皇帝。”晚上，洛杰布一边泡着澡，一边还在夸。

倪夕玥一边帮洛杰布擦背，一边无奈地笑了。

而另一间房间里，凌冽直接将慕天星从浴缸里捞了出来，二话不说张口就吃，一边耍流氓一边道：“小乖今天的表现好，我要好好奖励你。”

慕天星嘴里呜呜咽咽的，心知没办法拒绝，只能小声地哀求着：“就……就一次，轻一点！”

某男答应得很好，可是做起来完全不是那么回事。尤其在这种事情上，他已经熟能生巧了，清楚地掌握着她的敏感点，三两下就让她只剩下喘息，没空拒绝他了。

流光如此美好，真希望这样幸福的生活可以一天一天持续下去。

眨眼间又到了小倾羽打疫苗的时候。

跟医生约定的时间是上午十点，而洛杰布跟凌冽在这一天都有事出了短差，晚上八点才能飞回来。

三个男孩子的军区幼儿园已经开学了，而贝拉的学校要晚三天开学。沈帝辰夫妇也在外地，贝拉留在月牙湾，他们是百分之一百放心。

早上九点，倪夕玥跟慕天星抱着贝拉看着新闻。

瞧着南方又发生洪涝了，倪夕玥轻叹了一声，道：“还好在暴雨降临之前最低点的民众已经转移了，没有发生伤亡，但是雨这么大，他们父子俩未必今晚能赶回来了。”

“没有人员伤亡就是最好的事情了。”慕天星也颇为无奈，“自然灾害没办法避免。不知道那些被转移的民众现在怎样了？等洪水褪去，他们的家还能住吗？”

婆媳俩正在说着，育婴师将倾羽从楼上抱了下来，还准备了一个大大的袋子。里面是倾羽的尿不湿、奶粉、一套小衣服、保温瓶、奶瓶什么的，还有贝拉爱的饼干跟饮料。

倪夕玥抱过倾羽，慕天星牵着贝拉的手，曲诗文接过了包，几人一同出门，去医院给倾羽打疫苗。

前后两辆面包车护驾，倪夕玥一行人抵达医院之后，在护国军的保护下进入了医院电梯。

从对应的楼层出来，慕天星抱着倾羽，一行人直接进了医生办公室。

贝拉始终很乖，站在小床边上，看着妹妹要扎针了，她上前摸了摸妹妹的小脸，给妹妹唱歌听。

现在的倾羽已经不是一天到晚都在睡了，她尤其喜欢贝拉，看见贝拉的时候就会笑。

打针的时候，她竟然从头到尾都在笑，因为贝拉一直在边上逗她，这让慕天星心里对贝拉更感激。

“好了，我现在给宝宝量一下身高、体重、头围、胸围什么的。”医生说着，便拿着软尺帮着倾羽测量起来。

倪夕玥看了眼，又道："我去看看给你做手术的妇科医生还在不在，让医生顺便给你做个产后检查。"

慕天星出院到现在一直没有回来复查，家里有药医在，大家的身体都被调理得很好，但是既然来了医院，多做一次检查也让人安心。

慕天星莞尔一笑："好啊。不然给倾羽做完体检，我们就一起去。"

医生道："我帮你们打妇科办公室的电话问问就好了，那边没有预约的话，医生今天未必就在医院，你们带着孩子跑过去，白跑一趟很麻烦。"

"谢谢。"

"不客气。"

医生说着将倾羽的检测数据填在小本子上，然后走到一旁的办公桌，开始打电话。很快，医生放下电话，微微笑着："张主任今天在的，你们直接去他办公室就可以。"

"好的。"

一行人走向电梯，慕天星觉得倪夕玥真的好暖心，她们来医院给孩子打疫苗，她还想着提醒自己检查身体。

护国军摁了个电梯键，大家都在等。

电梯终于来了，里面有两个高大的戴着鸭舌帽的男子，两名护国军先进去，然后是曲诗文、倪夕玥进去，慕天星抱着倾羽刚要跟进去，不知道谁摁了一下电梯键，电梯门迅速合上了，吓得慕天星本能地往后退了一步。

外面的人用力摁着电梯键，可是电梯门却怎么也打不开！

电梯门合上的瞬间，电梯门外面的人看见戴着鸭舌帽的两名男子跟护国军动了手，曲诗文吓得惊叫了一声，护着倪夕玥就要冲出来，偏偏这时候电梯门紧紧闭合了！

慕天星吓得站在原地愣了两秒，转身冲着持着枪对着电梯门的护国军道："皇后被人劫持了！快去保护，快去保护啊！电梯向下行了！"

护国军不理慕天星，戒备地观察着周围的环境，又拿着蓝牙耳机不断讲话，让原本守在楼道的同伴赶紧去营救。

“怎么办，母后？”

慕天星急得要往楼梯的方向走，护国军拦着她不让她走：“太子妃，您跟倾羽殿下都必须留在这里，我们方便保护你们。”

“你们保护什么啊？母后出了事情，你们快去救她啊。”

慕天星真是着急，这些护国军是不是听不懂她说的话？难道她的话不是宁国普通话？

护国军非常耐心地解释：“万一这是调虎离山之计怎么办？太子妃小心为上！”

慕天星无语了：“皇后的价值难道不比太子妃更大吗？他们假装挟持皇后，实际是来抓太子妃的吗？”

护国军就是不依：“您身边还有个小公主。”

“浑蛋。”

不管慕天星如何生气，如何发脾气，面前的四个护国军就是一动不动，还将她跟倾羽，还有贝拉护在墙角。

他们还道：“太子妃消消气！稍等一会儿，皇后会有消息的，我们的人很快就会过来支援我们。”

慕天星抱着倾羽转过身去，面对着墙壁的同时，心里默默地祈祷着千万不要出事，不然她要怎么跟父皇，还有丈夫交代？

贝拉抱着慕天星的腿，仰起头看着她。

幼儿园里的老师讲过应变技巧，无一例外就是跟在穿制服的军人叔叔或者警察叔叔身边，这样就不会有事。所以，贝拉不惊慌，只是安静地等待。

很快，医院对面的武警中队接到报警电话，迅速赶来支援，他们护着慕天星等人从楼梯口迅速撤离。在医院的后门口，可以看见曲诗文的车还停在不远处。

但是慕天星不肯离开：“皇后怎么样了？”

护国军坦言：“我们的人过去后发现电梯是空的，我们已经封锁了整个医院，相信很快会有说法的。”

电梯怎么会忽然空了？这一定有问题啊！

“监控，找啊！”

“会有人做排查工作的，太子妃，您要相信我们护国军的战斗能力。”

“我不能离开，我没办法丢下我的婆婆先逃命！”慕天星说完，想了想，掏出手机给乔歆羡打电话。

乔歆羡刚刚接了电话，就道：“我知道了，我正带人往你那边赶。你要是安全就先撤离，余下的事情交给军人跟警察。”

“小叔叔，我不能丢下母后！”

“那你也要先上车，我马上到了。你若是不想离开，就待在车里，跟我一起等消息。”

“好！”

通话结束，慕天星觉得乔歆羡说的方法她还能接受，就对着身边的军人道：“先上车。”

于是，他们从医院后门口又往停车场的方向走。

只是，他们还没走两步，停车场里的车接二连三地炸翻了，不断响起“轰轰轰”的声音。

眼前一片火光，汽车的零部件宛若暗器一般，带着火苗，从四面八方没有规律地迸射出来。

护国军第一时间反应过来，抱着贝拉，护着慕天星，转身重新冲回医院后门口，然后齐齐蹲下身子。

贝拉终于吓得“呜哇”一声哭了出来，倾羽也跟着哭了起来！

孩子的哭声直接暴露了慕天星他们所在的位置，几名头戴着黑色布套、只留两只眼睛，手里执着枪的人直接追过来。

护国军当即与对方展开一番枪战。

武警官兵护着慕天星跟贝拉转身重新冲进了楼道里，可是，他们刚刚走了几步，空气里忽然响起一道声音：“别动！”

慕天星吓得不敢动，贝拉原本哭着，吓得都不敢哭了。

“怎……怎么了？”

慕天星要疯了，这些都是什么恐怖分子？一定要大叔灭了他们！

一个武警官兵道：“我的蓝牙耳麦，频道被人挤了。”他直接将耳麦拿下来，掏出对讲机，切换到扬声器。

从楼梯口的小窗口可以清晰地看见一道小小的红色光束笔直地刺了进来，而光束的尽头是慕天星怀中倾羽的额头。

对讲机里，有人用蹩脚的宁国话道：“你把那个叫作贝拉的孩子带到后门口的停车场来，我们只要那个叫作贝拉的孩子。你们若是不愿意，那么我的子弹将会穿透那个婴儿的头颅。”

慕天星看着女儿的额头，那一束红光像给女儿画了一颗美人痣。她吓得浑身都在发抖，如果有人用枪指着她的脑袋，九死一生过的她一定不怕！但是眼睁睁看着有人用枪瞄准了她女儿的脑袋，她接受不了，她怎样都接受不了！

“快点，我快要没有耐心了。”

慕天星的手心都是汗，她一动都不敢动，她忽然朝着对讲机道：“你要一个孩子没用的，我去给你做人质怎么样？”

“我不需要你这么麻烦的人质！我要的不是你，我要的是那个叫作贝拉的孩子！我知道乔歆羡快要赶过来了，你别想着拖延时间！我数到十，如果你还不让贝拉自己一个人走过来，就别怪我不客气了！”

“你到底想干什么？你要贝拉没有任何用！”

慕天星是不可能把贝拉交出去的，沈帝辰夫妇只有贝拉一个孩子。她把贝拉交出去，沈氏夫妇的命等于没了，甚至倾慕一生一世都会看不起她这个妈妈。在这种时候，她怎么可能用一个幼女的性命来换自己女儿的命？

她咬着牙不去看女儿额头上的光点，痛喝：“你把你要的说出来，我一定帮你实现！这总比你再去绑架别人来实现愿望更简单！”

“我看到武警的狙击手过来了，只是他们还需要时间找准位置，再组装枪支。”这个恐怖分子显然很有经验，他甚至可以猜测武警部队的狙击手通过倾羽额头上的光束查到她的位置，然后击毙她的时间是多少。

所以，对方口气嚣张地对着慕天星道：“我数到十，你快点让贝拉出来。否则太子妃殿下，一切后果自负哦！别忘了，皇后还在我手里，而我只要贝拉！”

贝拉完全听得懂，她眨巴着一双黑葡萄一样的大眼睛看着慕天星：“我出去！你带着妹妹快点逃跑，然后把皇后奶奶救出来。”

慕天星不敢动，想要拉住贝拉又腾不出手来，只好盯着贝拉，道：“这是不可能的事情，你站在这里！”

“十、九、八、七……”

“够了，别再数了！”

外面还有杂乱、激烈的枪声，看着慕天星不停地掉眼泪，贝拉默默地转过身，然后捏紧了小拳头，朝着停车场的方向冲了过去！

– 未完待续 –

独家纪念番外

继承者的诞生

凌冽夫妇在孩子们七岁生日那年，送给他们一人一本日记本，是带密码锁的那种。

三个帅小伙子排排站，稚气的小脸上满是惊奇，捧着日记本看了又看。

慕天星微笑着说："你们如今也学会一千多个字了，简单的日记还是可以写的。从今天开始，你们有了日记本，就可以将每天发生的事情记录下来，将来长大了，细细回味，也算一件美好的事情。"

三兄弟自从回宫，收到了无数珍贵的礼物，诸如房产、股份、现金、名表、珠宝、各种进口玩具，等等。对于礼物，他们早已经不稀罕了。

可是日记本倒是很有新意，三兄弟拿在手里，一个个都爱不释手。

倾容的日记本是紫色的，封面有一个太阳；倾蓝的日记本是绿色的，封面有一个月亮；倾慕的日记本是夜蓝色的，封面布满了璀璨的星辰。

慕天星细细教他们如何设置密码，如何更改密码。

凌冽也送给他们每人一只儿童钢笔，刻有他们各自的名字，每只钢笔的笔帽上都坠着一枚精致的宝石，分别是紫色、绿色、夜蓝色，与他们各自的日记本相呼应。

孩子们得了日记本跟钢笔，一个个可开心了。

而洛杰布瞧着孩子们日记本上的图案，与倪夕玥相视一笑，了然于心。

因为倾容从小受的苦最多，也是最晚回归皇室的，所以凌冽一直有意想要培养倾容做储君。刚好倾容是嫡长子，也符合古往今来立嫡立长的传统，所以倾容的日记本封面是太阳。

而倾蓝的算术最好，才七岁，已经获得了不少儿童数学方面的大奖，古人总以月亮的圆缺来做许多计算，比如计算日期、计算潮起潮落等等，所以倾蓝的日记封面是月亮。

至于倾慕，他是心中有大爱，是可以容纳江河山川、日月天地的人，他的志向从来不在储君之位，也无意去计较任何事情，他的胸怀囊括了日月星辰，所以倾慕的日记封面是星辰。

通过三个日记本的封面，凌冽的心思显而易见。

洛杰布对于这一点不做评价，他相信凌冽这么安排自有凌冽的打算。

况且，孩子们都还小，未来的路还长，再说这都是他的心肝宝贝，他宠爱还来不及，更无暇在他们这么小的时候就去计较谁会是储君，谁会是亲王。

但是，慕亦泽夫妇瞧着这三个日记本，倒是不淡定了。

在他们心目中，谁也比不上他们倾蓝，所以拥有太阳封面的日记本的人，该是他们倾蓝才对。

早前慕亦泽夫妇不能生育，流光治好了他们的病症，可他们依旧选择放弃孕育自己的孩子，因为他们早就把慕天星当成自己的亲女儿，也把倾蓝当作自己的亲孙子。他们想好了，余生只做一件事：把倾蓝培养出来，让倾蓝登上帝王的宝座。

瞧着日记本封面的差别，慕亦泽夫妇趁着洛杰布跟凌冽出门的时候，悄悄去找女儿了解情况。

慕天星笑着道：“日记本虽然是我送的，但是封面确实是大叔让人设计的。”

慕亦泽的脸色立即黑了：“天星啊，不是爸爸说你，立储这样的大事，你可不能全听小冽的。”

慕天星原以为父母是出于好奇，才会询问日记本的事情。现在听起来，完全不是这么回事。

她面色一沉，望着父亲：“爸爸，大叔是宁国未来的皇帝，他自然有权力决定哪一个儿子可以继承他的皇权。再说了，就算大叔拿不准主意，需要找人商量，也该是找父皇商量，找皇爷爷商量，无论如何，也轮不到我来做主！国家大事，江山社稷，我根本不懂！外行人指挥内行人，这不是添乱吗？”

虽然现在的国家体质不同，宁国的皇室只有一夫一妻，不存在后宫争宠一说。但是慕天星还是警惕的，她膝下三子，必须相亲相爱，可千万不能被人给带歪了，将来在立储的事情上自相残杀！

慕亦泽拉住女儿，苦口婆心：“孩子们如今都还小，你不能让小冽从现在开始就偏心啊，这样对倾蓝倾慕不公平。我看不管是倾蓝还是倾慕，都比倾容强多了！都说三岁看大、七岁看老，倾容那莽夫好胜的性格，将来能成什么大事呀？”

慕天星摇头：“爸爸，这个话题到此结束！自古皇室后宫不得参政，我就算将来当了皇后，也只会效法母后，在民生与教育的问题上为国效力，而不会在立储这样的大事上给大叔任何意见！如果爸爸再说这件事情的话，那，我只能送你跟妈妈回M市去！”

慕天星态度坚决，慕亦泽夫妇无奈。

想着未来日子还长，他们倾蓝总是有机会的，慕亦泽趁着暑假，又把倾蓝接走了。

他跟蒋欣要把倾蓝接去M市专门培养。

而倾容跟倾慕留在寝宫里，一边过暑假，一边练习武术跟美术、乐器，课程几乎被凌冽安排得满满的。

对于慕亦泽夫妇宠溺倾蓝，凌冽也非常有意见。

他跟慕天星提了很多次："倾蓝体质越来越差了，几乎每个月都要感冒！倾慕的钢琴都过了八级了，倾蓝连五线谱都不认识！别的兄弟都在努力汲取文化素养，他一到寒暑假就跟着你爸妈回M市去享福，长此以往，他与兄弟们之间的差距只会越来越大！"

慕天星也是无奈："我每次不让爸妈带走倾蓝，爸妈生气，倾蓝自己也闹，我也是没办法。不过，爸妈也找了老师给倾蓝补习文化知识，你看他每次考试，并不比倾容倾慕差。"

凌冽瞧着慕天星无辜的模样，无奈地叹息："皇子要学习的东西，哪里仅仅是课本上的文化知识这么简单？如果真的这么简单，那岂不是九年义务教育的所有孩子们，都有资格当皇子？"

三兄弟之间的差距，别说凌冽瞧着焦心，就连洛杰布也是非常焦心。

甚至在有一天，洛杰布对凌冽道："储君之位，倾容倾慕都可以考虑，倾容虽然莽撞好胜，却有当帝王的霸气；倾慕虽然过于善良，却有悲悯天下的胸怀跟缜密长远的眼界！唯独倾蓝，不再做储君考虑！我宁国百年基业，不是儿戏！"

凌冽想起慕亦泽夫妇对待三个孩子的区别，仿佛倾容跟倾慕从来没有享受过外公外婆的宠爱。

他点头遵从父命："是！儿子记住了！"

这个决定，恰恰是在慕亦泽夫妇决定亲手培养倾蓝之后下的。

慕亦泽夫妇不知道的是，他们自以为这样对倾蓝好，实则他们目光短浅，反而害了倾蓝。

三兄弟到了上学的年纪，每日早出晚归功课繁忙，看似朝夕相处，实则也没有多少可以交流的机会。

慕天星一直努力，让他们三兄弟相亲相爱。

眼看暑假又要到了，她计划着找些节目，比如野炊、接力游戏什么的，让三兄弟精诚合作，好好锻炼一下，培养培养感情。

结果，暑假一周前，慕亦泽夫妇已经抵达了寝宫小住了。

这次他们还带来了为三兄弟量身定做的几套夏装。

只是倾容跟倾慕从来不感兴趣，那些衣服也就在慕亦泽夫妇在寝宫小住的时候，穿一下意思意思，平日里，都被两兄弟收在柜子里。

因为他们习惯了，这三套衣服里，必然是倾蓝的衣服不管在料子、做工或者是款式上优于他们的。

慕亦泽夫妇面对这三兄弟，一碗水从来没有端平过。

就连早上三兄弟同时下楼的时候，同时礼貌地唤着外公外婆，慕亦泽夫妇也是立马喜笑颜开地盯着倾蓝，一口一个宝贝，一口一个倾蓝地唤着，仿佛倾容跟倾慕就是空气。

倾容和倾慕被慕亦泽夫妇打击了无数次。

但是慕天星还是教导他们，该有的礼数要有，他们便也每次只当是走走形式，对于外公外婆的感情，也一点点消磨掉了。

究竟是什么原因让慕亦泽夫妇如此偏爱倾蓝，偏爱到让他们都忽略、甚至厌烦其他两兄弟的存在，这已经无从考究了。

偏心这东西，真的就是个谜。

不过，慕亦泽两口子的付出也是有回报的，因为在倾蓝心目中，外公外婆被他看得极重，小小年纪的他并不懂得这是为以后铺路，他只是单纯地以为外公外婆宠他疼他，他便也要温柔相待。

这一天，慕亦泽夫妇在寝宫中做客，慕亦泽头疼得晚上睡不着觉。

他这头疼是老毛病了，在倾蓝三岁左右开始的，之前凌冽让流光过来帮着慕亦泽看过，流光只说他忧思过重，也没能给出具体的药方。

那会儿，凌冽哭笑不得地看着流光："多少开点药，让我岳父的头疼能缓解缓解。"

流光却道："这是心病，想的事情太过复杂，求而不得，不愿意放弃，还要拼了命去想，这是自己跟自己过不去，不是我不给他开药啊！"

所以，这次慕亦泽又头疼了，也不好意思大半夜去惊动洛家的任何人，他就怕洛杰布又不冷不热地问："亲家啊，你这是又在愁什么事情啊？愁得头又疼了？"

慕亦泽唯有忍着，全世界的止疼药这几年他都吃遍了，不管用。

倾蓝因为蒋欣大半夜亲自给他做了夜宵加餐，想把他喂得白白胖胖的，所以这么晚还在蒋欣这边。

他看见慕亦泽又头疼了，便趴在床边认认真真给外公揉着太阳穴。

慕亦泽心疼他，好几次劝他停下来，早点回去睡觉，可是倾蓝却坚持道："倾蓝等外公睡着了，倾蓝再走。"

慕亦泽睫毛上染上淡淡的湿意，心中更坚定了对倾蓝的疼爱。

他佯装睡着，想让倾蓝早早回去睡觉。

倾蓝也在不久后试探地唤了他两句："外公？外公你睡了吗？"

慕亦泽一动不动，呼吸均匀，瞧着就跟睡着了一样。

结果倾蓝也没走，还保持刚才的姿态接着揉起来。

蒋欣在一边，她知道丈夫的心思，不由得去劝："倾蓝啊，你外公睡着了，你也赶紧回去睡吧！"

倾蓝摇头，且小声责备蒋欣："外婆，您声音小点，外公好不容易才睡着。我这样揉着他舒服，就让他舒舒服服地睡吧，万一我停下，他又疼醒了呢？"

孩子天真善良的心打动了慕亦泽夫妇。

蒋欣欣慰地抹着眼泪："倾蓝，有你这片孝心，外公外婆也知足了，只是你如此善良，不争不抢，将来如何能是你其他两个兄弟的对手？"

倾蓝听不懂后面的话，自动选择忽略。

他的目光落在不远处的小桌上，那里还摆放着他吃空的碗碟餐具。

其实，他很想说，如果可以让倾容倾慕过来一起吃的话，就更好了，可是外公外婆有什么事情都不喜欢叫他俩。有一回，倾蓝自己硬着头皮叫了他俩一起过来，他俩又被慕亦泽说了几句直接打发走了，还叮嘱他，以后叫他就是叫他，让他不要凡事都跟另外两个兄弟说。

倾蓝就不懂了，明明是三胞胎，还有见外的？

不过自那之后，倾蓝再叫他们，倾容只会冷笑，说外公外婆只是倾蓝的外公外婆，他跟倾慕可从来不敢奢望还有外公外婆。倾蓝心里难受，去叫倾慕，而倾慕也是面无表情地摇头。

倾蓝的目光从餐具上移开，继续全程关注给慕亦泽按摩。

慕亦泽睁开眼，两行晶莹的泪滴滚落下来，他握住了倾蓝稚嫩的小手，笑着道："外公不疼了，外公的头真的不疼了。"

只要有倾蓝在，只要倾蓝陪在他们身边，他们便什么都好了。

次日一早，蒋欣专程坐在餐厅里，与洛杰布夫妇含笑长谈。

她就把倾蓝多么孝顺多么善良的事情讲给洛杰布夫妇听，希望这孩子能在洛杰布心里多多加分。

洛杰布夫妇听见自家孙子这么孝顺懂事，心里自然是十分高兴的。

只是洛杰布的眸光里闪烁着更为深层的意思。

他知道慕亦泽夫妇亲厚倾蓝、想要立倾蓝为储，但是有一件事，洛杰布此生就算是带到棺材里也不会告诉任何人的：倾容倾慕谁都可以作为储君培养，唯独倾蓝不行。

洛家子孙在外貌特征上，最明显的一个特征便是墨如点漆的眼睛。

很多孩子小时候，眼珠都是漆黑的、大大的，很是漂亮。但是随着他们的成长，经历风霜之后，眼珠的颜色会淡化，从漆黑变成深棕色，这也是所有宁国人的特点。

独独洛家子孙的眼珠，从出生开始到老去之后，一如既往的黑亮，就跟戴了美瞳一样。

眼珠的颜色取决于眼色素，洛家人世代宛如初见的黑眼珠取决于遗传基因。

洛家历代帝王，都是黑亮的眼珠。

而凌冽膝下三子，偏偏是倾蓝的眼珠随了慕天星的基因，是深棕色的。

洛杰布就算是为了留住老洛家的黑眼珠，也不可能让倾蓝继承皇位。

人啊，年纪越是大了，越是爱较真，就凭眼珠颜色这一点，洛杰布也绝对不会让步。

明面上，他与蒋欣说说笑笑，也夸赞倾蓝宅心仁厚，私心里，已经替倾蓝做好了打算：让倾蓝做一世安稳亲王，享受荣华富贵，舒服悠哉地过完一生。

蒋欣见洛杰布夫妇也跟着自己夸赞倾蓝，心中很是受用。

等到凌洌夫妇下来了，她又凑上前，将之前对洛杰布夫妇说的那些，不厌其烦地又说了一遍。

凌洌夫妇自然也是欣慰的，觉得倾蓝确实是个善良可爱的好孩子。

倾蓝因为睡得迟，如今还在慕亦泽房间里补觉。

等到倾容倾蓝两兄弟下来了，蒋欣又骄傲地将这件事情反复说。

甚至在两兄弟用早餐的时候，蒋欣还道："唉，知道的是我有三个外孙，不知道的还以为我就只有一个外孙呢，瞧瞧倾蓝多懂事啊！"

倾容气不过，当时就反驳："我跟倾慕往你们面前凑，你们哪次不是一脸嫌弃？别说什么阴阳怪气的话！大半夜倾蓝为什么在你们屋子里？还不是你给倾蓝开小灶做吃的，不叫我跟倾慕？"

洛杰布一听，乐了，扑哧一笑。

倪夕玥白了他一眼，他赶紧憋住，不敢再有多余的表情。

他这个大孙子，从小好胜心就强，什么都要争，但是确确实实没有任何坏心眼。有时候他争强好胜，也不过是为了得到家人的肯定与关注，得到更多的爱，出发点也是好的。

只是倾容还有一个特点，爱打抱不平，还爱告状。

一旦有人触犯家规或者他的底线，他才不管你是谁，直接把事全都挑开来说。

洛杰布若有所思地望着自家大孙子，觉得倾容长大之后如果进入监察部门，专门对付贪官污吏，绝对是不可多得的一把好手。

而凌洌面色一沉，望着倾容："胡说八道什么呢！这是你跟外婆说话的态度？"

倾容不服气，仰起头又要开炮！

倾慕一把捂住他的嘴，望着蒋欣：“外婆，对不起，大皇兄性子直，却没有冲撞您的意思。”

蒋欣没想到倾容会公然揭露自己给倾蓝开小灶的事情。

她可是偷偷把倾蓝叫去的。

一时间，她脸上有些挂不住，也生怕洛杰布他们因为这件事找茬说她。

毕竟她是凌冽夫妇的长辈，她做错了，凌冽夫妇也不敢说她什么，可是洛杰布就不一样了！

倾慕依旧捂着倾容的嘴巴，捂得紧紧的，道：“外婆，二皇兄从小体弱，经常生病，体质不好，所以在伙食上面增加一些营养是正常的。外婆能想到这一点，专门帮助二皇兄调理身体，也是在替我爹地妈咪分忧，替我皇爷爷皇奶奶分忧。倾慕跟大皇兄一样，从小就跟小老虎一样，壮实得很，我们如今也在习武，如果吃胖了，该被武术教练批评了。”

倾容用力扯下倾慕的手，他气得不轻：“我不吃了，你们吃吧！”

他转身上楼去了。

蒋欣松了口气的同时，望着倾慕：“嗯，虽然你不及倾蓝懂事，但是比起你大皇兄是好多了。”

倾慕面无表情地点头：“谢外婆夸奖。”

他指着餐桌上的几样，招手唤来卓然：“然叔，这几样帮我拿上去，我陪着大皇兄一起吃。”

卓然微笑着：“是。”

待倾慕离开，洛杰布含笑望着他小小的背影，眼中尽是藏不住的喜爱。

他偷偷跟凌冽说：“我好喜欢倾慕这小子啊，要不然我跳过你，直接传位给他？”

凌冽眸光微动，心下明了：“我也喜欢倾慕，越是喜欢，越是不舍得他过早承担这些重荷。相信父皇也是喜欢我的，即使如此，父皇也为了我，再多多支撑几年吧！”

图书在版编目（CIP）数据

小娇妻. 6 / 洛心辰著. --南京：江苏凤凰文艺出版社，2019.4

ISBN 978-7-5594-1864-7

Ⅰ. ①小… Ⅱ. ①洛… Ⅲ. ①长篇小说—中国—当代 Ⅳ. ①I247.5

中国版本图书馆CIP数据核字（2019）第059126号

小娇妻6

作　　者　洛心辰
责任编辑　丁小卉
特约编辑　乔　木　石　慧
装帧设计　周　丽　李映龙
责任监制　刘　巍
出版发行　江苏凤凰文艺出版社
出版社地址　南京市中央路165号，邮编：210009
出版社网址　http://www.jswenyi.com
印　　刷　湖南凌宇纸品有限公司
开　　本　880mm × 1230mm　1/32
印　　张　10
字　　数　298千字
版　　次　2019年4月第1版　2019年4月第1次印刷
书　　号　ISBN 978-7-5594-1864-7
定　　价　38.80元